ジュリー・アン・ロング

美女とスパイ

ソフトバンク文庫

NV

BEAUTY AND THE SPY

by Julie Anne Long

登場人物

スザンナ……………………………ロンドン社交界の花
アンナ………………………………スザンナの母親
フランシス・ペリマン…………………スザンナのおば
リチャード・ロックウッド
サディアス・モーリー　　｝……………下院議員
ボブ…………………………………モーリーの使用人
ダグラス・キャスウェルス……………スザンナの婚約者
キット（クリストファー）・
　ホワイトロー…………………………諜報員。グランサム子爵
ウェストフォール伯爵…………………キットの父親
ジョン・カー…………………………キットの親友
キャロライン・オールストン…………キットの元恋人
デイジー・ジョーンズ…………………踊り子
ジェームズ・メークピース
エドウィン・エーヴリー＝フィンチ　｝…骨董商

プロローグ

一八〇三年

何年もたってから、アンナはこの夜の月がとても大きかったのを思い出すことになる。まるで臨月の妊婦のように丸い月が、空に低くかかっていた。白い光がよろい戸を通して寝室を明るく照らし、アンナは寝返りを繰り返した。ベッドは広すぎた。リチャードがやってきたが、いつものように彼は去っていき、そのため今夜のベッドはいつにもまして大きく感じられた。

身近なことを考えて気を紛《まぎ》らわせようとした。三歳のスザンナは最後の乳歯が生えかかってきたところで、それを気にして大騒ぎしている。忘れずにリチャードに話をしようと、アンナは考えた。きっと大喜びをして、スザンナをクスクス笑わせるだろう。あの子はパパが大好きだから。スザンナはほんとうにおかしな子で、いつでも機嫌よく笑いながらおしゃべりをし、早くも贅沢好きなところを発揮している。昨日などはケーキをひと口かじり、それをアンナに返してよこした。「壊れちゃったわ、ママ」まるで無傷のものしか食べられないとでもいうように、悲しげに言った。

四歳になるシルヴィは、母親からはおしゃべりと短気なところを、父親からは知性を譲り受けたらしい。「あまり気がすすまないわ」シルヴィは今朝、玩具を片づけろと注意したアンナに向かって、堂々と答えた。アンナはその様子を思い出して微笑んだ。シルヴィという子は……先行きが楽しみだ。そしていちばん上のサブリナは熱心に本を読み、ジャムでベタベタの手で始終ピアノをさわっている。母親が悲しい気分でいると、それをかならず察知し、花や葉っぱといった小さな贈り物を持ってくる。サブリナがどこまでわかっているのか、アンナは心配になることがあった。アンナにとって娘たちは奇跡だった。みんな美しく、アンナとリチャードのいいところばかりを引き継いだ。娘たちへの愛はあまりにも強く、自分でも怖くなるほどだった。リチャードへの愛と同じだった。

ああ、ここでリチャードのことを考えると、眠れなくなってしまう。そばにいないせいで彼を求める気持ちはいや増し、かえって神経が研ぎ澄まされた。目尻に皺《しわ》のある明るい目、ふたりの体がぴったりと合わさる感覚……今でも息をのむほどだ。彼には愛人が必要で、彼女にはお金が必要だった……経済的な事情と必要性から始まった関係から、驚くべき永遠の愛が生まれた。ふたりはここ、ゴリンジで、家庭のようなものを築いた。〝オレンジ〟の同韻語をおかしくなるほど探し続けた公爵にちなんで名づけられたという伝説のある町だ。この町は、ともすると過剰なほどのリチャードのユーモア・センスと、静かな田舎暮らしがしたいというアンナの希望の両方を満たした。人気のある下院議員であるリチャードが日常生活の大半を送るロンドンから、馬車でほんの数時間という距離でもあった。

ふたりのあいだで結婚の話が持ち上がることはなかった。アンナは期待していなかったし、彼に要求したこともなかった。

だが最近アンナは、リチャードは数々の修羅場をくぐってきたせいで、危険に慣れっこになり、もはや危険なしには生きられないのではないかと疑うようになっていた。いつだったか、娘たちが寝ているとき、彼は夕食をとりながら、この国でもっとも有力な政治家のひとり、サディアス・モーリーはフランスに情報を売って財を蓄えたのかもしれないともらした。骨の髄まで愛国者であるリチャードは、それを暴くつもりだという。

アンナはモーリーと二度会ったことがあり、口数が少なく毅然とした態度が強く印象に残っていた。ポケットの中に手榴弾《しゅりゅう》を隠し持っているような様子の男だった。彼は人々の尊敬を集めていた。低い身分から、現在の高い地位にまでのぼりつめた。卑しい生まれの者が高い地位にのぼるためには何が必要か、アンナにも少しはわかる。アンナはこの男がとても危険なのではないかと思っていた。

「ぼくたちに何かあったら、アンナ……」このあいだの晩、唇を合わせ、手探りでアンナの衣類の紐をまさぐりながら、リチャードはささやいた。

「しーっ。今夜すてきな愛を交わすこと以外、わたしたちには何も起きないわ」

リチャードは笑い、アンナの首筋に唇を押しつけた。「ぼくたちに何かあったら」彼はなおも言った。「娘たちに、きみの細密画を持たせて欲しい。約束してくれ」彼はアンナの見事な細密画を三枚描かせ、この日の短すぎる訪問に際して持ってきていた。

「わたしの細密画？　どうしてハンサムなお父さまのでないの？」

「きみのだよ。美しいお母さまの絵だ」そう言いながら彼はアンナのコルセットをはずし、両手で胸を……。

ドン、ドン、ドン。

アンナははっと体を起こした。心臓が喉元まで跳ね上がった。誰かが階下のドアを拳で叩いている。

アンナはすばやくベッドから出て、ナイトガウンに袖を通した。指が震えて、二度、三度と失敗してから、ようやく蠟燭《ろうそく》に火をつけた。小さな炎を手でおおうようにして、廊下に出た。スザンナが目を覚まし、むずかるのが聞こえた。その声はむせぶようなすすり泣きに変わった。

不釣り合いなほど色気のある目と口元をした女中が、階段の上に立っていた。影のような黒髪を胸まで垂らし、寝巻き姿で心配そうに両手の指をからめている。紹介所のお墨つきで雇った娘だったが、実際は見た目がいいばかりでお粗末なものだった。

「スザンナを見てちょうだい」アンナは自分でも驚くような低いささやき声で言った。

女中ははっとして、育児室に入っていった。小さくあやす声に続いて、スザンナのすすり泣きがおさまってしゃっくりに変わるのが聞こえた。

アンナははだしの爪先で探りながら階段を下り、玄関ドアへ行った。かんぬきをはずし、ドアを開いた。

目の前に息の荒い男が立っていた。疲労のあまり腰を曲げ、苦しげに白い息を吐いている。首に分厚いマフラーを巻きつけ、防寒用の重たげなコートを着こんでいる。男の背後には、星をちりばめた夜空を背景にして黒い馬車の輪郭が浮かび上がり、引き綱につけられた二頭の馬が疲れきった様子で首を垂れていた。

男は背筋をのばした。月の白い光を受けて、ジェームズ・メークピースの長い鼻と優しげな目、小さな皮肉っぽい口元が見えた。ロンドンのリチャードの友人だ。その顔つきから、どんな知らせか察しはついた。

「リチャードね」彼よりも先に、アンナが言った。まるでそうすることで、ショックがやわらぐかのように。

「残念だ、アンナ」その声はしわがれていたが、真実味があった。

アンナは顎を上げた。あまりに深い傷は、慈悲深いことに苦悩よりも先に感覚の麻痺をもたらすことを、彼女は知っていた。「どうしたの？」

「殺された」汚れたものでもあるかのように、彼はこの言葉を吐き出した。「それで、アンナ……」アンナに心の準備をしろといわんばかりに、言葉を切った。「その罪で、連中はきみを逮捕しようとしてる」

彼の言葉は、死のように冷たくアンナの肌に沁《し》み入った。

「だって……そんなの……おかしいわ」湧き上がる恐怖の中で、自分の声が小さく聞こえた。

「わかってる、アンナ。わかってる」彼は苛立ちと絶望に駆られ、せわしなく言葉を継いだ。「ありえない。でも昨日彼の町屋敷できみと彼とが口論しているのを見たという目撃者がいる。彼が発見される直前に、きみが屋敷を出るのを見たと言っている者もいる。きっと、きみを罪に陥れる証拠が発見されるだろう。あいつなら、ここまでやったら徹底して手を打つにちがいない」

苦い皮肉を帯びて響く言葉だった。

「モーリー」アンナは低い声で言った。「モーリーね」

ジェームズの沈黙が、これを肯定していた。それから彼は、奇妙で突飛な声を出した。笑い声に近いような声だった。

近づいてくる蹄《ひずめ》と車輪の音が聞こえて、アンナは飛び上がった。蠟燭の炎が大きく揺らいで、消えそうになった。その瞬間、アンナはジェームズ・メークピースの目の下に銀色の筋が光っているのを見た。

感覚を失ったアンナの耳に、ジェームズの声が途切れ途切れに響いた。「あれは、きみのために借りた馬車だ。アンナ、頼む、今すぐ逃げてくれ。やつらはここに来ればきみがいると知ってる。どこでもいい、ロンドン以外のどこかへ行ってくれ。何も訊かれないだけの金は払ってある。まちがっても御者《ぎょしゃ》に名前を言わないように」

「どうやって……どんなふうに彼は……」アンナは言葉を切り、頭を振った。どのようにリチャードが殺されたのか、知りたくはなかった。死んだ彼ではなく、生きている彼を思い描いていたい。「娘たちは……」

「ぼくが連れていく。きみが無事に戻ってこられるまで、ぼくがかならず面倒を見る、アンナ。誓うよ」

「そんな……あの子たち……まだ小さいのに……」あまりに意味のない言葉だった。こんなことが言いたいのではなかった。〝リチャードが死んだ〟

ジェームズは手袋をはめた手でアンナの冷えきった手をつかみ、きつく握りしめた。

ほんとうはアンナを揺さぶりたいのだろう。「アンナ……聞いてくれ。三人の子どもをつれた女性は……目立ちすぎて危険だ。やつらに見つかったら、娘たちはどうなると思う? きみはうってつけの生贄《いけにえ》だ。ここぞとばかりに吊るし上げられる。誓ってもいい、ほかに方法があったら……」彼は肩ごしにさっと後ろを見て、また顔を前に戻した。彼がけんめいに自分を抑えているのがわかった。

彼はアンナのために命の危険を冒して来てくれた。あとで再会できる可能性がいくばくかでもあるのなら、娘たちをおいて逃げたほうがいいのだろうか? それとも娘たちを、母親が自分たちの父親を殺して絞首刑になったという事実とともに成長させるか?

アンナは恐ろしい暗闇の中でできる唯一の選択をした。小さくうなずいて、彼の言うとおりにすると示した。

ジェームズは安堵のため息をついた。「よかった。誓うよ、アンナ、きみたち全員を匿《かくま》えるものならそうする。ただ……ほかに準備をする時間がなかった」

「充分に危険を冒してもらったわ、ジェームズ。わたしからは頼めなかった。どんなに感謝しても足りないわ」

ジェームズは彼女の声に感謝の念を聞き取り、会釈《えしゃく》した。

「あなたはどうして……どうして事情を知ったの？」

ジェームズは荒々しく頭を左右に振った。「話さないほうがいい。悪いが、アンナ、ひとつ訊かせてくれ。リチャードはきみに、大事なものの隠し場所について何か話さなかったか？」ジェームズは慎重に言葉を選んだ。「大事な書類だ」

「え？」

「リチャードはそれを隠すのに最適な場所を思いついたと言っていた。誰も、とくにモーリーには思いも寄らない場所だと言った。〝キリスト教の徳〟に関係している何かだと。彼はおもしろがっているようだったよ。皮肉だと思ったんだろうね」ジェームズは口元をゆがめた。微笑もうとして、しかめ面になった。「リチャードは……リチャードは賢かった」

「ええ、そうね。リチャードは賢かった」アンナは困惑し、勝手な怒りがこみあげてきた。いつになったら男性にとって、栄光よりも愛情が重要になるのだろう？　ひとりの女性と三人の幼い娘が、政治犯を捕まえるという刺激的な魅力よりも優先されるのだろう？　たぶん、こんなことを考えること自体が裏切りだ。「ごめんなさい、何も聞いていないわ」

ふたりは向き合って立っていた。ふたりともリチャードの存在しない日々へと踏み出すのがいやで、立ち尽くしていた。

「ぼくも彼が大好きだったよ、アンナ」ジェームズはかすれた声で言った。

〝大好きだった〟。過去形だ。

アンナは一歩脇に退いて、彼を家の中に入れた。それから彼女は夜明け前の暗闇の中であわただしく立ち動いた。

ジェームズを待たせておいて、アンナは黒い喪服に着替え、重い外套を着こみ、髪をねじるようにしてまとめ、ショールを頭に巻いた。娘たち、スザンナとシルヴィとサブリナを起こし、キスをし、小さな体を抱きしめ、髪のにおいを嗅ぎ、なめらかな頬に触れ、娘たちにはわかるはずもない約束を必死の思いでささやいた。娘たちに服を着せ、細密画を持たせた。

アンナは一瞬細密画を見つめ、目に熱い涙がこみあげてくるのを感じた。これらの細密画を用意したということは、彼は知っていたのだ。ひどい話だ。彼は危険が迫っていると知っていた。アンナに、そして彼自身に何かが起こるかもしれないと察していた。

アンナはずっと彼を愛している。でも彼を許す日が来るだろうか？

「これをあなたに」アンナはジェームズに言い、飾り気はないが上等なダイヤモンドのネックレスを彼の手に押しつけた。「何かの役に……そう、娘たちの役に立つかもしれない」

ジェームズは何も訊かずにこれを受け取った。協定の印のように、しっかりと握りしめた。

「わたしはどうすれば……」

「手紙を送ってくれ、アンナ。でもほとぼりが冷めるまで、数カ月は待つんだ。できればこの国を出たほうがいい。噂が広まったら、イギリス国内はどこも安全でない。無事を祈るよ」

アンナは最後にもう一度家を見た。つい何時間か前までは最高の幸せ、最高の愛、唯一の愛の巣であった屋敷。

アンナは娘たちのために祈った。リチャードのために。正義のために。

ジェームズの手を借りて貸し馬車に乗った。御者が手綱で馬たちの背を打ち、馬車は勢いよく走りだしてアンナ・ホルトを連れ去った。

1

一八二〇年五月

スザンナ・メークピースは新しい服を着ており、ダグラスはいつにも増してすてきで、ふたりがいっしょにいる姿はまさに幸せそのものだった。

スザンナは父親が田舎に持っている地所内の低い丘陵地に親友たちと座っていた。若い娘たちは草の上に夏の花のように散って座り、小さなヒナギクの花を摘んでは編み、その傍《かたわ》らに若者たちが寝そべっていた。暖かな日だったが、気まぐれなそよ風が吹き、帽子のリボンや長いスカートの裾をひらめかせた。ダグラスがこっそりスザンナの踝《くるぶし》を見た。スザンナはわざと眉をひそめて、あわててスカートの下に足を引っこめた。ダグラスがスザンナにウィンクをした。あと二週間もして彼女の夫となったあかつきには、彼は彼女の全身を見る権利を得ることになる。そう考えると、スザンナはほんの少し胸が騒いだ。

そよ風同様に、会話もまた気まぐれだった。友だちや舞踏会やパーティーなどの話題が持ち上がり、笑いあい、忘れられ、ふたたび話題になる。今は夏、あるいはまもなく夏になるところで、夏は陽気な季節だ。ちょうど、ロンドンの舞踏会の合間の季節だった。お楽しみのあいだに小休止などがあってはならない。

「ジョージ・パーシーの踊る格好を見たかい？」ダグラスが言った。「腕がピン止めされたみたいにぶらぶらして……踊るというより振りまわす感じ……ほら」ダグラスは立ち上がった。「こんなふうにさ」彼は操り人形のようにバタバタ動いてみせて、みんなを笑わせた。

若者たちの背後で、つき添いのミセス・ドルトンが感心しないというように舌打ちをした。

「もう、いいじゃないですか、ミセス・ドルトン、ちょっとはおもしろいと認めてくださいよ」ダグラスは甘い声で言い、婦人のほうもしぶしぶこわばった笑みを見せた。この婦人は、スザンナのお目つけ役として雇われた一連の女性の最新版だ。刺繍《ししゅう》の手本を刺している。啓発的であっても、お説教に聞こえる言葉を刺繍しているにちがいない。たとえば〝柔和なる者は地を受け継ぐ〟というような聖書の教えとか。スザンナはよく、ミセス・ドルトンの刺繍はスザンナの手綱《たづな》を引き締める暗黙の試みのようだと感じた。〝もっとがんばってもらうわよ、ミセス・ドルトン〟と、スザンナは生意気に考えた。スザンナ・メークピースは柔和だったせいで〝季節の花〟になったわけではない。それをいうなら、侯爵の跡取りであるダグラス・キャズウェルからプロポーズされたのも、柔和さゆえではない。

スザンナの親友であるアメリア・ヘンフリーが、とつぜんいいことを思いついたというように両手を打った。「すごくおもしろいわ、ダグラス！　今度はミスター・アースキンをやってよ！」

彼の気を惹《ひ》こうとしているのかしらと、スザンナは鋭い視線をアメリアに投げた。アメリアは豊かな金色の巻き毛に大きな青い目で、この季節、無数の素人詩人から詩を捧げられていた。スザンナはこっそりアメリアの服についているひだ飾りの数を数え、ひとつしかないことを発見して少し安堵した。スザンナの新しい服には三つもついている。

スザンナ自身の目については、彼女の知るかぎり、ひとつも詩が書かれたことはない。彼女の目は薄い茶色で、緑色と金色が万華鏡のようにちりばめられている。ダグラスには、その目に幻惑されたんだと言われたことがあった。彼はスザンナの目に魅了されて結婚を申しこんだ、そうするしかなかったと言った。ダグラスはとても賢いところがあり、それはスザンナが彼を愛する理由のひとつだった。

アメリアは金色の巻き毛と澄んだ瞳にもかかわらず、誰とも婚約していない。ともに莫大な遺産を相続するはずの娘どうしとして、スザンナはひそかに、アメリアにも自分と同じくすてきな相手が見つかるようにと願っていた。

それにアメリアはいい子だもの。意地悪なことは言わないし、誰にたいしてもにこやかで、不品行なこともしない。それに引き換えわたしは……。

意地悪というわけではないと、自分で考えた。でも、いい子でもない。スザンナは魅力的で溌剌《はつらつ》としていて気の利いたことを言うが、そうしながらも、自分が魅力的で溌剌としていて気の利いたことを言っていると意識しており、それはどこかまちがっているような気がしていた。しょっちゅう漠然とした不安を感じ、胸が痛くなるほどのこともあり、美しい服や立て続けのお楽しみにも気持ちはやわらがなかった。ひそかに周囲に嫉妬や批判を感じることがしょっちゅうあったが、それを誰にも打ち明けようとは思わなかった。そんなことをしても、自分にとっていいことはないとわかっていたからだ。

今もスザンナは、そうした思いを抱いていた。アメリアは退屈だ。

スザンナはその思いを打ち消した。まったく、アメリアは親友だというのに。スザンナはスケッチブックを手にして、公園の隅の木立ちを木炭で描き始めた。これ以上いけない考えを抱かないようにという努力だった。

「アースキン？」ダグラスは顎をかきながら、アメリアの提案を考えた。「何があっても大声で笑って、しかも笑うとき体をふたつに折るやつかい？」

「あいつがペンバートンの舞踏会で速いステップを踏んだときのざまを覚えてるかい？」横たわっている若者たちのひとり、ヘンリー・クレースンが、物憂《ものう》げに言った。

「ペンバートンの舞踏会？　青いサテンの服を着ていった会かしら？」アメリアはこれまでの人生の出来事を、すべて自分の服装で覚えている。

「そうよ」スザンナは言った。正直言うと、スザンナもそうだった。「わたしは絹の服とそれに合った……」

「舞踏会のドレスの話をしてるんじゃないだろう」ヘンリーが不満げに言った。

スザンナはふざけてヒナギクを彼に投げつけた。「だったら馬の話をしましょうか。わたしの新しい牝馬を見た、ヘンリー？」

ダグラスは我が物顔でスザンナの横に座った。スザンナはおまえにヒナギクを投げつけたかもしれないが、彼女はぼくのものだぞという、ヘンリーにたいする無言のメッセージ。スザンナは心の中で笑った。

「スザンナのお父さまはきりもなく新しいものを買ってくれるのね」アメリアは羨ましそうに言った。「うちの父なんか、ひとつ新しい服を買うと、甘やかしすぎだと言うのよ。母が何を言っても、お財布の紐をゆるめてくれないの」

そのときスザンナはまた、例のありがたくない、胸が締めつけられるような感覚を覚えた。嫉妬だ。アメリアの父親が物を買い渋ると聞いて羨むだなんて、奇妙なことかもしれない。ただ、つまり……スザンナの母親は大昔に亡くなり、ジェームズ・メークピースは娘の養育を家庭教師や家政婦や、ミセス・ドルトンのような手ごわいお目つけ役にまかせきりだった。彼女たちの監督のもと、スザンナは淑女のたしなみを身につけた。スザンナはピアノが弾けて歌も歌え、人並み以上に上手に絵を描ける。ダンスもうまい。縫い物もできる。奇跡的にも甘やかされすぎてわがままになることはなかったが、それはあえて余計な労力を使って不品行を働くに足るような価値はないと思ったからだった。

だがこれこそ、スザンナの嫉妬の根源だった。スザンナは美しいものにかこまれて美しい家で育ったが、彼女がどれだけの金を服に費やしているか父親が気にかけてくれるなら、なんでも……いや、新しい牝馬はいやかもしれないが、ピアノや外套だったら、よろこんで手放すことだろう。正直に言えば、スザンナのすること、なんでもいいから気にしてほしかった。たしかに父親は、普通の父親なら当然のこととして、ダグラスとの婚約を喜んでくれた。だが父親は骨董品の輸入という商売柄出張が多く、めったに家にいなかった。スザンナは父親が彼女のことを家具のひとつぐらいに考えているのではないかと思っていた。父親は……書斎にある大きな時計や自慢のマスケット銃の手入れをするのと同じように、スザンナを気にかけてくれる。彼は太陽と同じく、スザンナの幸福のために不可欠ではあるが、遠くてよそよそしい存在だった。

そんなわけで、アメリアやダグラスや、ほかの友だちが両親について話していると、スザンナは心が乱れた。両親の話題は、スザンナにはけっして共感できないものだった。母親については曖昧な記憶しかない。真夜中に起こされたときのあわただしいささやき声と動き、暗い色の髪と目、あやすような声……たったひとつ具体的な物として、美しい女性の細密画があった。巻き毛、陰のある大きな淡い色の目、優しげで寛大な口もと、繊細な彫りの頬骨。スザンナにそっくりな顔。裏には几帳面でなめらかな手書きの文字で、〝スザンナ・フェースへ。母、アンナ〟とある。この細密画が、家じゅうで唯一の母親の姿だった。

スザンナが小さいとき、彼女は細密画をナイト・テーブルにおいておきたがったが、引き出しに入れておくようにと父親に優しく諭された。そのときスザンナは、母親の死が父親の心を完全に打ち砕いてしまったため、母親を思い出させるものは、娘を含めて何もかも、苦悩の種でしかないのだろうと考えた。

だがちょうど一週間前、スザンナは父親が彼女の寝室にいて、細密画を手にしているところを見つけた。スザンナは息をのんだ。痛いほどの期待が湧き上がった。とうとう母親の話ができる……少しずつ父親の心が溶け、父親との距離が縮まり、服にお金をかけすぎると小言を言われるかもしれない。

だがそこで、父親が細密画の裏を見ているのに気づいた。そして彼はつぶやいた。

「なるほど」致命的なほどに心を打ち砕かれた人物にふさわしい、〝ああ〟とか〝なんと！〟といった言葉ではなく、〝なるほど〟だった。その言葉には興奮が感じられた。じつのところ、〝やったぞ！〟に似た響きさえあった。

　そのとき父親が目を上げ、スザンナはその顔に驚きと悲しみがよぎるのを見た。

「失礼したね」そう言って、父親は部屋を出ていった。

　ダグラスが身を乗り出して、スケッチブックに手をのばした。彼の首のうしろが日焼けして金色に輝いており、スザンナは彼の癖のある黒髪の生《は》え際に指を走らせたくてたまらなくなった。もうすぐ彼の全身に触れられる。こんな思いを知ったら、ミセス・ドルトンはどんな言葉を刺繍するだろう。そう考えると、スザンナの気持ちはいくぶんゆるんだ。未来の侯爵の妻になれば、きっと嫉妬や不安は過去のものになるだろう。

　ダグラスが急にスケッチブックをめくっていた手を止め、片手を額にかざして眉をひそめた。「スザンナ、あそこに来るのはきみのところの家政婦じゃないか？　ずいぶんあわててるみたいだな」

　普段は一挙手一投足に注意を払って動く、大柄なミセス・ブラウンが、スカートの裾を踝の上まで持ち上げて、あたふたと草地を横切ってきた。

　そのむき出しになった踝に家政婦のもたらした用件が見て取れたかのように、ひとりずつ、やがて全員が動きを止めてその場に釘づけになったことを、のちのちまでスザンナは憶えていた。

ミセス・ブラウンのいかめしい顔を見ながら、スザンナはゆっくりと立ち上がった。心臓は不規則に速く鳴っていた。

ミセス・ブラウンが口を開く前に、スザンナにはわかっていた。

キットが執務室のドア口に現われたとき、伯爵はフールスキャップ判の紙にペンを走らせていた。「おはよう、クリストファー」上の空のような話しぶりだった。「座ってくれ」

キットは父親から呼び出されたのが面倒な用件だとは知らなかったとしても、愛称の〝キット〟ではなく〝クリストファー〟と呼ばれたことで、それを察知した。言われたとおりに腰を下ろした。その動作は普段よりも慎重だった。昨晩は非常に遅くまで外出しており、今は非常に早い時間だ。高い椅子は父親の机の……へ、へ、さきの前に位置している。キットはそう考えるのがおもしろいと思っていた。この机は立派な船のようだ。オーク材は伯爵が日常の仕事をおこないながら自分の姿を見ることができるほど磨き上げられている。深く思い悩みながら。歴史に影響を与えるような書類に署名しながら。

息子を叱りつけながら。

だが、キットはまだこの特別な呼び出しの理由がわからなかった。

「おはようございます、閣下」

キットの父親は顔を起こし、息子のかしこまった口調に眉を上げてみせ、椅子の背に寄りかかり、二本の指先で羽ペンをひねりながらキットをながめた。父親の立派な執務室の窓から、ロンドンの住人が歩いたり馬に乗ったり、船や馬車で仕事を始めようとしている様子がうかがえた。諜報活動の予算を監督し、政府諜報員任命の最終責任者になることも頻繁にある父親は、そのすべてに、ひそかに間接的に影響力を持っている。

「自分の上官をばかだと思うからといってな、クリストファー」伯爵はうんざりしたように言った。「じっさいにばか呼ばわりしてもいいことはないだろう」

ああ、これでキットは思い出した。

「でも父上、あのばかは……」

伯爵はかすかに首を振り、キットは口をつぐんだ。たしかに、今まで何度〝チザムはばかだ〟と思ったかしれないが、昨晩まではけっして声に出して言ったことはなかった。これはたいへんな奇跡と言っていい。というのも、キットは生来率直に物を言う傾向があり、何年も軍隊で訓練されたおかげでようやくそれを抑えられるようになった。それに正直言って、チザムはばかなのだ。

だが実際にそう言ったことには、父親と同じくらい自分でも仰天していた。エールを飲みすぎたせいにちがいない。そう、それとブランデーと。それから……ウィスキーもだったか？　しだいに昨夜の出来事がよみがえってきた。断片的ではあるが、残念なことに鮮明だ。昨日の夜は〈ホワイツ〉で、仲間の諜報員何人かと一緒だった。親友のジョン・カーもいた。当然、みんなで飲み始めた。戦争が終わってから五年のうちに、ますます飲む機会が増えたような気がする。退屈なせいだろう。キットは危険と隣り合わせの生活、微妙な戦略や目的といったものに慣れていた。戦後の生活は、どことなく刺激が足りなかった。

その晩のある時点で、上官のチザムが〈ホワイツ〉に現われ、それから……。

父親がなにげなく羽ペンで吸い取り紙の台を叩いた。トン、トン、トン。音は砲弾のようにキットの頭に響いた。身を乗り出して父親の手からその拷問具を取り上げ、へし折ってやりたい衝動に駆られた。

「チザムはばかではないぞ、クリストファー」

「もちろんちがいます、閣下」キットは同意した。

ありがたいことに、羽ペンを打つ音は止まった。静寂。

「あいつはまぬけなんだ」やがて伯爵が言った。

「ぼくがまちがっていました、閣下。まず父上に校閲してもらうべきでした」

父親は頬をゆるめないようにするのに苦労していた。だがすぐに真顔に戻り、キットを不安にさせるような目で彼を見据えた。国に仕えて十年、何度も危機を乗り越えて英雄的成功をおさめ、驚くべき狙撃能力を数えきれないほど発揮してきたとあれば、ウェストフォール伯爵の跡継ぎであるグランサム子爵、キット・ホワイトローが不安になるような人物はそうそういなかった。

「閣下、自分が言ったことは許しがたいことだとわかっています、父上にはぼくらしくないことだと……」

伯爵は鼻を鳴らした。「おまえらしくないだと？　ミルヴューとの一件のようにか？」

キットは即答しなかった。たしかにミルヴューとの一件があった。ミルヴュー卿。まったく不愉快な事件……あの事件のせいでキットは伯爵に、エジプト勤務に戻すと脅された。キットのロンドンへの執着を考えれば、まったく有効な脅迫だった。キットはミルヴューの……生まれをたずねたのだ。

「あれには謝罪しました」キットは堅苦しく言った。「みんな飲んでいたんです、わかるでしょう、それに……そう、謝罪をしました。チザムにも謝罪するつもりです」

「最近おまえはずいぶん謝罪しているとは思わないかね、クリストファー？」

キットは賢明にも、この形ばかりの質問に答えようとはしなかった。いずれにしても父親が彼の代わりに答えるつもりでいるに決まっている。

「わたしはそう思うね」伯爵は言った。「それに女遊びが激しいという噂もあるようだ」

ぼくが、ほんとうに？　キットは心の一部で感心した。別の一部では、自分が評判や噂の対象となっていることに驚いていた。

「遊んでいる相手はひとりです、閣下」キットは弱々しく言った。「複数ではない、たったひとりです」

「一度にひとりか。最近のは人妻だ」

「ちがいます！」キットはショックを受けたようなふりをした。だがこの呼び出しに間に合うように目を覚ましたのは、当の伯爵夫人に、夫が愛人のところから戻ってくる前に服を着て出ていってくれと急《せ》きたてられたからだった。伯爵夫人本人がおもしろいというわけではなかったが、美しく、甘やかされてわがままで、追いかけるにはおもしろい相手だった。

伯爵はこれを無視した。例の忌々しい羽ペンを机に叩きつけながら数え上げはじめた。

「おまえは戦場で名を上げた、キット」トン。「自分は傷つきながら、部隊長の命を救った」トン。「勇敢によく戦ったと、もっぱらの評判だ」トン。

キットは困惑して聞いていた。戦場では自分自身でいただけで、それに与えられた使命があった。こうしたことはどれも、特別に英雄的な行為とは思えなかった。

ああ。これで父親の言いたいことがわかった。〝最近のおまえは自慢できないぞ、クリストファー〟

キットは英雄的行為の定義をしなおし、もじもじしないように努めながら父親が本題を口にするのを待った。

「手短に言おう。おまえはさまざまなことで手柄を立てたが、知ってのとおり、キット、戦後は諜報員の仕事はどんどん減っている。実際、今朝ジェームズ・メークピースの訃報を受け取ったが、彼の後任を入れる予定はない。そこでわたしは……」

「ジェームズ・メークピースが死んだ？」女遊びのお楽しみなど吹き飛ばす、驚くべき知らせだった。だってキットはついこのあいだジェームズと会って……。

何かの前兆だろうか、とつぜんキットの腕に鳥肌が立った。

「ジェームズはどうして死んだんですか、父上？」キットはなんとか平静な声でたずねた。答えはわかっているような気がした。

「殺された。強盗だ。ポケットは空《から》になってた。残念なことだ、わたしも悲しい。さて、要点を言おう。言ったように、諜報員の仕事はどんどん減る一方だ、そこでおまえを……」

「閣下、ジェームズはサディアス・モーリーに関する嫌疑を追っていて殺されたんだと思います」

突拍子もない言葉だった。口にした瞬間に、キットにはそれがばかばかしく聞こえるとわかった。ジェームズから初めてその話を聞いた煙の立ちこめる〈ホワイツ〉の薄暗い店内ではなく、日当たりのいい父親の執務室ではなおさらだ。父親の顔の表情で、それがはっきりと確認できた。

だが殺人が起こったとなると、話がまったくちがってくる。

一週間前、キットが〈ホワイツ〉に行くと、ジェームズ・メークピースがたったひとりで、ウィスキーのグラスを見つめて座っていた。まるでウィスキー・グラスで何ができるだろうかと考えているようだった。ひとりでいるのは妙ではなかった。ジェームズはしょっちゅうひとりでいた。だがウィスキーというのが、キットには引っかかった。ジェームズは外国課に所属しており、外国の諜報活動に関していっしょに働く機会があっても、ジェームズがお茶よりも強いものを飲むのを見ることはなかった。実際、ジェームズ・メークピースのもっとも特徴的な点は……そう、特徴がないことだった。静かな威厳があり、稀《まれ》に辛口の機知を見せ、温かみはなくても信頼感のある、確かな能力の持ち主。ロンドンに町屋敷があり、田舎にも家があって、娘がひとりいると聞いていた。キットが知っているのはそれだけだったが、以前から彼はジェームズに好感を持っていた。それはジェームズが不可解な男だったからかもしれない。それがキットの好奇心を刺激した。もう、ほかの要素に惹かれることはめったになかった。

そこでキットは、たぶんジェームズはウィスキーを飲むつもりはなく、だったら代わりに飲んでやろうと考えて、そちらに近づいていった。ジェームズはキットに言った。

「グランサム、〝キリスト教の徳〟について、何か知っているか?」キットは冗談半分にくるりとうしろを向き、いま来た方向へ立ち去ろうとした。

そのときジェームズが……笑った。

あの悲しげな小さな声を、笑い声と呼べるのならだが。キットは天邪鬼《あまのじゃく》な好奇心からジェームズのところへ戻った。

「心配するな、グランサム、他人に道徳の講義をしようなんて気はないよ」ジェームズは言い、これだけで充分にキットの興味を惹いた。だがさらにジェームズは言った。「〝キリスト教の徳〟と……ミスター・サディアス・モーリーにまつわる話があるんだ」

ジェームズは何年も前にキットやその家族と同じバーンステーブルに住んでおり、キットの過去を多少なりとも知っていて、猟犬が野ウサギを無視できないのと同じくらいに、キットがサディアス・モーリーの話題を無視できないのを知っていた。

ジェームズは話をし、キットはそれに耳を傾けたが、どちらかというと納得したというよりはおもしろがったというほうがよかった。そのおかしな話が終わる前にジョン・カーやほかの友だちが現われてジェームズから引き離されてしまったが、キットはしっかりジェームズのウィスキーを飲み干していた。

父親は話をさえぎられたのが気に入らず、顔をしかめた。「ジェームズがモーリーについての嫌疑を追っていた？　ホイッグ党下院議員のか？　どんな嫌疑だ？」

「先週のことです。ジェームズはモーリーが二十年近く前のリチャード・ロックウッド殺しに関与していたのではないかと言いました。彼は……」キットは言葉を切った。頭の中のもやが晴れて、ジェームズの言葉がはっきりよみがえるのを待つように。「彼によると、ロックウッドはモーリーが政治資金を集めるためフランスに情報を売ったことを証明する証拠、どうやら書類のようですが、それを集めていたそうです。それでモーリーは、彼を消すよう手配した」

父親は、すぐには何も言わなかった。それからコートを身につけるかのように、キットが子どものころからよく目にし、嫌ってきた、あからさまに我慢しているような表情を浮かべた。

「クリストファー、力のある人間は嫉妬を、そして神話さえも引き起こすものだと、おまえもよく知っているだろう。モーリーは低い身分の出だから、よけいにそういうことを言われるんだろうな」

キットは苛立ち、深く息を吸いこんだ。「閣下、ジェームズはロックウッドがモーリーの罪を証拠づけるものを、何か……〝キリスト教の徳〟と関係する場所に隠したと話してくれたんです。どこか……思いも寄らない場所に。彼の使った言葉です。〝思いも寄らない場所〟だと。でもロックウッドは、その場所がどこなのかは教えてくれなかった。そして証拠が明るみに出る前に殺された」

伯爵は深刻な顔をして息子を見つめた。キットもじっと見返した。

そこで急に、満足のいく結論が出たかのように、伯爵の表情が晴れた。「その話をしたときジェームズは飲んでいたのか？　おまえは酔っていたのか？」伯爵は父親らしい心配そうな顔をして身を乗り出し、眉間《みけん》に皺を寄せてにおいをかいだ。「今は酔っているのか？　朝食に酒を飲んだかね、クリストファー？」

「とんでもない、父上。朝食に飲んだりしていませんよ」今この時点では、食べ物や酒のことを考えただけでもキットの胃はひっくり返りそうだった。「それにジェームズが酔ったところなど一度も見たことがない」

「ふふん」ジェームズが素面《しらふ》であったとの申立てにたいし、伯爵はうなり声で答えた。

「ジェームズから聞いた最後の話はですね、父上」キットは頑固に続けた。「ついにモーリーの罪を暴く書類の在り処《ありか》を見つけたと思うということでした。その彼が死んだ。ふたりの死人が出た。二件の殺人です。ふたりとも元軍人で、モーリーのことを調査していた」

「そのうちの一件は十七年も昔だぞ、クリストファー」伯爵は怒りにまかせて両方の手のひらを机に打ちつけた。キットは頭痛に震え上がった。片方の目が白目を剝《む》いてしまいそうだった。ウィスキーまで飲むんじゃなかった。「関係があるとは考えられん。それに万一ジェームズが殺されたときモーリーに関する嫌疑を調査していたとしても、それは正当に認められた活動ではなかった。そのうえ……」伯爵はわざと口調をゆるめて言った。「ロックウッドの愛人が殺害現場にいたという目撃者がいて、その後愛人は姿を消し、見つからなかった。ロンドンは何カ月も大騒ぎだった。新聞に似顔絵が載り、国じゅうで必死の捜索が繰り広げられて……」伯爵は手を振りまわした。必死の捜索というのを示しているつもりだろう。「……やがてしかたなく鎮まった。多少見苦しいが、単純な話だ。そしていい例でもある」伯爵はその日の最初の話題に戻して言った。「愛人は危険をはらんでいるということだ」

愛人は危険をはらんでいる？　キットは一瞬、この話題に気を逸《そ》らされた。昨晩、伯爵夫人に精力を吸い尽くされるかと……。

「訊かせてもらうが、息子よ、なぜジェームズ・メークピースはそのおかしな考えを、取り立てておまえに話そうと思ったのかね？」

ちくしょう。

自分に不利な話を持ち出さずにはこの質問に答えることができないとわかっていたので、キットは頑固に黙っていた。

とうとう父親は椅子に座りなおし、苦しげにため息をついた。疑念が確認できたというようだった。「クリストファー、つい数日前だ、ミスター・モーリーに訊かれたよ。とても遠まわしではあったがね、どこでおまえの不興を買ったのだろうかとね」

これは驚きであり、そのじつ驚きではなかった。「彼がそう感じているのは残念です、父上」キットはかたくなに言った。「でもぼくは、そのような印象を与えることをした覚えはありません」

だがモーリーはキットがしたことを知っているにちがいない。話は二十年ほど前の晩、バーンステーブルの父親の屋敷でのパーティーにまでさかのぼる。ふたりの親友どうしが張り合って、殺し合いかねない状況になった。美しい奔放な娘をめぐってだ。あのとき、初めてキットはサディアス・モーリーと会った。

そしてあれ以来、キャロライン・オールストンとは会っていない。

手詰まりのような静けさが続き、父親の部屋の窓のカーテンが風にゆっくりと揺れ、その動きを見てキットはふたたび胃が騒いだ。だがあえて目を閉じようとはせず、父親の顔を見た。そうしていたかった。キット自身の顔に似ていたが、伯爵の顔のほうが柔和で、調和が取れていて愛想もよかった。みんなにハンサムだと言われた。その息子は、祖父からがっしりとした鼻と尖った顎、母親からは相手をどぎまぎさせるような鮮やかな青い目を受け継ぎ、ハンサムだと言われることはなかった。言われるとしたら、〝忘れられない顔〟だった。

今まで、かなりの女性からそう言われた。怒りに満ちた声で……あるいは満足しきった声で。

「父上」キットは静かな声でふたたび挑戦をした。降伏するのは彼の気性に合わなかった。「ジェームズ・メークピースはどんなつもりで、あのような話をぼくにしたんでしょうか？　すくなくとも何か理由が……」

「クリストファー」父親の声は冷たかった。「放っておけ」

「どうしてですか？」キットの口調は激しかった。「モーリーを調査するのは、政治的にまずいんですか？」

ああ、これは危険な質問だった。キットはすぐに後悔した。こめかみがずきずきするせいで、うっかり口にしてしまった。シャンパンのことも思い出した。伯爵夫人が臍《へそ》に注いだシャンパンを、彼は……。

「おまえにとって大問題なはずだぞ、息子よ」伯爵は静かに言った。

キットは身を引き締めて、口をつぐんだ。父親への忠節は大事だ。じっさい、キットは父親にたいしては絶対的な忠節を尽くしてきた。それにモーリーにたいする感情を父親にうまく説明することはできないとわかっていた。キャロライン・オールストンを説明する言葉なら、いくらでもあるのだが。

「さて、それでは」父親はきびきびと言った。「ばかな話で時間を浪費してしまった。単刀直入に言おう、クリストファー、最近の出来事にかんがみて、以前から話していたとおり、おまえをエジプトへやることにした」

キットは息が詰まった。かすかに口を開けたが、何も言葉が出てこなかった。

父親は超然とした態度で彼を見返した。実験結果が出るのを待っている科学者のようだった。

「父上はぼくを……」キットはようやく不満げな声を出した。あまりに恐ろしくて、残りは言えなかった。

「……おまえをエジプトにやることにした」親切なことに、父親は繰り返した。「そうだ。今日だ。二時間もしたら船が出る。荷物をまとめるように手配した」

体が動かなかった。手足が大理石にでもなってしまったようだった。言葉を思いつけない。ただ父親を見つめ、衝撃がやわらいで何か作戦を立てられるようになるのを待った。

伯爵はまだ息子を見ていたが、その顔の表情はしだいに物思わしげに変化した。

「あるいは……」父親は考えこみながら言った。

難破船の折れたマストにしがみつく水兵のように、キットは父親の〝あるいは〟という言葉にしがみついた。待ち受けた。父親が次に言う言葉などなんでもないかのように、微笑みを浮かべようとした。

「……すぐさまバーンステーブルに戻って、自然誌をまとめるのでもよい」

微笑みが消えた。「なんですって?」

「自然誌だ。自然誌だよ」わざとらしく無邪気な口調だった。「ミスター・ジョセフ・

バンクスがやっていたような仕事だ。いまやイギリスの田舎の花や動物に関する研究は重要視されており、バーンステーブルのあたりはこれまで注目されることがなかった。ちょうどそれをまかせる人間を探していたところで、おまえが適任だと思う。メモを取り、絵で記録する。そのあいだ、〈バラ館《ローゼズ》〉に滞在すればいい。覚えているだろうが、あそこはおまえの母親のお気に入りの家だった。最近は放っておいたからな」

父親は発作でも起こしたのだろうか？「バンクスは博物学者でした」キットはゆっくりと説明をした。「ぼくは諜報員です」

「そうだ、何年も前にじゃじゃ馬娘を取り合って友だちを撃ったおまえを軍隊に入れたあと、おまえはそれになった……」

「決闘です」キットはつぶやいた。「ぼくは十七歳でした」

「……だがとても若いころは、クリストファー、おまえは博物学者になりたがっていた」

キットは我が耳を疑った。「たしかに。ほんの五分間ね」

伯爵はなにやら思い出にふけっていた。「覚えていないのか？　木登りをし、リスや鹿を追いかけ、ヘビやら何かの巣やらを家に持ち帰ってきた。いつでも観察していた。池で泳ぎ、絵を描いていた。おまえの母親はいいことだと思っていたよ。あのあたりに、珍しいネズミがいたんじゃなかったかね？」

「ハタネズミです。あの地方には、珍しいハタネズミがいます」キットは不機嫌に言った。

「ほらな? 詳しいじゃないか」伯爵は思ったとおりだというように、嬉しげに言った。

とつぜん、沈鬱な気分とともに、キットはすべてを理解した。「ああ」彼は無表情な声で言った。「わかりました。ぼくは流刑にされるというわけですね」

伯爵は晴れやかであると同時に邪悪な笑みを見せた。「ようやくわかったか」

「まさか……他人をばか呼ばわりしただけで流刑にはできないでしょう」

父親は穏やかに黙ったままキットを見た。

「あるいは他人を……庶子と呼んだだけで?」

静かな湖面のように、父親の沈黙は揺るがなかった。

「あるいは……女遊びをしただけで?」キットは口ごもりながら言った。

「できるとも」伯爵は明るく言い返した。「そのすべてが重なればな。一度警告しておいたはずだぞ、クリストファー。選択肢はふたつだ。バーンステーブルへ行って自然誌をまとめるか、エジプトへ赴くか。選べ」

父親は本気だと、キットは気づいた。父親が本気のときは、何を言っても聞き入れられない。何年も前、決闘のあと、あっというまに陸軍士官学校へ送られたときもそうだった。キットは伯爵を見つめた。心の中には苦労して落とした伯爵夫人の生々しい姿が浮かんだ。数えきれないほどの華やかな歓びや慰めが、イギリスの海岸を離れていく船とともに小さくなっていく。

バーンステーブルと〈ローゼズ〉……さて、バーンステーブルはロンドンから馬を飛ばせば数時間という距離だが、やはりロンドンでないという点ではエジプトと同じだった。

「ぼくはここで必要とされています。イギリス政府で最高の諜報員ですよ」

正式に認められてはいない主張にたいして、父親が異議を申し立てなかったのはありがたかった。だが父親は態度をやわらげもしなかった。

「エジプトかバーンステーブルかだ、クリストファー。もしバーンステーブルを選ぶなら、徹底して自然誌をまとめてほしい。あらゆる植物、あらゆる生物を……注意深く忠実に記録してくれ。まとめるのに一カ月やる。その後、陛下の機密諜報部にいつづけさせるかどうかを改めて検討しよう。もし女遊びをしたとか、任務以外の仕事をしたとかいう噂を聞いたり、期間中にロンドンにいたり、ロンドン近辺にいる噂を聞いたりしたら……わたしがみずからおまえをエジプト行きの船に乗せて、そこで地味な政府関係の部署につかせる。わかったかな？」

静寂が木槌のように響いた。

キットは多少の威厳をもってこの場を乗り切ることにした。「バーンステーブルを選びます」彼は静かに言った。

「よかろう。おまえがエジプトに行ったら、寂しくなっただろう」

ここでこのとんでもない父親は微笑んだ。

キットは父親らしい愛情表現などにはだまされなかった。「一カ月もたたないうちに満足してもらえるような結果を出せたら？」

「帰ってきていい」父親は穏やかに言った。「もし、わたしが満足するようにまとめられたらな。出発の準備に一日やる。さあ、もう行け」

キットは椅子を引いて立ち上がった。もちろん、そろそろとだ。

「それで、息子よ……」これから言う言葉はけっして軽視するなというように、父親は軽い口調で言った。「モーリーの件は放っておけと、もう一度注意する必要はあるまいな？」

父親はキットのことをよく知っている。「もちろんです、閣下。それはすでに合意済みのはずですが」

「おまえはいつでも賢い子だったよ、クリストファー」

2

金めっきをほどこされた図書室の大きな時計が、疑いに満ちた時間を刻々と刻んだ。

「え……資産がない?」スザンナは、万が一父親の事務弁護士の言葉を聞きまちがえた場合に備えて訊き返した。

「無一文です」ミスター・ディンウィディは無慈悲にも、いちいち言葉を区切るようにして言った。「〝資産がない〟とは、そういう意味です、ミス・メークピース」

スザンナは呆然とし、顔をめぐらせて図書室を見まわした。助けを求めるかのように。父親だった人物の手がかりを求めるかのように。

父親は喉を裂かれたと聞いた。静かに流れていた人生に、そんな暴力的で劇的な終止符が打たれるとは。午前中ずっと、弔問客から悔やみの言葉をありがたく聞き、涙か微笑みかを浮かべたいと思いながら、スザンナは気だるい悲しみに取りつかれ、感覚が麻痺したような気分でいた。自分にとって優しいばかりだった男性を失った悲しみ。彼のことを実際には何も知らなかったという悲しみ。

これは娘が父親にたいして持つべき悲しみ、傷心のあまりに湧き出る悲しみだろうか？　スザンナの悲しみには罪悪感と、そして自分に正直になるとしたら、怒りも混じっていた。父親のことをもっと知りたかった。もっと愛したかった。

父親はそれを許してくれなかった。

「ミス・メークピース？」ミスター・ディンウィディに呼びかけられて、スザンナは我に返った。

スザンナはミスター・ディンウィディに顔を向けた。「無一文ですって？　でも……わからないわ。だって……つまり……」

「店や商人の厚意で、お父さんはこの家にあるものの大半を……あなたの服も含めて……何年にもわたってつけで買っていた。使用人には支払いがありましたが、ほかの債権者にはなく……わたしも払ってもらえないでしょう」彼は残念そうに言った。「お父さんの財産や調度品は負債の返済のために没収されます。できるだけ早く屋敷を空《から》にするようお勧めします」

無一文。これを聞いてスザンナはこめかみが脈打ち、まともに息ができなくなった。ミスター・ディンウィディを見るともなしに見つめた。自分の喪服……美しい仕立てのすてきな服は、どうやら未払いで……とつぜんそれが鉛で出来ているように思えた。

どこからかハエが図書室にまぎれこみ、ミスター・ディンウィディのつややかな頭のまわりをまわっていた。スザンナはそれを、催眠術にかかったかのように見つめた。ミスター・ディンウィディは平然としていた。それから彼は頭を傾け、奇妙な……考えこむような表情になった。

「身を寄せられるような親戚はありますか、ミス・メークピース？　お父さんの遺書には、ほかの名前はありませんが」

「いえ……あの……」おかしな耳鳴りがして、スザンナは怖くなった。気を失うのだろうか？　これまで失神したことはない。舞踏会で一度か二度、ダグラスとふたりだけで庭に出る口実に、頭がくらくらしたふりをしたことはある。そうするとダグラスは、男らしく振る舞おうと思うらしかった。

ハエはミスター・ディンウィディの右耳に身を落ち着けることにした。ミスター・ディンウィディは汗のにじんだ丸い頭を手のひらではたき、それを払った。ハエはまた物憂げに飛び始めた。事務弁護士は咳払いをした。「もしよければ、ミス・メークピース、あなたとわたしとで……契約をしませんか」

「契約？」一瞬、スザンナの胸は期待に踊った。〝契約〟は〝無一文〟よりも響きがいい。

「わたしはロンドンに家を持っている。そこにあなたが住んで、その代わり……」彼はいったん言葉を切った。「週に一度か二度……わたしを楽しませてくれればいい」

スザンナは当惑して、眉をひそめた。

ミスター・ディンウィディは答えを待っていた。眼鏡の奥で小さな目が光っている。ようやく相手の言葉の意味を飲みこみ、スザンナは勢いよく立ち上がって、事務弁護士がとつぜん炎に包まれたかのようにあとじさった。

「あなた……よくも……よくもそんなことを！」スザンナは喉を詰まらせた。頬が火照った。

事務弁護士は肩をすくめた。肩をすくめた！

スザンナは震える息を吐き、思い切り背筋をのばした。「ご心配にはおよびませんわ、ミスター・ディンウィディ。婚約者はグレードン侯爵の息子です。あなたの……今の申し出を知ったら、もちろん彼は決闘を申しこむでしょうよ」

「はあ、もちろんね」事務弁護士の声音は、皮肉というよりは疲労のほうが色が濃かった。彼はスザンナの自信を根底から揺さぶるような悠長な態度で、ゆっくりと椅子から立ち上がった。

「失礼しますよ、ミス・メークピース。念のためおいていきましょうか」彼は名刺を差し出した。スザンナは顔をそむけ、まちがって受け取ったりしないよう、両手を拳に握った。「婚約者はかならずしも英雄じゃないかもしれないでしょう」

「でも……でも……ママはきみもわかってくれるだろうって言ったよ、スザンナ」

ダグラスはスザンナの前に立っていた。指の関節が白くなるほど強く帽子を握りしめ、悲しげに顔をゆがめている。普通、ダグラスが悲しげな顔をしていると、スザンナは彼の頬を手のひらでなでたりして慰めたものだ。たぶん、それが婚約者どうしのすることだろう。だが今は……。

「悪いね、ミス！　急げ、そら！」陽気なロンドン訛りの声が響いた。がっしりした靴を履いた男がふたり、ピアノの重さに耐えながら、大理石の床をよろよろと歩いてきた。スザンナは脇にどいた。つややかな表面に青白いスザンナの顔がゆがんで映ったが、すぐに楽器はドアの外に、永遠に消えた。

ダグラスは肩ごしにドアのほうを振り返り、出ていきたいような素振りを見せた。この五分で、彼は何度となく同じ仕草をしている。

「ダグラス……」自分の声にすがるような調子を聞き取り、スザンナは口をつぐんだ。何かを乞《こ》うたりするのは忌まわしいことだ。これまでの人生で、一度たりとも乞うたことはない。

忌まわしい。これは今までスザンナの語彙《ごい》にはなかった言葉だった。

だが婚約者に捨てられたばかりだとしたら、こういった言葉で武装する必要がある。スザンナ・メークピースが無一文だというニュースは、めまいを起こしそうなほどの速さで広まった。ミスター・ディンウィディのまわりを飛んでいたハエは、じつは近隣の女たちに雇われたスパイででもあったのだろうか？　ダグラスの母親は息子を災厄から救い出すべく、迅速な行動に出た。

「おーい！　足を上げてもらえるかな、ミス、悪いね、ありがとう」別の男がふたり、輪回し遊びでもしているように楽しげに、居間の柔らかい絨緞《じゅうたん》を丸めていった。男たちは巻き上げた絨緞を腕にかかえ、ドアに向かった。カーペットの房飾りが、黄色と青の球根型の中国製花瓶を、恋人の頬をなでる指のようにこすっていった。花瓶は台座の上で危なっかしく一度、二度と揺れ……止まった。スザンナはほっとした。割れなくてよかった。

ダグラスに叩きつけることになるかもしれないのだから。

「そうするのが……いちばんなんだよ、スザンナ」これまた母親の受け売りだろう。

「どうして、ダグラス？　どうしてそれがいちばんなのか、説明してちょうだいよ。それとも……」スザンナは苦々しく言った。これまでの人生で、何かを苦々しく言った記憶はなかった。「〝ママ〟に説明しにきてもらったほうがいいのかしら」

ふたりは気まずく見つめあった。中庭からは陽気なロンドン訛りの会話が聞こえてきた。スザンナが子どものころから当たり前と思ってきた物を、男たちが馬車に積みこんでいるのだ。絨緞、シャンデリア、枝つき燭《しょく》台、本、長椅子、ベッド。

スザンナの人生。

「こんなことしないでよ、ダグラス」自分の声に聞き取れる惨めな響きにうんざりしながら、スザンナは叫ぶように言った。「愛してるの。あなたはわたしを愛してる、そうでしょう」

ダグラスは小さく喉を鳴らし、スザンナに一歩近づき、片手をのばして……何をしようとしたのか？　懇願？　慰め？　別れの挨拶？　何をしようとしたのであれ、彼はそれを思いとどまって腕を下ろし、頭の中からスザンナを消そうとするように頭を振った。いきなり身をひるがえし、帽子をかぶりながら、ピアノや絨緞と同じ方向へ向かった。

一度も振り返らなかった。

スザンナは彼を見送った。心の破片が喉に詰まり、手をのばせばさわれるような気がした。

「どいてください、ミス、すみませんね！」

男が両手いっぱいにスザンナの美しい服をかかえて階段を下りてきた。絹やビロードやモスリンの服が男の腕から滑り落ちそうになっており、急にスザンナには、それらが誘拐されて逃げたがっている犠牲者のように思えた。

「それを……下ろして。すぐによ」

　自分の声の冷たい響きが励みになった。こんな声を出せるとは思ってもいなかった。どうやら男にとっても意外だったらしい。男は階段の途中で立ち止まり、目を見開いてスザンナを見た。

「でも、ミス、すべてを持ち出すように命じられていて……」

　スザンナは台の上の重い花瓶をつかみ、ゆっくりと思わせぶりに頭上に持ち上げた。男は警戒するようにそれを目で追った。

「三つ数えるわよ」氷のように冷たい声だった。

　男は眉を上げ、挑戦するようにほんの少し前に出た。スザンナは花瓶をさらに高く上げた。

「一……」甲高い声で言った。「二……」

「スザンナ?」

　スザンナははっとして振り向いた。ドア口にアメリアが立っていた。驚いて、大きな目を見開いている。

　階段でがさがさと音がした。

　スザンナはそちらを向いた。「三!」花瓶を持っている手をうしろに引いた。

「わかった、わかった、そう興奮しなくてもいいでしょう、ミス」男は降参して、抱えていた服を足元においた。布地が安堵のため息に似た音を立てた。「階段を下りてもいいかな?」男はスザンナをなだめるように両手を上げた。

スザンナは花瓶を下げ、胸元にかかえた。一分前にスザンナに取りついていた悪魔が消えたようだと判断し、男は階段の残りを下りてスザンナの前に立った。

「それをもらってもいいかね?」男は優しい口調で言った。

スザンナはため息をついて花瓶を男に渡した。男は何も気にしているふうはなく、口笛を吹きながらドアから出ていった。

スザンナは階段に座りこみ、両手で顔をおおい、恐怖と奇妙な興奮に駆られて荒い息を吐いた。父親の死をきっかけにして、感情のパンドラの箱の蓋が開いた。中身はすべて興味深く、愉快なものはひとつもなかった。

たった今、スザンナは服をめぐって花瓶で男を脅迫した。

アメリアは黙っていた。最初スザンナはアメリアが立ち去ったものと思っていた。だが指のあいだから、友だちの靴の先が見えた。青いヤギ革のブーツだ。

「傲慢《ごうまん》だったせいかしら、アメリア?」しばらくしてからスザンナは、顔から手をどけてたずねた。

「傲慢だった?」アメリアはひどく不安げな顔をしてスザンナを見下ろしていた。

「ほら、〝傲慢は転落に先立つものだ〟というでしょう」スザンナは苦々しく言った。

とつぜんの人生の崩壊について、これがもっとも理にかなった理由に思えた。

アメリアは落ち着かないのか、無意識のうちに金色の巻き毛を指でいじった。「あなたは傲慢だったの、スザンナ？」

「ええ」スザンナはおおげさに、そしてアメリアが金色の巻き毛と青いヤギ革のブーツを自慢に思いすぎている場合に備えて、ちょっと意地悪に言った。アメリアは髪から手を離し、今度はスカートをいじり始めた。

しばらく沈黙があった。「これからどうするの？」ようやく、アメリアが小声でたずねた。

「わたしは……」スザンナの言葉は途切れた。

使用人たちには何日も前に解雇予告を出した。優秀な使用人はなかなかいないから、みんな、すぐに新しい仕事を見つけた。ひとり、またひとりと、名残を惜しみながらも別れを告げていった。使用人たちは新しい場所で新しい生活を始める。だがスザンナは……。

そう、スザンナは大所帯を切り盛りする術《すべ》を知っている。それはつまり、大所帯を切り盛りするよう使用人に指示を出す術を知っているということだ。家庭教師になるような資格はない。ダンスと今の最先端だと考えられているひだ飾りの数を娘に教えてもらいたいという親でもいないかぎり。端的に言えば、スザンナは何をどうしたらいいのか、まったく見当がつかなかった。

もちろん、今でもミスター・ディンウィディの申し出は生きている。

スザンナはあらたに嫌悪感を覚えた。

数日前までは、スザンナの人生は長く続く晴天の日の午後、明るく響く歌のようだった。それが今は……もうすぐ住む家さえなくなってしまう。手にじっとりと汗をかき、スザンナはそれをスカートでぬぐった。彼女の人生の崩壊が傲慢な自尊心のせいだとしても、それはたったひとつ残った柱であり、スザンナはそれにしがみついた。アメリアに何か答えるなんて、忌まわしい。

忌まわしい。この言葉がだんだん好きになってきた。

「それで、ダグラスは……？」スザンナが黙っていると、アメリアは恐る恐る訊いた。

アメリアの声にこめられた何かが気になり、スザンナは鋭い視線をアメリアに向けた。そこで初めて、とても開けっぴろげだったはずのアメリア・ヘンフリーの顔が……よそよそしいのに気づいた。

今日、彼女が来たのはそのためなのね。知っているんだわ。確認したかっただけ。スザンナは、ダグラスの母親がアメリアの母親に手紙でも送りつけたのかもしれないと考えた。〝我が家の椅子に、ひとつ空きができました……〟

スザンナが答える前に、ミセス・ドルトンが地味な黒っぽい旅支度をして現われた。

ミセス・ドルトンは使用人の中で最後まで残っていたが、やはり、忠実な判断力をもって新たに監督し世話をやく娘を見つけていた。「これをお別れの記念にさしあげます、ミス・スザンナ」彼女はそっけなく言い、刺繍の作品を差し出した。

スザンナはそこに縫い取られた諺を読んだ。〝慈愛は家から始まる〟。「ありがとうございます、ミセス・ドルトン」スザンナはその贈り物にふさわしい皮肉をこめて言った。

ミセス・ドルトンはおとなしくうなずいた。「これがポストに入っていましたよ、ミス・スザンナ。バーンステーブルのミセス・フランシス・ペリマンからです」彼女は手袋をした手で手紙を差し出した。

バーンステーブルのミセス・フランシス・ペリマンというのが誰なのか、スザンナにはわからなかったが、手紙はたしかにミス・スザンナ・メークピース宛てだった。スザンナはこの世でひとりぼっちになったような気分でいたので、このミセス・フランシス・ペリマンが誰であれ、自分の新しい親友だということにした。

パンドラの箱の中で最後に光っていたのは希望だったと、スザンナは考えた。

スザンナはわざと謎めいた顔つきをしてアメリアを見てから、手紙の封を切った。

親愛なるミス・メークピース

これまでに会ったのは一度きり、それもあなたがうんと幼いころだったというのに、さしでがましいことを言いだすのを許してください。わたしは亡くなった気の毒なお父さんのいとこです。あなたの境遇を聞きました。もしほかにしようがなければ、うちに住んだらいかがでしょう。郵便馬車の費用を同封します……。

どうやらスザンナには、家族といえるようなものがあったらしい。

「バーンステーブルのおばのところに行くわ」スザンナは得意げにアメリアに言った。

サディアス・モーリーは重いビロードのカーテンを脇にのけ、セント・ジェームズ広場をながめ、来客を乗せてくるはずの馬車を探した。見えるのはロンドンの日常生活の煤《すす》に汚れた空の下を散歩する何組かのおしゃれな男女と、鳥の落とし物で汚れたウィリアム三世の像だけだった。

モーリーはカーテンを放し、手を脇にたらした。猫のフラフがすぐにやってきて、手に頭をすりつけた。血のにおいを嗅ぎつけたのかもしれないな。そう考え、モーリーは自嘲するように口元をひきつらせた。通俗劇《メロドラマ》でもあるまいし。すぐに彼は正気を失ったマクベス夫人のようにつぶやいた。「消えろ、忌々しい血の染み」

それに……死んだのはふたりだけだ。

だが最近、恐喝の手紙が舞踏会の招待状くらい頻繁に届いた。

彼はまた微笑んだ。おいしい食事でもすれば気持ちが落ち着くだろう。今日は多少おおげさに考える傾向があるようだ。手紙はたったの二通来ただけだ。とはいえ、一通だけでも充分ではある。

「よし、よし」彼はつぶやき、一世代前は農夫であったことを世間に露呈してしまう無骨な指を、フラフの柔らかい体に走らせた。フラフは体を弓なりにして喉を鳴らした。体を弓なりにして喉を鳴らす猫を見ていて、急にキャロラインが気になった。最初の手紙の送り手だ。予想外の後悔と苛立ちを感じて、彼は手を止めた。

何年も前のある晩、ウエストフォール伯爵主催のパーティーで、彼はキャロラインを手に入れた。旅の必需品を集めるのと同じようなものだった。彼は他人の中にある陰と弱さと欲求を嗅ぎ取り、木が水を求めて地中に深く根を張っていくように、そこに入りこむ。彼はそれをキャロラインに見て取った。これは彼女の驚くべき美しさとあいまって、彼にとっては完璧だった。そしてかつて……そうかつては、彼はキャロラインとともにいて胸の疼きを感じたものだった。これは愛かもしれないなどと思ったものだった。

どうやらばかばかしい思いちがいだったらしい。

おそらく避けられないことだったのだろうが、約二年前、キャロラインは彼の元を去った。彼は彼女を拘束していたわけではないし、ドアが開いていれば向こう見ずな生き物は外に出ていきたがる。彼女はハンサムなアメリカ人の商人とともにドアから出ていった。

たぶんその商人とも別れたのだろう。きっと何かあったのだ。さもなければ、恐喝などという手段に訴えてくるはずがない。

モーリーは、ほかでもない彼女ならば、彼に恐喝の手紙を送るのはとんでもないまちがいだとわかっているだろうと思っていた。現在手にしているもののために、彼がどれほど残忍に無慈悲に、秘密裏に闘ってきたことか。それを守るために、どれほど残忍に闘うつもりでいるか。

だがキャロラインは賢くはなく、めったに一定以上の時間、考えていることがない。すぐにでも身動きできなくさせてやる。

呼び鈴が鳴った。彼はボブの重い靴音が階段をのぼって居間にやってくるのを待った。彼は男たち全員をボブと呼ぶ。このほうが簡単だった。彼らに立場を認識させられるし、ある種の匿名性が生まれる。今回のボブは、何年も前から優秀で優れた判断力を発揮していた。

モーリーは杖によりかかってバランスを取り、窓から振り向いた。何も言わず、問いかけるようにボブを見た。

「何もありません、閣下。隙間という隙間を探し、詰め物を抜き出し、引き出しをすべて開け、家具も全部調べました。いたるところ、馬小屋や離れ屋まで見ました。ちなみに、わたしは専門家ですから」彼は少し胸を突き出した。

モーリーは安堵したと言ったらおおげさだった。すでに彼は、メークピースは虚勢を張っているだけだと確信していた。恐喝というのは通常、追い詰められた者がすることだ。メークピースは負債で行き詰まっていた。それで有害な存在になる前に、速やかに完璧に、無慈悲な方法で処理されたというわけだ。

カラン。チェス盤から駒がひとつ落ちる音。それがメークピースだ。

「けっこうだ」モーリーは窓に顔を戻した。「ありがとう、ボブ」下がれという合図。

ところが腹立たしいことに、ボブは咳払いをした。「閣下……もうひとつお話が」

モーリーは再度顔を戻し、待った。苛々と、足元のフラシ天の絨緞に杖の先をねじこんでいる。

「娘……メークピースの娘ですが……」

「ああ」モーリーは必要以上に長い時間をボブのような男といっしょにいたくなかった。その存在は彼自身の出自を思い出させ、ときおり、沖合いに流れていく大波のように引きずりこもうとする。

「娘はアンナ・ホルトにそっくりです」

尋常でない衝撃が、モーリーの全身に走った。一瞬、息ができなくなった。

「幽霊を見ているようでした」ボブは体を震わせながら言い足した。

「ほんとうか？」モーリーは自分の声が不安げなのが気に食わなかった。

「わたしは専門家です、閣下」ボブは傷ついたようだった。「記憶力には自信があります。ホルトのことはしょっちゅう見ました。ロック……」

モーリーは片手を上げた。わざわざ思い出させてもらう必要はない……彼らのことは、以前に打ったチェスの手のように考えていた。文字どおり、周到に計画され実行に移された作戦だ。

「それに、手紙がありました」

「手紙？」モーリーは鋭く訊き返した。「どういうことだ？」

「ジェームズ・メークピースへの手紙です。〝娘たちのことを教えてください〟とだけ書かれた手紙があった」

娘たち。モーリーは娘たちのことを忘れていた。もちろん娘たちの存在は知っていたが、とても幼くて、計画の中では些細《ささい》なことのように思われた。娘たちは母親とともに消えた。モーリーはずっと、娘たちはアンナ・ホルトといっしょにいるものと考えていた。

そうではなかったらしい。

モーリーはめまぐるしく考えた。「手紙の投函場所は？」

「わかりません」

「署名はあったか？」

「いいえ」

「焼いたのか？」モーリーはたずねた。

「もちろんです」ボブはその質問に傷ついたかのような声を出した。「すぐさま焼き捨てました」

モーリーは過去のあれこれを思い起こした。「今、彼女はどこにいる？　その娘だ。スザンナといったか？」

「バーンステーブルに行くと言っていました。おばのところに住むようです。かわいいものだ。花瓶でわたしの頭を割ろうとした」恐れ半分、憎しみ半分といった口調で言った。「服を惜しがったので、おいてきました」

その娘はアンナ・ホルトとリチャード・ロックウッドの子どものひとりにちがいない。だがなぜメークピースと住んでいたのか？　モーリーはすばやく整然と、ありそうな筋書きを頭の中で組み立てていった。

考えられる可能性はふたつあった。メークピースは送ってよこした手紙では虚勢を張っており、モーリーの過去やリチャード・ロックウッドについては何も知らない。娘のことは養子にしたのかもしれない。すべては偶然なのかもしれない。

モーリーはこれを抹消した。彼は偶然を信じていなかった。

もうひとつの可能性は、メークピースは娘がリチャード・ロックウッドの子どもだと承知しており、最近になってなんらかの推察、あるいはなんらかの手がかり、決定的な証拠を手にした。

だがメークピースは政府の諜報員だった。ほんとうに証拠を得たとして、政府の諜報員が恐喝という手段を選ぶとは考えづらい。いくら絶望に駆られ負債に苦しんで、良識ある男が混乱をきたしたのだとしても。

「結婚してるのか？　その娘は？」彼はボブにたずねた。「ほかに家族は？」

「いいえ、閣下。じつは、婚約を破棄されるところを目撃しました。居間でです。無一文の娘とは結婚できない……男は侯爵家の跡取りなんです。娘はおばのところに行くことになった」

「かわいそうに」モーリーは見当ちがいの同情を感じた。年を経るにつれ、手に入れたもののすべてを失うという恐怖で夜中に目覚めることは少なくなった。だがキャロラインの手紙、そしてメークピースからの手紙のせいで、ふたたび眠れない夜がやってきた。恐喝というのは子守唄にはならない。

もし証拠がほんとうに存在し、ジェームズ・メークピースがその証拠を娘に託していて、娘がそれを持ち歩いているとしたら、メークピースの家で何も見つからなかったのも説明がつく。そして今、スザンナ・メークピースは無一文で……収入を得るのに父親と同じ方法を選ぶかもしれない。

あるいは公共心のある娘ならば、どうしたらいいか心得ている人々の手に証拠を渡そうとするだろう。

モーリーはさらなる筋書きを頭の中で作り始めたが、やめた。したければ、いくらでも複雑な筋書きを作れたが、若いころのような複雑なものへの情熱はなかった。彼は疲れ、万策尽きてじたばたするよりも、サセックスで庭仕事でもして平和に過ごしたいと思っていた。実際、大きな屋敷やしゃれた家具などとともに、彼は庭仕事にも愛着を感じた。かつて庭仕事は農作業と同類だと思っていたのに、おかしなものだ。だが裕福な人間には、気軽に植物の世話をする余裕がある。ある意味、バラを作るのはモーリーの成功の証ともいえるのだ。

ときどき、彼は庭仕事をしながら、何週間か後にふたたび芽吹いて彼の努力を水の泡にしかねないと承知のうえで、雑草を根ごと引き抜くのを楽しいと思うことがあった。

そこでとつぜん、彼は解決方法はすばらしく単純であると悟った。スザンナ・メークピースは雑草だ。その姉妹たちがふたたび芽吹くというのであれば……そう、その娘たちもまた雑草だ。

「ミスター・モーリー？　スザンナ・メークピースをどうしましょうか、閣下？」

「ふん、何をするにしろ、ボブ……事故に見えるようにしなければだめだぞ」

ボブは専門家であり、彼の指示を理解した。ふたたび胸を張った。あらたな挑戦は楽しいだろうし、ミスター・モーリーは自分の手を血で汚さないために金をはずんでくれる。

3

二日後、スザンナはミセス・フランシス・ペリマンの小さな家に着いた。乗っていた郵便馬車が立ち往生しなければ、あと五時間は早く着くはずだった。いや、正確にいうと、乗客たちが宿屋で食事をするために下りたとたん、馬車は象が倒れこむようにうめき声と騒音を立てて倒れこんだのだ。

疲れ果てた乗客たちは、そのころには相乗りの客たちの姿やにおいや物音に辟易《へきえき》していて、たいして驚きもせずにその光景にぽかんと見とれた。拷問具に近い乗り物が倒壊したことに、おかしな喜びさえ感じた。

馬は騒いだが怪我はなく、馬車の車輪か何かが壊れたということだった。スザンナはそういった話がささやかれるのを耳にしたが、あまりにも疲れていて、詳しいことにまで気がまわらなかった。それに、なんとかしてバーンステーブルまでの代わりの交通手段を探さなければならなかった。まったくの親切か、あるいは上靴か手袋と引き換えに、誰かバーンステーブルまで連れていってくれないだろうか。スザンナには、交換できるものはそれしかなかった。

馬車の御者は馬を貸し出すのを拒否し、乗客たちは、遊びにきた甥っ子を何も知らずに迎えにきた気の毒な農夫に殺到した。乗客たちのあいだで白熱した交渉が繰り広げられた。札をふりかざす者あり、色仕掛けをする者ありで、スザンナも農夫に取り入るために、さかんに瞬きをしてみせた。

最終的に、スザンナが勝った。農夫は何キロか遠回りをして、スザンナをミセス・フランシス・ペリマンの家まで乗せていくと同意し、スザンナは農夫の甥っ子の手をたった一度太股からどければよかった。やさしく、しかし断固として。

ひどく混乱し、消耗させられる不名誉な行為は、スザンナのあらたな人生を象徴しているような気がした。

そして今、真夜中をまわったばかりのこの時間に、スザンナは小さな家のドア口に立った。おばのフランシスは蠟燭を掲げ、居間に飛びこんできた珍しい鳥でも見るように、呆然としているとしか言いようのない表情でスザンナを見つめた。

ようやく我に返ったのか、フランシスは両腕を大きく広げた。スザンナはその中に身をおいた。そうするのが適当だと思われたからだった。

フランシスはスザンナと同じくらいの背だったが、もっとふくよかだった。穏やかな茶色い目と長い鼻は、メークピース家の人間に共通の特徴らしい。柔らかくてラヴェンダーのにおいがした。スザンナの視界がぶれたのは疲労と……なんと、涙のせいだった。スザンナは驚いて、あわてて目元を拭き、顔を上げて薄暗い室内を見まわした。小さくてくたびれているが、よく手入れされていた。十年以上も前の流行の柄の壁紙、壁にかけられた何枚かの写真、花でいっぱいの小さな花瓶がひとつ。スザンナの美と贅沢を愛する心は痛んだ。

「心配していたのよ、スザンナ。馬車が宿屋に到着しないから、迎えに行ったミスター・エヴァーズは帰ってきてしまったわ」

「ちょっと事故があって、遅れたんです。親切な農家の人に連れてきてもらいました」

「無事でよかったわ、世の中には親切な人がいるのね。とにかく、よく来てくれたわね。今まで住んでいたような広い場所ではないけれど、自分の家だと思ってちょうだい。お茶でも飲む？　それとも話は朝にする？」

「呼んでくださって、いくら感謝しても足りません、ミセス・ペリ……」

「〝フランシスおばさん〟よ」スザンナのおばはさえぎるようにして言った。「フランシスおばさんと呼んでちょうだい。もう何も言わないで。来てくれて嬉しいわ」

スザンナは疲れた笑みを浮かべた。「ひと晩休んだらもう少しましになると思います」

「それはなんとしても、ましになってもらわないとね」フランシスはわざと厳しい口調で言い、スザンナを軽く叩いて冗談だと安心させた。「じゃあ、ベッドでお休みなさい」

何分か後、スザンナはぎしぎしと軋《きし》む木の階段をのぼったところの、小さな部屋の小さなベッドにおさまっていた。幼いころから寝室に行くのに使っていた大理石のものとは大ちがいの階段だった。ベッドの脇にある花瓶にさした一輪のバラが、室内に香りを放っていた。それが古い木や清潔なリネン類のにおいと混じる。敷布は古びていたが、年月を経て気持ちよく柔らかくなっていた。キルトには継ぎが当ててあり、知り合ったばかりのおばのフランシスと同じラヴェンダーの香りがした。室内には夏の熱がこもっていたが、暖炉は見当たらなかった。ブラインドの隙間から外を見ると、暗黒色の夏の空に、塩を撒《ま》いたようにたくさんの星が見えた。夢うつつの意識の中で、スザンナは星から星へと陽気に飛び移りながら人生を送っていこうと考えた。うっかり足を滑らせて真っ暗な空間へ落ちてしまうのは、時間の問題なのかもしれない。そうしたら、むしろほっとするかもしれなかった。

目覚めて周囲を見まわし、まず考えたのはこういうことだった。〝どうしよう。使用人の部屋に迷いこんでしまったんだわ〟

そこでスザンナは、自分の居場所を思い出した。はっと起き上がり、その拍子に枕が床に落ちた。

ブラインドのあいだから光が漏れ入っており、スザンナは小さな真鍮《しんちゅう》製のベッドから出てブラインドを開けにいった。いきなり太陽と緑が目に飛びこんできた。田舎だ。これまでは、田舎はパーティーや舞踏会の合間に休みにいく場所だった。季節が始まるのを待ちわびて待機する場所。田舎はスザンナにとって、ほつれたスカートの裾を縫ったり髪の乱れを直したりして、あらたにお祭り騒ぎの中に戻っていくための、舞踏会での休憩室のような場所だった。

今後は毎朝、果てしない緑の風景を目にすることになる。陽気な鳥のさえずり以外、あたりは静かだった。

スザンナはトランクから服を引っ張り出し、頭の上からかぶった。ひだ飾りが三ついている、赤いモスリン地の夏用の外出着だ。下穿きを使うのはやめた。こんなに暑いのだし、小言をいう女中もいない。だがストッキングははいた。ガーターが好きだったからだ。かわいいし、気持ちが元気になる。

髪の毛を簡単にまとめた。習慣からスケッチブックをつかみ、階段を爪先立って下りた。上から三段目が軋み、音を立てた。おばのフランシスの寝室から低い寝息が聞こえるだけで、家の中は静かだった。朝食の準備をしたり、燃料の木や炭を運びこむ女中たちはいない。

家はとても小さかった。色褪せた壁紙やこすれた木の床、簡素で実用本位の家具などからして、庭師が住むような家に思えた。居間の長椅子は色褪せた赤で、中央がへこんでいる。小さなテーブルの表面にはひびが入り、そこには花瓶がおかれていたが、スザンナがロンドン訛りの男を脅すのに使った花瓶とはちがい、なんの謂《いわ》れもないはずだった。

スザンナは息が苦しくなった。外に出て、実際の世界はこの小さな家よりも広いということを確認したくてたまらなくなった。

そこでスザンナは玄関ドアを開けた。夜が明けたばかりで、家の前にならんでいるバラが鮮やかに咲いていた。この場で見るかぎり、何よりも明るいものだった。繊細なひだ飾りや深い色合いが、舞踏会のドレスを着た娘を思わせる。スザンナのまわりのほかのものはすべて、緑、緑、緑だった。胸が締めつけられるような感覚を覚え、放っておくと絶望的な気分になりそうだったので、スザンナはスケッチブックを開いた。

木炭を使ってバラを描いた。風合いや色の対比、花弁の重なり、花弁の先に行くにつれて鮮やかになる赤。小さな茎の先には黄色い毛が密集している。

バラを描き上げて、スザンナは顔を上げた。門の外には並木道が、誘いかけるように二方向へ続いていた。右手はバーンステーブルの町へ、左手は森の中へ続いているようだ。そちらの木々は高く、緑も色濃い。

スザンナの胸の中に向こう見ずな気持ちが湧き上がった。ひとりで出歩いてはいけない。ミセス・ドルトンがいたら、眉をひそめるだろう。その前の家庭教師たちもみんな同じだった。

だからこそ、行ってみたくなった。

頭上には白樺やオークやカシの木が枝を張り、ロマンティックなアーチを作り出している。危険なことはないのでは？　スザンナは並木道へそろそろと一歩踏み出し、さらに大胆になって、あと数歩で引き返すと自分に約束しながら、こっそり前進していった。道には何かがあった。指で引っ張るかのように、どんどん前進するよう誘いかけ、スザンナは柔らかい土や何年ものあいだに踏み崩されて粉状になった葉の上を歩いていった。もしかしたらスザンナは、歩き続けていけば、快適な社会から締め出されたような感覚を忘れられると思ったのかもしれない。追放された気持ちを。

エメラルドの輝きによく似た緑色のきらめきに、スザンナの視線が道から逸れた。スザンナは勇気を出して木々の中へ踏みこんだ。

近づいていくと、緑色のきらめきはステンドグラスのように輝く池だった。エメラルドではなかったが美しいことに変わりはなく、濡れた土や緑の濃いにおいは奇妙なほど気持ちがよかった。スザンナの立っているところから、木造の桟橋の先端らしきものが見えた。その上で、青白いものが光っている。スザンナは目をすがめた。あれは……もしかしたら……。

驚いた、二本の足みたいだ。

スザンナは左のほうへ首をのばし、爪先立ち、そして……。

叫び声を出さないように手で口をおおって、スザンナはすぐそばの木に隠れた。

足は男性のものだった。

もっとはっきり言うと、手足の長い、息をのむような裸の男性のものだった。

スザンナは木の陰からそっとのぞいた。幽霊ではないと確認するためだと、自分に言い訳しながら。

幽霊ではなかった。完璧な逆三角形の上半身は筋肉質で、肌は金色に輝いている。小さなお尻はほかの部分より白く、太股やふくらはぎは旋盤《せんばん》で切り出されたかのように引き締まっている。その全身が産毛で覆われ、まだ低い太陽の光に輝いていた。短く刈りこまれた髪の毛は人目を引く明るい色で、顔はスザンナの位置からはよく見えなかった。ほかの部分がこれほどすばらしければ、顔立ちはたいして問題ではない。この男性の美しさに圧倒され、その衝撃と喜びと憧れが、秘密の第二の心臓のようにスザンナの胸の中で脈打ち始めた。

男性は両腕を上にのばし、ゆっくりと背をそらした。脇の下の黒っぽい毛が見えて、なぜかそれは彼の裸体のほかの部分よりもずっと刺激的で親密なもののように思えた。

もちろんスザンナだって裸の男性の絵や彫像を見たことがあったが、そのどれにも、脇の下の毛などはなかった。じつは、この美しい肉体を持つ男性のくつろいだ態度は、ちょっと怖くもあった。不注意に武器を振りまわしているようだった。

スザンナはスケッチブックを開いた。すばやく、簡単な線で、スザンナは男性の姿を描いた。上にのばした腕、二頭筋や足の曲線、平らな胸。彼がこちらを向くと、股間の黒っぽい毛が少しずつ薄くなりながら平らな腹部へと続いていた。足のあいだにあるのはもちろん……彼の男性としての部分で……すくなくともこの距離をおいて見るかぎりでは、今は穏やかな状態だった。スザンナは完璧を目指し、それも写し取った。あくまでも絵の一部であって、深く考えもしなかった。

リスが通りかかり、動きを止めて、明るい目で責めるようにスザンナを見た。一度鳴いた。スザンナは眉をひそめ、リスに向かって唇に指を当ててみせた。

男性は軽く跳ねたかと思うと、池に飛びこんだ。水しぶきが上がった。すぐに水面に浮かび上がり、気持ちよさそうにしぶきを上げ、両腕で規則正しく水をかきながら桟橋から離れた。次にあおむけになって同じようにした。カワウソのように楽しげに、爪先で水を打つ。そのときスザンナの膝がひきつった。スザンナは低い悲鳴を上げて転びそうになった。

なんとか体勢を立て直した。これ以上膝に負担をかけないようにオークの木に手をついて、男性が池で泳いでいるあいだを利用して絵を完成させた。背景の木々や桟橋を描き足した。

男性は水から上がって桟橋に立った。スザンナは男性の背中やお尻の筋肉に沿って水が流れ落ちるのを、うっとりとながめた。「ああ!」男性は満足げな声を上げながら、陽気な動物のように体を揺すってきらきらと輝く水滴をまきちらし、それから桟橋を歩いて視界から消えていった。

一瞬、スザンナはその場から動けず、彼のいた場所を見つめていた。奇妙に気持ちが高揚し、めまいがした。もしかしたら、彼は毎朝泳ぐのかもしれない。

スザンナはあるまじき期待に胸をふくらませた。

ようやく魔法が薄れ、分別が戻ってきた。おばが起き出して、スザンナがいないことに気づいたのではないか。スザンナが立ち上がると、ちょうど目の高さに、オークの木に刻まれたハート型の傷跡があった。ハートの中には〝キットとキャロ〟と彫ってある。年月を経て、だいぶ薄くなっていた。スザンナは半分興奮し、半分は木に同情しながら、ハート型を指でなぞった。

そのとき、シャッ、シャッとふたつの手がスザンナの頭の両脇をつかみ、木の幹に押しつけた。

スザンナの心臓がぐるんと一回転し、それから動かなくなった。

耐えがたい一瞬のあいだ、誰も微動だにせず、何も言わなかった。それから男性の声が、文字どおりスザンナの頭の中に直接響き、スザンナの全身に鳥肌が立った。「ぼくの全身を見ておいて、自分は何も見せないだなんて、不公平じゃないか?」

どうしよう、どうしよう。スザンナの心臓が復活した。今では胸の中で、キツツキのようにせわしなく動いている。

体が実際に触れているわけではないのに、彼の温もりが陽光のように背後から伝わってきた。スザンナはオークの木に体を押しつけて、彼から離れようとした。だが彼の香りが、網のようにスザンナを捕らえて動けなくした。日に温められた肌とかすかな汗、そしてもっとほかの何か。豊かで複雑で深い、スザンナの血の中に原初の感覚を呼び覚まし、自分が女性であるのを意識させるようなもの。

スザンナが慣れ親しんでいる、舞踏会に行く身づくろいのための糊《のり》や石鹸のにおいではなかった。これはむき出しの、男性のにおいだ。

スザンナのスケッチブックを持つ手から力が抜けた。スケッチブックが足元に落ちた。

スザンナは目だけを動かして横を見た。長くて優美な指と、淡い金色の産毛で覆われたたくましい前腕が見えた。彼の手が少し動いて、今度は手首の下に翼を広げたカモメの形の痣があるのが見えた。

スザンナは顔を持ち上げて、彼の顔を見ようとした。

「ああ、ぼくがきみだったら、こっちを見たりはしないな」おもしろがっているような声。

とんでもない。

ようやく声を出せるようになったとき、自分の口から出た言葉に、スザンヌ自身が驚いた。「物音ひとつ立てなかったのね」

驚いたような笑い声が上がり、男性の両手がはずれた。

スザンナはばかではなかったので、勢いよく木の反対へまわり、小さな木立ちを抜けて道へ出た。振り返ろうとはしなかった。

これは彼にとって残念なことだった。もちろん彼はしっかり服を着ていた。ほかの状態で若い娘の背後から忍び寄ったりはしない。そもそも、若い娘に背後から忍び寄ったりした記憶はなかった。彼はいたずら好きなだけであって、頭がおかしいのではない。それにあの娘が誰であれ、彼女のほうが彼を盗み見していたのだ。驚かせて当然だろう。キットは暑くて汗まみれで憤然としながら、ロンドンからの長旅を経てバーンステーブルへやってきた。思いはジェームズ・メークピースとモーリーと伯爵夫人のあいだで揺れていた。家に行って使用人たちを揺り起こす前に、池に寄ることにした。使用人たちは彼の出現に驚くだろう。何のために給料をもらっているか、思い出させてやろう。そう考えても機嫌はよくならず、泳いでようやく気持ちが晴れた。おかしなものだった。池に飛びこむまで、人生が自分にいかに重くのしかかっていたかに気づいていなかった。池から上がったときは、何年もの歳月が洗い流されたような気分だった。

母親はこの地所を〈バラ館《ローゼズ》〉と呼んでいた。キットはこれを愉快だと思っていた。この小さな所有地には、たしかにバラの茂みはたくさんあるかもしれないが、温室はひとつもないからだ。だがキットはここバーンステーブルで育ち、いつでも家のまわりの整えられた場所よりも、予期せぬ陰や光があり、驚くべき野生に満ちた周囲の森のほうに心を惹かれた。幼いころのキットにとって、空想ごっこや探検にうってつけの場所だった。もう少し大人になると、密会の場所となった。そして決闘の場所に。

数年前に母親が死んで以来、父親はもっぱらロンドンにいるようになり、この地所は時折おとずれるだけになってしまった。キットは何年も前に、この町からとつぜん、それも謎に包まれて姿を消し、軍隊に入り、それ以来ほとんど帰っていなかった。〈ローゼズ〉には正式な管理人もおかず、少人数の使用人によって倒壊をまぬがれているような状態だった。

キットはかすかに笑みを浮かべながら、落ちていたスケッチブックを拾い上げた。諜報員が盗み見されていたという皮肉を思いながら、なにげなくスケッチブックを開いた。

驚いた……彼女は見ていただけでなく……発見物について記録まで取っていた。

腕を高くのばし、股間を露《あら》わにしている自分自身の絵を見て、彼は笑いを噛み殺した。なにしろ、泳いでいたのだからしかたがない。だが美しい絵だった。桟橋や背後の木まで描きこまれていて、彼のことも完璧に捕らえていた。人目を気にしないでいられる満足感、力強く自信に満ちた体、背中の曲線にはうぬぼれた高慢さがうかがえる。絵には、ためらいや気取りはいっさいなかった。何よりも正直で、驚くほど完成されていた。彼は嬉しい反面、絵の中の自分が裸であることとは無関係に、奇妙に無防備にされた気分でもあった。彼女は彼の根本的な何かをつかんでいた。

彼はページをめくって、ほかの絵も見た。若い男。これは服を着ている。草地に寝そべって、穏やかで親しげな微笑みを浮かべている。キットは苛立ち、かすかに嫉妬を覚えた。画家とモデルは明らかに近い関係で、おそらくは愛し合っているのだろう。次のページにはバラの絵が、手慣れた筆致でていねいに描かれていた。別のページは家の絵だった。どこか見覚えのある大きな屋敷を、遠景でとらえている。木立ちの絵もあった。若い女性たち。帽子のリボンが解け、かわいらしい顔に穏やかで率直な表情を浮かべている。

これらの絵には、他人に教わっただけではかなわない無意識の情熱と技術、そして個性があった。驚いたことに、キットは感動していた。

父親の言うとおりだった。キットはかつて博物学者になりたかった。ジョセフ・バンクスのキャプテン・クックとの旅行、植物や動物の発見に魅せられた。だが見たり感じたりしたままに対象物を描くことができず、ひどく苛立った。〝だめだ、おまえにはこの才能は与えられない〟と、自然が彼に制約を与えているようだった。彼は手がけるものすべてに優秀であることに慣れていた。絵の一件には、自尊心が傷ついた。あの年で挫折することが必要だったのだろう。

彼は最初のページに戻っていきながら、もう一度絵を見た。描き手は誰なのだろう？彼女の体はほっそりとしていて女性的で、彼の五感のすべてを刺激した。髪は豊かな赤褐色で、いいにおいがした。正確にどんなにおいだったかというと……新鮮な感じだというべきだろうか。あるいは清潔な？それとも甘い？そのどれも、正確には表わしていないような気がした。彼は女性の独特なにおいを発見するのが大好きで……それを知るいちばんいい場所はうなじだ。もちろん、ほかにもいい場所がある。

彼はひそかに淫らな笑みを浮かべたが、バーンステーブルにいるあいだは女性のにおいを探る機会はないと思い出し、真顔に戻った。

〝物音ひとつ立てなかったのね〟と、彼女は言った。まるで彼が彼女の裏をかいたかのように。

彼は明るい笑い声を立てた。彼のほうが言いそうな言葉だった。

おもしろくなるぞ。

キットはぼんやりしていた若い馬番たちを仰天させながら、馬を馬小屋に入れた。そこには〈ローゼズ〉で飼っている去勢馬が四頭、妊娠中の美しい牝馬が一頭、気取った牡馬が一頭いた。牝馬は見事な様子だった。いつ子どもが生まれてもおかしくない。

それから家の裏にまわり、キッチンのドアを体が入るだけ細く開けて、こっそり中に入った。キッチンは空《から》だった。見える範囲には誰もいない。女中たちはみんな、どこかで男といちゃついているのだろうか。この天候とホワイトロー家の人間の不在を考えればそれも無理はなかったが、今日はいくらか規律らしきものを押しつけなければなるまい。

彼はその場にじっと立って、耳を澄ました。やがて明るい調子の声が、広い居間から聞こえてきた。後世へ残す絵のために長時間じっとしていなくてはならず、不機嫌面《づら》になった幼いクリストファーを中心にした、大きなホワイトロー家の肖像画がある部屋だ。子ども時代から、どこで足音を絨緞で消すべきか、どのタイルや床板が軋むかを心得ているキットは、そっと居間に向かい、壁に寄りかかって中をのぞきこんだ。

家政婦のミセス・デイヴィーズと執事のブルトンが、こちらに背を向けて長椅子にのんびりと座り、ティーカップを口元まで運んでいた。

「親愛なるミセス・デイヴィーズ、明日の夜のパーティーにはお出になりますかな？」

ブルトンの貴族的な口調の真似は、非常に堂に入っていた。彼は小指を立ててお茶をすすった。

「そうねえ、どんな格好をしていったらいいのか、どのドレスを着ればいいのか、決めかねていますの、ミスター・ブルトン。ほかの用事もそうだけど、女中に選ばせなければなりませんわ。自分じゃ何も考えられなくて」

ふたりは陽気に笑い、ティーカップを合わせた。

「ごきげんよう」キットは愛想よく声をかけた。

ふたりは手足をばたつかせて飛び上がった。陶磁器のカップもいっしょに飛び上がり、中身のお茶が弧を描いて絨緞にこぼれるのを、キットは残念な気持ちでながめた。

彼が来ることを前もって手紙で知らせておかなかった甲斐があったというものだった。

「これは……ご主人さま！」

ふたりは頭を下げて膝を曲げ、さらに頭を下げて膝を曲げ、もう一度頭を下げて膝を曲げた。これを繰り返せば、キットの母親の古いフランス製家具に足を乗せていた罪をつぐなえるとでもいうかのように。

「やあ！」彼は陽気に言った。「どんな具合だい、ミセス・デイヴィーズ？　ブルトン？」

「ええ……ちょうど……わたしたち……」ふたりは口ごもった。

「ぼくが来るのに合わせて人を集めようとしていたのかな？」キットは慇懃《いんぎん》にほのめかした。

「申し訳ありません、ご主人さま。いらっしゃると前もってわかっていれば……」ブルトンは見事に態勢を立て直した。威厳を取り戻し、言い訳を口にした。立派な男だ。

「自分でも知らなかったんだよ、ブルトン、ミセス・デイヴィーズ、すまなかったね。さあ、部屋に外気を入れて、食べ物を仕入れ……ああ、仕事ならわかっているだろう。ぼくが言う必要はないね」

「そうです、ご主人さま。必要ありません、ご主人さま。そのとおりです、もちろん、ご主人さま」またもやあたふたと言い募る。

「その染みをすぐに消し取りたいんじゃないかな、ミセス・デイヴィーズ」キットは穏やかに言った。

「え、ええ、ご主人さま」視線を絨緞に落としたとたん、彼女は悲惨な顔つきになった。キットの記憶にあるかぎり、ミセス・デイヴィーズはこの絨緞を自分の子ども同然に大切にしてきた。長年屋敷の主人が不在となると、最高の家政婦も多少はだらしなくなるものなのだろうか。

「明日の夜、ほんとうにバーンステーブルでパーティーがあるのかい、ミセス・デイヴイーズ?」

「ええ、ご主人さま」

「よければ、どこであるのか教えてくれないか?」

「公会堂です、ご主人さま。町の全員が招かれています」

それはつまり使用人以外の全員ということだと、キットは承知していた。

「ほう、それでは」キットは何かを企むように厳しい目でふたりを見た。ふたりがたまらずにもじもじし始めるくらいの時間、そのままにしていた。「明日の晩ここで使用人たちの集まりもあることだろう。そしていくらか……おまえの好きな毒はなんだったっけな、ブルトン?」

「ウィスキーでしょうか、ご主人さま?」ブルトンは希望に口元をやわらげながら、小声で答えた。

「集まりには、少量のウィスキーを用意するんだろうね、ミセス・デイヴィーズ。おまえのところの蓄えでまかなってもらえるな?」

「ええ、わかりました、ご主人さま」ミセス・デイヴィーズも少し力を抜いた。それから質問を口にした。「明日の晩のパーティーに出席されるんですか、ご主人さま?」

「もちろんだよ、ミセス・デイヴィーズ」キットは軽く答えた。彼はバーンステーブルには何年も来ておらず、うまくすれば、伝説が育っていることだろう。

今度はふたりの使用人は心から微笑んだ。キットは笑い返した。地元の人々は子爵の姿を見て、ふたり同様に驚くはずだ。ミセス・デイヴィーズもブルトンも、自分たちで集まりを開くよりもそちらを見物したいくらいだった。

「こちらには長く滞在されるんですか、ご主人さま?」ミセス・デイヴィーズがたずねた。

「すくなくとも一カ月はね、ミセス・デイヴィーズ。ここでやらなければならない特別な仕事があるんだ」

ミセス・デイヴィーズが頭の中で、この知らせをどうやって女中や従僕たちに告げようかと考えているのがわかった。使用人たちに、今後は働いているふりをさせなければならない。

「ぼくは家を空ける時間が長いはずだ」キットは言い、ミセス・デイヴィーズは考えを読まれたと知って恥ずかしそうに笑った。

「お父さまはお元気ですか、ご主人さま?」ブルトンが慎重にたずねた。

「父は来ないよ、ブルトン」

ブルトンは安堵を気取られないようにしたが、無駄だった。「けっこうです、ご主人さま。お会いできて嬉しいですよ、ご主人さま」ブルトンは言った。

「もちろんだよ、ブルトン」キットは笑いをこらえた。「それじゃあ、今はこれで。染みは、ミセス・デイヴィーズ？」
「ああ！」ミセス・デイヴィーズはあわてて長椅子の後ろにしゃがみこんで染み抜きを始めた。キットは留守中に部屋のあちこちにクモの巣が張っているのではないかと思いながら、自室に向かった。

スザンナはおばの家の門まで立ち止まらずに走っていき、それから息を整えて気持ちを落ち着けた。料理でもしているらしく、いいにおいが誘いかけるように家から庭へと漂ってきた。裸の見知らぬ男性を盗み見して、逃げてきたら、食欲がわくというものだ。

多少当惑し、ためらいながら、スザンナはキッチンをのぞきこんだ。ほかにダイニング・ルームらしき部屋はなかったので、ここはダイニング・ルームを兼ねているにちがいない。以前の家では、キッチンは地階の大きな部屋で、ダイニング・ルームはまた別に広い部屋があった。それにロンドンにある父親の町屋敷では……。

「おはよう、スザンナ」おばのフランシスが振り向いた。「気が変わって、ロンドンに帰ってしまったのかと思ったわ」

そうしてもよかったのだろうか？　でもフランシスは親切そうだし、姪が朝早くに家の外からキッチンに入ってきたという事実を大目に見てくれようとしている。そこでスザンナは微笑んだ。「おはようございます、ミセス……フランシスおばさん」

「最近のしゃれた娘さんは、ひとりで朝の散歩に出かけるの？」

他意のない質問のように、聞こえたが、スザンナが世間知らずなのか、それともフランシスがそれ以上に鋭いのだろうか。「わたし……あの、お庭がとてもきれいだったので……」絵を描きたいと思ったと言いかけて、スケッチブックを落としてきたことに気がついた。しまった。「新鮮な田舎の空気を吸いたくなったんです」

あのスケッチブックをなくしたのは惜しいことだった。理由はたくさんあった。スザンナは悔しくて目をつぶり、思い出した。〝物音ひとつ立てなかったのね〟あの人が近所の住人だったらどうしよう？　遊びにきたりしたらどうする？　服を着た彼をわかるだろうか？　向こうはスザンナを覚えているだろうか？

フランシスはこちらを向き、スザンナをまともに見た。気まずくなるほど長く見ていた。「かわいいのね」フランシスは首を傾げて言った。「それにその身なり……」明るい表情が揺らぎ、ひどく心配そうになって、眉間に皺ができた。

「ああ、スザンナ」彼女は急にスザンナの手を握った。「あなたみたいなおしゃれな若い娘には、ここは退屈なんじゃないかと心配だわ。いっしょに住むよう呼んだのは、軽はずみで勝手なことだったかもしれない。わたしはただ……そう、ジェームズにとって唯一の親戚のようなもので、彼はひとりでいて満足だったようだけれど……噂というのは広まるもので、嵐と同じで悪い噂のほうが早く伝わって、あなたの……事情を聞いたのよ。わたしは少しは……世間というものを知っているから」最後の部分には多少辛辣な響きがあった。

スザンナはフランシスの告白に感動し、ちょっと驚いてもいた。「わたしが婚約していたのも知っているんですね」スザンナは慎重に言った。

「ええ、そのことを言ったのよ」フランシスはスザンナの頰を軽くたたいた。「すぐにわたしのところへ来たから、もう婚約していない、恐れていたことが起こったのかもしれないと……まあ、将来の侯爵の母親というのは恐ろしく現実的だから」ふたたび口調が厳しくなった。

こんなに率直に味方をしてくれる人がいるのはすばらしいことだった。まったく新しい感覚だった。「ええ」スザンナはしみじみと言った。「現実的ですね」

「損をしたのは彼のほうよ」フランシスはそっけなく言った。「まったくばかだわ。それに人生は続いていくの。朝食もまた同じね。トースト、あなたを歓迎してソーセージ、それにお茶よ。お皿をならべてくれる？」

スザンナは話題が変わったのは嬉しかったが、当惑して振り向いた。よくわからなかった。どうやらフランシスが料理をしたらしい。テーブルのまわりには誰もおらず……。

「棚の中にあるわ」フランシスは優しく言った。

「そうよね」スザンナは小声で言った。そろそろと手をのばし、皿というのがどれを指していたのかを見た。四枚の皿。飾り気のない焼き物、古い骨のような色。スザンナは恥ずかしさに頬を赤らめた。これまでに何度、使用人が棚に手をのばすのを見てきただろう？

とつぜん、その四枚の皿がスザンナの没落の揺るぎない証拠のように思えた。これからの人生が、高いところから落ちる人間に硬い地面が近づくように、ものすごい勢いでスザンナに襲いかかってきた。

小刻みに震える手で、スザンナは皿を二枚出し、テーブルにおいた。頬が赤いのは暖かいせいだと、フランシスが思ってくれるといいのだが。

「ありがとうございます、フランシスおばさん、ここに呼んでくださって」スザンナは思い切って言った。

「来てくれて嬉しいわ、スザンナ」フランシスの声は凛《りん》としていた。「もうそれ以上は言わないでちょうだい。明日の晩パーティーがあるの。隠すこともないから言うけれど、あなたのことは有名よ。近所に新入りが来れば、誰もが噂をするわ。みんなあなたのことを見たがっている。あなたさえかまわなければ、いっしょに行きましょう」

スザンナは少し明るい気持ちになった。見られるのはかまわない。じつは、人に見られるのは得意なことのひとつだった。それにパーティーならば……そう、賑やかな集まりは、ずっと気にかかっていた不安をいつでも忘れさせてくれた。たぶん一時でも、喪失や恥辱や悲しみを忘れられるだろう……。

待って。

「みんなは……わたしがここに来た経緯《いきさつ》を知っているのかしら、フランシスおばさん？」スザンナは慎重にたずねた。

別の言い方をすれば、みんなはわたしが婚約者に捨てられたのを知っているの？　わたしが無一文だと知っているの？　人々が噂をするというのがどういうものか、スザンナはよく知っていた。ごく最近まで、スザンナも噂する側だった。たとえばジョージ・パーシーの踊る様子を笑いものにしていた。スザンナはふと、地元の人々の笑いものにされる前に、ひと晩でも……二週間でも……いや一年か二年、この小さな家での生活に慣れておいたほうがいいのではないかと考えた。自分がどんなにおいしいゴシップの種になるか、よくわかっていた。人々は蚊の群れのように群がってくるだろう。

フランシスの茶色い目は、鋭く、利口そうで、優しかった。「みんなはあなたのお父さんが死んで、それであなたがうちに住むようになったことを知っているわ。それと、わたし以外の誰かから何か聞いているかもしれないわね。でももっといい質問があるの……あなたはどれほど気にしているの、スザンナ？」

そのときそよ風が窓のカーテンを揺らし、飾り気のない木の床と白塗りの棚や暖炉のあるこの部屋が、急に光に満ちあふれた。バラのかすかな香りがパンとソーセージのにおいに混じった。スザンナは、正しい光を当てて見れば、どんなものでも美しくなりうると気づいた。

スザンナは誇り高く顔を上げて言った。「あら、考えてみたら、わたしはたいして気にしていないわ」

この明るく快活な瞬間には、それは真実だといってさしつかえなかった。

4

キットは田舎の地所がどれほど惨めなものかを忘れていた。夏は暑く、冬は寒い。夜になって寝室に足を踏み入れるのは、東インドの埠頭《ふとう》に着いた船から下りるようなものだった。だがキットは、どんな場所でどんなふうに寝るかについては無頓着だった。軍隊では眠れるときに眠り、同じく食事も、どんなものでもありがたく食べるのだった。キットは服を全部脱ぎ、椅子に積み上げた。拳銃は安全装置をかけて、枕もとのテーブルにおいた。皿の上のチーズの塊からひと切れ切って、口に入れる。そのナイフも枕元においた。必要となったら、好きな武器が選べるようにそろえておきたい。

キットがあえてロンドンから持ってきた贅沢品があった。上等な敷布は、こんな夜のそよ風に匹敵する。キットは敷布のあいだにもぐりこんだ。

だがランプを消す前に、ふと思いついてスケッチブックを取り上げ、一連の絵から物語を組み立ててみた。きれいな家や友だちなどで埋まったページからして、描き手は穏やかで上品な生活を送っていたと思われる。ところがとつぜん、感嘆符のように、裸の子爵が登場！

キットはにやりと笑い、スケッチブックを脇においてランプを消し、目を閉じた。

キットがふたたび目を開けたとき、室内の光は変わっていなかった。長く眠ってはいなかったようだ。だが静けさの質が変化していた……何か新しい要素が加わったようだ。

キットは警戒した。息を詰め、目を細くして室内をうかがった。

机の横に、背の高い人影が見えた。

すばやい身ごなしでキットはナイフをつかみ、ベッドから転がるように出て、侵入者の背後からその首に腕をまわして締め上げた。

「動いたら血まみれになるぞ」キットはささやいた。

男の手が、むなしくキットの腕を引っかいた。しばらく、ふたりの男は全身を硬直させ、荒い息をつきながら、その体勢のまま立っていた。

「落ち着け、グランサム」侵入者はようやく苦しげな声で言った。

キットは腕をわずかにゆるめた。「ジョン？」

静寂。

「キットだな?」ジョン・カーが喉を詰まらせながら言った。

「そうだ」キットは信じられないというように答えた。

さらに静寂。

「裸なのか?」ジョン・カーは気まずげに言った。

キットは鼻を鳴らしてジョン・カーを押し放し、椅子からズボンを取り上げた。乱暴にズボンをはき、ベッド脇のランプをつけた。部屋が明るくなると、その中央に子どものころからの親友が、つらそうに喉をさすりながら立っていた。

「ジョン・カーか。どうりでヤギのにおいがすると思った」

友人はかすれた笑い声を上げた。かすれているのは、力強い前腕で気管を締めつけられたせいだ。「やれやれ。海賊にでもなったのか、キット、そんな短剣を振りまわしてさ? 〝動いたら血まみれになるぞ〟」彼はキットの真似をしてみせた。

「こいつはチーズ・ナイフだよ、ジョン。それにこんなに暑い。男が自分の部屋で裸で寝ていたっていいだろう」どうやら今日は、バーンステーブルのどこにいても、ひとりで裸ではいられないらしい。「どうやって入った?」

「子ども部屋の窓がほんの少し開いていた。その前に木があるだろう」

「ああ」キットは感心したようにうなずいた。その木ならキットも知っていた。とても便利な木だった。子どものころ、眠っているはずの時間に、あるいは子どもらしいいたずらをして罰を受けたときに、その木をのぼったり下りたりして、子ども部屋の窓から出入りしたものだった。ジョンが窓を出入りしたことも、何度もあった。やがてふたりとも見つかり、鞭で打たれた。キットの父親はいつでもキットの一歩先を行っていた。

沈黙があった。

「ジョン、どうして……?」キットはばかばかしい質問だというように、手のひらをひらめかせてみせた。

ジョン・カーはブーツをはき、黒っぽいズボンにやはり暗い色の薄いウール地のコートというでたちで、これはおそらく、物陰に溶けこみ、木にのぼりやすいように選んだものだろう。彼は椅子を引き寄せ、背もたれを前にしてまたぐように座った。「おまえがここにいるとは思わなかった」

キットはこれに答えようとしなかったので、ジョンはふたたび言った。「ぼくには任務があるんだ、キット」

「任務で来たのか。ぼくの寝室に。バーンステーブルに」

「そうだ」

キットは友人の顔を見た。ジョンは美男子だった。背が高くてたくましく、黒髪に暗い色の目。粗野なところと繊細なところがうまいバランスで混じり、女性の心をときめかせる顔立ちを作り出していた。

キットの青い目にじっと見つめられると、大半の人間は何かしら話を始める。ジョンは臆せずに彼を見つめ返した。

とつぜん悪い予感がして、キットのうなじに鳥肌が立った。「話してくれ」

ジョンは考えこむようにうなだれた。やがて顔を上げたが、慎重に穏やかな表情を作っている様子が、キットは気に入らなかった。キットとジョンは、たがいに対して諜報員の顔を使ったことはない。「言えるだけのことを言う」

「ぼくは調査されているのか？」キットは自分の声に緊張を聞き取った。「父は知ってるのか？」

「なぜ知っているはずがある？　全能だからか？」この言葉には、一抹の競争意識がこめられていた。ジョンの父親は庭仕事を楽しんでいる男爵で、イギリス国内で有力な貴族というわけではなかった。

「彼はぼくたちにそう思われたいだろうな」キットは穏やかに答えた。

ジョンは思わずにやりとした。「いいだろう、ここに来た理由を話そう、キット。だが口外するな。父上を含めて、誰にもだ。ぼくがひどく譴責《けんせき》されることになる。もっと悪い場合もある」

キットはしびれを切らして頭を振った。「話せよ、ジョン」

「モーリーのことだ」

キットは体の動きを止めた。なぜか驚かなかった。それから机に歩み寄り、ふたつのグラスの埃《ほこり》を払い、これを見てジョンが鼻を鳴らすのを聞きながら、グラスにブランデーを注いだ。ひとつのグラスをジョンのほうへ滑らせた。「続けろ」

「われわれはある女性からサディアス・モーリーに宛てた、金を送ってよこさなければ、彼女の知っていること、彼がしたことを全部話すと書かれた手紙を手に入れた。つまり、女性は彼を恐喝しているわけだ。モーリーがフランスに情報を売ったことを証明できるかもしれないから、この女性を探し出す必要がある。だが今のところ、まだその女性に追いつけない」

「〝われわれ〟というのは誰なんだ、ジョン？　それに、ぼくとはどうつながるんだ？　ぼくがモーリーに興味を持っているのとは別にだがね」

ジョンは多少気楽すぎる様子でブランデーのグラスに手をかけた。「〝われわれ〟が誰かは言えない。だが女性というのはキャロライン・オールストンだ」

何年かぶりにその名前を聞いても、剣を鞘《さや》から抜くほど劇的な効果はなかったが、やはり気まずくはあった。キットはジョンが無意識のうちに手を持ち上げ、丸い傷跡の残っている肩をさするのを見た。ふたりが十七歳だったころ、キットが銃弾を撃ちこんだのだ。

キャロラインの遺したもの。

「それで、どうぼくとつながるというんだね、ジョン？」

ジョンはもう一度ブランデーを口に含み、不自然に明るい声で言った。「彼女はおまえにも手紙を送ったんだ、キット」

キットの腹筋がこわばった。彼は驚いていた。「そうか」

ジョンはすぐに言葉を継いだ。「ロンドンの町屋敷にだ。ぼくがそれを横取りした。手紙の中で彼女はおまえに……」ジョンは言葉を切り、咳払いをした。声が奇妙なほどかすれていた。「助けを求めていた。困っていて、おまえに会いたいと書いてあった。その手紙は、彼女がおまえをたずねてくることの前触れだと思う」

助け。キャロラインが助けを必要としている。

「その手紙が来たのはいつだ？」

「一週間前だ」

「それでおまえはこの〈ローゼズ〉に……」

「彼女は町屋敷には現われなかった。〈ローゼズ〉は彼女と会うのに、あるいは彼女を匿うのに、理想的な場所だろう……」ジョンはブランデーを飲み、グラスをおいた。

「もしおまえが、そうするつもりになったらの話だがな」

ランプの明かりが気まぐれな風に揺れた。男たちのあいだのテーブルで酒が光ったが、男たちの顔は一瞬陰に隠れた。

「彼女からは、もう二十年近くも音沙汰がないんだ、ジョン」ようやくキットが、できるだけ軽い口調を努めながら言った。「めったに思い出すこともなかった。でもぼくの寝室を探ったりしないで、訊いてくれればよかったのに。それを言うなら、町屋敷のこともだ」

「命令なんだ、キット」

「誰からのだ？」キットはすぐさまたずねた。答はないかもしれないが、訊くだけの価値はある。

ジョンは頭を振った。「それは言えない。おまえが……ここにいるとは知らなかった。彼女もロンドンでおまえと会えなくて、おまえの知らないうちにここに来ていたかもしれないな」

「ありうる」キットは、本気でそう思っているとはいえない口調で答えた。

ジョンは何も言わなかった。ぼんやりと室内を見まわした。この部屋なら、自室と同じくらいに知っているはずだ。キットはジェームズ・メークピースのことをジョンに話そうかどうか考えた。モーリーを調査するのを許されなかったことに、腹が立ってもいた。また、なぜこの調査を父親が知らなかったのか不思議でもあった。キットの先を越して、ジョンがモーリーの罪を暴くかもしれないと考えると、無性に悔しかった。無意味に負けず嫌いな気持ちが、黙っていろとそそのかした。

だがこれはジョンだ……子どものころからの親友であり、心の兄弟。そしてキットは愛国者だ。もしモーリーがフランス人に情報を売ったのだとしたら……。

「ジョン……話しておかなければならないことがある。ジェームズ・メークピースが殺されたことは聞いたか？」

ジョンは沈鬱にうなずいた。

「数週間前、ジェームズからとんでもない話を聞いて、じつはその時は半信半疑だったんだ。モーリーが……主人公ともいうべき話なんだよ」

ジョンは眉を上げた。「聞かせてくれ」

「リチャード・ロックウッドという政治家を覚えているか？　かなり前に殺された？」

「たしかぼくたちが……」ジョンはキットよりも如才ない人間で、ためらいがちに言った。「陸軍士官学校にやられたころに殺されたんじゃないか？」

「ぼくがおまえを撃ったころだ」キットは無遠慮に言った。

「おまえがぼくを殺しそこなったころだ」思ったとおり、ジョンは言い返した。

いったん始まると、ふたりはこんな調子でいつまでも言い合っている。

キットはジョンにすべてを話した。ロックウッドとモーリーと〝キリスト教の徳〟の話。罪の証拠となる書類が思いもよらない場所に隠されているらしいという話。

ジョンは考えながら、何度か指先でテーブルを叩いた。「その話をしたとき、ほんとうにジェームズは酔っていなかったのか?」

「ジェームズが酔ったところなどを見たことがあるか?」

「彼がその話をしたとき、おまえは酔っていたのか?」

「どうして」キットは苛立って言った。「誰も彼も、ぼくが酔っ払いだと決めつけるんだ?」

ジョンは意地悪く笑った。「しょっちゅう酔ってるからさ。だが、どうしてジェームズはそんな話をおまえにしたんだろう? もののはずみか、それとも最初からおまえに話すつもりだったのか」

「それはわからないな。たぶん、自分の身が危険だと察していたんだろう。何かあったら、知人の中でぼくがいちばん、黙っていない人間だと思ったのかもしれないな」

自分がどうしようもなく頑固だと認める、微妙な発言だった。信じていたとおり、ジョンは鼻を鳴らさなかった。

「彼を信じるのか、キット?」

「彼はうわごとを言っていたわけではないと思う」

「キャロラインはロックウッド殺害について何か知っているんだろうか。彼女の手紙には……彼のしたことをすべて知っていると書いてあった」

「だからジェームズの話をしたんだ。おかしな話だと思うかもしれないが、どうしてもキャロラインとモーリーは関係があるような気がしてならない。それを確かめるのはおまえなんじゃないかな」

ジョンは顔をゆがめるようにして微笑んだ。ちくしょう。彼はキットがこの謎を自分で追いかけられないのをどれほど残念に思っているか、ちゃんと承知しているのだ。

「ジェームズが殺されなかったらどうしていた、キット？」

「もちろん、もっと話を聞かせてくれと頼んだ。おまえがモーリーのことを調べ始めたのはどうしてなんだ？」キットはさりげなくたずねた。

「うまいな。だが教えられない」

キットはひそかに悪態をついた。

ジョンは笑った。「だがほんとうに助かったよ。窓から忍びこんだ甲斐があった。あんなことをするには、そろそろ年を取りすぎてきた」

キットは皮肉っぽく口元をゆがめた。ブランデーで胃のあたりが温まっていたが、頭は落ち着かないほど冴えていた。「ジェームズに」キットはグラスを上げた。

「ジェームズに」

ふたりはともに飲み、しばらくそれぞれの物思いに浸った。

「キット……」ジョンは用心深い口調で言った。キットは期待をこめてジョンを見た。

「もしモーリーがフランス人に情報を売るのにキャロラインが手を貸していたら……そ

れは彼女もモーリーと同じく裏切り者ということだ。そして今……彼女はおまえを探してる」

だがキットはすでにそれを考えていた。もしウェストフォール伯爵の息子が裏切り者とつるんでいると知られたら、政治的大変動が起きるのはまちがいない。人生の破滅だ。たとえば、彼自身の人生。そして何よりも、父親の人生。

まちがいなく、そうしたことが起きるのを望んでいる人間がいる。

一瞬キットは、誰かが彼か父親を徹底的に没落させようと企んでいるのではないかと考えた。

キットはさりげなく椅子の背にもたれた。よく訓練されたその顔には、特別な表情は何も表われていない。頭の後ろで両手をつなぎ、のんびりとのびをした。のんきな様子。ジョンにはこれが演技だとばれているのかもしれない。同じ立場に立ったら、ジョンもまったく同じことをするだろう。

キットは何も言わずにデカンタからジョンのグラスにブランデーを注ぎ、自分のにも足して、友だちにグラスを上げてみせた。「この前は、別れたあとでどこへ行ったんだ？　バリントン嬢の屋敷か？」

ジョンは答える代わりに気取った笑みを見せた。「もっと正確に言うと、彼女のベッドさ」

「おめでとう」キットは心から言い、ふたりはまたグラスを合わせた。ジョンはこのところしばらく、バリントン嬢を熱烈に追いかけていた。

ジョンはブランデーの残りを飲み干し、グラスを音を立てておいた。顎をしゃくり、キットにお代わりを催促した。

「ここで何をしているんだ、キット？」いま思いついたかのように、ジョンはたずねた。

「街を離れたことさえ知らなかったよ」

「自然誌をまとめようと思ってね」

「なんだって？」

人から訊き返されると愉快だった。「ロンドンの喧騒からしばらく離れて、バーンステーブルの花や動物についてまとめようと思うんだ」

ジョンがぽかんと口を開けるのを見て、キットは満足だった。

キットはわざと哲学的な声音を装って言った。「自然はつねに新鮮な驚きに満ちているよ、ジョン。死や性欲や暴力は……」

ジョンはようやく口を閉じた。心配そうな顔つきだった。「だが……おまえは諜報員なんだぞ。それに……ロンドンが大好きじゃないか。あの……伯爵夫人がさ」

キットは吹き出し、愉快そうにテーブルを叩いた。

ジョンはキットをにらんだ。「ほんとうのことを教えろ」

「わかった。ほんとうは……父に、自然誌をまとめるようにここにやられたんだ。一カ月で完成させないとエジプトに送ると脅されてね」

「流刑に処せられたというわけか」ジョンは推察した。

「そうとも言えるな。言い方によってはね」

「ふふん」

「〝ふふん〟だって？」キットは怒って訊き返した。「それはどういう意味だ？」

「このところ……おまえはちょっと……おかしかったよ、キット」

「おかしかった？　どういう意味だ？」

「酒を飲みすぎる」ジョンは言った。まだまだ言い連ねることがあるような、気に障《さわ》る言い方だった。「昔よりも量が増えた。おまえはすぐに議論したがる……普段よりもな。おまえはイライラしてる。人妻の伯爵夫人を必要以上に追いかけていたのは、ぼくには結婚を避けるための入念な作戦のように見えた」

「結婚を避けるためだって？」こんなことを言って無事ですむのはジョン・カーだけだ。

「そう言うおまえはどうなんだ？」

「ぼくは大事にとってあるのさ」

「なんのために？」

ジョンは不可解に微笑んだ。黙ってキットににらまれるままになっていた。

「たしかにちょっと……退屈だったんだろうな」やがてキットはつぶやいた。

「ぼくたちはみんな、ちょっと退屈してた。でもその中のたったひとりだけ、チザムをばか呼ばわりしたやつがいた。それがおまえだ」

キットは黙ってこれを真実だと認めた。自制心を誇る人間としては、彼の最近の行動は抑制に欠けていた。落ち着かない心は挑戦を求め、落ち着かない体は行動を求めていた。目的が欲しかった。キットは混乱し、苛立ち、深く息を吸って吐き出した。別の言い方をすれば、彼は幸せでなかった。

ジョンは天井を見上げた。「伯爵夫人は……おまえがいなくなって寂しいだろうなあ」

これを聞いて、キットは嘲るように笑った。「おまえはやめておけ」

キットは本気で心配はしていなかった。ジョンは美男子かもしれないが、そのほかの点ではすべてにおいてキットのほうがわずかに優《まさ》っていることを、ふたりともよく承知していた。射撃でも走るのでも、乗馬も水泳も……そして人を惹きつける魅力も。これはひとえに、キットの個性的で頑固な性格のせいだろう。もしかしたら彼のほうがほんの少し努力するせいかもしれない。

いや、単純に自分のほうが優っているのだと、キットは陽気に考えた。

緊張がゆるみ、静かな時間が流れた。

「信用してくれ、ジョン」やがてキットはぶっきらぼうに言った。「おまえから聞いたことは、何も父には話さない。それを言うなら、ほかの誰にもな」

「わかってる」ジョンは一拍おいてから言った。その声は、どこか寂しげだった。「もしキャロラインから何か言ってきたら……」

「すぐにおまえに知らせるよ、ジョン。さあ、グラスが空いた……もう行くか？」

「追い出そうっていうのか」ジョン・カーは信じられないというように言った。

「眠りたい。バーンステーブルにいるうちに母上をたずねろよ。さもないと、おまえが近所まで来たのに立ち寄らなかったって、言いつけるからな。ドアから出ていけ」

「ちくしょう」ジョンは不満げに言った。キットは笑った。


ジョンが行ってしまうと、キットは椅子に座り、あらたにブランデーを注いだが、ジョンの言葉を思い出してデカンタに戻した。耳を澄まし、考えこみながら、窓の外の闇を見た。ここはまったく静かに見えた。だが数日のうちに、自然がどんなに姦《かしま》しいかを知ることになるとわかっていた。鳥、リス、コオロギ。開け放した窓から、ロンドンに匹敵するほどの騒がしさで、さまざまな音が入ってくるだろう。キットの胸は夜の暑さで汗ばんでいた。汗の流れるうなじをぼんやりとこすった。

キットはベッドの脇にしゃがみこみ、子どものころからそこにおいてある収納箱を引き出した。蓋を開け、折り重なった過去をまさぐった。石や骨、葉っぱ、本、初めての拳銃……そして手紙を見つけた。

〝ごめんなさい〟書いてあるのはそれだけだった。だがその文字は、どこで見てもわかっただろう。彼女とは二年間も、ひそかに手紙をやりとりしていた。親友に拳銃を向けた広場の近くの木の幹に、手紙を隠したものだった。キャロラインはスペルのまちがいが多かった。でも〝ごめんなさい〟は、正しく書いている。

決闘の日の朝を鮮明に覚えていた。暗い夜明けの空、五羽か六羽の鳥が審判を下すかのように冬枯れの木の枝に止まり、彼らを見下ろしていた。ジョンの白い息が、彼が言ったばかりの言葉の幽霊のように漂っていた。「彼女にはこんなことをするほどの価値はないぞ、キット」これは嘆願にも……嘲りにも聞こえた。

だが価値はあったのだ。すくなくとも、十七歳の世界観においては。彼女はキットに裸の胸をさわらせてくれて、彼にとってそれは人生でもっとも貴重な体験のように思えた。

それでキットは、いつでも拳銃をジョンよりもうまく使ったので、ジョンの肩を狙い撃ち、父親たちは即刻ふたりを士官学校へ入れ、キャロラインという熱病のない環境で、ふたりの友情とジョンの肩は順調に回復した。

手紙は二十年近く前、ジョンとの決闘の直後に、ゴリンジという町で投函されていた。詩の心得があり、オレンジの同韻語を虚しく探し続けた公爵にちなんで名づけられたという伝説のある町だ。

そして今、彼女が困っているという。これは意外なことではなかった。キャロラインはいつでも困っているようなものだった。自分から厄介事を引き寄せるようなところがあった。バーンステーブルの人々はそれを知っており、彼女を煙たがっていた。

あるいは、それを知っていて彼女を欲した。

そして彼女は、キットの父親の催したパーティーでサディアス・モーリーと出会った晩に姿を消した。

なぜこの手紙をとっておいたのだろう？　自分が彼女を勝ち取ったという証拠だろうか。キャロラインを勝ち取るなどということができるとしたらだが。もし今夜この部屋にキットが寝ていなかったら、ジョンにこの手紙を発見されていたのはまちがいない。要するに、ジョンはキットに隠し事をしているかもしれない。だがキットもまた、ジョンに隠し事があった。

これもまた、キャロラインの遺したものだった。

キャロラインは自分が……欲していないときの記憶がなかった。手の届かないかゆみ、出そうで出ない言葉、魂にできたささくれのように、名指しがたい欲求が彼女を揺りかごから駆り立て、これまでにしてきた決断はすべて、その欲求を満たそうとするものだった。

結果として、彼女の人生は波乱万丈だった。

たとえば、サディアスは彼女を殺そうとしているにちがいないのだが、それは……しばらく前に彼女がした、あまり利口とは言えない決断の結果だった。彼女は金が必要だった。サディアスは金をたんまり持っており、そのいくらかは彼女が手を貸して入手させてやったと言ってもいいものだった。そこで彼女は感情のままに、恐喝の手紙を書いた。

その直後に誰かに刺し殺されそうになり、危うく難を逃れた。

キャロラインはますます乏しくなる金を持って別の町に移った。

そこでまた刺し殺されそうになった。ありがたいことに、視力と運動神経はよかった。

その後、町から町へと渡り歩いている。

ああ、サディアスは何事も中途半端には終わらせないと、知っているべきだった。

キャロラインはとある宿屋で、お茶を待ちながら人ごみを見ていた。未亡人でもないのに全身真っ黒の服装で、帽子についた慎み深いヴェールはかえって彼女の魅力を増すばかりだと自分でも承知していた。ヴェールのおかげで唇が際立って見える。真っ赤な、誘いかけるような唇。

キャロラインは切羽詰まって、キット・ホワイトローにも困っていると手紙を書いた。

彼のところへ会いにいくと。だが金がなくなってロンドンまでは行き着けなかった。キットが十七歳のときに約束したような男になっているかどうかは永遠に知ることができないかもしれない。

十八歳のとき、キャロラインはキットとその親友の競争心をあおり、その諍《いさか》いは秋のかがり火のように大事《おおごと》となって、彼女はそれをおおいに楽しんだ。彼女の父親が戦争で傷ついた足の痛みをやわらげるため、毎晩火の前においた椅子に足を乗せるのと同じように、この一件は彼女の中の消えることのない欲求をやわらげた。父親は足を火にかざし、一本か二本の酒を飲むと、痛みが薄れるらしかった。大きな手を娘に振り下ろすのも、効き目があるらしかった。彼女は彼から逃げる術を覚えた。

キャロラインは人生の大半を、自分が衝動的に下した決断の結果から逃げることに費やしてきたような気がした。けっきょくひとつのことを長く考えている必要などはない、だってそんなことは不愉快になるだけだから。

そして今……彼女は動き続けざるをえないようだ。

もっと若いとき、キャロラインはときどき鏡を見て、自分の顔に施された残酷な冗談を不思議に思ったものだった。整った色白の顔、自然な赤い唇、大きな黒い目は底知れぬ池のようで、危険なほど深くも、無害に浅くも見えた。どちらなのかを知るためには、みずから足を踏み入れる危険をおかさなければならない。豊かに波打つ絹糸のような黒髪。父親は持ち物すべてを売り払ってしまうような酔いどれだというのに、こんな顔が何の役に立つというのか？　彼女にはまともな服もない。バーンステーブルに閉じこめられて、退屈な日々に飽き飽きし、毎日、社会のはみ出し者であることを思い知らされる。農夫や水車所有者の息子と結婚するつもりはないが、伯爵の息子はおろか、紳士階級の息子とだって結婚できるはずもない。

ところが彼らは彼女と遊びたがった。ちょっと媚《こび》を売るだけでよかった。キットにたいしてはかなりの媚が必要だった。彼は善悪を見分ける目がしっかりしていたから。だがそのキットでさえ、最後は彼女に抵抗できなかった。

キットの情熱は危険だった。キャロラインは彼といると、心の中の何かが溶けるような気がした。氷を割って彼に近づこうとしているかのような痛みを感じた。ハンサムなジョン・カーの気を惹くのも楽しかったが、ジョンはキットほど危険ではなかった。ひとつには、彼の父親が男爵でしかなかったからだ。だがそれよりも、ジョンは肉体以外の部分で彼女に近づこうとはしなかったせいだった。

そう、キットは近づこうとした。キットもまた、何事も中途半端には終わらせない人間だった。

そしてある晩、ウェストフォール伯爵が地元の人々に気前のよさを見せつけるために開く毎年恒例のパーティーで、サディアス・モーリーが現われた。キャロラインよりも二十歳も年上で、見る者を震えさせるような静かな強さを持つ男性の出現に、彼女はまた決断をした。彼の手に運命をゆだねたのだ。しばらくは刺激的でおもしろい日々が続いた。奇妙なほど居心地がよかった。彼女とサディアスは気心が合った。

「ありがとう」キャロラインはお茶を持ってきた宿主に言い、そっとあたりをうかがった。

男たちは彼女のことを畏怖や恐怖や欲望、あるいはその全部をもって見る。彼女を殺そうとした連中は、いっさい見ようとしなかった。追われる身は愉快とは言えなかったが、危険や論議は欲求を忘れさせてくれた。

だがいまや金がない。最後の持ち金を、変装用の喪服と小さな拳銃に使ってしまった。恐喝の計画は失敗に終わったので、金が必要だった。サディアスはキャロラインを愛した、あるいは彼が猫以外のものに感じる感情の中で、もっとも愛に近いものを与えてくれた。だが愛に野望の邪魔をさせるほど非現実的な男ではないとわかっているべきだった。彼がどのように現在の地位までのし上がったかを考えれば、なおのことだ。血と犠牲のおかげなのだ。彼自身の、そして他人の。

キャロラインは他人のものだからという理由で何かを欲しくなることが頻繁にあった。たとえば隅のテーブルで妻と母親とおぼしき女性たちとともに食事をしているハンサムな明るい髪の男性は、一度ならず彼女のほうをうかがい、じっと見つめたりしている。

妻は金髪で、ブランマンジェのように甘そうで、ひたすら口を動かし続けている。そのあいだに旦那は視線をさまよわせ……キャロラインを見つけた。

彼ははっとして彼女を見つめた。たいていがそうだ。キャロラインはしばらく見させておいてから、お茶に目を落とした。

彼は妻に飽きているのだろう。きっとそこそこの社会的地位があるからという理由で彼女と結婚し、快適な人生を楽しんでいる。もしかしたら妻を愛しているのかもしれないし、すくなくとも我慢はできている。

キャロラインはそのとき、彼を手に入れると決意した。いくらか金が欲しい状況でもあり、もしかしたら一石二鳥になるかもしれない。

運は彼女の味方をした。若い男は立ち上がり、バーに向かうようなふりをして、さりげなく彼女のテーブルのほうへ歩いてきた。彼が通り過ぎると、すぐにキャロラインは立ち上がった。

「右に曲がってふたつめの部屋。五分。五ポンドよ」彼女はささやいた。

階段をのぼる前、彼女は彼の表情を見た。ショックと欲望、恐怖と陶酔が、交互に表われる。キャロラインはまもなく移動に必要な金が手に入りそうだと考えた。それだけが重要なことだった。

5

パーティーの装飾委員会はいっしょうけんめいに任務を果たそうとしたようだったが、いくら蠟燭や花をたくさん飾ろうとも、バーンステーブルの公会堂がロンドンの〈オールマックス〉とはちがうことを隠せはしなかった。部屋の一方にテーブルがならび、ビスケットやサンドイッチが載っていた。ピアノや弦楽器の楽団がひと隅に集まっていた。あの楽団はワルツを弾けるのだろうかと、スザンナは疑問に思った。もちろん、スザンナがワルツを踊るわけではない。彼女は喪中だし、いっしょに踊りたいような相手がいるとも思えなかった。

スザンナは場慣れした目で室内を観察した。ドレス、扇、上靴、コート。一瞬、時間の感覚を失いそうになった。どの女性が着ている服も、ワーテルローの闘い直後の流行、まるまる五年も前のものだ。スザンナの着ているドレスは喪中にふさわしい色合いながら仕立てのいい最新流行のもので、ほかの惑星からやってきたように見えた。今、バーンステーブルの住人のかなりの人数がカドリールを踊っており、たまたま踊っていない者はスザンナを見ないように無理しているため、明日は首の筋が痛くなっていることだろう。とくに、青年たちがそうだった。スザンナは微笑みながら、おばのフランシスの横に立っていた。スザンナのまばゆいばかりの微笑みは、これまで多くの友情を勝ち得てきた。

ところが奇妙なことに、広間にいる誰もが一様に、彼女から一歩退くのだった。フランシスがスザンナの腕を握って合図し、ささやいた。「ミセス・タルボットが来たわ。きっと嫌いになるわよ」彼女は歩み寄ってくるトルコ赤のドレスとターバンの女性に明るく微笑みかけた。

挨拶と紹介が終わると、ミセス・タルボットは意味深に声を低くして言った。「今夜、グランサム子爵がいらっしゃるそうよ。まったく評判のよくない人物なのよ、ミス・メークピース。何年も前にバーンステーブルから消えてしまったの。密輸入で財産を作ろうとでもしたんだわ。誰が招待したのか知らないけれど、彼は地元の貴族だから、もちろん歓迎ですけどね。もしかしたら、うちの娘と踊るかしら。娘はとてもきれいなのよ」ミセス・タルボットは険しい顔をし、非難するような目つきでスザンナの頭のてっぺんから爪先までをながめまわし、戦士が盾をかざすように扇を広げた。「お会いできて嬉しかったわ、ミス・メークピース」彼女は本心は正反対だというような口調で言い、頭の上の赤いターバンを危なっかしく揺らしながら立ち去った。「ああいう人もいるの」フランシスは弁解するように言った。「娘さんを結婚させたくてしかたなくて、がんばりすぎているんじゃないかしら。子爵は彼女が言うほど……ああ、見て、カーステアズのところのメレディスとベスが来たわ」スザンナとフランシスは、カーステアズ姉妹に微笑みかけた。ふたりともブルネットの髪で、ほぼ完璧な丸い顔に、まるで陶磁器の皿に描かれたバラのように左右対称に目鼻がきちんとならんでいる。

「グランサム子爵には気をつけたほうがいいわよ、ミス・メークピース」ベスのほうが低い声でおおげさな抑揚をつけて言った。「今夜来るんですって。過去に恐ろしい事件を起こしていて、誰もそれについて語ろうとしないの。海賊をしていて指名手配されてると聞いたわ」

「まさか！」スザンナは噂話の仲間に入れてもらえたのが嬉しくて、叫ぶように言った。カーステアズ姉妹は後じさりした。スザンナが姉妹の顔の前に手提げランプでも突き出したかのようだった。ふたりのかわいらしい顔は不安げに曇り、スザンナのことを人間の服を着てパーティーに潜入した宇宙人ではないかと疑っているようだった。

当たり障りのないやりとりをしたあと、ふたりは丁重に言い訳をし、次の踊りの相手を探しにいってしまった。

スザンナは困惑して、ふたりを見送った。

「あなたを知ってもらう時間が必要なのよ、スザンナ」フランシスはなだめるようにスザンナを軽く叩いた。「まだあなたの……おしゃれな雰囲気に慣れていないの。いずれはいいお友だちになれるわ」

スザンナはそうは思えなかった。木造の床の広間をながめ、人々が笑顔でリールを踊ろうとしている様子を見ると、服装は時代遅れで粗末であっても、その場になじんでいる様子が羨ましかった。音楽が始まった。多少調子はずれだったが陽気な演奏で、聞き覚えのあるリールのリズムに心がなごんだ。人々がお辞儀をして膝を曲げ、近づいては離れて……。

そのとき、彼の姿が見えた。

広間の向こうで、両手をうしろにまわし、標的に視線の照準をしっかり合わせようとするかのように目をかすかに細くしている。標的は彼女だった。誰とも話していなかった。おそらくそれは、彼がその存在だけで、他人に敬意を、あるいは不安を抱かせ、距離をおかせるような人物だからだろう。服はいい仕立てで、いかにも着心地がよさそうで、スザンナが感心したことに、最新の流行のものだった。スザンナの位置からだとハンサムかどうかはわからないが、背は高そうだった。

悪名高い子爵だわとスザンナは考え、ほんの少し興奮を覚えた。

踊っている人々が中央に集まり、彼は見えなくなった。ふたたび人々が分かれると、彼は数センチも動かずにその場にいて、こちらを見ていた。そのときふとスザンナは、彼はわざわざ彼女と会うためにこのパーティーに来たかのようだと感じた。

それに……うーん。彼はどこかで見覚えが……。

まさか。まさか、まさか。


キットは彼女がフランシス・ペリマンといっしょにやってきた瞬間に、彼女に気づいた。地元の人間にしては身なりがよすぎ、黒い喪服がとても似合っていた。何十本もの蠟燭の穏やかな光に照らされて、彼女の顔は真珠のようだった。立ち居振舞いから、洗練された育ちのよさや自信が感じられたが、どこか落ち着かない様子だった……そう、足先を絶えず動かしている。おもしろい。喪中だというのに、彼女はなぜあえてパーティーに来たのだろう。バーンステーブルの人々は、彼がここを離れてから、以前よりも寛大で他人を受け入れるようになったのだろうか。

いや、そうでもなさそうだ。

彼女がカーステアズの美人姉妹と話すのを見ていたが、姉妹たちはいやそうだった。そのときも、彼女はカラスのような服装だというのに、姉妹の魅力をすっかり食ってしまっていた。ロンドンのおしゃれは田舎では多少目立ちすぎるらしい。

そのときミスター・エヴァーズの姿が目に入った。バーンステーブルの水車場の所有者で、地元の噂の源泉だ。パンチボウルのところへ行きたいにちがいないが、猫が眠っている犬を避けるかのごとく、キットを迂回しようとしている。鼻が真っ赤になっているところを見ると、ミスター・エヴァーズが今夜パンチボウルに向かうのは、これが初めてではないようだ。

「エヴァーズ！」キットはすぐに、礼儀正しく声をかけた。ミスター・エヴァーズがばつが悪そうに近づいてきてお辞儀をし、その拍子に頭に残っているわずかな毛が前に垂れるのを見て、キットは笑いを噛み殺した。キットの評判は二十年前の出来事以来あまり回復していない。いやむしろ、かえって悪くなったくらいだった。じつをいうと、キットはそれを気にしていなかった。それは一種の偽装にもなり、キットは偽装がけっして嫌いではなかった。

「こんばんは、グランサム子爵。屋敷にいらしていたんですか」

キットはにこやかに、でもまったくの無言で相手を見た。

「もちろんいらしてたんですね」エヴァーズはあわてて言った。「ここにいらっしゃるんですから」

「そういうわけだよ、ミスター・エヴァーズ！」キットは明るく言った。自分がちょっと意地悪だったと承知していたが、今日は誰にも甘い態度を見せる気分ではなかった。

「どうしていた？　奥さんは？　水車場は？　ちゃんと手入れしているか？」

「ええ、何もかもいい調子で、不満はありません」

エヴァーズはこれで会話を終わりにしたいようだった。だがキットの気分では、それはありえなかった。「今夜のパンチはどうだね、ミスター・エヴァーズ？」

エヴァーズはこの話題に飛びついた。「とてもおいしいですよ、グランサム子爵」彼は請け合った。「一杯飲んでみたらどうですか、わたしが……いや、みんなが飲み干してしまう前に」

「そうだな」キットは答え、馴れ馴れしく相手の肩に腕をまわした。「ミスター・エヴァーズ、ちょっと教えてもらえるかな」

エヴァーズは嬉しそうな顔をした。「わたしにできることなら、閣下」

「ミセス・ペリマンといっしょにいる娘は誰だね？」

エヴァーズは顔を輝かせた。キットの質問は、一時間もしないうちにパーティーにいる全員に広まるだろう。それはべつにかまわなかった。キットのバーンステーブルでの伝説がまたひとつ増えるだけだ。

「ミス・スザンナ・メークピースですよ、グランサム子爵」

その言葉がエヴァーズの口から出たとたん、キットは時間が止まったような気がした。

両腕に鳥肌が立った。

「どうやら父親が亡くなったらしい。覚えているかどうか、父親はバーンステーブルの出身でした。あの娘はここに来て、おばさんといっしょに住んでる」エヴァーズは続けた。「なかなかの別嬪《べっぴん》でしょう？　若い者はみんな恐れ入ってる。ずっと見とれてるのに、紹介してもらう勇気がない」

スケッチブックを持ったお転婆娘はジェームズ・メークピースの娘だった。キットはまったく気づかなかった。彼女は母親似にちがいない。ここにいるのは気の毒な気がした。バーンステーブルは活発なお嬢さん向きの場所ではない。

そこでキットは、彼とスザンナ・メークピースがともにバーンステーブルに流刑にされたという運命のいたずらを思った。これはジェームズ・メークピースがキットに話をすることにした理由のひとつにちがいない。

なにはともあれ、キットは父親に強く言われたように、あの件を〝放っておく〟つもりはなかった。

「ありがとう、エヴァーズ」キットはぼんやりと言った。「とても助かったよ」

スザンナがどんなに魅力を振りまいても、バーンステーブルの住人は一定の距離以上に彼女に近づこうとはしなかった。みんな一様に挨拶をして、スザンナを用心深く見て、立ち去っていった。

「時間がかかるのよ」フランシスはなだめた。「あなたはバーンステーブルに久しぶりに起こったおもしろい出来事なのに、みんなはそうでないふりをしなければいけないと思っているの」

スザンナは、フランシスがどれくらいこのパーティーにいるつもりだろうと考えながら、弱々しく微笑んだ。父親の死後、さまざまな出来事と闘いながらなんとかやってきて、自尊心の高さからその重圧に負けまいとしてきた。だが急に今、継ぎの当たったキルトのベッドが目に浮かび、あの中にもぐりこんで目を閉じ、何日もそのままでいられたらどんなにいいだろうと考えた。

また踊りが終わった。人々はあらたな相手を見つけようと集まった。スザンナは期待と恐怖の入り交じった思いで、部屋の向こうを見た。悪名高き子爵は、もう彼女を見てはいなかった。

ほっとしたが、ひどく残念でもあった。スケッチブックは取り返せないかもしれない。だが、恥ずかしい思い出をほじくり返す必要もない。〝物音ひとつ立てなかったのね〟

楽団が演奏を始めたのは……ワルツだろうか?

スザンナは誘惑に負けて、少しだけ目を閉じた。人生は何も変わっておらず、ここは公会堂ではなくて〈オールマックス〉で、みんなはスザンナを避けるのではなく近寄ってくる。目を開けたとき、目の前には白いシャツを着た胸が見えた。

ゆっくり、ゆっくりと、スザンナは顔を上げた。

心臓が喉元まで跳ね上がった。

「こんばんは、ミセス・ペリマン」悪名高き子爵が、長身を折るようにしてお辞儀をした。「姪御さんと踊りたいと思って、この最悪な楽団にワルツを演奏するよう金をつかませました。よろしいですか？」

ああ。彼の声はすてきだった。垢《あか》抜けていて、低く、自信に満ちている。ロンドンの声。

そして昨日、うなじに直接感じた声でもあった。

フランシスは口を大きく開けた。一瞬、蝶つがいがはずれてしまったかのように、そのままだった。

ショックでスザンナの両手は冷えた。近くで見ると、この男性はとても背が高かった。とても……男らしかった。冷えは熱に変わり、スザンナは首のあたりから顔が火照っていくのを感じた。ふたつの正反対の感情がスザンナの中でせめぎあっていた。

今すぐ立ち去りたいというのが、そのうちのひとつだった。

「ありがたい申し出ですが、ミス・メークピースは喪中です、グランサム卿」フランシスはなんとか口を閉じ、失礼にならないよう、上品な口調で答えた。

子爵のあまりにも青すぎる目が、おもしろがっている様子で意地悪く光り、スザンナを見下ろした。「でもきみは踊りたいんじゃないかな、ミス・メークピース？」

どうしたらいいのだろう。それこそ、もうひとつの感情だった。

ずっとのちにスザンナは、じつは論議の余地はなかったと認めることになる。

「ごめんなさい、フランシスおばさん。ごめんなさい、ほんとうにごめんなさい……」

子爵は笑いながら腕をのばし、まだ謝罪の言葉を言い続けているスザンナをフロアへ連れ出した。

スザンナは手を彼に預けた。ここ何日かのあいだでした行為の中で、もっともなじみのあるものだった。自分のしたことに驚きながらも、なぜかほっとしていた。彼の上着の袖が上がり、あれが見えた。手袋とシャツの袖のあいだに、カモメの形の痣。

スザンナは思わずよろめいた。

子爵はあいているほうの手でスザンナの腰をつかみ、難なく彼女を支えて踊りを続けた。「そう、ぼくだよ、ミス・メークピース。この前会ったとき、たしか……なんて言われたかな……ええと……そうだ、〝物音ひとつ立てなかったのね〟だな。それから鹿のように木立ちを抜けていってしまった。夜会服を着たぼくは、ちがって見えるかい？

たぶんそうだろうね」彼の目が、いやなくらい愉快そうに輝いて、彼女を見下ろしていた。

スザンナは即答できなかった。それでもなんとか口を開いた。「あなた……よく……そんな……」

「ところで、ぼくを描いた絵は上手だったよ」彼は言った。「見方によっては正確すぎるが、うまかった。それにぼくは、正確なのはすごくいいことだと思っている」

「わたしは……」スザンナは喉を詰まらせた。顔がミセス・タルボットのターバンのような色になっていた。

「見たところ、このようだね、ミス・メークピース。きみは今ここで恐怖に震えるふりをしてひと騒動起こしてもいい、でもぼくにはきみがふりをしているだけだとわかっている。あるいはきみは、笑ってもいい。こちらのほうがしたいはずだ。いずれにしてもきみはパーティーの噂の的で、バーンステーブルの善き住人たちはいま以上にきみに好意を抱くことはないだろう」

「よくも……」スザンナは憤慨した声を出して言った。ここは憤慨しなければいけないと思った。

彼は怖そうに目を大きくしてみせた。

もう、かまわない。「そうね、わたしは好かれていないみたいね」スザンナは本気で当惑していた。「いつもは好かれるのに」

彼は驚いて笑い声を立てた。その声はあいにくよく響き、部屋じゅうの人が彼らのほうに顔を向けた。そして喪服姿のスザンナ・メークピースが悪名高き子爵とワルツを踊っている光景を見て、人々は顔を元に戻すのを忘れた。「今はどうかな? しっかり確かめられそうだ」

「簡単なのよ」スザンナは答えた。「いつもは簡単に好かれるの」矢継ぎばやのやりとりは、スザンナにとって怖くもあり爽快でもあった。

「きみにとってはそうだろう。でも、そんなにがんばらなくてもいいんじゃないかな」

「がんばってなんかいないわ」スザンナは反対した。

「そうかい?」彼はまったく信じていないようだ。「もしかしたら、きみは連中の大半よりもきれいだから、好かれないのかもしれない」

ようやく、子爵がスザンナを誘惑しようとしているらしい素振りが見えた。彼女はかすかにえくぼを作った。

「あくまでも比較の問題だけどね」彼は言い、この言葉が正しいのを確かめるように、つまらなそうに部屋を見まわした。

スザンナのえくぼは消えた。

「きみはある程度の教養もある」彼は考えながら言った。

ためらいがちに、スザンナは口の端を上げた。

「いいや、ほんの少しだね」彼は言いなおした。スザンナを見た。「なぜぼくをにらんでいるんだい？」

まったく正確だ。正確さは、誘惑には縁がない。誰でも知っていることだ。

スザンナが黙っていても、彼は意に介さなかった。「きみの絵はすばらしかった、ミス・メークピース。すごく才能がある」

絵はすばらしかった？　わたしの微笑みは？　わたしの目はどうなの？

「そうだよ」彼は言った。「詳細で正確で、それでいて個性的で、不思議なくらい……」彼は自分の気持ちを言い表わすのに適切な言葉を探して上を見て、それからスザンナに目を戻した。「……情熱的だ」

彼は最後の言葉を喉の奥から発した。その目が愉快そうに笑っている。生まれて初めて、スザンナはなんと言っていいかわからなかった。その代わり用心深く彼を観察した。

それまでは、彼の顔は体の一部に過ぎず、詳細に描いてはいなかった。彼の顔は、古典的なハンサムの基準からすると、多少ごつすぎた。顔は長すぎてダイヤモンドのように鋭角的で、鼻は弧を描いている。明るい色の眉と睫《まつげ》、そして相手を面食らわせるような目。そうした中で、口は芸術的だった。大きくて、微妙な曲線を描き、まちがいなく男性的だ。

もちろん、彼のほかの部分も美しかった。

圧倒されるほどだった。

それを思い出し、スザンナは頰が真っ赤に染まるのを感じた。

「頼みたいことがあるんだ、ミス・メークピース」

スザンナは目を見開いて顔を上げた。物思いにふけっていたが、彼の言葉で我に返った。「なんでしょうか、閣下？」

「きみを雇いたいんだ。そんなに期待しないでくれ」彼は静かに笑っていた。

この男性はまったく、めまいがするほど、頭に来るほど……。

「雇う？」スザンナはスープの中に尖った魚の骨を見つけたときのような声を出した。

「そうだ。ぼくは博物学者で、自然誌を作れと言われているんだ。この地方の植物や動物の研究だ。腕のいい芸術家に、それを手伝ってもらいたい。お金ははずむよ。おやおや、自分の顔を見たほうがいい。早く表情を変えないと、みんなに、ぼくがきみをひどく侮辱したと思われる」

あまりの屈辱に頭が混乱し、スザンナは声も出せなかった。彼はスザンナに働けという。女中みたいに、家庭教師や料理人みたいに……。

「ねえ、ミス・メークピース、おばさんはあの家にもうひとり人をおく余裕があると思うかい？　彼女は裕福ではない。それでもきみは、食べ物に困っている様子ではない」

スザンナは彼にあばら骨を蹴られたような気分だった。

夜に使う継ぎの当たったキルト、色褪せた使い古しの家具、つつましい朝食、火をおこす女中もいないことなどを思い出した。

恥ずかしさに、胃のあたりが重くなった。スザンナは子爵のまっすぐに見詰めてくる青い瞳から顔をそむけ、深く息を吸いこんだ。

ありがたいことに、一瞬彼は黙りこんだ。

「乱暴で悪かった、ミス・メークピース」彼の声は優しくなだめるようだった。濃い霧のように、気持ちよく彼女を包みこんだ。「若い娘に対して優しく気遣った経験がないんだ」

スザンナはそろそろと視線を彼に戻し、目を少し細くした。自分が優しく気遣われたいのかどうか、よくわからなかった。彼は楽しんでいるらしく、目を輝かせていた。とても青い目。中に炉でもあるかのような、炎の中心の青。触れたらほんとうに熱いのかどうか、手をのばしてみたくなった。

彼は許してもらえたと思ったのか、話し続けた。「才能は……銀行の金のようなものだ。もちろん賢く使うべきだが、まったく使わないのはばかばかしい。ぼくはきみの助けが必要だ。おばさんはきっとお金を喜ぶ。おたがいに助かる。協力してもらえるか？」

「でも……仕事なのね？」スザンナは小声で繰り返した。

「ほかの雇い主を考えているのかな、ミス・メークピース？」

それにしても、他人に雇われるとは。「いいえ」スザンナはきっぱりと言った。

「ちがう？　よかった。だったらおばさんに話して、きみは安全だと約束して、細かいことを決めるよ」

「でも……」スザンナは言いかけた。そこで諦めた。「あなたの名前は？」その代わりにたずねた。「正式の名前よ」

「クリストファー・ホワイトロー、グランサム子爵だ。きみにはキットと呼んでもらってかまわない、ミス・メークピース」

彼は微笑んだ。スザンナは彼が密輸入で財産を築いたとか、海賊行為で指名手配を受けているとかいう噂を思い出した。おそらく女王さまとの恋愛も経験しているだろう。そう思わせる微笑みだった。ゆっくりと口元をゆがめ、思わせぶりで、気に障るほど親しげだ。物事を承知しているような微笑み。スザンナは急に恥ずかしくなった。彼の存在を強烈に意識した。シャツやズボンの下の筋肉が、どんなに引き締まっていたか。彼に比べたらダグラスは未熟な苗木のようだった。

もちろん、服を脱いだダグラスを見たわけではないのだが。

「おばは……」スザンナは急に、口ごもりながら言った。

「見かけほどショックを受けていないはずだよ。ぼくのことは、半ズボンをはいていた頃から知ってる。たぶんたいして驚いていないんじゃないかな。彼女はきみが思っている以上にたくましい」

スザンナは半ズボンをはいた彼を想像して、思わず微笑んだ。「あの……だったら、父のことを知っていたの？　父もこの地方の出身なのよ」

「お父さんはぼくより年上だったから、ぼくがバーンステーブルで育ったころは、あまりいっしょにはならなかった」彼はさりげなく答えた。「でもロンドンでは知っていた。一時期いっしょに軍人で、共通の知り合いもいた。ミスター・モーリーだ。会ったことがあるかな？」

「いいえ、ないと思うわ、閣下。あなたは輸出や輸入も手がけているの？」

「ぼくはお父さんと仕事をいっしょにしていた。それで、お父さんのことを知ってるんだ」

スザンナは、わたしも父のことを知りたかったと言いそうになった。だが黙ったまま、子爵の白いシャツにならんだボタンを見つめ、ジェームズ・メークピースという謎の人物について考えた。彼は優しかったが、困惑するほどよそよそしかった。とつぜんの死は、ある意味、スザンナにとっても人生の終わりだった。

スザンナは急に足が重くなり、ワルツが苦痛になってきた。

目を上げると、また子爵が彼女を見ていた。快活な目は穏やかになっていた。「お父さんはいい人だったよ、ミス・メークピース。亡くなって残念だ」彼の声の優しさに、胸が痛んだ。

「ありがとう」スザンナは父親を悼《いた》む涙があふれそうになるのを感じた。「わたしのダンスは最悪ね？」

「まあね」子爵は軽い口調で言い、それを聞いてスザンナは最悪の気分にはならず、むしろほっとした。

「機会さえあれば、お父さんを悼んで酔いつぶれるつもりだよ」彼は少し間をおいてから、言い足した。

それはありがたいことのように聞こえたが、スザンナはなんと言っていいのかわからなかった。

曲が終わった。楽団はみんな安堵して額の汗をぬぐっていることだろう。子爵はスザンナの手を放した。

「だったら決まりだね？　当面、きみはぼくの雇い人だ」

「わたし……」

スザンナの言葉を、彼は背中で聞いていた。彼の質問は、形ばかりのものだった。明らかに、自分の望みどおりになると確信しているようだった。

6

「どうしたって?」モーリーは機嫌よくボブを見つめた。

ボブはたじろいだ。経験上、モーリーが機嫌のよさそうなときは少しも上機嫌でないとわかっているのだ。「取り逃がしました、閣下」

「取り逃がした……」モーリーは考えこみながら繰り返した。膝をつき、フラフに向かって指を動かしてみせると、猫はずいぶん久しくなでてもらっていないかのように駆け寄ってきた。五分前になでたばかりだというのに。

モーリーは猫を抱き上げた。

「宿屋の庭で」ボブはあわてて説明を始めた。「輪留めのピンを短いものに変えました。これはほぼまちがいなくうまくいきます。馬車がウェスト・クラムリーを通り過ぎて曲がったら、うまい具合に事故になるはずだった……腕やら足やらトランクがちらばって」ボブは懐かしそうな顔をして口元をゆがめた。「ほら、ちょうど去年の郵便馬車のように。あれはたしか……」

モーリーの顔が穏やかな表情で凍りついているのを見て、ボブの言葉は途切れた。

「わたしは専門家です、ミスター・モーリー」ボブは言い訳がましく言った。「タイミングが悪かっただけです」

「おまえは……その分野で唯一の専門家ではないんだぞ、ボブ」

ボブは何も言わなかった。靴底に何かねばねばしたものがくっついているかのように、太い足を何度も踏み変えた。

モーリーはため息をついた。「今、娘は田舎にいる。田舎ではさまざまな不幸に遭う可能性が……いくらでもあるだろう？　わたしならすぐに十以上も思いつく。だが、おまえの考えにまかせよう」

「わたしが責任を持ちます、閣下」


子爵はてきぱきと事を進めた。おばのフランシスに話をし、彼女の才能をどのように知ったかは明らかにせずに、うまく芸術面での助手が必要であることを説明した。これで、子爵に外交的な技量があることがわかった。スザンナは朝の八時に彼と会うことになっていた。恐ろしく早い時間のように思えたが、以前、田舎にずっと住んでいる人々はみな(〝ずっと〟という言葉には、有罪判決を下されるかのような響きがあった)、夜明けとともに起きるものだと聞いたことがある。

そこでスザンナもそうした。眠い目をこすり、顔に水をかけ、朝食のパンにバターを塗り、濃いお茶を飲んだ(上等なお茶というのはフランシスの道楽のひとつだった)。前夜、フランシスは子爵が食事を出してくれなかった場合に備え、親切にもスザンナのために弁当をバスケットに用意してくれた。バスケットはポーチに出るところの棚においてあった。スザンナはそれを腕にかけ、緑と鳥の鳴き声に満ちた明るい一日に向けて足を踏み出した。

もし働きに出ることがスザンナにとっては革命的なことだと知っていたとしても、フランシスは何も言わなかった。じつのところ、フランシスは事の成り行きに大満足のようだった。いっぽうのスザンナは、おばはそもそも稼ぎ手が欲しくて自分をバーンステーブルに呼んだのではないかと、ほんの一瞬怪しんだりしたのだが。実際、多少の金が入るとなったら、フランシスは食事にソーセージや牛肉を買えるとかなんとか口にした。

だがスザンナはそんなことを考えるのはやめた。フランシスは、自分の姪がお金を稼げるような才能を持っていると知っていたはずはない。

美しい服装はいつでもスザンナの武器だった。そこで彼女は、今朝は入念に身づくろいをした。一着しかない喪服は汚したくなかったので脇におき、淡いピンク色のモスリンに、さらに淡い色のリボンのついた、ひだ飾りがふたつの服を選んだ。これならばスザンナの顔色を引き立てるうえ、今日の天候にもふさわしい。気になる子爵に感心したように見てもらえれば、一日が楽しくなるというものだ。

彼は池に続く小道のはずれで、こぎれいな子鹿革の半ズボンにヘシアン・ブーツをはき、白いシャツの胸元を開け、待ちくたびれた顔つきで立っていた。別の言い方をすれば、彼はどうでもいい服装をしていた。それでもなぜか、見栄えがよかった。どうやら服によって優美さを身につけるのではなく、彼自身が服に優美さを与えるらしい。

「おはよう、ミス・メークピース」彼は愛想よく言った。だがそこで言葉を切り、さっとスザンナの帽子から靴までを見渡した。「きみの服は……」彼は言いかけて、途方に暮れたようにやめた。それから、おもしろがっているように眉間に皺を寄せた。「……髪の色とよく合ってる」

スザンナはこれを褒め言葉と受け取ることにした。彼女は澄まして会釈をし、伏し目がちに彼を見た。こうすれば二メートル以内にいる男性は、みんな彼女の虜《とりこ》になった。「ありがとうございます、閣下」ふわりと落ちるハンカチーフのように、柔らかい声で言った。

おもしろがるような眉間の皺はさらに深くなり、困惑した表情になった。まるで彼女が見知らぬ国からやってきた者で、彼にはその習慣がわからないかのようだ。「褒めたわけではないんだよ、ミス・メークピース。観察結果だ。今日ぼくたちがする予定のことの例だ。観察だ。靴を見せてくれ」

なんなのよ？　苛立ちと悲しみを必死に抑えて、スザンナは前に片足を出した。子どものようだ。あるいは足を高く上げて歩く馬か。しかたがなかった。彼の声はそんな調子だった。口答えなどは許さないのが当然だという声。

子爵は茶色い子ヤギ革の、リボン飾りのついた短いブーツをじっと見た。「ウェリントン・ブーツではないが、森の中を歩きまわるにはふさわしいだろう。いい選択だ」

いい選択？　森にダンス用の上靴をはいてくるとでも思っていたのだろうか？

「ほんとうですか、グランサム卿？　褒めていただくに足るものかどうか、リボン飾りをもっとよく見る必要があるんじゃないかしら？」

スザンナは足を地面に下ろし、彼を見上げた。

彼がゆがんだ笑みを浮かべたことからして、今のスザンナの皮肉は彼の気に入ったようだった。

「きみの……リボン飾りを観察するのは楽しいだろうがね、ミス・メークピース……」

やがて彼は、前夜に見せた親しげで不思議なくらい自信に満ちた笑顔になって言った。

「そのお楽しみはあとに取っておく。それに今日は水辺を避けよう。リボン飾りを尊重してね」

スザンナも微笑んで、彼を見返した。それでも気がかりなことがあった。「水辺って？」自分で思ったよりも弱々しい声が出た。だが現実問題だ。彼は彼女を沼地に連れていこうというのか？

彼は声を立てずに笑っていた。「それじゃあ、始めようか」彼は驚くほどすばやく体の向きを変え、大股で歩き始めた。スザンナはあわててついていった。「ヘビに気をつけろ」彼は肩ごしに声をかけた。

「ヘビ……」

明るい色のS字型の生き物が小道を横切り、草の中に消えた。スザンナは唇を嚙んで悲鳴をこらえた。

「心配するな、ミス・メークピース」また子爵の声がした。「あれはヤマカガシだ。すくなくとも毒はない」

なぜか、背後からでも彼が笑っているのがわかった。

キットは自分が自然誌の仕事を命じられた鬱憤《うっぷん》をミス・メークピースに当たって晴らしているのだろうかと考え、もしそうでもかまわないと思った。彼女を驚かせるのは楽しかった。ピアノの鍵盤を無作為に押して、どんな音がするか試すようなもの。これまでの経験から、相手を驚かせるのはその人となりを知る手っ取り早い方法だと心得ていた。相手は本心で対応せざるをえないからだ。

これまでのところ、彼女の印象はけっして悪いものではなかった。いたずら心から、彼女をワルツに誘った……昨晩、広間の端に立っていた彼女のからだ全体から、踊りたいという気持ちが発散されていた。だがそれを言うなら、彼は一日じゅう、普段以上にいたずらな気持ちでいた。また、彼は戦争であまりにもたくさんの死を目にしてきたせいか、喪服を着て引きこもり、楽しみを断つという喪の儀式がひどくおおげさなものだと感じるようになった。人生はこれほど気まぐれで短く、生きていることは輝かしいものなのだ。悲しみに身を浸すより、ワルツを踊りたいという気持ちのほうがはるかに勇敢でまともなように思えた。いっしょうけんめい生きることによって、亡き者の生を祝したほうがいい。

スザンナ・メークピースは……ちょっと手間をかければ、とてもおもしろくなるかもしれない。

彼女はきれいだった。普通の意味ではない。カーステアズ姉妹のような、年を取るにつれて薄れてしまうような美しさではなかった。だが……そう、ミス・メークピースの目は色彩にあふれていて、調査せずにはいられない諜報員の習性から、彼はその目をよく観察して、どんな色がいくつあるのか知りたいと思った。彼女の口は……豊かで華やかだった。貝殻の内側のようなピンク色をしていた。

想像しうるかぎり、もっとも淡いピンク。

その口は、彼を落ち着かなくさせ、苛立たせた。裸体の絵を描きはしても、スザンナ・メークピースは情熱という点から言えば赤ん坊同然のはずだ。彼女をもてあそぶのは彼女の現状に不当につけこむことになる。おそらく、無に等しい状態だろうから。

彼の頭の中で、エジプトの砂丘が脅すように波打った。キットは歩調を速めた。自然誌を仕上げたらすぐにロンドンでの生活を再開し、伯爵夫人の世慣れた唇と腕に戻ろう。

楔形《くさび》の影が足元の地面にできていた。彼はその主を探して見上げた。

頭上高く、真っ青な空に、小さなチョウゲンボウが翼で風を切って輪を描いていた。キットは視線を落とし、木々の幹を見て、その印を見つけた。若い木々の根元の樹皮が、輪になってかじり取られている。空のチョウゲンボウとかじりとられた樹皮は、ハタネズミがいるということを示している。ハタネズミは樹皮を食べる。チョウゲンボウはハタネズミを食べる。実際的で現実的な組み合わせだが、自然というのはそういうものだ。

発見や追跡の喜びを感じないわけではなかった。ただあくびをして、背筋をのばし……でもとにかく、心が動いた。

彼に分別がなかったら、ハタネズミに興奮した自分に悪態をついていただろう。

残念なことに、夢のような……いや、悪夢のような感覚はいまだに薄れていなかった。

スザンナは音楽や楽しみや、華やかな友だちにかこまれているのに慣れていた。ところが今、彼女は小さな穴のある草地に膝をつき、本来ならばスザンナに夢中になっているはずの長身の子爵は……子ネズミの巣らしきものに夢中になっている。

彼は眉間に皺を寄せ、鉛筆を手にして、小型のノートに何か書きこんでいた。帽子をかぶっていても、太陽の光が暑く感じられた。首から上が、食パンのように膨らむところが想像できるようだった。ピンクのモスリンの服を着てきたのを後悔していた。今ごろ黒い汗じみができていることだろう。

スザンナは小さな生き物を見下ろした。ネズミだって、ヘビ同様に悲鳴をあげたいものだった。あるいは、かつてはそう思っていた。もしダグラスのいるところでネズミが出たら、彼の気を惹くために小さな叫び声を上げていただろう。だがここにいる六匹ほどは親指の先くらいの大きさしかない。無力な子どもたちで、驚いたことに……可愛らしかった。折り重なって眠っている。スザンナは、じろじろ見ること、そのまま放っておくことを、思わず謝りたくなった。

「ハタネズミだよ」彼はささやいた。「オナガ・ハタネズミだ」彼は重大な秘密を打ち明けるように言った。

スザンナはもうしばらく、ネズミをじっと見ていた。それから……。

「あなたが密輸入で財産を築いたと聞いたわ」スザンナは小声で言った。彼女にとってはこちらのほうがハタネズミよりも大きな話題のような気がした。

「そうか?」彼はつぶやいた。まだハタネズミを見ている。まだメモを取っている。とんでもないと否定してほしかった。驚かされてばかりいるのではなくて、彼のことを驚かせたかった。たぶん、ほんとうに彼は密輸入をしていたのだ。今もしているのかもしれない。だからおばのフランシスが上等なお茶を手に入れられるのかもしれない。

スザンナはもう一度試みた。「海賊をして指名手配を受けているとも聞いたわ」

今度は彼はメモする手を止めたが、愉快そうに口元をゆるめて草地を見ただけだった。まるで海賊になったらどんなだろうかと想像しているか、あるいは海賊だった時代を懐かしく思い出しでもしているようだった。

彼は何も言わなかった。沈黙が続き、彼はまたノートを見た。今朝髭を剃ったのだろうが、いくらか剃り残した部分があるのにスザンナは気づいた。尖った顎の下側に、金色に輝く髭が見えた。彼は帽子をかぶっていない。一日が終わるころには、体のほかの部分の色白な肌よりも、顔だけがずっと濃い色になっているだろう。

「アヘン窟の話は聞いたかい?」彼は小声でたずねた。

「いいえ!」スザンナは彼の体のほかの部分を想像していたのがうしろめたかった。

彼はちょっとがっかりしたようだった。「きっと、誰も話さないだろうと思ったよ」

スザンナは口を大きく開けた。苦労してそれを閉じた。「どうしてみんなは……どうしてあなたは……」

彼は黙って笑っていた。「ハタネズミを描いてくれ、ミス・メークピース。きみはぼくに雇われているんだよ、忘れてるのかな？」

スザンナは忘れていた。すでに太陽で温められていた頰が、さらに火照るのを感じた。雇われ画家がどのように振る舞えばいいのか、見当がつかなかった。家庭教師のようでいいのか？　料理人みたいだろうか？　そのちがいはともかく、質問したりしないを作ったりするのとは無関係のはずだ。

スザンナは顔を伏せて仕事を始め、まもなく絵を描くことの楽しさに没頭した。ハタネズミの毛皮の風合い、折り重なっている体の微妙な色の変化、小さな足先や鼻。そしてもちろん、見えているものは尾も。だってこれらは、特別に珍しいオナガ・ハタネズミなのだから。

スザンナはハタネズミの爪先を仕上げ、絵から目を上げた。驚いたことに、彼は彼女の手元をじっと見ていた。眉間に皺を寄せて集中していた。

一瞬、何かの影がふたりにかかり、すぐに消えた。

「チョウゲンボウだ。餌を探してる」子爵は小声で言った。

スザンナは自分の体で巣を隠してやりたくなった。

彼はスザンナの手元から顔へと視線を移した。何か考えているような表情だった。つかのま、スザンナは彼が彼女の帽子を、あるいは絵を褒めてくれるのだろうかと考えた。誘い水として、そっと微笑みかけた。

「お父さんが亡くなったことに、さほど打ちひしがれている様子ではないね、ミス・メークピース」彼は言った。

スザンナは息ができなくなるほど驚いた。

だが子爵の目は、この世でもっとも当然の質問であったかのように、じっとスザンナを見ている。たしかに、その言葉には非難するような響きはいっさいなかった。彼は知りたくて、質問をしただけだ。

スザンナは気取って、ひどい質問だと抗議することもできた。だが、彼の率直な物言いに、なぜか救われたような気がした。この無謀なまでの……正直さ。スザンナは彼の質問に答えたかった。自分でも同じくらい、その答を知りたかった。

「父のことは悲しいわ」スザンナは冷静に答えた。彼にたいしては冷静に答えるのがふさわしいと判断してのことだった。だがその声は、まだショックで震えていた。「でもわたしたちはあまり近い関係ではなかったのよ、グランサム卿」

彼はすぐには何も言わなかった。それから……。

「キットだ」彼は言った。ちょっと口元をゆるめて。

スザンナは眉をひそめ、彼はさらに笑みを大きくした。青い目でスザンナをじっと見た。彼女がもっと何か言うものと思っている。

スザンナは静寂を破らざるをえない気になった。「父はしょっちゅう仕事で家を空けていたから、あまり会わなかったの。もっと父のことを知りたかったのに、まったくの他人同然だった。それはとても残念だわ。そう、父のことは悲しい。でも、もっと親しい関係だった場合と比べたら、さほどではないんでしょうね。あなたが当然と思うほどではないのよ」

子爵がスザンナの言葉を考えているあいだに、汗が彼女のうなじから胸の谷間へと流れていった。スザンナは彼の表情が変化するのに気づいたが、それが何かは理解できなかった。

それから彼は小さくうなずいた。スザンナが正解を出したかのように。

スザンナは胸が痛んだ。どこか見下したような態度の彼にたいして。そして彼に認めてもらって喜んでいる自分自身にたいして。

「きみのお父さんはわかりづらい人だった」子爵は静かに言い、スザンナは驚いた。「お父さんのことは好きだったが、心の中にめったに人を踏みこませない人物のような気がした。きみにたいしてだけよそよそしかったわけじゃないよ、ミス・メークピース。じっさい、彼に娘がいるとは想像もできなかったくらいだ」

なんとすてきな話だろう。「父に〝心の中の世界〟があったというの？　あの父に？」

「誰にだってあるだろう?」子爵は驚いたように言った。

スザンナは周囲を見まわした。ふたりはハタネズミの巣のある、木にかこまれた小さな草地にいた。ふたりがうずくまっている場所からは、家も池も見えない。スザンナは子爵とふたりだけでいることを急に意識した。それなのに仕事に夢中になって、この不適切な状況を気にもしていなかった。ミセス・ドルトンがいたらなんと言っただろう?

「お母さんは、ミス・メークピース? どうしたんだい?」

スザンナはとつぜんの質問と、自分自身の正直な返答とに、いまだに混乱していた。でもこのやりとりは、どうにも止めようがなかった。「母はわたしが小さいときに亡くなったのよ、グランサム卿。覚えているのは……」

スザンナは言葉を切った。あの晩のことを、誰にも話したことはなかった。ひとつには、あまりにもかすかな思い出で、実際の記憶というよりは夢のような気がしていたからだ。誰かに話すと薄れてしまうような気がして、かたくなに隠してきた。また自尊心のせいでもあった。そんな小さな思い出しかないといって、同情されたくなかった。

だが彼の声や態度は気安かった。探りを入れたり命令したりするわけではなく、同情的でもない。とても打ち解けた感じで、スザンナが何を言っても、何をしても、彼はまったくショックを受けないようだった。

ふいに、彼になら話してもいいような気がした。

スザンナは深く息を吸いこんだ。なぜか胸が高鳴っていた。スザンナは彼を見ないようにして話した。「覚えているのは……そう……暗闇で目を覚ましたこと。周囲は騒がしくて、ささやき声がした。誰かが……泣いていた。女の人がわたしに顔を寄せて……その人は長い黒髪で、その髪が頬にこすれてくすぐったかった」スザンナは小さな笑い声を立てた。照れくさくて、手の甲を頬にすりつけた。「女の人の目は黒かった。声は……」スザンナは咳払いをした。「声は静かだったわ」

スザンナはちらりと子爵をうかがった。彼はぼんやりとした顔をしていた。スザンナといっしょに、その場面を想像しているようだった。「その黒髪の女性がお母さんなのかな?」

「おかしいかもしれないけど……」スザンナは言いよどんだ。「よくわからないの。細密画を持っているんだけど、それとはぜんぜん似ていない。母はわたしに似てるわ。つまり、わたしが母に似てるのね」

「お母さんの名前はなんと言ったんだい、ミス・メークピース?」

「アンナよ」

「アンナか」彼はそっと繰り返した。「スザンナに音が似てると思わないか? いつか、その細密画を見せてほしいな」

スザンナは困惑した。彼は今になって誘いをかけてきたのだろうか? この子爵はスザンナの知っているような方法で誘惑したりはしそうにないので、それもありうるだろう。「もしかしたらね」スザンナは慎重に答えた。

その様子に、彼は口元をひきつらせた。それから急に、ハタネズミへ顔を戻した。ひとつの標本が終わったら次の標本に移るということかしらと、スザンナは辛辣に考えた。

だがスザンナは、まだ話したいことがあるのに気づいた。

「あの……父は彼女のことを何か話したかしら？　母のことを？」スザンナはさりげない口調を心がけたが、それでも必死な響きは拭い去れなかった。

子爵は驚いた顔をして見上げた。「いいや」優しい口調だった。「お父さんはお母さんのことを話さなかったのかい？」

スザンナは即答しなかった。それからたいして関心もないような様子で、小首をかしげてみせた。「どうやら父は、誰にも何も話さなかったみたいね、グランサム卿」

子爵は笑わなかった。「ほかの誰かからお母さんの話を聞いたこともないのかい？」

やはり優しい口調だった。

さりげない口調を保つのはむずかしくなった。「そうね」なぜか、スザンナは恥ずかしかった。

それでもスザンナは自尊心から、彼をしっかり見返した。

彼は何を考えているのかわからない顔をして、しばらく彼女を見ていた。それから深く息を吸いこんで吐き出し、顔を伏せて考えこんだ。やがて目を輝かせて顔を上げた。

「次はホワイト・オークに行こうと思うんだ、ミス・メークピース。数日前、きみは別のすばらしい標本があったせいで、オークの木のことはまるで無視していたね」

スザンナははっとして頰を赤くした。彼を揺さぶってやりたかった。優しさや正直さよりも、こちらのほうが対処しやすかった。なぜか、心の均衡《きんこう》が取れたような気がした。不思議なことだったが、スザンナは彼がわざとそうしてくれたように思った。

「絵を見せてくれるかい？」彼はスザンナの取り乱した顔を見て笑いながら言った。スザンナは無言でスケッチブックを差し出した。

彼はハタネズミの絵を見た。どうかしたのかと思うほど長いこと、表情を変えずに見ていた。それから彼の顔は、少しずつ、ゆっくりと険しくなった。優しい感情を隠す壁を築いていくかのように。

やがて、雲の割れ目から太陽がのぞくように、畏敬の表情が表われた。

「どうしたら、こんなふうに描けるんだい？」彼は唐突にたずねた。非難しているようだった。

「え？」スザンナはばかみたいに聞こえやしないかと心配になりながら、訊き返した。

彼の言いたいことがわからなかった。

「こんなに……正確に対象をとらえてる。あの……ハタネズミを」彼は手の甲で絵を軽く叩きながら、じっとスザンナの目をのぞきこんだ。なんとしてでも答えを聞きたいというようだ。

「わたしは……」スザンナは躊躇《ちゅうちょ》した。「あまりちゃんと考えたことがないの」恥ずかしそうに言った。どうやら彼はこれを重大なことと考えているようで、がっかりさせたくはなかった。「つまり……」

彼は待っていた。スザンナは考えてみた。自分がどのようにハタネズミをとらえたのか、わからなかった。だが彼女はいつでも、何かから逃げるか何かをとらえるかするために、スケッチブックに向かってきた。それは抑えつけなければならない考えや感情であったり、理解すべき何かであったり……おそらくそれが……。

ああ、口に出すとばかばかしく聞こえるだろう。

「その一瞬は自分であることを忘れて、ハタネズミになったような気持ちになるの。あるいはバラでもいい。それとも……」

スザンナは〝あなた〟と言いそうになった。

彼になったらどんな気分か、想像はできない。でも桟橋にいた彼、すばらしい裸体を露《あらわ》にし、腕を高くのばしていた彼を考えると……あのときの彼の喜びが、スザンナ自身の喜びになったような気がした。彼の喜びや奔放さ、彼の美しさが、彼女の絵に吹きこまれたようだった。

「ちがうな」とつぜん彼が言った。低い声だが、きっぱりとしていた。何かがわかったかのように。

「ちがう?」スザンナは困って、ようやく本気で考える気になった。

「ちがうよ、きみは絵を描きながら自分であることを忘れたりなんかしていない、ミス・メークピース……ほんの一瞬たりともね。描いているとき、きみはきみそのものなんだ」彼の口の端とともに、片眉が上に上がり、彼の意見にたいする彼女の反応をうかがった。

彼は容赦なくスザンナを見つめてきた。睫が先に行くにつれて濃い金色になっているのが見て取れた。両方の目尻に三本ずつ皺があり、微笑むとそれが深くなった。口の端に小さな傷跡がある。平らな頰には、明るい色の髭が生えていた。深い彫りと意外な優しさが組み合わさって、この男性にとてもふさわしい顔立ちが出来上がっていた。地図で行き先を確かめるように、スザンナは指先でその曲線や端をなぞってみたくなった。

「そうかしら」スザンナは小声で言った。いつもはどんなことでも気楽に話のできる彼女が、これしか言えなかった。

この男性が相手だと、どんな話も気楽ではなくなる。

会って以来ずっと、鋭く輝く宝石のような質問や挑戦を彼から投げかけられてきたが、それがいったんやんで、スザンナには少し落ち着いて考える時間ができた。彼が質問や挑戦を投げかけてきたのは、スザンナに彼のことを見せないためではないのだろうか。逃げることに忙しくさせて、見せないようにしてきたのだ。

それはまちがいよ、グランサム卿。彼がそんなに躍起になって何を隠し、守ろうとしているのか、スザンナは知りたくてたまらなくなった。

スザンナの視線は彼のうっすらと笑っている口元に下りていった。秘密がそこに隠されているかのように、視線を惹きつけられた。おそらくそこが、彼の顔の中でいちばん穏やかなところだったからだろう。すくなくとも今は、探るような彼の目を見るよりもよかった。スザンナの視線はそこにとどまり……もしかしたらほんの少し長くとどまりすぎていたかもしれない。けっきょく、彼女は女性なのだから。それはすばらしい口元だった。

スザンナが見ていると、笑みが消えた。

スザンナはそろそろと視線を彼の目に戻した。そして、雷に打たれたような衝撃が背筋に走った。

青い色が、ひどく暗くなっていた。彼の顔は怖いほど緊張していた。その目がスザンナの口のあたりを……うかがっている。息をのむような熱い欲望が、彼の体から発散されていた。

だがその顔はすぐに変わった。彼は捕食動物のように険しい顔つきになり、スザンナが後ろによろめいてしまうほどの速さで立ち上がった。

何者かがふたりを見ていた。

彼はそれを、風の動きで察知した。この土地を離れて何年もたつが、本来そこに属していないものがあれば、すぐに感じとれる。本能的に視線をスザンナ・メークピースの……すてきな唇からはずしたとき……。

森のはずれに男が見えた。

キットが立ち上がったとき、男は走っていった。かなりの素早さで視界から消えた。

キットは激しい苛立ちを感じた。追いかけてもよかった。キットは鹿のように走ることができるし、この土地を誰よりもよく知っている。侵入者よりは有利だ。

だが急に、スザンナをひとりで残していくことが不安になった。

キットは拳銃を下ろした。反射的に、考えもせずにブーツの中から取り出していた。

彼は自分の地所の周辺部、男が立っていたあたりをざっと見まわした。おかしなものは何もない。木々、草、花、リス。男はいない。

密猟者というのもまったく考えられないことではなかった。だが屋敷に主人が帰ってきていることはこの地域の誰もが知っていたし、どんなに切羽詰まった密猟者でも、よほどのばかでないかぎり、昼日中に動きまわるような危険は冒さないだろう。男の手元にマスケット銃のような細長い影は見えなかったが、あとであのあたりを調べて、足跡や罠や、何か手がかりになるようなものを探してみよう。

何も知らずにたまたま彼の地所に迷いこんでしまったのなら……逃げる必要はないはずだ。

ジョン・カーかもしれないと考え、その可能性を否定した。父親が見張りをつけたのだろうか。ふふん、それならありうる。

ちくしょう。もちろん、彼は女性の目を見つめていた。

キットは顔を戻し、スザンナがまだ両手をついて地面にしゃがみこんでいるのに気づいた。いぶかしげな顔をしている。彼が飛び上がって拳銃を抜いたのだから、おかしなことではないだろう。

「博物学者が拳銃を持ち歩いているとは知らなかったわ。ハタネズミに闘いを挑むつもりだったの?」

自分ではこれ以上の皮肉を言えたかどうかわからず、キットは一瞬言葉を失った。めったにないことだった。ミス・メークピースに一本取られた。

「これは決闘用の拳銃じゃない」まったくばかげた言い訳だと気づく前に、彼は言った。

「そう」

「密猟者がいたような気がしたんだ」彼はそっけなく言った。

「拳銃をブーツに隠している人は見たことないわ。それもハタネズミの観察をしにきたというのに」

「そうか？」彼は上の空で答えた。それから礼儀を思い出し、スザンナを助け起こそうと手を差し出した。スザンナはすぐにその手を握った。彼女は絵を描くために手袋をはずしており、手は小さくて柔らかかった。キットはその手をしばらく握っていたいと思った。そして彼女のほかの部分がどれほど柔らかいか、想像をめぐらせてみたい。事実、一瞬前には……忌まわしき一瞬前には……。

ああ、あのとき男に気づいたのは、とてもいいことだったのかもしれない。

彼自身や父親、ミス・メークピースや世界じゅうに苛立ちながら、キットは唐突にスザンナの手を放した。彼女は妖婦ではない。彼は少年ではない。彼はただの、退屈で落ち着きのない諜報員だ。

「ええ」スザンナはきっぱりと答えた。「見たことがないわ」

ピンクのモスリンの服を着た女性の口から、こんなに気骨ある言葉が出るとは誰も思わないはずだ。彼女はたった今、もう少しでキスされそうだったことに気づいていないのだろうかと、キットはいぶかしんだ。

「博物学者が何を持って歩くか、どうして知っているんだい、ミス・メークピース？

おかしいな、たしか今日より前に、きみのスケッチブックにはハタネズミの絵はなかったはずだがな。裸の子爵なら覚えているけどね」

キットの言葉にスザンナは、まるで絵の具を浴びせられたかのように顔を赤らめた。彼の思惑どおり、スザンナは口をつぐんだ。彼は男としての目ではなく、諜報員としての目で彼女を見たかった。

スザンナはジェームズ・メークピースにはまるで似ていないだけでなく、彼女の言うことを信じていいのならば、彼女が似ているという母親はまったくの謎だという。

キットはスザンナの言うことを信じた。彼女の声には痛みが聞き取れた。両親がいるべきところにいないという空虚な気持ち。彼女を問いただしてしまったという罪悪感は、真実を突き止めたいという欲求で都合よく埋め合わせができた。何人かの死、ふたりを盗み見ていた男、ジェームズ・メークピースの謎に満ちた人生など、すべてが奇妙だった。

「どうかな」キットはさりげなく持ちかけた。「きみの絵の才能はお父さんかお母さんから引き継いだものかどうか、おばさんに訊いてみたら?」

キットはフランシス・ペリマンにジェームズ・メークピースのことを訊いてみたくてしかたなかったが、あまりあからさまにもできない。だが代わりに彼女の姪に訊かせることはできる。

スザンナはまだ取り乱している様子だった。覚束《おぼつか》ない手つきでスケッチブックを閉じた。「おもしろいかもしれないわね」丁寧でよそよそしい口調だった。

キットはスザンナの、皮肉っぽかったりはにかんでいたり、高慢だったりする口調のほうが好きだと思った。丁寧な口調はよくない。「馬には乗るかい、ミス・メークピース？」彼は思わずたずねた。

「ええ、わりと得意よ」それから、思いついたようにつけたした。「おかげさまで」戦場に旗が掲げられるように、スザンナは顎を上げた。

ああ、このほうがいい。「明日の朝は馬小屋に来てくれ。シダを探しに、馬で出かける」

これを聞いて、スザンナの顔が少し明るくなった。こんな些細なことでも、彼女が嬉しそうなのがキットは嬉しかった。

7

日中の暑さは晩には冷え、スザンナはおばのフランシスが手際よく暖炉に薪を積むのを見ていた。女中のような、無意識で手際のいい仕草だった。思えばスザンナはこれまでの歳月、朝は女中が火をおこす聞き慣れた音で目覚め、寝返りを打って、白い室内帽を上下させながら燃えさしの面倒を見る女中の様子をながめ、どんなに大きな屋敷に招かれたときでも、室内が暖まるのを待ってから柔らかいベッドを出たものだった。

フランシスは炉辺に膝をついて薪をならべながら、背中に手をまわして腰をさすった。スザンナはますますおなじみになってきた二重の羞恥心を感じた。ふたりのために火をおこすといった単純な仕事をする使用人もいないという恥。

自分は火をおこすことについて何ひとつ知らないという恥。

自分が無能に思えた。これは新しい感情だった。これまでは、特別に何かの役に立つ必要もなかった。

「わたしがするわ」スザンナはためらいがちに言った。「わたしが……火の面倒を見るわ」

フランシスが驚いて振り向いた。「ああ、もう済んだわ。でもぜひしたいというのであれば、明日の晩にしてちょうだい」

フランシスは意地が悪い。

「よろこんで」スザンナは答えた。ふたりは声を上げて笑った。以前よりも打ち解けていた。

「仕事を分担してもいいかもしれないわね。家計のことはわたしがするから……」

家計って？

「……あなたは火をおこしてちょうだい。まちがいなく、あなたの背中のほうがそれに向いているわ、スザンナ」フランシスが冗談を言っているのはわかったが、それにしても……彼女の背中のほうが向いている？　朝に晩にしゃがみこんで薪を積み、掃除をして料理をしたら、どんな背中になるのだろう？　馬のように広い背中になるとか？　手はどんなになるだろう？　スザンナはいつでも手には気を使い、柔らかくて白い手、爪は清潔でピンク色でなめらかであるようにしていた。それでも、手は使うためにある。物を持ち上げたり運んだり組み立てたりするためのものだ。編み物をして、拳銃を撃ち、鋤《すき》を使う。

　編み物と縫い物用品の入った籠が、火のそばの椅子の脇においてあった。編み始めたばかりのマフラーがはみだしている。フランシスおばさんはどうやら徹底的に手を使っているらしい。スザンナはそっと自分の手を見下ろした。すくなくとも絵を描くことはできる。ソーセージや牛肉を手に入れるに足る程度には。

　怖いような夜の暗闇が広がった。でもまさか、夕食後すぐにベッドに入る気にもなれず……それとも、そういうものなのだろうか？　スザンナは、カーステアズ姉妹や、その他のバーンステーブルの住人は、今夜は何をしているのだろうと考えた。パーティーの晩以来、誰もたずねてきたり招待してくれたりはしていない。

「いつまでも知らんぷりしているはずはないわ」フランシスは言った。「なにしろあなたは、何年かぶりにバーンステーブルに起こった、おもしろい出来事なんですもの」だが実際に誰かがやってくるまで、ベッドに入る前の時間を、年配のおばと何をして過ごせばいいのだろう？

　刺繍をしてもいいと考えた。スザンナの針仕事の腕はなかなかのものだった。なんという文字を刺繍しようか？　〝飽きちゃった！〟とか。それとも、〝お願い、助けて！〟というのはどうだろう？　スザンナは陰気な喜びを覚えた。欲求不満の言葉を並べ立てて、額に入れ、色褪せた壁紙が隠れるくらいいっぱいに壁にかけようか。

スザンナはフランシスが狭い部屋を歩きまわり、あちらこちらのランプを灯すのを見守った。火の入ったランプは室内を居心地よく照らし、みすぼらしい家具に温かな光を投げかけた。

ダグラスは火明かりに照らされたスザンナの髪をいつでも褒めてくれた。

そんなことを考えても、なんにもならない。

それでもスザンナは、歯が抜けたあとの歯茎を舌先でなぞってしまうように、ダグラスの姿を思い起こしてしまうのだった。だが奇妙なことに、今夜はダグラスの姿はぼやけ、もっと鮮烈で複雑な男性の姿に取って代わられていた。ダグラスに裏切られたというのに、スザンナはこれにうしろめたさを感じた。

「さて、スザンナ……こうしてふたりきりになって、凍えることもなくなったわ」フランシスは長椅子に腰を下ろしながら言った。「縫い物をする？　それともわたしがマフラーを編んでいるあいだに、何か読んでくれるかしら？」

「どんなものを読むのが好きなの、フランシスおばさん？」

「そうね、小説だわね。なんでもいいの。どんなものでもいいけれど、とくに怖い話が好きだわ」

「ほんとう？」スザンナはこれまで、友だちづきあいや、遊んだ疲れを睡眠で癒すのに忙しくて、あまり読書をしていなかった。だが怖い話というのには心惹かれた。「どんなものなの？」

「かならず幽霊が出てきて、暗闇とか嵐の夜、秘密なんかがつきものなのよ。すごくおもしろいわよ。ああ、ミス・オースティンも大好きだわ。ミス・オースティンはとてもおかしくてロマンティックなの。失恋や出会い、裏切り、かなわぬ恋といった調子ね。そして最後はみんな幸せに暮らすのよ」彼女は最後の言葉を重々しく言って、思わせぶりな視線をスザンナに投げかけた。

フランシスはさりげない物言いをする人間とは言いがたい。

この面長で明るい目をした厳しい婦人を、ロマンティックという言葉と結びつけて考えるのは奇妙な気分だった。

「結婚をしたことはあるの、フランシスおばさん？」スザンナは恐る恐るたずねた。不躾《ぶしつけ》な質問でないといいのだが。もしかしたらフランシスは実体験として片思いを知っていて、それでスザンナの状況にも理解があるのかもしれない。

「結婚したことがあるかですって？」フランシスは愉快そうに自分の太股を叩いた。「いやね、そんな同情するような顔をしないでちょうだい。もちろん結婚していましたとも。しっかり結婚していたわ。三人の夫と連れ添ったのよ、スザンナ。最後の夫を一年ほど前に埋葬したの。しばらくはこの小さな家にひとりでいるので満足だったんだけど、冬になったら夜がちょっと寂しくて。また夫を探そうかと思ったりもしたけど、じつをいうと最近は、ロマンスといったらミス・オースティンの小説で充分なの。そこであなたならば同居するのにいいと思ったのよ」

フランシスはスザンナにウィンクして、編み物を手に取った。「縫い物をしながらおしゃべりをする、それとも朗読をする？」

「両方できそうよ。おしゃべりも読書も」

「これから夜はいくらでもあるんですからね、両方できるわ、スザンナ。今夜は気持ちを紛《まぎ》らわせるために、ちょっとお話を読んだらいいんじゃないかしら」

〝夜はいくらでもある〟と言われると、敵が前進してくるような気がした。だがそこで、おばが夫を探すのを、帽子を店で買ってくるかのように話したのを思い出した。夫の話を聞くのに、すくなくとも幾晩かは必要だろう。

「いいわ。何かお気に入りの小説はあるの？」

「そうね……『高慢と偏見』から始めましょうか。ミスター・ダーシーが、あなたがお別れした若い愚か者のことを忘れさせてくれなかったら、このマフラーを食べてみせてもいいわ」

ミス・オースティンはおかしくてロマンティックだと、おばは言った。なぜ子爵のことが頭に浮かんだのだろう？　彼はおかしいかもしれない。まちがいなく、苛立たしい。でもロマンティックだろうか？　魅力的で愛想がよく、計算された優美さのあるダグラスとは、まったくちがう。だが子爵の視線はなぜか、ダグラスと一度だけしたキスよりも親密で、体に直接感じられるような気がした。それは別の意味で、とてもロマンティックだった。

それに、木に刻まれたハート型のことがある。あのハートは、スザンナの想像力を強く刺激した。

スザンナは『高慢と偏見』をためらいがちに開き、最初の文章を黙読した。〝財産を持っている独身男性は妻を求めているにちがいないというのは、一般に認められている真実である〟

スザンナはまばたきをした。なんとも皮肉に満ちた文章。

スザンナはまったく同感だった。

そこでスザンナはその文章を声に出して読み、次の文章も、また次のも読んだ。フランシスは編み棒を動かし、ときどきくすくすと笑い声を立てた。フランシスは何かおもしろいものを聞いているとき、踵を蹴り上げる癖があった。スザンナが特別に辛辣な文章を読むたび、彼女の足がひょいと上がるのが見えた。

気がつくと、スザンナは十ページ以上も読んでおり、ランプの火は小さくなって、夜は更けていた。

スザンナはまったく退屈していなかった。

これから夜はいくらでもある。

馬番の若者がふたりいて、彼らは若者ならではのひょろりとした体格をしており、スザンナが馬小屋にやってくると帽子の庇《ひさし》の下からちらりと彼女のほうを見たが、すぐに目をそらし、もっぱら馬房に藁《わら》をかきいれるのに忙しいふりをした。長身の子爵はワイシャツ姿で、苛立った様子で振り返り、スザンナを見て……柳色の乗馬服と羽飾りのついた帽子を身につけたその姿をゆっくりとながめた。まずは帽子をかぶった頭から。

いいだろう。スザンナは今朝ちょっと遅刻したことは自覚していた。だが迷ったあげくに選んだ乗馬服は彼女の目の中の緑色を引き立て、金色や青よりも輝かせてくれる。それに帽子の羽飾りは、馬車が宿屋の庭でひっくり返ったときにトランクも投げ出されたせいで多少形が崩れているが、それでもまだおしゃれなはずだった。腕にかけている昼食の入ったバスケットが、魅力をつけたしてくれているにちがいない。

それなのになぜ、この男性はおもしろがっているような顔つきなのだろう?

キットはスザンナから顔をそむけた。「去勢馬が四頭と、種馬が一頭いるんだが、ミス・メークピース、きみには去勢馬に鞍をつけておいた。牝馬はお腹が大きいんだよ。今にも子どもが生まれそうなんだ」彼は馬の額にある星を指でなぞった。彼の声や仕草はぶっきらぼうだったが優しかった。なぜか、スザンナは息をのんだ。

「いい馬ね」スザンナは手袋をはずして、牝馬のビロードのような鼻にふれた。スザンナは自分の牝馬をロンドンに残してきていた。

それにしても、花瓶で男性を脅して乗馬服を救いだしておいてよかった。

ふとスザンナは、毎晩ジェーン・オースティンを読んでいると、皮肉がうまくなるばかりなのではないかと考えた。

「さあ」キットは声をかけ、両手をスザンナの靴にかけて、帽子の羽飾りほどの重さもないように、スザンナを鞍の着いた灰色の去勢馬に乗せた。喜びがスザンナの胸に湧き上がった。仕事という名目があるにしても、スザンナは今日は乗馬を楽しむつもりでいた。彼女は馬を上手に乗りこなした。彼は彼女の姿勢を見て明らかに感心している様子で、自分も去勢馬にすばやくまたがると、膝で合図をしてゆっくりと馬小屋を離れていった。スザンナは腕にかけていたバスケットを抱えなおし、馬についていくように合図した。

去勢馬はおかしな様子で小さく飛びはね、大きく頭を振り上げて立ち止まったので、スザンナは鞍から落ちそうになった。前のめりになって、手綱をぐいと引き、鞍をつかんでバランスを取った。

スザンナは悔しかった。誰かが見ていたら、スザンナはまったく馬に乗ったことがないと思っただろう。スザンナは去勢馬にささやきかけ、手で軽くたたいて落ち着かせようとした。馬はさかんに耳を前後に動かし、足を痙攣させていたが、それでもスザンナはなんとか説得して、速足とおぼしきものを始めさせることができた。

やれやれ、馬はまるで見えない綱に引っ張られてでもいるようだった。

いったいこの馬は何をいやがっているのだろう？

キットが首をひねって振り向いた。スザンナの赤い顔を見て、彼の青い目が輝きを増すのが見えた。キットの近くにいると、いつでもスザンナの顔は赤くなる運命なのだろうか？　彼は問いかけるように、明るい色の眉を持ち上げた。スザンナは自信に満ちた、陰りのない微笑みを返した。そのとき去勢馬がパブから出てきた酔っ払いのように横にステップを踏み、スザンナはまた鞍から振り落とされそうになった。

キットは馬から下り、ほんの数歩で彼女の横に来て轡《くつわ》をつかんだ。すばらしく素早い動きだった。

「下りたほうがいい、ミス・メークピース」

残念な気持ちに胃を締めつけられる思いで、スザンナは足を足台からはずし、キットがスザンナを、高い棚から皿を下ろすように難なく馬から抱き下ろして馬の横に立たせた。

「グランサム卿、わたしはけっして……」

彼は片手を上げた。その顔はこわばっていた。撃ち金を起こした拳銃のように緊張している。

一方の去勢馬は、目に見えて落ち着いていた。耳を、風に吹かれる風見鶏のように前後に動かしている。丸い目でスザンナをもう一度見て、それからあわててキットの乗っていた馬のほうへ走っていった。スザンナから離れたくてたまらないかのような足取りだった。まるでスザンナが恐ろしい狼ででもあるかのようだ。

キットは不思議そうにスザンナを見た。スザンナはとても魅力的な乗馬服を着て、顎をくいと上げ、困惑して頬を赤くしている。彼は緑色が好きだった。羽飾り、腕にかけたバスケット、それに……。

彼はバスケットの蓋がわずかに跳ね上がるのを見た。ほんの少しだ。

昨夜は酒を飲んでいないし、たっぷりと睡眠を取った。幻覚を見るようなことは、何もしていない。

そのとき、また。蓋が跳ね上がった。まるで、中に何か生き物がいて……外に出ようとしているように。

「バスケットを下におけ、スザンナ」彼は低い声で言った。

「でもこれから……」

「バスケットをおくんだ。ゆっくりとな。今すぐにだ」

彼の顔を見て、スザンナの顔から色が引いた。言われたとおりにした。バスケットを地面においた。その手が震えているのが、キットにもわかった。

「ぼくの横に来い。早く」

険しい表情の彼のそばには行きたくないかのように、そろそろと足を踏み出した。キットはじれったそうに腕をのばしてスザンナを引き寄せ、しっかりとつかんだ。スザンナはけっしてあえいだりはしなかった。

「どうしたの……」

「黙って」キットは唐突に言った。片腕でスザンナをしっかりと抱いている。

近くに長い棒が見当たらず、キットは小声で悪態をついた。こんな状況では、便利な道具なのに。それにもしかしたら中にいるのはリスかネズミか、害のない見当ちがいのもので、そうしたらキットはばか丸出しではないか?

バスケットの蓋がまた少し跳ねた。

キットはこうした状況で〝害のない〟とか〝見当ちがいの〟ものを期待する習性はなかった。すくなくとも彼の住んでいる世界では、その可能性は低い。

そこでキットは足を突き出し、バスケットを倒した。

スザンナの腕ほども太いクサリヘビが飛び出してきた。

ヘビが逃げ去る傍《かたわ》らで、キットはスザンナを抱き上げ、スザンナは彼の胸に顔を押しつけた。

ありがたいことに、クサリヘビはあっというまに姿を消した。

「大丈夫だ」彼は低い声で言った。「大丈夫だよ。もう行ってしまった」

しばらく、スザンナは何も言わなかった。ただ、荒く息をしていた。キットの腕の中のスザンナは、温かくてしなやかだった。かすかなラヴェンダーの香り、そして彼女自身の甘い香り、キットを盗み見ていた彼女を捕まえたときに彼女のうなじに感じたにおいが、彼女の肌の温もりとともにキットを刺激した。

「ヘビだったのね」スザンナの声はかすかに震え、彼のシャツのせいでくぐもっていた。

「ああ、そうだ」キットはそっと答えた。スザンナの息がシャツのボタンのあいだから入り、彼の肌に催眠術にかかりそうなリズムを送っていた。吸って……吐く。吸って……吐く。吸って……。

キットはいきなりスザンナを下ろし、彼女はよろめいた。

「記録する標本を持参するとは、親切なことだね、ミス・メークピース」乱れた思いを隠そうとして、キットはぶっきらぼうに言った。

驚いたことに、スザンナはかすかな笑みを見せた。

やはり驚かせることは、その人となりを知るのに役立つ。

キットは彼女を注意深く観察した。彼女の目はいつもよりも少し輝き、顔は青ざめているが、足はしっかりしているし、悲鳴を上げてもいない。あんなヘビに驚かされたら、頑丈な男でも心臓が止まりかねないのに。

「あれは毒のある種類だったの？」スザンナは知りたかった。その声は少しかすれていた。

「ああ」キットは優しく言った。「そうだ。強い毒性ではないが、それでも……毒はある。それで馬が落ち着かなかったんだ」二頭の馬はふたりから数メートルのところにいて、満足げに草を食《は》んでいた。「バスケットを外においたかい、スザンナ、それとも今朝出かけてくる前に開けたかい？　どこかにおきっぱなしにしたとか？」

「いいえ、そんなことはしないわ。フランシスおばさんがゆうべ今日のお昼を作って、棚においておいてくれたの。昨日と同じにね。もしかしたら……ゆうべどこかから、ヘビが忍びこんだのかしら？」

「それもありうるな……」だが、やはり考えにくい。「でも……クサリヘビはとても臆病なんだ。じつは……」少年時代の思い出が次々と思い浮かんだ。何かについて謎がなくなれば、それにたいする恐怖もなくなる。「クサリヘビの話をしようか？」

スザンナは用心深くではあったが、うなずいた。

「さっきのはメスのようだった。オスよりも色が鮮やかなんだ。緑色に近かっただろう」じつは緑色が強すぎたことに、今キットは気づいた。バーンステーブルのあたりにいるものは、もっと淡い色をしている。

「きれいだったわ」スザンナは勇敢にも言った。「きらきらしてた。すてきな模様があって」

「たしかにきれいだった」キットは勢いこんで同意した。「クサリヘビにしては、大きかったな」

「そ、そうなの？」

「そうだよ。いずれ見ることもあるだろうけど、クサリヘビは身を隠すための模様がついていて、草の中にすっかり溶けこんでしまう。子どものころ、ぼくはそれを見つけるのがうまかったんだ」彼は得意げに言った。「人間がクサリヘビをいやがるのと同じように、クサリヘビのほうも人間を嫌う。だから、きみの家に入ってくるというのはめったにないことだ。クサリヘビは今が繁殖期なんだよ。毒液で具合が悪くなることがあっても、たいていの場合、あらかじめ体が弱っているか、犬でもないかぎり、死ぬことはない。きみはたぶんどっちでもないから……」

スザンナが彼を見ているのに気づいて、キットは話をやめた。スザンナは小首を傾げ、かすかに笑みを浮かべている。キットの経験では、女性がそういう表情をするのは、何かこちらが当惑するようなことを言おうとしているときだ。

「なんだか楽しそうね。クサリヘビとか、ハタネズミとか……」スザンナは手をひろげて、周囲の緑の世界を指し示した。「そういったものを観察したり、知識を得たりするのが好きなのね」

キットはスザンナを見つめた。信じられないと叫びたかった。おかしなことを言うものだ。ぼくは流刑の身なんだぞ。

ただ……正確なのがとてもいいことだと考えているだけだ。

彼は急にスザンナに背を向け、何歩か歩いて馬の手綱をつかんだ。スザンナが乗っていた馬はすっかり落ち着いていて、おとなしくついてきた。彼は馬たちをスザンナのそばに連れてきた。

「自然誌のためには、クサリヘビも描く必要があるの?」キットが黙ったままでいると、スザンナはたずねた。

意地悪心が働いて、キットは言った。「自然誌としては、ひとつぐらいは正式なクサリヘビの絵が欲しいところだな」

意味深な沈黙があった。

「記憶で描けるかもしれないわ」スザンナはそっけない口調で言った。

「運がよければ、また別のクサリヘビを見るチャンスがあるだろう」

スザンナが顔をしかめ、それを見てキットが笑い、それでスザンナのしかめ面が微笑みに変わった。「もし描かなければいけないのなら、描いてもいいわ」スザンナはおおげさな抑揚をつけて言った。「だって、あなたのおかげでフランシスおばさんとわたしはソーセージを買えるんですもの。でも、最近わたしは運を使い果たしてしまったみたい」

「使い果たした？」キットはもう一度足でバスケットをつついた。何も飛び出してこなかった。キットはバスケットを拾い上げ、中をよく調べた。生き物は発見されず、昼食とスケッチブックだけだったので、キットはそれをスザンナに渡した。スザンナは恐る恐るそれを受け取った。「ほかにも何かあったのかい、ミス・メークピース？」

「そうね、まず……父の死があったでしょう。あれはやはり大きかったわ」感心なことに、スザンナの口調はしっかりしていた。「それから……」スザンナは言葉を切り、キットは彼女が何かを飛ばしたのを直感的に感じた。「それから宿屋の庭で郵便馬車がひっくり返って……」

キットは眉をひそめた。「郵便馬車が宿屋の庭でひっくり返った？」

「バーンステーブルに来るときよ。車輪に何かあったんじゃないかしら。あんまり疲れていたから、原因はたいして気にしなかったわ」

キットは不安が背筋を這いのぼってくるような気がした。郵便馬車がただひっくり返るということはない。バスケットの中のクサリヘビと同じくらいに不自然な出来事だった。車輪がはずれてしまうほど輪どめがゆるんでいたのか、あるいは軸が折れたか。今の時期は地面が荒れてはいないので、よほどひどく傷ついていないかぎり、折れるようなことはない。

ちくしょう。何を見ても、邪悪なものを見て取るようになってしまった。諜報員として生きてきた代償……それとも恩恵だろうか？　それにしても、バスケットの中のクサリヘビ？　ひっくり返った馬車？　盗み見していた男？　昨日、男が立っていた場所では、折れた小枝が発見された。古い枯れ葉の中に靴跡が一部残っていた。それだけだった。

かすかな疑念が、キットの本能を冷たく刺激した。その本能のおかげで、これまで何度も、死んで当然の状況を生き延びてきた。そう、本能と、彼の卓越した武器を使う能力のおかげで。

だが彼とエジプト行きのあいだには、三十日間の猶予と自然誌があるだけだ。

そこでまた……ちくしょう。本能に従ったら、永遠に追放されかねない。やらなくてはならない仕事がある。キットは深く息を吸いこみ、苛立った様子で吐き出した。

「よく、悪いことは三度あると言うだろう、ミス・メークピース。だから、もう終わったんじゃないかな」

「ほんとうに、そう言うの？」

「まあ、ぼくが今、そう言ったんだがね」

スザンナは小首をかしげて考えた。「父の死と家を失ったことを、ひとつと数えていいのか、ふたつと数えるべきなのか、わからないわ」

なんと答えるべきだろう？「だったら、五度にしよう」彼は訂正した。「悪いことは五度ある」

このいかにもばかばかしい答を聞いて、スザンナはまた微笑んだ。もちろん、あのかわいい口元をゆっくりと皮肉にゆがめながら。だがなぜか、キットはこのうえない喜びを感じた。

そこで彼はあることに思いつき、はっとした。彼はスザンナ・メークピースが好きだ。これに気づいて、彼はよろめきそうになった。最後にいつ、単純に女性を好きだと思ったか、覚えていなかった。何年ものあいだ、女性は彼にとって……挑むものだった。女性は必要なもの、現実をまぎらわせ、逃避させてくれるものだった。夏の日を楽しむように、単純に楽しむものではなかった。さわやかなそよ風や冷たい飲み物のように。

「今日も絵が描けそうかい？」自分が気分がいいという事実に、とつぜんどこか落ち着かなくなって、彼はたずねた。

「あら、何を言ってるの。ただのクサリヘビよ」

うまく気楽な態度がよそおえていた。スザンナの勇気を讃えるように、ふたりは微笑みあった。それからキットはスザンナの踵に両手をかけ、ふたたび去勢馬に乗せた。シダの観察をするんだと、自分に言い聞かせた。

8

モーリーはフラフを片腕に抱き、その腹の柔らかい毛を指先でなでた。フラフは眠そうな金色の目で、ばかにしたようにボブを見ている。

「事故のように見せかけろと言ったのは、ボブ、致命的な事故という意味だったんだぞ。ちょっと具合を悪くさせろという意味ではない」彼は二日のあいだ、スザンナ・メークピース死亡という知らせを待っていた。それが、これか？

「かなり大きなクサリヘビだったんです、ミスター・モーリー……」

「そいつが娘を死ぬほど驚かせたんだったら、さぞかし立派だったんだろうよ。〝かなり大きなリンゴだったんです、ミスター・モーリー〟と言っても同じだぞ、クサリヘビがほんとうはどれほど危険かを考えればな」

この痛烈で冷酷な皮肉に、ボブはまばたきをした。「わたしはロンドンで生まれ育ちました、閣下。田舎のことなど、何を知りましょう？　それにあのヘビを探すのはとてもむずかしかった」彼はブツブツと続けた。事実、ボブはクサリヘビを、魔女だと噂されている、這うもの専門に売買している奇妙な老婆から買わなければならなかった。ヘビとバスケット、夜明けに忍びこんで仕こみをする、すべての計画に自信があった。郵便馬車の件も自信があった。時機を選び、こっそり事を運ばなければならなかったが、必要な知識や熟練は何年もの経験から身についていた。

ただ、事故に見せかけるのは非常に骨の折れることだった。

「それでキャロラインは？　あっちはどうなった？」モーリーはたずねた。

「一度にすべてのことはできません、閣下」

ボブは生意気になってきた。それにボブは失敗に慣れていない。もしかしたら、これが両方の件に悪影響をおよぼすかもしれない。

「キャロライン・オールストンは目立たないことはないだろう、ボブ」

「だが利口です、ミスター・モーリー」

「いいや、ボブ」モーリーは言った。緊張をはらんだ忍耐強さで、その言葉は重々しく響いた。「あれは利口ではない」

美しく、狡猾で、動物のように予想がつかない。本能で動く。だが利口ではない。彼のキャロラインはちがう。

〝彼のキャロライン〟おかしなことだが、モーリーはいつもそう考えた。始末をしようとしている相手だというのに、それでもそう考えた。

長い静寂が続いた。モーリーは腕時計をながめ、ボブは落ち着かない様子で足で絨緞をこすっていた。

「閣下、わたしは専門家で……」

「だったらちゃんとやれ、ボブ」

モーリーは体をひねり、フラフを床に下ろした。猫はのびをして、注意を逸らされたことが不満な様子で尾を振った。

モーリーはボブがまだそこに立っているのに気づいた。さっきの言葉が帰れという合図だったのに。「いいか?」彼は苛立って、かすれ声で言った。

「事故でないといけませんか、ミスター・モーリー?」

「邪《よこし》まな技術に自信がなくなったか、ボブ?」

ボブはぽかんとモーリーを見た。

「できないというのか?」モーリーはかなり苦労して皮肉を抑えながら訊き直した。

「娘はひとりきりにはならないんですよ、閣下。いつでも立派な金髪の男といっしょにいる」

これは初耳だった。「その〝立派な金髪の男〟というのは誰なんだ、ボブ?」

「わかりません、閣下。ふたりは歩きまわって……そして……」ボブは眉間に皺を寄せた。「何かを描いている」その口調から、貴族にしては変わった趣味だとボブが考えているのが聞き取れた。「農夫のように見えます」彼はさらに言った。「そんな格好をしているんです」

「ボブ、とにかく事を進めてやり遂げろ。おまえ独自の優れた専門家のやり方でな。できたらその男の正体も調べろ。重要かもしれん」

「ほんとうですか、閣下？　事故に見せかけなくていいんですか？」ボブの表情が明るくなった。あらたな展開に、目が輝いている。「ご存知でしょう、事故もあまり続くと……」

「事故とは見えなくなる。わかる。おまえの優れた判断にまかせる、ボブ。成功したら……そしてあらたな情報を手に入れたら、報告をしろ」

ボブは踵を鳴らした。選択肢が増えて、自信を取り戻していた。「おまかせください、閣下。わたしは専門家です」

一週間以上も草地を馬でまわり、森の中を歩いて、オークやリスやシダ類の記録をしたが、森の中には野生の薬草がいくらでもあった。それらを記録するには、何日もかかりそうだった。

キットの父親は一カ月と言った。徹底的にしろと言った。どんな仕事でも、キットはそうするつもりだった。自然誌の作製が、エジプト行きを食い止めてくれる。

キットは鞍をつけた去勢馬を馬小屋から出した。「今日はヘリボーを探しにいこう」キットはスザンナに言った。

スザンナの表情がいくぶん暗くなった。「〝ヘリボー〟というのは、くねくね動いたりしないものだって言ってちょうだい」

キットはにやりと笑った。「大丈夫だよ、ミス・メークピース。ヘリボーはバスケットに這いこんだりしない。植物だ。この地区に野生で生える薬草で、毒草という人もいる。くだし薬や動物の薬に使ったりするんだ。それから……まじないだね」

ところでスザンナは今日も緑色の帽子をかぶっており、それは彼女の目をまばゆいくらいに輝かせていた。今ではキットは、彼女の目がほんとうは薄茶色で、それ自体は何も特別なものではないと知っていたが、近くにあるものの色に応じて変化する様子には魅了されずにはいられなかった。

キットは両手をスザンナの踵にかけ、彼女の体を鞍の上に持ち上げた。スザンナは足を子牛革の足台にかけ、鞍にお尻を落ち着けて、手綱を両手で持った。「わたしたちもおまじないを……」

スザンナが乗っていた去勢馬が嗚き立て、前足をばたつかせながら後ろ足で立った。

スザンナが手綱をきつく引きながらあえぐ音が、キットにも聞こえた。馬は激しく二度跳ねた。

そして猛然と走り始めた。

とても手がつけられない。

キットはあわてて自分の馬に乗り、蹴って走らせた。スザンナの馬は彼女を振り落とそうとしており、そうしたい一心で、低い木の枝の下へまっすぐに突き進んでいる。

スザンナの帽子が脱げ、鮮やかな緑色の円盤となって空に飛んだ。スザンナは体を前に倒して馬の首にしがみつき、必死にバランスを取ろうとしていたが、今にも落ちそうだった。スザンナの体がぐらりと傾くのを見て、キットは喉から心臓が飛び出しそうになった。とんでもない片鞍乗りだ。

キットは何度も強く蹴りを入れて馬を急かし、ものすごい速さで走らせて、ようやくスザンナの馬と並んだ。

恐ろしいことに、鞍帯がゆるんだのだろうか、スザンナの鞍が横にずれていた。スザンナは荒れ狂う馬の首に両腕をまわし、必死でしがみついていた。手綱はないも同然だった。

さらに強く。キットは気の毒な馬をさらに急かし、追いたて、飛べないことを呪いながら、ついにスザンナの馬を追い抜いた。キットは自分の馬に急停止をかけ、スザンナが落ちそうになった瞬間に鞍から飛んだ。スザンナをつかみ、片鞍が馬の腹の下に滑り落ちるのと同時に彼女を抱きとめた。

だが体のバランスが変化し、落ちようとするふたりの人間の体重がもろにかかって、スザンナの馬は耐えきれずによろめいた。キットは自分の上に馬が倒れてくる直前、スザンナを脇へ投げ出した。

目もくらむような痛みがキットの肩に走った。

息ができなくなった。

だがありがたいことに、すぐに馬は体勢を立て直し、自分の足で立った。

キットは呆然としたまま、地面に寝ていた。息を吸おうとしたが、できなかった。喉が詰まり、ぜいぜい言った。ようやく肺に空気が入った。かなり苦労して上半身を起こした。

痛み。

「スザンナ……」キットは息をのみ、首をまわした。目の前に小さな点がいくつもちらついた。それでも緑色の乗馬服を着たスザンナ、無事で、真っ青な顔をして、奇妙なほど鮮やかな青空を背景にして肩を上下させながら荒い息をしている彼女が見えた。

男性としての自尊心から、キットはなんとか立ち上がった。スザンナが駆け寄ってきた。

気絶はすまい。キットは一歩踏みだしたが、動くとめまいがした。いや、吐きそうだ……今にも吐きそうだ。キットは痛みについて少なからず知っていた。それで目を閉じ、深く息を吸い、吐き、もう一度繰り返して気持ちを落ち着けた。

「キット」スザンナがそばにいた。「ああ、動かないで。あなた……」

ああ、ようやく。彼女が彼をキットと呼んだ。「大丈夫かい？」彼の声はかすれており、ようやく聞き取れる程度だった。目を開けた。まだ小さな点がそこここに見えた。スザンナは悲鳴のような声を出した。「大丈夫かですって？　わたしが？　馬の下敷きになったのはあなたなのよ」

キットは顔をしかめた。「乗ったのは一部だけだ」ようやく声が落ち着いてきた。「馬の肩と前足だけ。全体じゃない。きみの声は傷に響く」彼は不条理なことを言った。「高すぎる」

「でも、あなたは……」あいかわらず甲高い声で言ったあと、スザンナは口調を変えた。「怪我をしたでしょう、したにちがいないわ」反射的に手がのびていた。

「肩に気をつけてくれ」キットは冷静な声で言った。「さわらないほうがいい」

黒い点が、目の前に小さな鳥の群れのようにちらついていた。自分の声が遠くに聞こえた。気絶はしないぞ。

「あなたの顔……」

「これは馬にのしかかられる前からこんなものだったよ、ミス・メークピース」

「ふざけている場合じゃないでしょう」スザンナはきつく言った。「痛いんでしょう。そっと、痛みをこらえて息をして。深くね。どこか折れているかしら？」

キットは指を動かし、肘を少し上げてみた。何をしてもひどく痛んだが、それでも動かせるというのはいい印《しるし》だった。明日はかなり不愉快な思いをすることになるだろう。

「捻挫と打撲だけのようだ。そう願いたいね。腕がいちばんひどくやられた。それから……あばら骨が折れているかもしれないな。それでも幸運だった。馬がすぐに立ってくれたから」

「幸運だった？」スザンナは信じられない気持ちで訊き返した。「わたしの運を引き受けてくれたみたい」それからスザンナはキットの顔をじっと見た。キットは彼女の顔が心配そうに翳《かげ》るのを見た。「キット……ほんとうに……」

キットは、自分が顔面蒼白なのだろうと想像した。漂白でもされたような、うつろな気分だった。「ただ……体がショック状態になりそうだ。肘がうまい場所に入ってしまった。いや、まずい場所にだな。そういうことだ」

「息をして」スザンナは優しく言った。「立っていてもいいけど、もし倒れたら支えるわ」

キットはかすかに笑った。だがもっともな助言だった。なぜかキットは、スザンナがそう言うのを聞いて嬉しかった。そこで言われたとおりにした。深い息をし、痛みとともに吐き出す。冷や汗が眉にたまり、背中を流れたが、目の前で踊っている黒い点はおさまってきた。どうやらスザンナの前で気を失わずにすみそうだ。だが横になりたかった。家に帰ったら、ぜったいに酒を飲もう。ほんの少しでもいいから、酒が必要だった。それにしても気立てのいいはずの馬が乗り手を殺そうとするなんて、何があったのだろう？　またクサリヘビが出たとは考えられない。

キットの好奇心が痛みよりも優った。彼は傷ついた腕をそろそろと脇に垂らし、ゆっくりと去勢馬に近づいていった。馬はまだ多少興奮した目をしており、キットが近づいていくと首を振り上げたが、走ろうとはしなかった。スザンナが鞍からいなくなって、ずっと機嫌がよくなったようだ。ずっと落ち着いている。

「おい、おまえ」キットはなだめるように言って、無事なほうの手で馬に触れた。「どうしたんだ、え？　様子を見せてくれるか？」

スザンナも、優しくなだめるように馬の脇腹をなでた。

「かわいそうに。鞍のせいだわ。わたしが乗ったとたん、振り落とそうとしたの。そして鞍そのものが……ゆるくなった気がしたわ。そのまま乗っていようとして、それからあなたが……」スザンナは言葉を切った。「ありがとう」飾らない言葉だった。「あなたが助けてくれたから……」

キットはいいんだというように軽く肩をすくめてみせた。痛かったが、それでスザンナは口をつぐんだ。キットは無事なほうの腕で馬から鞍をはずそうとしたが、革の重みに苦労した。スザンナがあわてて片方を持った。ふたりで鞍を地面におき、キットが足先でそれをひっくり返した。それから痛む足を気遣いながら膝をついた。スザンナの見ている脇で、キットは鞍の裏側をそっと探り、馬に触れる部分をくまなく調べていった。

何かがキットの指先を刺した。

それはわざと片方の先端を尖らせたかのように見える小さな枝で、片鞍のたれと鞍敷きのあいだにはさまっていた。乗り手の体重がかかると馬の腰に刺さる。ひどい傷が残るほど深く刺さることはないが……馬にとってはたいした痛みのはずだ。

それで馬が跳ねて乗り手を振り落とせば、乗り手が死ぬ場合もある。

もしかしたら、恐ろしい偶然なのかもしれない。馬小屋では、些細なことがいくらでも起こりうる。もしかしたら鞍が床に落ち、そのときに枝がはさまって……。

「こいつが犯人だ」キットは軽い口調で言い、枝を持ち上げてみせた。だがそれを捨てはせず、ポケットに入れた。

キットはうまく考えをまとめられなかった。痛みのせいで頭が混乱していた。もう一度深呼吸した。早く酒を飲みたい。

キットは鞍帯を調べ、たれ革の下の革を結ぶ部分が切れているのを発見した。鞍を馬の腹につけるとき、普通は気づかない場所だ。馬番を叱ってやろうと考えたが、かならずしも彼らの過失ばかりとはいえない。キットは指で鞍帯をなでた。革は古びて傷ついている。

切れるほどだろうか？

スザンナは何日もこの片鞍を使っていた。

キットは切れた部分をよく見た。切れ方がちょっと……きれいすぎるような気がした。

キットは寒気を感じた。ナイフで鞍帯が切れるよう細工したのではないかという、ありえない感覚が拭い去れなかった。

盗み見ていた男。

郵便馬車、クサリヘビ……。

枝、鞍帯……。

そしてこれは片鞍だ。男は片鞍を使うことはない。

女性だけ。

キットはスザンナを見上げた。彼女は静かに彼を見ていた。その背後に、哀れにもつぶれた緑色の羽飾りの帽子が風に吹かれて転がっているのが見えた。スザンナの髪は馬に乗ったせいで乱れ、顔のまわりに垂れていた。髪を下ろしたスザンナを初めて見て、キットの下腹のあたりが反応した。すてきな髪だった。さまざまな色が混じっている。赤褐色、栗色、砂色、そして……。

その場に立っているスザンナが急に弱々しく見えた。とてもはかない様子だった。今日、彼女はいともたやすくひどい傷を負いそうになった。危機一髪、まさに危機一髪だった。

激しい怒りに心を揺さぶられ、キットはふたたび息苦しくなった。

人生のすべてを失った女性に、誰かがおまえの命を狙っているなどと、どうして告げることができよう?

すっかり確信が持てるまで、そんなことは言えない。

スザンナの去勢馬は、キット自身の馬が草を食んでいる横で、同じようにしていた。気の毒な去勢馬は、キットよりもかなり落ち着いているようだ。自分がクッションになってやってよかったと、キットは皮肉に考えた。

「軍隊にいるわけじゃないのよ。いやなら痛みに耐えていなくてもいいでしょう。アヘンチンキとかいうものが効くかもしれないわ」

スザンナは冗談を言いたかったのだろうが、あまり効果はなかった。キットはまったく別のことを考えていた。手始めに鞍を調べ、馬番の話を聞いてみるとしよう。

「そうだね」キットはぼんやりとした口調で言った。「あるいはウィスキーかな」

馬小屋まで戻るのに、歩くのと馬に乗るとではどちらが体にきついかわからなかったが、たいしたちがいはないと考えた。どちらにしてもひどい痛みに変わりはない。

「助けてもらってありがとう」スザンナは真顔で言った。

それを聞いて、彼は思わず微笑んだ。「優秀な使用人には、あれくらいしないとね、ミス・メークピース。ほんとうに大丈夫かい？」

「馬の下敷きになったのはあなたなのよ」スザンナは力を入れて言った。「わたしじゃないわ。あなたが投げ出してくれたから」

今度はキットは笑えなかった。きみだったかもしれないんだと、キットは考えた。きみだったかもしれない。

そう考えると、キットはしゃべる気になれなかった。

キットは馬の手綱を手に持った。スザンナも同じようにした。彼は歩くことにした、それもゆっくりと。目の隅に、また帽子が見えた。自然にはない色だ。〝柳色〟と呼ばれていることを、キットは知っていた。今のロンドンの流行だと聞いている。実際の柳の木はそんな色ではないが、スザンナの目を美しく、見る者の目がくらむほどの緑色に染めた。そのためになら、なんでも許せた。

「きみの帽子が」キットは言った。

「あら」スザンナは走っていって帽子を拾い、直せないほどつぶれてしまった羽飾りを残念そうになでた。「この帽子、気に入っていたの」彼女は言った。

「ぼくもだよ」うっかりキットは口にした。

スザンナは驚いて眉を上げた。「お褒めの言葉ですか、閣下?」

「観察の結果だ、ミス・メークピース」キットはあわてて言った。

だがなぜか、キットの返事を聞いてスザンナはゆっくりと、輝くような笑みを見せた。

まるでキットが彼女のお気に入りの生徒ででもあるかのように。そして不思議なことに、
その一瞬、ほんの一瞬だけだったが、一切の痛みが消えた。

9

比較的新しい下院議員であるペティショーが、国会改革の必要性についてだらだらとしゃべっていた。周囲の人間の表情はさまざまだった。うなずいている者もいる。賛成してだろうか？　モーリーは疑わしいと思った。眠気と闘っているのではないか？　ほんとうのところはわからない。モーリーの考える下院の美点は、誰かが徹底的に乱暴で直接的なことを言ってペティショーを黙らせる可能性があることだった。人が弁舌の才を発揮する機会を与えられることはめったになく、その才がないことを示してしまうと、それ以後とことんそういう機会から遠ざけられる。下院というのは、場合によってはまったく手に負えない連中になる。

モーリーの声は低く、聞きやすかった。聴衆を起こしておくだけの温かみと抑揚があり、言葉を劇的に飾り立てたりはしなくても、たくみに聴衆を説得する技があった。言い換えれば、彼は乱暴に野次られて黙らされた経験はなかった。じつをいうと、モーリーには雄弁で知られた政治家チャールズ・フォックスに匹敵するほどの政治的才能があり、ただしモーリーのほうが外見はよく、フォックスのようなギャンブルや女遊びといった華やかではあるが悪い趣味はなかった。

モーリーの足が痛んだ。議会のときによくそうなった。まるで彼を苦しめるためのように、ここには湿気がある。この痛みはこれまでの道のりを思い出させてくれるので、ありがたくもあった。また固まった炎のように残っている醜く長い傷跡がありがたいこともあった。女性はよくその傷を戦争で負ったものと思いこみ、彼のほうはわざわざ誤解を解こうとはしなかった。たしかに彼にとっては〝闘い〟で負った傷だ。そう言えなくもない。

これだけで誘惑できた女性も少なからずいた。

だがなぜか、キャロラインにはほんとうのことを話した。

これは別の便利な道具となった。モーリーは何事も、どんなふうに利用できるかという視点で考える癖がついていた。

ボブも然《しか》りだ。ボブは任務を達成するためにバーンステーブルに行っているはずだ。だからこそモーリーは下院に来て、弁の立つ政治家たちと席を並べ、傷ひとつない評判を享受していられる。

モーリーの父親は農夫だった。もっと正確に言うと、小作人だった。家族は大人数だったが、ハンカチーフを四枚縫い合わせた程度もあるかどうかの土地で一家の生活費を稼いでいた。すくなくとも今の感覚では、それくらいの広さに思える。だが産業が発展し、紡績業者やボタン製造業者、彼の父親のような貧しい農夫などは、質はともかく効率のよくなった機械のせいで生計を立てる術を失った。地主たちはハンカチーフ程度の土地に工場を建ててしまったのだ。父親は家族、つまりは彼の母親と兄弟と姉妹をつれて、仕事を探しにロンドンへ出た。

残念ながら、生計を立てる術を失った人間はたくさんいて、みんながみんな職を求めて田舎からロンドンへ移住した。あるいは別の工場のある町へ。結果として仕事はなかった。やがてモーリー一家はセント・ジャイルズで極貧生活を送るようになり、ここでサディアス・モーリーはたくさんの便利でおもしろい友だちを得た。

そして火事が起こった。

モーリー一家の下宿屋にいた全員、実際のところ家族の全員が亡くなり、どういう運命のいたずらか彼だけが助かった。彼はひどい怪我を負った。足が黒くなり水泡ができた。だが裕福な建物所有者が、そもそも建物がひどい代物だったことをうしろめたく思ったのか、あるいは天国への切符を手に入れたかったのか、サディアスの治療費を出してくれて、彼が賢い少年であることを知るとイートン校へ入れてくれた。

まもなく建物所有者は善行に飽き、サディアス・モーリーのことをすっかり忘れてしまった。モーリーはまた苦労することになった。

だがそれも短いあいだだった。

なぜならサディアス・モーリーは機知に富んで魅力があり、ハンサムで、同情を引く足があり、溶岩のように深く隠された激しい怒りを魂の中に持ち、それが大きな野望の燃料となったからだ。モーリーは良心というものをあまり気にしなかった。セント・ジャイルズでの暮らしから、良心の咎《とが》めなどを気にしているのはばかばかしいことだと学んでいた。彼はそれを時と場合によって使い分けた。まもなく古い友だちのつてで密輸品の流通に関わるようになり、稼ぎを賢く投資し、オックスフォード大学へ進む学費を得た。

オックスフォード大学卒業後は、下院議員になることしか考えられなかった。そこでなら、彼の家族のような人々のための正義を求められる。

そして……もしかしたら、ちょっとした復讐ができるかもしれない。

だがそこへたどりつくのは、素手で崖をよじのぼるようなものだった。下院議員に選出されるためには、選挙活動の資金がどうしても必要だった。冬の休暇中にウェストフォール伯爵のパーティーに招かれたとき、彼は必要な後援者が見つかったと期待した。

残念ながら伯爵には選挙資金の支援を断わられたが、そのパーティーでキャロライン・

オールストンと出会った。だから考えてみると、モーリーはウェストフォール伯爵に、政治家人生のすべてにおいて恩義を受けているといってもいい。

初めて見たときのキャロライン・オールストンの姿をまだ覚えていた。バーンステーブルのような町にあんな娘がいるなんて、驚きだった。そしてすぐさま、彼女もまた崖を素手でのぼらなければならない人間だと察知した。田舎の町では、彼女の美しさは生かされていなかった。モーリーは、そのすばらしい使い道を知っていた。

伯爵の息子、キット・ホワイトロー、グランサム子爵の青い目が、あの晩射抜くように彼を見ていたのを思い出した。十七歳だったが、あの青年は気に障るほどの激しさを身につけていた。傷つき、切望するようなまなざしで、モーリーとキャロラインを見ていた。賢い青年だ。彼にはわかっていた。

とつぜん足がひどく痙攣した。モーリーは手のひらをそこに当て、落ち着きを失ったペットをなだめるようにさすって、痛みが引くのを待った。キャロラインは彼の顔を見ただけで、痛みがひどくなったのを察したものだった。そうすると彼女は何も言わずに傷跡をもんで痛みをやわらげ、何か別の話で彼の気をそらしてくれた。

ペティショーはまだしゃべっていた。モーリーは室内を見まわした。リーズ出身の下院議員グローヴズと目が合うと、相手は目を大きくしてうんざりした顔をしてみせた。モーリーは同情するように、こっそり笑みを返した。

キャロラインとの取り決めは、最初はごく単純なものだった。キャロラインは独自のやり方で、ベッドで彼をさまざまに楽しませてくれる。彼は彼女の生活費を払う。若いキャロラインはこれをありがたがり、モーリーとのことで興奮していた。ふたりとも、その取り決めに満足だった。

だがモーリーは人間であれ物事であれ、それが役に立つか否かで判断する。感情は火事とともに消失してしまった（すくなくとも人間にたいしては。猫にたいする感情はまた別の話だ）。

そこでキャロラインがほかの男に及ぼす影響を見て取ったモーリーは、悪巧みを始めた。職務上で知り合った海軍大佐を、わざと私的な食事会でキャロラインと引き合わせた。この海軍大佐は、多くの男がそうであるように、愛を交わしたあとでおしゃべりになることがわかった。おしゃべりになり、ワインのせいで不注意にもなり、結果として非常に便利なことになった。

その後まもなく、キャロラインはすばらしい情報をもたらしてモーリーを喜ばせた。船の数と種類と名前、搭載されている銃の数と種類。いつ、どのように配備されるか。それらを指揮する将校、ほかに乗船している将校の名前。ほとんどは些細な情報と、大佐が眠っているあいだにキャロラインが盗み出した細々とした書類などだった。だが然るべき人間に渡せば……非常に有益で価値のあるものとなる。

フランス人だ。

この情報を売って、彼は選挙資金を得た。それで当選した。財を築いた。そうして彼は今日までその地位に座り、子どもや労働者の権利のために闘っている、趣味のいい慎ましい生活を送る人間として、いい評判を得ている。その後の彼には、傷ひとつなかった。

ほとんどないと言ってよかった。

モーリーは議場を見まわして考えた。〝ここにいる連中は、わたしよりもたくさんの幽霊に悩まされているにちがいない。戦争中、できるだけ多くの命を奪うという目的の元でライフル銃や大砲を生身の人間に向け、わたしよりもたくさんの血でその手を汚してきているにちがいない〟

下院議員仲間であるおせっかいなリチャード・ロックウッドがたまたま問題の海軍大佐に仕事がらみで会ったりしなければ、モーリー自身の手はきれいなままだったかもしれない。あるいは海軍大佐が無邪気に大喜びでロックウッドに、サディアス・モーリーに紹介された美人の話などしなければ。どうやら話題は愛人のことだったらしく、海軍大佐は何かを自慢したくてたまらなかった。ロックウッドにはアンナ・ホルトという美しい愛人がいたからだ。ちょうどそのころゴリンジの家に住まわせたばかりで、そこでは家事をする使用人を探していた。

「ロックウッドには、あなたと例の娘のことをたくさん訊かれましたよ」海軍大佐はモーリーに陽気に話した。「おそらく新しい愛人でも探しているんでしょう。ところで彼女はどうしましたかな？」大佐は期待するようにたずねた。

「金持ちの後援者を見つけたらしい」モーリーは悲しげに嘘をついた。このときはまだ、キャロラインは彼の元を去ってはいなかった。彼女がハンサムなアメリカ人商人といなくなるまでに、まだ何年もあった。だがモーリーは彼女を次の時機が来たらまた使うべく、当分は隠して、公の場には出さないようにしていた。

おそらくロックウッドは、モーリーの悪事を嗅ぎ取る力と自己防衛本能を甘く見ていたのだろう。

ロックウッドのしていることを突き止め、それに終止符を打つのは、造作のないことだった。気持ちのいい仕事ではなかった。モーリーは喜びを感じはしなかったが、やらなければならないことで、仕事だと割り切り、計画を実行に移した。これで済んだと思っていた……実際モーリーは、その後の何年かですっかり安心しつつあった。

そこへメークピースの手紙が来た。

まあ、彼の政治家としての人生のところどころに殺人が挿入されなければならないというのなら、それもしかたがない。このところ必要以上にボブと会っている気がするが、それでも次のボブの来訪が楽しみでならなかった。

スザンナを家まで送ってから屋敷に帰ったとき、キットは……そう、馬にからだ全体でのしかかられたような感じになっていた。体じゅうがひどく痛み、どこからどこまでが痛いのか、はっきりとわからなかった。

キットが屋敷に入ってくるのを見て、ブルトンが足を止めた。

「ご主人さま?」ブルトンの顔にはいくつもの質問が浮かんでいた。

「馬の下敷きになったんだ、ブルトン」

「ああ。ウィスキーですね、ご主人さま?」

いい男だ。「おまえの分を分けてもらえるかな、ブルトン」

「医者は?」

「いらないだろう。でも必要なら言うよ。階段をのぼるのに、手を貸してもらえるか?」

「もちろんです、ご主人さま」

「それからペンとフールズキャップ版の紙が欲しい」

「遺言でも書くんですか、ご主人さま?」

「おまえのユーモア・センスは認めるよ、ブルトン、心の中で笑ってるから安心しろ。今は顔で笑うとあちこち傷むのでね。そうじゃなくて、ちょっと……大事な書状を書きたいんだ」それを横取りしようとする誰か、とりわけ父親の注意を引くのを避けるため、どんな言葉を使えばいいか、キットはちゃんと心得ていた。

「けっこうです、ご主人さま。フールズキャップ版の紙とペンですね」

ブルトンの助けを借りてキットは痛む体を階上へ持ち上げ、シャツを脱いで三角巾で腕を吊るした。筋肉や筋を固定すると、腕はだいぶ楽になった。たてつづけに何杯かウィスキーを飲むと、残りの痛みもやわらいだ。ひとりで飲むのがいやだったので、ブルトンにも飲ませた。そろそろと自分のあばら骨を探り、何度か試すように深呼吸をしてみた。どうやら折れてはいなさそうだ。経験から、あばら骨が折れていたらひどく痛んですぐにわかると知っていた。動かしても悲鳴を上げずにすむのであれば、ひどい打撲だけにちがいない。

「おまえは字はどうだ、ブルトン？」

「まあまあです」

「〝まあまあ上手い〟か、〝まあまあ読める〟か、どっちなんだ？」キットは少し酔ってきて、それは不愉快なことではなかった。

「前者です、ご主人さま。もし自分でそう言って差し支えなければ」

「かまわないさ、ブルトン、ぜんぜんね。あえて自分の才能を認める男は、たいしたものだ。では代わりに手紙を書いてくれ。書きながら、もう少しウィスキーを飲まないか？」
ウィスキーを一本空けたのち、手紙が書けた。

関係者各位
わたくしはこれを、バーンステーブルの町におばをたずねるにあたっておたくの馬車を利用した隣人に代わって書いています。その際、問題の馬車は宿屋の庭でひっくり返り、その結果わたくしの隣人は好色な農夫の馬車に相乗りせざるをえなくなり、お気に入りの帽子（とてもしゃれた緑色のもの）は取り返しがつかないほどにつぶれ、総じてたいへん不愉快な思いをしました。わたくしはこの返報として、おたくの馬車を利用しないように触れまわることを考えましたが、事故の正確な原因を突き止め、二度と起こらないよう確認ができるのであればそれで収めましょう。おたくから聞いた情報は内密にしますので、ご心配なきよう。早くお返事をいただきたく存じます。

クリストファー・ホワイトロー、グランサム子爵

「帽子がつぶれるとは、ひどいことです、ご主人さま」ブルトンは悲しげにしゃっくりをした。ふたりはウィスキーの二本目に入り、何もかもが美しいか悲しいか、その両方

かのようになっていた。

「そうなんだ、ああ、そうなんだよ、ブルトン」キットの声はどこか自暴自棄だった。「すてきな帽子だったんだ。羽飾りがついていて……彼女の目を緑色に引き立てて……」

「緑色とは、すてきな色です」ブルトンは憧れるように言った。

「目の色としては珍しい」キットは言った。「ぼくとしては、ハシバミ色が好きなんだ。ハシバミ色というのは青と金が少し混じった緑だよ」彼はブルトンに説明した。

「そうなんですか、ご主人さま？　ハシバミ色がお好きですか？」ブルトンは大真面目に訊いた。

「ああ、すごく好きだ」キットはうっとりと答えた。

「わたしは茶色い目が好きです」ブルトンが告白した。

「ミセス・スパニエルのような茶色です」今度はブルトンがうっとりと答える番だった。

「スパニエルのような茶色です」

これが妙に滑稽で、キットは笑った。これはまちがいだった。ウィスキーの力を借りても、あばら骨の痛みはすっかり消えはしなかった。キットはうめき、そのせいでさらに傷が痛んだ。

「さあ、ご主人さま、お休みください」ブルトンが言った。「明日は森の散策はなしですよ」

「ずいぶん厳しいんだな、ブルトン。だがおまえの言うとおりかもしれない。靴を脱がしてくれるかい、悪いね」

ブルトンはぐいぐいと引っ張って、それからへシアン・ブーツが大砲の弾ででもあるかのように、いきなりブーツを抱えて後ろに転がった。これはまたもやものすごく滑稽だった。キットは前回笑ったときにどうなったかを忘れて笑い、結果としてまたうめき声を上げげた。

「ひどい。笑わせないでくれよ、ブルトン」

「努力しますが、もう一方の靴がまだあります、ご主人さま」

ブルトンが残った靴も脱がせ、またキットは笑い、うめいた。そんな自分の有様に笑い、またうめくことになった。こうしてキットは何もかもに疲れ果ててしまった。

「ありがとう、ブルトン。おやすみ。スパニエルの目の夢でも見ろよ」キットはつぶやいた。

「おやすみなさい、ご主人さま。ハシバミ色の目の夢をごらんください」

10

今夜はおばのフランシスが読む番だったので、スザンナは暖炉のそばの椅子に座り、スケッチブックを手にして、話を聞きながらぼんやりと絵を描いた。フランシスはページをめくる前に指を舐める癖があり、スザンナはこれに慣れなければならなかった。今ではその音は時計と同じくらい確かにふたりの夜を刻み、その音に癒しさえ感じるようになっていた。ふたりとも、物語にすっかり入りこんでいた。スザンナはエリザベス・ベネットの悲しみや甘く愚かな行為、そして愛の希望を、心から楽しんだ。

背後で、スザンナがおこした火が音を立てた。彼女が薪を積み、火をつけた。スザンナは、その火が誇らしかった。

子爵は去勢馬の下敷きになったことから力強く立ち直り、三角巾とときどき早く動いたときなどに顔をしかめる以外、その機知にも人柄にも、致命的な打撃を受けた気配はなかった。この数日、スザンナはいつもと変わらず、ただし徒歩で彼について歩き、シダや木などをあらたにスケッチブックにおさめた。彼の過去については何もわからなかった。だが彼はおしゃべりをした。リスや鳥やシダや木々について、熱心に、そして恭しく語った。すでに知っていたことを再発見するかのように、ますます嬉しそうに話した。この喜びは伝染性があるらしく、スザンナの絵にも影響した。

「〝ガーディナー夫妻とは、彼らはいつでもたいへん親しい間柄だった。エリザベス同様、ダーシーも彼らのことを愛していた。そしてふたりは、エリザベスをダービーシアに連れてきたことによってふたりを結びつけてくれた夫妻にたいし、心から感謝しているのだった〟」

フランシスは満足げにため息をついた。「いい本の最後の文章を読むのはいやなものだわ」

スザンナははっとした。じつをいうと、最後の文章をまるで聞いていなかった。

「何もかもがうまい具合にまとめられていたわね」スザンナはそつなく答えた。フランシスおばさんがいないときに、こっそり読んでおこう。

スザンナはスケッチブックに視線を落とし、最後の文章を聞き逃した理由を発見して驚いた。いつのまにかページの隅に、子爵の顔が鉛筆で描かれていた。その顔は愉快そうで、何かを考えているかのように目のまわりに皺が寄り、すてきな口元は誘いかけるように笑みをたたえている。スザンナは親指でその顔を軽くこすり、爪の先で唇をなぞった。

スザンナは恥ずかしくなり、もっと当たり障りのないシダや木々の絵のページをめくった。

「子爵と歩きまわるのはどうなの、スザンナ?」

フランシスがハッピー・エンドから子爵に話題を変えたのは偶然だろうか?

「ええ、うまくいっているわ。子爵はとても……礼儀正しいし」スザンナは残念そうな口調にならないように注意した。

「あら、どうかしらね」フランシスは愉快そうに言った。「礼儀正しいことにかけては、ちょっと疑わしいわ。でもね、スザンナ、近所の人がなんと言おうと、わたしは彼があなたに変なことをするとは思わないのよ。彼のお父さんが、ちゃんと躾《しつ》けているもの」

奇妙なことに、フランシスの自信に満ちた言葉を聞いて、スザンナはちょっとがっかりしていた。

「彼は昔ほんとうに悪い事件を起こしたの、フランシスおばさん?」スザンナはためらいがちにたずねた。どんなだったのだろうと想像するのは、喜びでもあり苦痛でもあった。

「そうね……彼が若いころ、ちょっとしたことがあったわね。それでお父さんがある日とつぜん彼を軍隊へやってしまったんだと思ったわ。それとも士官学校だったかもしれない。まだうんと若かったのよ。今日までここにいたのに、翌日にはいなかった。たしか女の子が関係していたようだったけど、名前を思い出せないわ」

〝キャロ〟でしょうと、スザンナは言いそうになった。それを思いとどまって、自分で驚いた。おかしなことだが、まるで……彼を裏切るような気がしたのだ。

「遠い昔のことよ、もうどうでもいいでしょう?」フランシスは続けた。「彼は国のために働いた。わたしの考えでは、それで過去のことは帳消しになる。でも噂というのがどういうものか、あなたも知っているわね……人は噂にしがみついて、むやみに大きく広めてしまう。女遊びが盛んでも、彼はだいたいの点ではいい青年だった。いい人間よ。彼の目を見ればわかるわ」フランシスは二本の指で自分の目を指し示しながら、賢くも言った。「バーンステーブルにはめったに来ないけれど、来ればかならずうちに来てくれる。わたしに言わせれば、それは礼儀正しいということだわ」

スザンナもそう思った。キットがフランシスといっしょに居間に座っているところを想像すると、胸が温まった。お茶を飲みながらおしゃべりを……。

なんのおしゃべりだろう? 怖い話とか?

「子爵はわたしに絵の才能があるというの」スザンナは恥ずかしそうに言った。これまで自分の才能について人に話したことはなかった。

「あら、どんなふうに？」フランシスは嬉しそうだった。「才能があるって？　ありきたりな絵を描く若い娘さんとはちがうって？」

「彼はそう言うの。お父さまに似たのかしら？」キットが訊いてごらんと言っていたのを思い出した。彼にとって重要なことのようだった。

「そうね、たしかにそうかもしれないわ、スザンナ。メークピース家の人間は、誰も芸術的才能はなかったから」

スザンナは眉をひそめた。今の言葉は筋が通らない。

「それでも……わたしは才能をお父さまから引き継いだと思うの？」スザンナは用心深く言った。もしかしたらフランシスは頭がおかしくて、スザンナは別の家を探さなければならないのかもしれない。

「ええ……そうよ」フランシスのほうもちょっと心配そうな顔つきになっていた。「たしかにそう思うわ」

ふたりは油断なく見つめあった。

編み物を始めていたフランシスの針の動きが、ゆっくりになった。

気まずい静けさが続いた。

とても静かに話し合いが始まった。

「ジェームズが……」スザンナは慎重に言いだした。「わたしのお父さまでしょう。わたしは才能を彼から引き継いだの？　そういう意味で言ったのかしら？」

フランシスの針がすっかり止まった。「ああ、どうしましょう。困ったわ」

フランシスは背筋をのばし、眼鏡を鼻の上に押し上げた。スザンナは攻撃するのを途中でやめ、椅子に座りなおした。彼女は具合が悪そうには見えなかった。むしろその逆で、気に障るほど明るい顔だった。

「フランシスおばさん？　あなたは……」

「どうしましょう。スザンナ……知っているのよね？」

スザンナは目を伏せた。これ以上驚かせないで、お願い。だが訊かなければならない。

「何を知っているというの、フランシスおばさん？」

「ジェームズはあなたの父親ではなかったことよ」

今度はスーザンが、すっかり、完全に体の動きを止めた。「どういうこと？」聞き取れないほどの小声だった。

「言ったでしょう、ジェームズはあなたの……」

「聞こえたわ」スザンナはさえぎって言った。「ごめんなさい。つまり……」激しく頭を振った。「どういうことなのかしら？」

「ああ、スザンナ。かわいそうに」フランシスは心底困ったような声で言った。両手を拳にして、頰に押しつけている。「驚かせて悪かったわ。まさか、知らないとは思わなかったのよ」

　スザンナは身動きすることも、まともに物を考えることもできなかった。〝ジェームズはあなたの父親ではなかった〟頭の中をこの言葉に占拠されてしまった。

「でも、まさか……そういうことは事務弁護士が話すものでしょう、スザンナ？　遺言状を読んだときに？」フランシスは眉をひそめてスザンナの顔をのぞきこんだ。「話さなかったようね」スザンナの呆然とした顔から判断して、フランシスは言った。

「だって、どうして……なぜ……つまり、何が……？」どんな質問をしても適当でない気がして、スザンナは口をつぐんだ。

　運のいいことに、フランシスはいち早く冷静さを取り戻し、筋の通った話をしはじめた。「スザンナ、わたしの知っていることを全部話してあげるわ。家族の別の者から聞いたんだから、又聞きよ。二十年くらい前、ジェームズはゴリンジという町に行った。それで小さな女の子を連れて帰ってきたの。その女の子はゴリンジの出身なのかもしれないし、それは誰も知らないのよ」

「わたしがその子だったの？」

「たぶんね。家族の中では、もしかしたらジェームズに愛人がいて、その人が死んで、この子はその子どもなんだろうという憶測が飛び交って、ジェームズの母親はすごく喜んだ。だって、あなたも知ってるでしょうけれど、ジェームズはあまり女性に注意を払わず……花瓶や芸術のほうが好きだったと聞いているわ」

「ええ」スザンナは花瓶や絨緞や美術品が家に持ちこまれ、やがて持ち出されていったことを思い出しながら、小声で答えた。「そうだったわ。でも……どうして？　わからないわ」

「ごめんなさいね、スザンナ、でもわたしが知っているのはこれで全部なの。正直言って、これ以上のことを話せる人は知らないわ。ジェームズはいつでも、一族の中でも謎だった。そうしたがっていたようなの。誰のことも、遠ざけていたわ」

「でも……お母さまのことは？　お母さまの細密画を持っているけど、わたしはお母さまにそっくりなのよ！　ふたりは……結婚していたのかしら？　彼は結婚したことがあったの？」

「結婚？　それはなかったと思うわよ。どんなことだってありうるだろうけど、もし彼が結婚していたとしても、誰も知らなかったわ。もしかしたら、お母さんは別の人と結婚していたのかもしれない」フランシスは言ったが、母親が堕落した女性だったとほのめかすような言葉でこれ以上スザンナを傷つけるのはいやだった。

「わたしの父親である人とね」

「まちがいないわ、スザンナ」フランシスはあわてて安心させるように言った。「もしかしたらあなたは身寄りがなくなって、それでジェームズが引き取ったのかもしれない」

「だとしたら……」スザンナはまた別の事実に気づき、世界が足元から崩れていくのを感じた。「あなたは……おばさまは……ほんとうはわたしのおばさまではないのね？」

スザンナは膝に視線を落とした。

静寂が落ちた。

「ああ！」フランシスは低い声で言った。一瞬の沈黙があり、フランシスが長椅子を叩くのが聞こえた。「ここにいらっしゃい、スザンナ」

スザンナは冷静な表情を保とうと努力しながら、顔を上げた。立ち上がり、覚束《おぼつか》ない足取りで長椅子へ行った。

フランシスは小首を傾げ、スザンナを抱き寄せるような仕草をして眉を上げた。スザンナはちょっと躊躇したが、恐る恐るフランシスの肩に頭を乗せた。スザンナは大人だというのに、これまでに経験したことがなかったほどの安堵を感じながら、別の女性の肩に頬を預けた。とても慰められ、涙がこみあげてきた。

フランシスは冷たい荒れた指先でスザンナの眉をなでた。「そういうことよ。せっかく楽しい晩だったのに、驚かせてごめんなさいね。でも、知ったほうがよかったんじゃなくて？」

「そうだと思うわ。それでたくさんのことの説明がつくわ、フランシスおばさん。家には、ほかにお母さまの絵はなかった。もしかしたら……お母さまの死がつらすぎるからかと思っていたの。ロマンティックな解釈よね」

フランシスはロマンティックな解釈を理解し、うなずいた。

「それに……」スザンナはあえぐように息をのんだ。「彼はわたしのことを、本気で気にかけているようには見えなかった。たしかにとても優しくしてくれたのよ」彼女はすばやく言葉を継いだ。「でも……父親らしくなかった。めったに家にいなかったし、わたしがそばにいなくてもよかったみたい」

感傷的な言い方。スザンナは自分の口調がいやだった。今まで、あえて感傷的になるのは避けてきた。だがつかのま自尊心を捨て、眉をなでてもらっていたいと認めよう。今だけだと、スザンナは考えた。それから元気になろう。

「いいえ、あなたのことはきっと気にかけていたはずよ」フランシスはきっぱりと言った。

「ほんとうにそう思う？」

「ずっとあなたの面倒を見たでしょう、スザンナ？　何ひとつ、不足だったものはなかったはずだわ」

母親と父親以外はねと、スザンナは不実にも思った。「そうね」否定はできなかった。だが根深い非現実感があった。スザンナはすべてを失ったが、自分自身だけは残っていると思っていた。人生のすべてが崩壊しても、すくなくとも、自分がジェームズの娘、スザンナ・メークピースだという事実は変わらない。

ところがそれさえも失うことになった。

「どうしてジェームズは話さなかったのかしら」フランシスは言った。

「たいして……重要なことだと思わなかったのかもしれないわね」家族のことを重要と思わない人間など、スザンナには想像もできなかった。それだけがスザンナに欠けているもので、それがわかると、ほんとうに欲しいものだと思えた。いつかは話すつもりだったのかもしれない。まさか、喉をかききられるとは思っていなかっただろう。「秘密にしていたほうが、わたしがいい結婚ができると思ったのかもしれないわ」

「あるいは何か事情があったのかしら」おばは辛辣なほど現実的に指摘した。

スザンナはこのことを、自分の父親であった謎の優しい人を思った。

そこで、無害に見えたバスケットにクサリヘビが潜んでいたことを思い出した。他人のことなど、ほんとうにわかるだろうか？

だがそのいっぽうで……胸の中で何かが動いた……希望のようなものだった。少しずつ、それは大きくなった。

スザンナはずっと、家族は誰もいない、母親も兄弟も姉妹もいとこもいないと思っていた。

でも……どんな家族がいてもおかしくない。何十人もの親戚がいるかもしれないし、ひとりもいないかも。ほんの数分前まではこの小さな家に限られていると思われた人生や未来が、世界じゅうに広がったような気がした。どこから探し始めればいいのか見当もつかなかったが、スザンナの想像力はすでに動き始めていた。スザンナは王子さまの隠し子なのかもしれない。スザンナは……農家の子なのかもしれない。スザンナは……。

「わたしには家族がいるのかもしれないわね」スザンナはフランシスに言った。

「わたしだって家族よ、スザンナ。心のおばにならなれるわ」

スザンナは感動し、思いがけない言葉に圧倒されて言葉を失った。フランシスに、これほど親切に、温かく受け入れてもらえるような理由は何もない。特別なことをしてフランシスの気を惹いたわけではないし、彼女には地位もお金もない。彼女はしかたなくやってきて、フランシスは何も言わずに彼女を受け入れた。

「ありがとう、フランシスおばさん」それしか言えなかった。恩義に報いようと、ひそかに誓った。「心の姪にもなれるわよね」

フランシスがくすくすと笑い、それに合わせて肩が上下した。

だがもしかしたら、それが受け入れる秘訣なのかもしれなかった。人は何かに報いようとしたり、わざとらしい努力をしたりしなくてもいい。スザンナはこれまでの人生で、自分が何をするにもいっしょうけんめいになりすぎてきたように感じた。

家族がいないせいで、よけいに他人に愛されたかったのかもしれない。がんばる必要はないと、キットは言った。彼は最初から、他人に賛美されたいというスザンナの欲求を見抜いていた。そしてバーンステーブルの住人も然りだ。

「ベネット家の娘たちはいろいろたいへんな経験をしたけれど、けっきょくうまい具合に終わったわね。あのリディアにとってもね」

「ええ、ほんとうに」スザンナはかすかに微笑んだ。ミス・ジェーン・オースティンはほんとうに、物語の終え方を承知している。

翌朝スザンナが馬小屋に行くと、子爵が妊娠中の牝馬をなで、さかんに話しかけていた。

牝馬は彼から顔をそむけ、首を高く振り上げた。それから低いうめき声を上げたが、その声は人間そっくりで、スザンナは息をのんだ。

キットは振り向いてスザンナを見た。彼の顔は蒼白で、怖いほどの怒りにゆがんでいた。スザンナは思わず一歩あとじさった。

「帰れ」キットは低い声で言い、牝馬に向き直った。

スザンナは驚き、片手を口に当てた。彼の言葉が矢になってそこに刺さったような気がした。

「馬がおかしいのね……その馬は……いったいどうしたのか教えて」スザンナは口ごもりながら言った。冷たい壁のような彼の背中に向かって話すのは勇気がいった。

牝馬はまたうめき、頭を高く上げて、痛みで白目をむいた。よろめいてキットにもたれかかり、キットは馬の体を押し上げるようにして立たせ、その表情とは正反対の優しい言葉をかけた。

ようやく彼はまたスザンナを見た。

「この馬は妊娠してる。でも今ごろはもう出産しているはずだったんだ。ということは、子馬がおかしいということだ。ひどく痛がってる。馬の世話をしていたはずの馬番たちは……」彼は言葉を切った。「どこにもいない」

キットは最後の言葉を、わざとゆっくりと言った。スザンナのうなじに鳥肌が立った。キットの怒りはたいへんなもので、スザンナはそれを喉の奥に感じられるほどだった。周囲何キロもの木々を枯らしてしまうかもしれなかった。馬番たちは戻ってきたとき、絞首刑にされてはらわたを抜かれ、四つ裂きにされるにちがいない。もし帰ってきたらの話だが。

「その馬はどうなるの？」

「死ぬだろう。子馬もきっと助からない。ぼくが撃ち殺してやらないかぎり、ゆっくりと苦しみながら死んでいく」キットがさりげなく発する言葉は、石つぶてのようだった。

「でも……どうにかできないの？」無力さがスザンナの胸に湧き上がった。ああ、彼女は無力さなど、もう飽き飽きだった。

牝馬が足を折った。キットはまた全身で馬の体を支えた。どうにかして立たせておく覚悟のようだ。そこで彼はまた振り向いた。スザンナの顔を見て、彼の怒りの仮面がはずれた。

「じつは……腕のせいで……片腕だけではこいつを支えたまま子馬を回転させられない。こいつの重みで、ぼくか子馬が押しつぶされかねない。立たせておく必要がある」

スザンナは理解した。この状況における自分の無力さに、彼も苛立っていたのだ。

「手伝うわ。やらせて。お願い」どこか胸の奥深く、本能的な部分から飛び出した言葉だった。本気でそう思っていることに、スザンナ自身が驚いていた。

キットはばかにするような音を立てた。「腕を馬の子宮につっこんで子馬の体の向きを変えられるかい、ミス・メークピース？　そうしなければならない。それでも救えないかもしれない」

キットの怒りは伝染性だった。スザンナも激しい怒りに駆られた。乗馬服の袖をまくりあげて腕を出し、荒い息づかいで彼をにらんだ。「どうすればいいか、教えて」

キットはまたスザンナに背を向けた。

「いいからどうすればいいのか、教えてちょうだい。早く！」スザンナはきつい口調で言った。

それを聞いてキットは、スザンナに叩かれでもしたかのように振り向いた。次の瞬間、険しい仮面のようだった表情が変わり、スザンナの知っているキットが現われた。「腕をのばせ」キットは命じた。

いつでも彼に無条件に従うことになっているかのように、スザンナは反射的にそうした。キットはバケツからラノリンをすくい、それをスザンナの腕に肘の上まで塗りつけ、その腕を牝馬の高く上がった尾のほうへ導いた。キットは早口で命令を出した。他人を無条件に従わせるのに慣れている者の声だった。

「腕を馬の中に入れるんだ。ぼくが馬をなだめ、きみに指示を出す。馬が蹴るかもしれないが、ぼくがきみを守る。だが自分でも気をつけろ」

スザンナは牝馬の暗い体内に、ゆっくり、恐る恐る手を差し入れた。牝馬が足を踏み換えると腕のまわりの筋肉が締まり、肘が見えなくなった。頭上のどこかで、キットが牝馬に安心させるように声をかけた。馬がうめくともいななくともいえない声とともに下半身を動かして頭を振り上げると、キットは自分の体を馬に押しつけた。

牝馬の立てる音は消え、周囲の馬小屋は見えなくなり、スザンナにとって世界は馬の体内の湿ったぬくもりと、頭上から聞こえるキットの静かな声だけになった。非常に狭い空間で、指を動かし、そっと広げてみて、何にさわっているのかを理解しようとした。

スザンナは息をのんだ。

「鼻だわ」スザンナは小声で言った。「鼻がわかる」鼻の穴や尖った耳、唇などを指でなぞった。

子馬がスザンナの指を噛んだ。

「あっ！　わたしを噛もうとしてるわ！」スザンナは半分笑い、半分あえぎながら言った。

「だったらまだ生きているんだ」キットの声は冷静で、無表情といってもよかった。

「足はわかるか？」

スザンナは手で小さな子馬の顔をなで、そのそばにこぶのある小さな足が押しつけられているのを感じた。

「ええ。足がある……子馬の顔の近くよ」

「よく探ってくれ……前足か、それとも後足か？　踝の上の関節の形でわかるだろう？」

スザンナの手が、こぶのような膝を探った。後ろ足ではない。「前足よ」

「よし。いいぞ。今度はその頭を回転させてぼくたちのほうに向け、足もやはりぼくたちのほうに向ける必要がある。それが子宮内での子馬の普通の状態なんだ。できたら頭を探って……自分のほうに引っぱれ」

「母馬が痛いんじゃない？」ばかな質問だった。今は、何をしても牝馬は痛いのだ。スザンナは今の言葉を引っこめるように頭を振った。キットは答えなかった。

スザンナは言われたとおり、子馬の頭をずっと上までなでて、密集した睫や短い鬣《たてがみ》を感じた。そっと、そっと、そっと、スザンナは自分のほうへそれを引っ張った。

少しも動かなかった。

「もっと強くだ、スザンナ」キットが声をかけた。その声は緊張していた。「壊れたりしないから」

スザンナは深呼吸をし、目を閉じて祈り、力をこめて強く引っ張った。

「キット、子馬が……動いてる……」

「いいぞ」キットの声が、背中に手をおかれているのと同じくらいに確かに感じられた。「馬がいきむはずだ、スザンナ。馬がいきむのを感じるだろう。馬がいきんだときに、子馬の前足が見えるといいんだが」

スザンナは待った。やがて牝馬がいきんだ。

小さな蹄が現われた。さらに別の蹄……そして前足が膝まで見えた。

牝馬がまたいきんだ。奇跡のように、小さな鼻が見え始めた。

「キット……」

キットは思わず興奮して、自制心を失った。

「すばらしい、そう、そう、やったぞ、スザンナ。それでいい、もう生まれる……足をつかんで引っ張って……合図をするから……」

スザンナはゆっくりと慎重に腕を引き抜き、ティーカップと同じくらいの大きさの蹄をつかんだ。ふたたび牝馬があえぐと、スザンナはキットに合わせてけんめいに引っ張り……またあえぎ……。

ほんとうに小さな子馬がスザンナの両腕に飛び出してきた。濡れて温かく、四本の足と鼻面をくねらせて動く生命。スザンナはそれを抱いたまま藁の中に背中から倒れこんだ。

「すごい、スザンナ！」キットは我を忘れて叫んだ。

そのとき初めて、スザンナは自分の体や周囲の状態に気がついた。鼻をつく藁のにおい、血と馬の力強い粗野なにおい、自分の腕や肩や背中が痛いこと。汗で髪の毛が顔に、乗馬服が背中に貼りついている。スザンナが小さな子馬をそっと放すと、子馬は足で立とうとして倒れ、よろめきながらまた四本の足で立った。牝馬が子馬に鼻面を向け、その誕生を歓迎した。

スザンナは自分もよろめくように感じ、ちょっと苦労しながら立ち上がった。キットが肘を持って支えてくれた。

キットは膝をついて子馬の様子を見た。子馬はつまずいては体勢を直すのを何度か繰り返し、世界は狭くて暖かくて湿っているのではなく、広くて平らで硬いのだという事実に慣れ始めた。

「子馬は元気だ……かわいい牝馬だ」それからキットも立ち上がり、スザンナのほうを向いた。彼の口元に笑みが見えた。

スザンナは頬を袖でこすった。頭がくらくらしたが、わけがわからないほど幸せだった。平和に満ちた幸せ。自分でも意識していなかった欲望が、つかのまでも満たされたような幸福感。

そのとき、若い男たちの笑ったり悪態をついたりする声が、足音とともに聞こえた。馬番が戻ったのだ。

馬番たちはキットを見て立ち止まり、メドゥーサを見たかのように凍りついた。

キットは無表情のまま彼らを見ていた。無表情なのがかえって恐ろしく、スザンナは自分まで胸が苦しくなるようだった。

「この牝馬はいつ出産してもおかしくないと知っていたな?」キットは愛想がいいともいえる声でたずねた。

恐怖に目を見開いて、彼らは黙りこんでいた。ひとりが可愛らしい子馬のほうへ視線を投げた。

「答えろ」

スザンナは横目でそっとキットを見た。言葉にこれほどの恐ろしさをこめられるとは、驚きだった。

「は、はい、ご主人さま」ひとりが、勇気をふりしぼって答えた。

また長い沈黙が続いた。聞こえるのは牝馬が尾で尻を叩く音、小さな蹄が藁を踏む音だけだった。

「親子は死ぬところだった」キットは何か考えこむような様子で言った。「おまえたちがいないあいだにな。この牝馬と、子馬だ。放っておかれていた。馬の世話をするのはおまえたちの責任だろう?」

スザンナは、死刑執行人の斧を目の前にした人間は、このふたりの馬番たちと同じ表情をしているだろうと考えた。馬番たちは何も言わなかった。どうやら声帯が石にでもなってしまったらしい。

「失せろ」ついにキットが言った。低く、軽蔑に満ちた声だった。「戻ってくるな」

ふたりはくるりと後ろを向いて走り去った。

スザンナの背後で、牝馬が小さな子馬をそっとつついた。子馬は額の星まで、母親そっくりだった。子馬は小さな尾をぴくぴくと動かし、四本の足で体のバランスを取ることと、呼吸をすること、母親の乳頭を吸うことなどを学ぼうとしていた。

キットはしばらく黙って馬番たちを見送っていたが、やがて牝馬と子馬のほうを向いた。馬たちを静かに見ている彼を、スザンナは見つめた。

「二、三日、目が離せない」キットは牝馬の汗で黒ずんだ脇腹をなでた。「でも、きっと大丈夫だろう」その声には安堵感が聞き取れた。温かみもあった。

キットはスザンナを見た。彼の表情は……ためらいがちで、困っているようだった。何を言おうか、決めかねている様子だった。

スザンナは、こんなことはめったにないのではないかと思った。

「すごく勇敢だったね、スザンナ」

キットの目に見たことのない表情が浮かんでおり、それを見てスザンナは温かい気持ちになるとともに、おかしなくらい無防備になった気がした。「勇敢になろうとしたわけじゃないわ」

キットのすてきな口の端が上がった。「だからこそ勇敢だったんだ」その表情はやはり読めなかった。キットのことを知らなければ、きまじめで恥ずかしそうにも見えた。謙遜か？　それはありえない。だがとにかく、温かなものだった。「明日、ちょっと痛むかもしれないよ」キットは手をのばし、スザンナの前腕をもんだ。

スザンナは目を伏せた。もまれる感覚はすばらしかった。キスよりも親密とも言えた。だがそれを言うならば、馬に腕を突っこむほど親密なものはないわけで、今のスザンナはまったく気にならなかった。

急にキットが手を放した。スザンナははっと目を上げた。つかのま、ふたりは黙ったまま見つめあった。スザンナはとても平和で、快い夢の中にいるような満足を感じていた。

キットは咳払いをした。「今日の乗馬と自然誌の仕事は見合わせようと思う、ミス・メークピース。この二頭を……」キットは馬たちのほうへ顎をしゃくってみせた。「しばらく見ていたい。乗馬服がすっかり汚れてしまったね」

スザンナは下を見た。たしかに汚れていた。「家に別のがあるわ」

なぜかこれを聞いてキットは微笑み、頭をゆっくり前後に振った。

スザンナはベタベタしている両手をすでに汚れているスカートで拭い、小さな子馬を見た。ついさっきまで母親の子宮の中で身をくねらせていた子馬は、初めての食事を楽しんでいた。スザンナは甘く胸を締めつけられる思いで微笑んだ。明日にでも、親子の馬の絵を描こう。

「子馬の名前はどうするの?」スザンナはたずねた。

「〝スザンナ〟にしようと思う」

思わず口をついて出た言葉だった。キットの目が無闇に輝いていた。

スザンナはわざと考えこむようなふりをして、首を傾げて見せた。「ぴったりね」やがて彼女は言った。「これほどきれいな生き物には、ぴったりの名前だわ」

それからスザンナは上品に体の向きを変え、キットに向かって肩ごしに生意気な視線を投げて、家路についた。

歩きながら、スザンナは最後に見たキットの表情を思い出していた。おもしろがってはいなかった。無関心でもない。苛立ちでもない。

まったく別のものだった。

奇妙に甘い希望が、スザンナの胸に湧き上がってきた。

11

その晩の眠りは底なしの泉のように深く、スザンナは知らぬまにそこへ落ちこんでいた。今では光とともに目覚めるのが自然になった。鳥のさえずりや、部屋に満ちているその日の天候の気配を感じながら起きる。スザンナは魂の奥底が落ち着いた気分だった。これまでに感じたことのない安定感だった。

今日も暖かかった。好天が続いている。スザンナはベッドから起き上がり、両腕と背中がこわばっているのに驚き、その理由を思い出した。小さな子馬。スザンナ。スザンナは微笑んだ。家族はいないかもしれないが、彼女の名前のついた小さな子馬がいる。これはたいしたことだった。

今日は……キンポウゲ色のモスリンの服を着ようか。彼女の目の中の金色を引き立たせ、琥珀《こはく》のように輝かせる。きっと子爵は気づくはずだ。ああ、彼はそんな浮ついたことは口にしない。それでもスザンナには、彼が気づくとわかっていた。

彼はスザンナの帽子を気に入っていた。緑の帽子だ。馬の下敷きになったとき、彼の口から思わず出た言葉だったが、彼の謎めいた心の中にはどんな思いが潜んでいたのだろう?

スザンナの胸は、甘い期待にときめいた。

スザンナは身づくろいをした。腕が痛かったので、今朝は紐を締めるのがいつもよりたいへんだったが、それでもできた。母親の細密画をキットに見せるつもりで、エプロンのポケットに入れた。彼に見せてほしいと頼まれていたし、なぜか、スザンナは彼にそれを見てもらいたかった。

階段を下りようとしたとき、おばのフランシスの声が聞こえた。

「スザンナ……びっくりすることがあるのよ……」

あら、いやだ。スザンナはお茶とトーストのほかに、今朝はもっとお腹にたまるものが食べたかった。子爵からのお金で家計に余裕ができたので、ソーセージを買えるようになった。バスケットを見ると、今でもついつい眉をひそめてしまう。それに数日前には父親についての事実を聞いて……。

びっくりするのはもうたくさんだわ、フランシスおばさん。

スザンナはわざとゆっくりと階段を下りていった。最後の段で、スザンナは身動きできなくなった。心臓が喉元まで跳ね上がってきたようだった。

「ダグラス」

スザンナは急に、キンポウゲ色のモスリンの服を着ていてよかったと思った。

「やあ、スザンナ」彼はスザンナを見て顔を輝かせた。「すごく……」彼は飢えた男のようにスザンナを見た。

「……すてきだよ」小声で言い終えた。

スザンナはすぐには何も言えなかった。鼓笛隊の太鼓のように、心臓が鳴っていた。

「ありがとう、ダグラス」ようやく声を出せた。「あなたも……すてきよ」

ああ、たしかにそのとおりだった。スザンナはダグラスがいかにハンサムか、忘れかけていた。会わなくなってから、わずか数週間なのだろうか？　スザンナが自分のもののように知っている、黒髪と上品な顔と、明るい灰色の瞳。

彼がやってきた理由はひとつしかない。スザンナは期待に胸を震わせて息を詰めた。

フランシスが嬉しそうにダグラスの横に立ち、両手を握り合わせ、興味津々の視線をスザンナからダグラスへ、そしてまたスザンナへと移した。

ふたりはさらに見詰め合っていたが、スザンナは最後の段を下りたほうがよさそうだと気づいた。彼と会えて嬉しかったが、どこか気まずくて……湯船の中にティーポットを発見したような気分だった。彼はここ、田舎のこの小さな家には属していなかった。

「彼はお茶はいらないの」フランシスが意味深に言った。「散歩に行きたいんですって」

つまり、彼はスザンナとふたりきりになりたがっているということだ。それも今すぐに。

スザンナの胸に、ダグラスはここへ何をしにきたのだろうという小さな疑念が生まれた。

これまで何日も、スザンナは高い棚の上の何かを取ろうとして手をのばしているような気分だった。何なのか見えない物、見ても識別できないような物、でも手が届きさえすればすばらしい価値があるかもしれない物。

だがもしダグラスといっしょにバーンステーブルを離れることになったら、スザンナはもう手をのばす必要はなくなる。そう考えると、おかしなことに、安堵と後悔をいっしょに感じた。

「コートをおいていったら、ダグラス」スザンナは小声で言った。「おばさんは気にしないわ、もう暖かいですもの。散歩してきましょう」

フランシスはダグラスからコートを受け取り、その手触りのよさにおおげさに驚いた顔をしてみせた。それを見てスザンナは笑いを嚙み殺した。フランシスがウィンクをした。ありがたいことにダグラスはこれに気づかなかったか、あるいは気づかないふりをしていた。

スザンナはダグラスとともにバラの茂みを通り過ぎ、正面の門を出て、森の中の小道を歩いていった。ふたりとも何も言わず、気まずい雰囲気は滑稽でさえあった。ふたりで歩くのはずいぶん久しぶりだったし、以前は腕を組んで歩いたものだった。今はそうはせず、ならんで歩いた。ほんの数センチの距離が、何キロも離れているように感じられた。

ダグラスは咳払いをした。「今はここに住んでいるんだね」

「いいえ。納屋に住んでいるのよ、ダグラス」

「納屋に住んでる?」ダグラスはスザンナの顔を見た。「ああ! は、は!」わざとらしい笑い声を立てた。「ごめん。ばかなことを訊いた」

「こちらこそ、ごめんなさい。冗談なんか言うべきじゃなかったわ」

ふたりはぎこちなく話した。不安げで、上品に。スザンナは、自分が社交界での上品さを忘れてしまったのではないかと心配になった。

「バーンステーブルでの暮らしはどうだい、スザンナ?」ダグラスはまたたずねた。とても上品に。

スザンナはこの質問をよく考えた。「にぎやかよ」やはり、とても上品に。

「そうかい?」ダグラスは信じていないようだった。ふたりはしばらく黙っており、スザンナは今ではおなじみになった周囲の音に耳を澄ました。葉ずれの音、リスや鳥が枝を飛び移るのにつれて木が揺れる音。

そのときとつぜん、ダグラスが足を止め、スザンナのほうを向いた。スザンナはびくりと飛び上がった。

「ああ、社交辞令はたくさんだ。スザンナ、すごく会いたかったよ」

「そうなの？」スザンナの声は少しかすれていた。とつぜんのダグラスの言葉に、鼓動が速まった。

「そうなんだ。何もかもが変わってしまった」ダグラスは激しい口調で言った。「きみがいなくなってから、あまり笑わなくなった。きみみたいに踊る人はいない。誰も……」ダグラスはスザンナの手を取り、自分の胸に押しつけた。「きみみたいにぼくを見てくれない……その……きみの目は……」

彼の言葉が途切れた。ダグラスは視線をスザンナの口元に落とし、そこを見つめた。

ダグラスはスザンナにキスしようとしている。

スザンナはそれを許そうとしている。

彼の唇が触れたとき、それはスザンナが覚えている〝お上品さをほんの少し超えただけ〟のキスで、以前の彼女はそれ以上になったらどんなだろうと思ったものだった。

だがやがて……今回は〝それ以上〟になった。

ダグラスは舌先でスザンナの下唇を舐め、体を押しつけてきた。彼の上等なズボンと彼女のスカートの布地を通して、彼の体の一部がまちがいなく興奮しているのが感じ取れた。

ふふん。ダグラスはずいぶんと馴れ馴れしいことをしている。

スザンナは唇を少し開いた。一部には好奇心から、そして一部には、そうするのが……礼儀のように思えたからだった。だが今このときに、我を忘れてはいけない気がした。ダグラスがスザンナを捨てたあと、彼の頭の中は彼女でいっぱいだったかもしれないが、スザンナの生活はほかのものでいっぱいだった。子爵やハタネズミや子馬。美術や才能や勇敢な行為。興奮した体を押しつけられるどころか、彼のキスを気持ちよく受け入れるためには、ダグラスに超えてもらわなければならない距離ができていた。

スザンナは困惑し、小さく笑いながら彼から顔をそむけた。

ダグラスは気持ちを落ち着けようとするかのように、緊張した息を吐いた。だが謝りはせず、スザンナが手を引こうとしても、その手を放さなかった。

「スザンナ……ぼくが来た理由はわかっているだろう」

「なんとなくわかるけど、あなたの口から聞きたいわ」スザンナはからかうように微笑んで彼を見上げた。

「まあ、こういうことなんだ」彼は勢いこんで言った。「きみのために、ロンドンに家を買おうと思う……」

またあの感覚。安堵と奇妙な後悔が入り交じっている。もう一度昔のような生活に戻るのは、どんなにおかしなものだろう。バーンステーブルでの生活を夢だったように考えるなんて。

「ふたりで住むための家ということ?」スザンナはダグラスに微笑みかけた。

ダグラスは甘く微笑み、スザンナの手を持ち上げて指に順番に唇を押しつけ、ようやく手を離した。「そうだな、ときどき泊まることもあるだろう。でももちろん、ぼくはたいていは妻といっしょに住むことになる」

スザンナは困惑して、彼を見つめた。

まさかという気持ちがスザンナの心に入りこみ、手足の感覚を奪い取った。

「奥さんといっしょに住むことになる?」スザンナは不安げに笑いながら訊き返した。

「ああ、そうだよ、もちろんね」ダグラスはなだめるような口調で続けた。「アメリアだ。アメリア・ヘンフリー。ぼくたちは一カ月もしたら結婚する予定で、当然いっしょに住むことになる。でもわかるよね、もちろん……スザンナ、ぼくはきみといっしょにいたいんだ、できるだけそばにいるようにするよ」

ダグラスは勝ち誇ったようにスザンナに微笑み、ふたたびキスをしようと顔を寄せてきた。

スザンナはくいと横を向いた。

耳の中で轟音が鳴り響き、胸が強烈な痛みで締めつけられていても、なぜかスザンナはきちんと言葉を口にできた。

「確認させてもらうわ、ダグラス。あなたはわたしに、愛人になれと言っているの？」

ダグラスは困ったように眉を寄せた。「ああ、もちろんそうだ。無一文の女性と結婚するわけには……」

スザンナの手がすばやく上に動いた。

ふたりは微動だにせず立っていた。スザンナは愕然として、怒りに満ちた彼女の指の輪郭が、ダグラスの頬に赤く浮き上がるのを見ていた。それから、まったく他人のもののように思える、じんじんと痛む自分の手を見下ろした。

耐えがたい静寂が続いた。

「スザンナ」ダグラスが低い声で言った。「頼むから……」

スザンナは話し始めた。言葉が溶岩のように噴き出した。「自分を何様だと思っているの、ダグラス？　わたしがどんな経験をしてきたか、わかっているの？　昨日、わたしの腕はここまで……」スザンナは腕を突き出して、肘を指さした。「ここまで馬の中に……」

「う、馬？」ダグラスは怖そうにあとじさった。

「馬よ、ばかね」スザンナは激しい口調で言い返した。「危険から身を避け、何もかもを奪われて……それがどんなものかわかるの、ダグラス？　でも今は、しっかりと自分を見つめているわ。強く、賢くなった。才能もある。どうやらそうらしいのよ」スザンナは大きく息を吸い、重々しい口調で続けた。「わたしはけっこう短気なのよ。もしかしたら、あなたよりもはるかに男らしいわ」

「スザンナ……」

「消えてちょうだい。たった今よ。二度と会いたくないわ」

「でも……」

スザンナは意に反して、希望を持って待ってしまった。このことで、のちに彼女は自己嫌悪に陥ることになる。まったく希望というものは、ゴキブリよりもしつこくつきまとう。「でも、なんなの、ダグラス？」事態がよくなるようなことを言ってちょうだい、ダグラス。何もかもを、元通りにして。

「でも……コートが……」

彼が口にできる言葉の中で、おそらくこれが最高のものだっただろう。彼の口調はあまりにも哀れで情けなく、それを軽蔑することで、スザンナの胸の中で喉が詰まるほど膨れ上がっていた自尊心はいくらかおさまった。

スザンナは侮蔑の目で、かつては愛され、今は傷ついて悲しげな灰色の目を見つめ、もはやふたりの関係が元通りになることはないと悟った。それはスザンナのせいだった。

彼女が取り返しがつかないほど変わってしまったのだ。

「奥さんに新しいコートを買ってもらいなさいよ、ダグラス。アメリアによろしくね」

何も見えなくなるほどの怒りというのがあると、聞いたことがあった。だが今日まで、ほんとうにそんなものが存在するとは思っていなかった。スザンナは震え上がって両手で顔をおおい、この数分の出来事を思い出した。ダグラスにとってスザンナの最後の思い出は、怒りに顔をゆがませて口汚くわめき散らしている姿だ。

スザンナは身をかがめ、小さな石を拾って、どこへともなく力いっぱい投げた。

一瞬のち、トンという鈍い音がして、怒った声がした。「おい！」しまった、どうしよう。

スザンナは両目をきつく閉じた。お願い、やめて。

目を開けてみると、キット・ホワイトローが目の前に立っていて、胸をさすりながら顔をしかめていた。

いったいどうしたのだろう、男性を攻撃し続けている。スザンナは両手を頬に当てた。

「ごめんなさい……あなた……わたしは……」

キットの顔にゆっくりと笑みが広がるのを見て、スザンナは言葉を切った。「腕はいいが、狙いをなんとかする必要があるね、ミス・メークピース。的をはずした。もう一度やってみるかい?」キットはスザンナの飛び道具を手に持ち、誘うように差し出した。

スザンナは後ろを向き、おばの家の方角へ駆けだした。すぐに彼女を追ってくる足音が背後に聞こえた。

「自分が怪我するか、それとも誰かに怪我をさせる前に、ミス・メークピース、何をそんなに怒っているのか話してくれたらどうかな」

スザンナはキットのほうを向いた。「どうしても知りたいというなら話すわ、婚約者のダグラスが……」

キットのからかうような表情が、謎めいて薄れた。「恋人どうしの喧嘩かい、ミス・メークピース?」

「恋人どうしじゃないし、喧嘩じゃないし、しばらく前に終わったの。つまり、もっと正確に言うと、彼はもうわたしの婚約者じゃないの。父が死んだとき、ダグラスはとつぜん別れると言いだした。彼のお母さまがそうしろと言ったからよ。侯爵の跡取り息子は無一文の娘とは結婚できないんですって。そして今日、彼はわたしの親友と結婚するつもりだと言いにきて、わたしには愛人になれと言ったの」

この話を聞いて、普段は口の達者な子爵が言葉を失ったようだった。おかしなことに、スザンナはこれに感謝した。やはりスザンナが思ったとおり、ひどい話なのだ。

キットはしばらく黙って考えこんでいた。「泣こうと思ってる?」彼は興味があるようだった。

「いいえ」スザンナは信じられないという顔で答えた。そんなふうに思われるのは屈辱だとでもいうように。

キットは眉間に小さな皺を寄せ、じっとスザンナを見た。それからポケットの中を探り、ハンカチーフを取り出して彼女のほうへ差し出した。

スザンナはわっと泣きだした。

「取り乱したりなんかしていないのよ」スザンナはあえぎながら言った。手探りしながら、折れた丸太に腰を下ろした。

「もちろんだ」キットは落ち着いた、冷静な声で言った。スザンナの横に腰かけ、長い足をのばした。

「ものすごく怒ってるの」

「誰だってそうなる」

「だって……いろんなことがあって……」

「ほんとうにたくさんのことがあった」

「彼はひどいやつだわ」

「まったくひどいやつだ」キットは手を下にのばし、考えこみながら地面から枝を拾い上げた。「きみのために、そいつに決闘を申しこんでやろうか？」枝をもてあそびながら、なにげなく言った。

そのとたんに、スザンナのすすり泣きが止まった。スザンナは驚いた顔つきで、キットを見た。「わたしのために決闘を？」

キットは火をつけようとでもしているのかのように、枝をくるくるとまわした。「ちょっと怪我をさせるぐらいにしておくかな」

スザンナは苦々しい笑い声を立て、手首で濡れた頰を拭った。「そんなことができるの？　殺さないで……ちょっと傷つけるだなんて？　それは……むずかしいんじゃない？」

キットは一瞬スザンナから顔をそむけた。「ああ、そうだな」彼は言った。皮肉めいた笑みをかすかに浮かべている。「やろうと思えばできる」

キットが顔を戻すと、スザンナがどうしようか迷っているように、彼をまじまじと見ていた。「彼には、あなたに危険を冒してもらうほどの価値はないわ」スザンナは言った。

これを聞いてキットは微笑んだ。「身を案じてもらうのは嬉しいな、ミス・メークピース。でも、どうして彼がぼくにとって危険だと……」

スザンナは顔をそむけ、握りしめていたハンカチーフを開いた。そこに刺繡されたCMWというイニシャルを、何度も親指でなぞった。スザンナの涙は止まり、ときどきしやっくりをするだけになった。

「わたしが危険だとは思わないのかしら?」とつぜんスザンナは言って、伏せた瞼《まぶた》の下からキットをにらんだ。

キットは感心し、拍手喝采したいくらいの気持ちになった。よくやった、ミス・メークピース。そんなふうに冗談を言えるだなんて、まだまだ大丈夫だ。「ああ、それは危険だな」彼は答えた。「すくなくとも、石には気をつけよう」

スザンナはかすかに微笑んだ。それから鼻をすすり、静かに目を拭いた。しばらくふたりとも何も言わず、その場に座っていた。木漏れ日がふたりを温め、周囲の埃をきらめかせた。

頭上でリスが、世界じゅうに何かを訴えかけるかのように、さかんに鳴いていた。

「彼の頬をたたいてやったわ」とつぜんスザンナは、ささやき程度の声で言った。恥じているようであり、興奮しているようでもあった。

「強くかい?」穏やかな声だった。

「そうね」

「よし。だったら彼はまちがいなく、きみが彼の申し出にたいしてどう思ったかわかっただろう」

「そう」スザンナは悲しげに言った。「きっとね」

スザンナはまた黙りこんだ。キットも何も言わなかった。嵐のように泣いたあと、不思議なくらいの平和がおとずれた。

スザンナは濡れたハンカチーフを膝の上で丁寧にのばした。そこで食事でもするかのように。「恋をしたことはあるの?」スザンナは小声でたずねた。

キットは危うく吹きだすところだった。ああ、こんな質問を、よくもするものだ。からかうような言葉を口にしそうになった。

でもキットがスザンナに顔を向けると、彼女の頬には赤く斑点が浮き、目はまだ涙で光っている。スザンナはキットがどれほど傷心について知っているのか、探ろうとしているのだ。

彼は深く息を吸い、吐き出した。それならば、いいだろう。

「ある」キットは穏やかに言った。

スザンナの目が大きく見開かれた。おそらく彼を、あらたな目で見ているのだろう。それからそんなふうに彼を見るのはむずかしいというように、さっと顔をそむけた。

「ダグラスを愛していたのか?」こんなことを訊くとは自分でも驚きだったが、訊かざるをえない気分だった。何日ものあいだこの娘を引っ張りまわし、からかい、話をし、彼自身も楽しんできた。そして予想以上のものを彼女に見出し、驚きと当惑を覚えていた。

だが彼女の心の中については、まともに考えたことがなかった。

「ええ」スザンナは小声で言った。「愛していたわ。そうね、愛してると思ってた。それは同じことじゃない？」

スザンナの勇敢な言葉に胸を打たれ、キットは一瞬言葉を失った。「そうかもしれないな」キットは同意した。

キットはスザンナに頬をたたかれて追い返された哀れな若い道化者のことを思った。その若者は、自分の困った状況を解決しようとして、スザンナをロンドンの家に住まわせ、ときどき訪問すればいいと考えた。友だちとの華やかな暮らしを愛し、自覚している以上に情熱的で勇敢で個性的なスザンナを。ペットのオウムのように。

キットは緊張していたにちがいない、手でまわしていた枝が折れた。

キットは折れた枝を地面に落とし、慰めの言葉、彼女の役に立つような言葉を探した。だがお愛想や決まり文句などは苦手だった。ただ、自分の真実を告げるしかなかった。

「今はつらいだろう、スザンナ……」彼はためらいがちに始めた。「でも……できたら、ダグラスのことは恨まないようにしたほうがいい。若者は両親や社会の言いなりにならなければならないことが、よくある。彼は、双方にとっていいやり方を見つけたと思ったんだろうね。それで……まあ、彼は今後、ずっときみを失ったことを後悔していくかもしれないいな」

スザンナは顔を上げ、キットの顔を地図を読むようにまじまじと見た。キットはまばたきもせずにその視線を受け止め、スザンナの目の魅力的な色に我を忘れた。さまざまな色が混じり合っている。その目は朝の光に満ちた池のように、緑色や金色に変化する。栗色の睫《まつげ》の先に涙が光っている。親指で睫をなで、涙の塩気を味わい、赤らんだ頰に冷たい手の甲を押しつけて火照りを冷ましてやらずにいるのはつらかった。なぜ、彼女に触れるよりも……触れないでいるほうが不自然に思うようになったのだろう。

そう考えると、キットの胸がずきんと痛んだ。それから言いようもなく甘い、原初的な疼《うず》きが広がった。

そのときふと、キットは考えた。彼女の言うとおりかもしれない。彼女はちょっと危険かもしれないぞ。

「キャロというのは誰？」急にスザンナがたずねた。

ちくしょう。キットは答える代わりに目を細くしてスザンナを見た。スザンナは愉快そうに微笑んだ。彼の不意をついて、嬉しそうだった。

「最悪の話を聞きたい？」スザンナは一拍おいて、気持ちを落ち着けるために息を吸い、吐き出した。「今朝ダグラスが現われたとき、わたしは……ようやく来てくれたと思ったの。もとの生活に戻れる。家族が持てる。今わたしの手元にある昔の暮らしの名残は服だけだって、知っていたかしら？　それも、作業の男の人を花瓶で脅して、無理においていかせたのよ」

「すてきな服ばかりだ」キットは優しく言った。

スザンナは微笑み、彼女が美しく着飾って仕事に現われるたびにキットが首を振るのと同じように、首を振ってみせた。「そうでしょう」たしかにそうだったので、スザンナは同意した。「とにかく、ダグラスが今日来たとき、わたしは……彼がプロポーズしてくれたら、ようやくわたしにも家族ができると思った。じつは数日前におばから、父は……わたしのほんとうの父親ではなかったと聞かされたの」

「ジェームズがほんとうの父親ではなかった?」彼が急に厳しい口調で訊き返したので、スザンナはちょっと驚いた。

「ええ。あなたに言われたように、わたしの……才能のことを訊いた。そうしたらおばが……フランシスおばさんが知っているのは、父がある日遠くに出かけて、戻ってきたときに小さな女の子を連れていたということだけ。それがわたしよ。父は誰にも説明をせず、みんなの知るかぎりでは結婚もしていなくて、わたしが何者なのかはまったくわからない。そして……」スザンナは声を立てた。それは笑い声に似ていたが、ひどく皮肉っぽく、胸に苦く響いた。「わたしはひとりぼっちよ」

キットは腕に鳥肌が立っていた。なぜか、彼は自分が次にする質問にたいする答えをわかっていた。「スザンナ、お父さんがきみを連れてきた町の名前は……わかってるのかい？」

「ゴリンジよ。なんでもそこの公爵は……」

「……オレンジの同韻語を探していた」

スザンナは驚いてキットを見た。

キットは驚いていなかった。

その代わりキットは頭上の葉を見上げた。パズルの破片を見ているようだった。鋭く尖ったオークの葉が密集していたが、それでも光が漏れこみ、彼はうまい譬《たと》えを探した。手元に一連の事実や偶然があるのに、それをうまく組み合わせられずにいる。すべての要素のあいだに、まだ隙間がある。今、自分の横には、すべてを二度も失った娘が座っている。ジェームズは彼女のほんとうの父親ではなく、モーリーのことをキットに話した直後に殺された。そして今、誰かがスザンナを殺そうとしているか、すくなくとも脅そうとしている。

キャロラインはまちがいなくサディアス・モーリーと姿を消し、その直後にゴリンジから彼に手紙をよこした。

「これが母よ」スザンナははにかみながら言った。「見たいと言っていたでしょう。今日見せようと思っていたの」

スザンナは母親の細密画をそっとキットの手のひらにのせた。

美しい女性だった。スザンナの絵だと言ってもいいくらい、よく似ていた。

キットは心を決めるために、またスザンナから顔をそむけ、木々を見上げた。

苛立たしかった。答えは視野の隅にあるのに、そちらへ顔を向けると見えなくなってしまう。興奮と、圧倒されるほどの苛立ちを感じた。

頭がおかしくなりかけているのだろうか。モーリーにたいする疑惑は、根拠のないものかもしれない。もしかしたら彼の直観は直観などではなく、諜報員に必要とされる抑制された妄想症に身を浸しすぎたゆえの勘ちがいなのかもしれない。

だが、ありえないことがあるかもしれないぞ。

エジプトという脅威が、ダモクレスの剣のように彼の頭上にぶらさがっている。だがスザンナ・メークピースに視線を戻したキットは、ほかに選択肢のないことを悟った。

「今日は絵を描くのはやめだ、スザンナ。ゴリンジに行こう」

12

ゴリンジへ行くには、わだちだらけのひどい道を二時間も進まなければならず、キットはこの道が濠《ほり》同様に町から訪問者を遠ざけているのではないかと考えた。馬に乗っていけばもっと速かったのだが、キットはあばら骨や腕が乗馬に耐えられるかどうか自信がなかったし、彼にとってもスザンナにとっても、馬車という目隠しがあるほうが好都合だった。キットは、何者かがスザンナを狙っていると確信していた。彼は拳銃をブーツの中に入れ、もう一挺を鞘《さや》に入れたナイフとともにコートに隠しており、腕は三角巾をはずしたばかりではあったが、ふたりや三人に近づいてこられても負けない自信があった。

ようやく馬車が小川にかかった小さな石造りの橋を渡って町に入り、ゴリンジが目の前に開けた。

ゴリンジは意外にも美しい町だった。清潔なのろ塗りの小さな家が噂話をするように肩を寄せ合って丸石敷きの道沿いに並び、馬車が通ると丸石が心地よい音を立てる。花壇からあふれんばかりに、夏の花が咲いている。大通りには本屋や居酒屋、チーズ製造所などの店が何軒かあった。行き着くのは困難でも、ゴリンジはきれいでにぎやかな町だった。自給自足の、平和な町のようだ。

「何か見覚えのあるものはあるか?」キットはスザンナに言った。スザンナは緊張して身をこわばらせた。座席の端をつかんだ。

「あると言えればいいんだけど」彼女はためらいがちに言った。「きれいなところね。ここなら幸せに暮らせそうだわ」

スザンナの憧れるような口調に、キットは胸が痛んだ。キットは古い家柄に生まれたという贅沢を楽しんできた。いとこやおじやおばが、イギリスの各地にいる。祖先には無頼漢もたくさんいたが、それらは立派なホワイトロー家の偉業やひとにぎりの英雄の存在によって相殺されている。キットには姉がふたりいて、彼を愛し、うるさがり、彼のほうも彼女たちを愛し、うるさがっている。父親もいるし、母親のすてきな思い出もある。

視界の端に鮮やかな色彩がきらめき、それでキットは教会があることに気づいた。町の中央に小さな家々を統率するかのようにそびえたち、古臭く厳粛な雰囲気だが、ステンドグラスの窓に優美に彩られている。その窓があるのは驚きだった。何年も前、教会がカトリック的な要素を根こぎにしようとした際に多くが壊され、聖母マリアや聖人の姿は稀になった。ここの窓はもっと抽象的な絵柄で、破壊をまぬがれたのかもしれない。

「まずは教会からだと思ってたんだ。きみがここで生まれたなら、スザンナ、出生記録があるかもしれないだろう」

スザンナは答えなかった。彼女の顎や色を失った唇に、期待が見て取れた。母親の細密画をしっかりと握りしめている。キットはそれ以上何も言わなかった。彼女が励ましの言葉などは通用しないほどひどく傷ついていることを、キットは察していた。

ふたりは新旧取り混ぜた墓石のある整然とした墓地を抜ける道を歩いていった。スザンナは墓石を見て、すぐに視線をそらした。彼女の母親か、それともほんとうの父親が、どれかの下にいるのかもしれない。

じつはキットは教会が好きだった。この教会の信徒席は何世紀にもわたる祈禱《きとう》者によって趣が加わり、いくつものお尻に磨かれて黒光りしていた。窓のステンドグラスが緑や赤や青といった色彩を床に投げかけていた。キットの思ったとおり、ここにあるのは単純なデザインの窓だった。窓は部屋の両脇に三枚ずつあり、バラとユリが窓を縁取るように配されていた。信仰、希望、慈愛という言葉が、おおげさなゴシック体の文字でそれぞれに描かれている。

「こんにちは」穏やかで用心深い声が、後陣から聞こえた。「何かご用ですか?」

司祭がこちらへやってきた。司祭の頭は小さく、首はカメのように肉づきがよくて骨がうかがえず、服はきつそうだ。そばまで来ると、中に仕組まれた機械で持ち上げるように、顎をくいと上げた。ようやくその視線はキットを捕らえた。

「こんにちは、閣下」司祭は愛想よく言った。「閣下と呼んでいいんでしょうね? わたしはゴリンジの教区司祭、ミスター・サムナーです」

どうやらこの司祭は、誰に何を言っても気にならない、人生の満足期に達しているようだ。キットは自分もその時期に達するのを楽しみにしていた。

「ぼくたちはよそから来た者です、ミスター・サムナー。こちらの窓……あれはすばらしいものですね」

「そうでしょう? もっとも、もともとあったものではないんです。ある寛大な後援者が……何年か前に寄付してくれまして、それといっしょに教会の裏に霊廟《れいびょう》もお作りになった。たぶんその方はそこに埋葬されるつもりなんでしょうが、どうなりますか、誰にもわからないものです。今日は何か特別なご用事でも?」

キットは司祭が〝寛大な後援者〟と言うときに特別の思い入れをこめるのに気づいた。

「じつはお尋ねしたいことがある。わたしも場合によっては寛大な後援者になるかもしれません。いつか、霊廟を作ることも考えている」

「お役に立つよう努力しましょう、閣下」

スザンナは黙ったまま、いきなり手にしていた細密画を突き出した。キットが質問を口にした。「この女性に見覚えは？」

一瞬ためらったのち、司祭はそっと細密画を手に取り、何十年もの記憶を探っていたのだろうか、かなり長いことそれを見ていた。

「この年になると、時間はあいまいになってきます」司祭はじっとふたりを見た。「物事や場所、人間が、みんな混じってしまう……」彼は最後をにごし、窓のほうへ視線を移した。

長い沈黙があった。キットはいぶかしく思い、首を突き出してあたりのにおいをかいだ。まちがいなく、司祭の昼食にはワインが含まれていたようだ。

「混じってしまう……？」スザンナの頭がしびれを切らして大砲のように飛び出してしまう前に、キットがそっとたずねた。

「ええ、そうです。混じってしまう。でもこれははっきり言える、あなたはお母さんにそっくりだ、お嬢さん」

スザンナは嬉しそうな顔をした。司祭の言葉が、ステンドグラスの窓のように、彼女の顔を内側から輝かせた。キットはまた、かすかに甘く胸を締めつけられた。

「母を知っていたのね？」期待のあまり、スザンナの声は弱々しかった。

「とても美人だった」司祭は夢見るように言った。「ここで娘さんに洗礼を授けた。それ以外は教会に来ることはあまりなくて、名前も思い出せない。かなり昔のことだが、昨日のことのように感じます。でももちろん、昨日であったはずがない。ここにいるあなたは……すっかり大人だ」司祭はふたりに笑いかけた。

教区民のためには、この司祭でなく助任司祭が説教したほうがよさそうだと、キットは考えた。助任司祭がいるといいのだが。

「アンナよ」スザンナは興奮して言った。「アンナという名前なの！」

司祭は眉をひそめた。「いいや、そうではなかった」

「でも……」スザンナはちらりとキットを見た。キットは目を見開き、小さく首を振った。スザンナもそれ以上押すことはやめた。「でも覚えているのね？　どんなだったかしら？」

「とても美人でしたよ」司祭は二度繰り返さなければいけないのを驚いているようだった。

キットが口をはさんだ。「もうひとつ訊いてもいいだろうか。キャロライン・オールストンという名前の女性のことは覚えていませんか？」

キットはスザンナが、鋭い視線を自分に向けてくるのを感じた。

「キャロライン・オールストン……キャロライン・オールストン……」司祭は繰り返し

た。「覚えていないな。美人でしたか？」彼は希望をもってたずねた。

「とてもね」そう、事実だ。どうやら〝美人〟というのは、司祭の記憶に残るものらしい。「黒髪、黒い目、白い肌。一度見たら忘れられない。最初にゴリンジに住んだのは十八歳くらいのころのはずだ」

「ミス・オールストンは美人だったようですね、閣下。でも、その名前ははっきり覚えていませんな。記録を見てもらってかまいません、あなたがたは物を盗む人間のようには見えませんからね」

なんて褒め方だろう。司祭はふたりを教会の記録のある部屋へ案内した。出生、死亡、結婚、洗礼など、ゴリンジの教会がつけてきた記録が、いくつもの棚に保管されていた。

「どうぞ好きに見てください。帰るときに声をかけてくれれば、鍵をかけにきます」

「生年月日はいつだい、スザンナ？　きみはいくつなんだ？」キットは記録書の背を指でなぞりながら、見当をつけた年代を探っていた。

スザンナはすぐには答えなかった。いまだに五分前の会話を思い返していた。とうとう我慢できなくなったように言った。

「〝美人でしたか？〟」スザンナは司祭の軋むような声を真似した。「〝とてもね〟」今度は巧みに子爵の低い声を出して答えた。

キットは鼻を鳴らした。

キットはキャロライン・オールストン、つまり〝キャロ〟に夢中だったにちがいない。スザンナはキャロという女性が、オークの木の幹にあった年月を経た傷のように、子爵の心に刻みつけられているのだろうかと考えた。

「二十歳よ……すくなくとも、自分ではそう思っているわ」スザンナは冷たい口調で言った。なぜ冷たい口調にならなければいけないのかは、自分でもわからなかった。

「誕生日は、いつ祝ってきた？」スザンナの口調はまるで変化しなかったかのような様子で、キットは言った。

「八月十二日よ」

「じゃあ、もうすぐだな」キットは陽気に言った。

キットはスザンナの気を逸らそうとしている。スザンナは誕生日が大好きだった。昨年の誕生日には盛大なパーティーを開き、馬を贈られたことを考えると、今度の誕生日はあまり盛り上がりそうにはなかったが。

そのときスザンナはあることに気づき、嫉妬心などは消えてしまった。

「わたしの名前がほんとうはスザンナではなかったとしたら？」スザンナはぞっとした。

「父が……ジェームズ・メークピースが、名前を変えていたら？　ほんとうはマートルとかアグネスとか……」

「アレクサンドラとかカタリナとか、派手で異国風のものだったとしたら？」

急にスザンナは頭がくらくらした。「わたしは誰でもある可能性がある」ひとり言のようにつぶやいた。「誰でも」

形を失い、係留を解かれた船になったような、おかしな気分だった。早く実際の名前か母親か誕生日といった情報を見つけてそれにしがみつかなければ、どこかに流されてしまうか、蒸発してしまいそうな気がした。

「気を失いそうなのか？」

キットはスザンナをじっと見ていた。心配しているというよりは、好奇心のほうが強いようだった。スザンナがハタネズミと同じ、分析するべき対象のようだ。だが彼の態度はむしろありがたかった。驚いたり動揺したり喜んだりすることが謎解きの一部に過ぎないように思えて、気持ちを落ち着けるのに役立った。

「いいえ」

キットはきまじめな顔つきでスザンナを見つめ、彼女の言葉を確かめた。それからスザンナにとってはいつでも心強い支えとなる、明るい笑みを見せた。

いつか、キットに微笑みかけられても頬を赤らめない日が来るのかもしれない。だが今日は、その日ではなかった。

ふたりはそれからしばらく、黙って記録書のページをめくり、名前を指でたどっていった。幸運なことに、ゴリンジは小さな町だ。不運なことに、町に住んでいた女性の半分はアンナという名前だったらしく、しかもみんな子だくさんだった。それでもスザンナという娘を産んだ者はまだ見つからなかった。

「世の中にはほかの名前もあるわ」スザンナは不満げに言った。「メアリー……いい名前だわ。マーサ。これだっていい」

「マートルとか」キットは本から目を上げずに言った。

「そうよ」スザンナは答えた。「ここの人たちだって、そういう名前のひとつやふたつ、知っていたでしょうに」

薄れかけた文字と室内の暗い照明のせいで、名前の一覧を見ていくのは目の疲れる作業だった。そこでは何百人もの人生が、三つか四つの記載で要約されていた。誕生、結婚、出産、死。手元の仕事を続けながら、スザンナの思考はやがてふたつに分かれていった。本来ならばひとつに集中していなければならないのに。

しばらくしてから、スザンナは我慢できなくなってしまった。

「〝二度見たら忘れられない〟」スザンナは物真似で言った。キットの低くて上品な声を、完璧に真似ていた。

キットは顔を上げ、スザンナを見つめた。「何か気になることでもあるのかな、ミス・メークピース？」彼は穏やかにたずねた。

スザンナは彼の穏やかな口調が気に入らなかった。「キャロって誰なの？　どうして彼女のことを訊いたの？」

キットはそれまで見ていた本に目を戻した。「ぼくが答えると決めてかかったような訊き方だね」彼はおもしろがっているようでも、動揺しているようでもあった。そっけなかった。

スザンナは腹が立った。「わたしのことは全部知っているくせに……」

「訂正する。きみのことは何ひとつわかっていない」

「言っている意味はわかるでしょう！　ちゃんと理由はあるわ。あなたはすごく秘密主義で……それは怖いからでしょう。何もかもから隠れているのね」

キットはゆっくり、ゆっくりと顔を上げた。

今のは取り消すわ！　スザンナはすぐにも言いたかった。それほどキットは怖い顔をしていた。青い目が熱いほどに輝いている。彼は今、スザンナにたいして怒っていた。そのこわばった表情から、スザンナが彼を傷つけたことがうかがえた。何かが……気に障ったのだ。スザンナは彼が守る術を知らない心の一部をうっかり刺激してしまい、それで彼は押し黙ったままでいる。

スザンナは目を逸らせなかった。キットは目を逸らそうとしなかった。

とうとう彼が口を開いたとき、スザンナは身を縮めた。だが彼の言葉はスザンナが予想していたのとはちがった。

「〝一七九九年八月〟」キットは言った。「〝母親アンナ・スミス、スザンナ・フェース〟」

スザンナは心臓が止まったかと思った。「え？　どこ？　わたしが……存在してたのね！」

スザンナはキットが怖かったのを忘れ、あわてて彼の横に行った。彼は少し横にずれて、スザンナに記載を見せた。「父親はなんて？」

キットは一拍おいてから言った。「父親の名前はないよ、スザンナ」優しい口調だった。

スザンナは優しい口調が嫌いだった。そしてそこに含まれている意味も。〝たぶんきみは庶子だったんじゃないかな、スザンナ〟「もしかしたら、父は戦争で死んだのかもしれないわね！」スザンナは怒ったように言った。

こんな言葉をこれほど期待をこめて言う人間がいるだろうか。キットはスザンナを横目で見た。

「スザンナ・スミス……スザンナ・スミス……」スザンナは口に出して言ってみた。「なかなかいいと思わない？　父は誰なのかしら？」

「父親の名字がスミスだったという可能性もある」キットはそっけなく言った。スザンナほどロマンティックでも楽観的でもないらしい。「偽名のように思えるがね。今度は死亡記録だ」

「いま生まれたのを確認できたばかりなのに！　もう少し喜びを味わわせてよ」

「それで夕食に間に合うように家に帰れるかい、スザンナ？　たぶん無理だろう。おばさんを心配させたくない。死亡記録だ」

二十分後、ゴリンジにはスミスという名の死亡記録はないことがわかった。すくなくとも、この教会の記録にはなかった。

スザンナはめまいがするほどの期待を抱いていた。彼女の名前は、人生のすべてを絵に描くための筆のようなものだった。「もし……まだ生きているとしたらどうなの？　ジェームズ・メークピースがわたしをさらって、両親は身代金を用意できずに……」

「その後メークピースはきみを手元におくことにした。彼はずっと贅沢好きな娘を欲しいと思っていて、きみの両親は娘の服を買う余裕がないから諦めたというわけか？」キットは言った。「一度にひとつずつやっていこう、ミス・メークピース。きみがここで生まれたことがわかった。どうやらきみの両親は結婚しておらず、死亡してもいないようだ。きみがぜひにと言うなら、墓地を調べてもいい。でも次の仕事に移るという手もある。町でアンナ・スミスを知っていたかもしれない人物を探すんだ。どこから始めればいいかはわかってる」

居酒屋は丸木作りで暗く、数百年分もの木と葉巻と料理のにおいがした。ふたりの男が粗《あら》づくりのチェス盤をおいたテーブルをはさんで向き合っている。チェスの駒は使いこまれて角がとれていた。男性でも女性でも入れる店のようだった。そこそこの食事ができそうだと、キットは踏んだ。今は昼間で、数人の男たちがそこここでソーセージとじゃがいもとエールの昼食を楽しんでいた。スザンナとキットが入っていくと、男たちは顔を上げてふたりを見つめた。悪意のある視線ではなかった。

キットはスザンナを連れてまっすぐにバーに向かった。「こんにちは」

「いらっしゃい、旦那」バーの主人が愛想よく言った。髪が薄くなった、筋張った体つきの男だった。「レスターだよ。何が欲しい？　うまい料理かね？　エールがお勧めだ。うちのは有名なんだ」

「世話になるよ、ミスター・レスター。ぼくはミスター・ホワイトだ。この女性を知らないかな。何年か前、一八〇二年ごろにゴリンジに住んでいたんだ。アンナ・スミスという名前だったと思う」

キットは細密画を差し出した。バーの主人は、まもなく何かを読むのに眼鏡が必要になりそうな様子で目をすがめて、細密画をじっと見た。「アンナ・スミス……アンナ・スミス……フランク！」主人が大声を出した。キットは顔をしかめ、スザンナは小さく飛び上がった。「耳が遠いんだよ」彼はふたりに言い訳をした。チェスをしていた男のひとりが、ゆっくりとこちらを向いた。

「アンナ・スミスという女を知ってたか？　一八〇二年ごろと言ったかね？」

「ときどき兄らしい男がたずねてきた女じゃないか？　あれはいい馬だった……覚えてないか、バントン？」

もう一方の男がチェス盤から顔を上げた。「ああ、いい馬だった！　このあたりじゃ、あれほどの馬は見たことはない。それにときどき、すごい馬車に乗ってきたな……」

「ああ、屋根の開いた……バルーシュとかいった？」

まったく男というものは。キットは自分も男だというのに、滑稽に思った。男の名前も女の名前も覚えていないのに、馬とバルーシュ型馬車のことを何十年も覚えているというのか。

「彼女の顔は覚えているよ……ああいう顔はなかなか忘れないもんだ……だが何度か会ったきりだったな。あまり人づきあいしなかった。ほかに知っていそうな人間はわからないな。町のはずれに住んでた。だがな、知り合いに誰がいたと思う？」彼は言葉を切ってスザンナを横目で見て、それから思わせぶりにキットを見た。キットはその意味を正確に理解した。女性の前では口にしづらいことだ。おもしろそうだ。キットはかすかにうなずいて、かまわないと合図した。

「デイジー・ジョーンズだよ」彼は小声で言った。

なんと。キットは驚いた。「あのデイジー・ジョーンズか？」

相手は勢いよくうなずいた。「名を上げる前に、ゴリンジに住んでいたんだ」

「デイジー・ジョーンズって誰なの？」スザンナは苛立ってたずねた。

男たちはスザンナを無視した。「最後に聞いたときは、ロンドンにいると言っていた」

「ああ、今でもロンドンにいるよ」キットは請け合った。男たちは意地の悪い男どうしの笑みを交わし、フランクはチェス盤に顔を戻した。

「デイジー・ジョーンズって誰なの？」スザンナはさらに苛立ち、もう一度訊いた。

キットはそれが聞こえなかったふりをした。「もしかして、キャロライン・オールストンという名前の女性のことは知らないかな？　二十年ほど前にいたんだが。黒髪で黒い目、美人で……」

「一度見たら忘れられないの」スザンナは彼の言葉をさえぎるように言った。「それを忘れちゃだめよ」

バーの主人はキットに同情するような顔をしてみせた。〝女というものは〟「知らないな。悪いね。フランク！」主人はまた怒鳴った。キットは顔をしかめた。

フランクがまた悠長に振り向いた。

「キャロライン・オールストンという女は知ってるか？」

「すごく美人なの」スザンナはフランクのために大声で言った。

フランクはしばらく考えていた。「知らないな」彼は言った。「ちょっと前にも別の男が同じ質問をしてきたぞ」

キットは答がわかっていたが、それでも質問を口にした。「その男……そいつの名前は覚えているかい？」

「名乗らなかったな。ハンサムな男だった。きれいな顔だった」

これを聞いて、別のテーブルにいた男たちが笑いだした。「きれいな顔だったってさ！」彼らはテーブルを叩いて口々に言った。

「ほんとうのことだろう」フランクは言い訳がましくつぶやいた。

ジョン・カーだと、キットは諦めとともに考えた。彼はロックウッドからゴリンジへと、手がかりを追って来たわけだ。

「ありがとう。助かったよ」キットはバーの主人に何枚か硬貨を差し出した。

主人はそれを断わった。「いらない、いらない。だが奥さんといっしょに昼食を食べるんなら、金をもらうがね」

奥さん！　その言葉があまりにもショックで、キットは困惑して金を戻そうとした。

スザンナは彼がうろたえているのが愉快で、微笑んだ。「お金をお渡ししなさいよ、あなた」

カタン、カタン。

ソーセージとジャガイモの載った皿と、エールの入った大ジョッキが、ふたりの前にそれぞれおかれた。スザンナは自分の皿を見つめ、様子をうかがうようにフォークでソーセージをつついた。スザンナはパブで食事をした経験がなかった。それを言うなら、ビールの大ジョッキを出されたこともない。スザンナは大ジョッキの中をのぞきこんだ。きれいだった。暗い金色に光り、淡い色の細かい泡が上に載っている。

キットはスザンナが料理をつつくのを見ていた。「それを口に入れるんだ」彼は説明をした。「まず、小さく切ることを勧めるね」その助言とは正反対に、自分はフォークでソーセージを刺し、端を噛み切った。

スザンナはぼんやりと、もう一度ソーセージをつついた。

「お腹が空いてないのかい、ミス・メークピース?」キットはソーセージを飲みこんでからたずねた。

「ただ……」理解できるまで、食べる気になれない。「デイジー・ジョーンズって、誰なのよ? 教えてちょうだい。その人が母を知っているなら……」それに、キャロって誰なの? だがスザンナは、まだこの質問を口にする勇気を持てなかった。

キットは勢いをつけるかのようにごくごくとエールを飲み、椅子の背に寄りかかってスザンナを見た。ひそかにおもしろがっているような顔をしている。ふたりとも黙っていると、背後でチェスの駒が盤から落とされる音が聞こえた。

「デイジー・ジョーンズね……」キットが頭の中で言葉を選んでいる音が聞こえるようだった。「……彼女は歌劇の踊り子だよ」必死に笑いを抑えている。

スザンナはキットをにらみつけた。「ちがうでしょう。もっと悪い人なんじゃない? わかるわ」

「もっといいとも言える。それは見る者が普通の男か……聖職者かによるね」キットは低く笑い始めた。

「笑いごとじゃないわ! もし母が踊り子の友だちなら……」スザンナは怪しい事実に気づいて言葉を切った。「あなたは踊り子の友だちなの?」

「歌劇の踊り子と友だちにならないほうがむずかしいんだよ。踊り子っていうのは、とても愛想がいいんでね」

スザンナは思わず笑いそうになった。だがそこで、彼が歌劇の踊り子と何をするのかと考えて……驚くようなふたつの感情が湧き上がった。

ほかの誰かが好き勝手に彼に触れられるということへの嫉妬。

そして、一瞬でもいいから、自分も歌劇の踊り子になって彼に好き勝手に触れてみたいという、常軌を逸した欲望。

とんでもない、スザンナは確信に近い思いを持った。母親は踊り子だったにちがいない。踊り子の娘でもなければ、こんな欲望は持たないはずだ。こんな〝欲望〟、こんなつむじ曲がりな衝動は、母親から引き継いだにちがいない。

「母が……踊り子だったらどうしよう?」スザンナは小声でつぶやいた。

キットは嚙むのをやめた。「ああ……気になるかい? まだお母さんのことを知りたいか?」

スザンナは考えた。「ええ。それは気になるわ、あたりまえでしょう。でも、やっぱり知りたいわ」

「いいだろう。食事をしろよ」キットはまた嚙み始めた。

スザンナはしばらく、食べている彼をうっとりと見ていた。彼は無造作に食べた。迷うことなく、実際的に、驚くほどの速さで食べたが、見苦しいところはまるでなかった。彼はこれが最後の食事でもあるかのように食べた。

「あなたはショックを受けるかしら?」スザンナはたずねた。

「きみがそれを食べたらかい? 受けるかもしれないな」

「もしわたしの母が歌劇の踊り子だったらよ」

「その逆だ。大喜びだよ」キットは目を上げて、スザンナの顔を見て笑った。「いいじゃないか、ミス・メークピース。ぼくがショックを受けることはめったにないんだ」

「〝奥さん〟という言葉ぐらいなのね」スザンナは辛辣に言った。

キットは口の動きを止めた。鮮やかな青い目で、テーブルの向こうからスザンナを見つめてきた。表情は読めなかったが、およそ温かいとはいえないものだった。何か……考えこんでいる。もっと言えば、スザンナをフォークで刺してやろうかどうか、考えているようだ。

あなたが悪いのよ！　スザンナは叫びたかった。キットはいつでもスザンナをつついたりかわしたりして刺激し、そのせいでスザンナはうっかり余計なことを口走ってしまう。

だがキットがそんなことを易々とやってのけるのだから、スザンナはよっぽどたくさん、余計なことを頭の中に蓄えているわけだ。

やはり、母親は歌劇の踊り子だったにちがいない。

「エールは飲むのか？」ようやくキットが口を開いた。

「少しね」スザンナはぼんやりと答えた。ジョッキを持ち上げ、ひと口飲んで、涙が出るほど激しく咳きこんだ。

スザンナは落ち着いたふりを装って手で涙を拭い、それから、今は微笑んでいる子爵のほうにジョッキを押しやった。ソーセージを半分に切り、片方を彼の皿に移した。キットはクリスマスが来たように嬉しそうな顔をし、なぜかスザンナも同じくらい嬉しくなった。

天気のいい日にかわいい娘と散歩をするなどというしごく普通のことを、キットはしばらくしていなかった。

「腕を組もう」キットはスザンナに言った。

「あら、閣下……」スザンナはからかうように言い始めた。

キットはいかめしい顔つきでスザンナをにらみ、それでスザンナは笑みを噛み殺して、手袋をした手を彼の腕にあずけた。多少滑稽な気もしたが、同時にキットはいい気分でもあった。すてきな娘とパブで昼食をとり、その後そぞろ歩く……それを正しいことと感じ、おかしなくらいに平和な気分になっていた。通りのはずれは混雑し始めていた。夏の定期市が開かれており、リボンやお菓子やゲームの売店が丸石敷きの道沿いにならび、陽気な客たちが見て歩いていた。時間さえあれば、キットもゆっくりと店を冷やかして歩きたいところだった。これといった目的もなくどこかを歩くというのは何年もしていないことだった。そうしたいと思ったことさえなかった。

ちょうど馬車が見えてきたとき、キットはその男が近づいてくるのに気づいた。頭を下げ、ほかの人々と変わらないなにげない様子で、どこの売店を見ようかと決めかねているのか、当てもなく顔をめぐらしながら歩いてくる。

キットとスザンナの近くに来ると、男は帽子の下から見上げ、手をコートの中に入れた。

キットにとって、世界はその男の手の中で光っているものだけに狭まった。ナイフが突き出される前に、キットは体をひねってスザンナの正面に出た。刃を止めようとして腕を振り上げ、前腕から上腕にかけてコートごしに刺されるのを感じ、思い切り足を蹴り上げて男の膝を捕らえた。だが男は地面に倒れながらふたたびナイフを振るい、キットもそれをかわすために倒れて横に転がった。

キットが目を離した瞬間、男は群集に紛れこんだ。すばやく巧みに人をよけ、あわてて駆けだしたりはせず、周囲の注意を必要以上に引くこともなかった。言い換えれば、男はこの手のことに慣れている。専門家だ。

キットはすぐに立ち上がってスザンナに手をのばし、彼女の両腕をつかんで、その柔らかな体を、鼓動があばら骨に響くくらいきつく胸に抱きしめた。スザンナは顔面蒼白になっていたが、しっかりしていた。しだいに頬に赤みが戻った。

「大丈夫かい？」キットは小声でたずねた。

彼のほうは大丈夫ではなかった。すでに腕が猛烈に痛み始めていた。よりによって、同じほうの腕だ。重症ではないとわかっていた。コートのおかげで攻撃の勢いがそがれた。それでも手当ては必要だろう。

定期市に向かうふたり連れが、心配そうにキットたちを見た。「彼がちょっと飲みすぎたの」スザンナは女性に言い、女性のほうは同情するような顔をして、慎み深く顔をそむけた。

「血が出ているじゃない」スザンナは、かすかに咎めるような声でキットに言った。

「ただの……」

「血が出ているわ」スザンナは今度は怒ったように言った。今にも泣きだしそうだった。「居酒屋に戻るのよ。そこで腕の様子を見ましょう」

キットはかすかに笑った。「わかりました、閣下」

「軽口なんかたたかないで。なんでもかんでも、冗談にするのね。殺されるところだったのよ。それも、わたしのせいででしょう？　もうわかったわ。わたしのせいよ」

スザンナの声はしだいに弱々しくなった。また泣いたりするところを彼に見られたくなくて、背筋をのばした。彼から離れようとした。彼はスザンナから手を離した。

「そうだ」キットは落ち着いた声で言った。「たぶんそうなんだと思う」

「あなたが殺されるところだった」スザンナは低い声でまた言った。両手を上げた。一瞬、キットはスザンナが彼の顔をさわるつもりなのかと考えた。彼が身構えたのを感じ取り、スザンナは手を下ろして拳に握り、頭を垂れて、ゆっくりと息を吸いこんで気持ちを落ち着けた。彼はその様子をじっと見ていた。

「助けてくれてありがとう」スザンナは威厳を感じさせる口調で言った。

キットは思わず微笑んだ。腕が焼けるように痛いせいで、いつもよりもむずかしいことだったが。「どういたしまして、ミス・メークピース。あるいは、きみが誰であろうとね。いつだって、きみのことなら喜んで助ける。今日はずいぶんいろんなことのある日だな」

スザンナはうっすらと笑った。「あなたは博物学者じゃないわね」

「そんなことはない」キットは驚いて否定した。

「ほかにも肩書きがあるでしょう」

「昔、軍隊にいた」彼は認めた。

「それだけじゃないわ」

彼はこれまで、スザンナにまったくの嘘を言ってはいなかった。仕事という名目のもと、うまい嘘をいくらでもつけたのだが、なぜか彼女にたいして直《じか》に嘘をつかないことが重要に思えた。

「そうだね」彼は認めた。

スザンナはキットを見上げ、おそらく彼の話せる限度を察したのか、それ以上は何も言わなかった。もう、すっかり落ち着いた様子だった。

もしかしたらスザンナは、ちょっと危険に慣れすぎてきたかもしれない。

そう考えると、キットはひどい怒りを覚え、息が苦しくなった。

「今までのこと全部。馬車……クサリヘビ……馬……。どうしてわたしを殺したい人がいるの？」畏れるような口調で、スザンナは言った。

キットはまた微笑みそうになった。実際にはしなかった。怒りと痛みを強烈に感じていては、微笑むのはむずかしい。

「ぼくも同じことを考えていた。誰かに命を狙われるだなんて、きみはものすごく重要な人物にちがいない」キットは冗談を言ってみたつもりだった。

「言うまでもないことだわ」スザンナは軽く返した。

もちろん、スザンナはほんの少し口元をゆるめていた。

キットはスザンナを見下ろし、胸の奥がぴくんと跳ねるのを感じた。自分にもそんな心があったのを思い出し、居心地が悪かった。たった今ナイフを振りまわす暴漢とともに地面に転がったばかりだという事実とは無関係に息苦しくなり、キットはスザンナがまだ温かく、息をしていて、彼を見上げて笑っているという事実に、めまいがするほどの喜びを覚えた。

いや、めまいは出血したせいだろう。

パズルの破片が目の前にあるのに、キットはそれを組み立てられずにいた。今この一件をそっとしておくよりは、調査をやめることのほうが危険なように思えた。

いずれにしても、父親やエジプトのことなどどうでもいい。何者かがスザンナ・メークピースにナイフを突き立てようとした。そして十七年前のリチャード・ロックウッドについては言うにおよばず、ジェームズ・メークピースもまた何者かに同じようにやられたのは、けっして偶然ではないはずだった。

「きみを殺そうとしているのが誰なのかはわからない、スザンナ。でもそれを見つけ出したら、ぜったいにそんなことを企てたのを後悔させてやる。かならず見つけ出すよ」


「早いお帰りだね、ミスター・ホワイト」

キットよりも先に、スザンナが口を開いた。「一時間ほど部屋を貸してもらいたいの、それから鉢にお水をいただけるかしら」

その場を仕切ることで、スザンナは自分の無力さや、この州に足を踏み入れて以来ずっと誰かに命を狙われていること、さらにはここ数日にわたってキットに命を救ってもらい続けていたことなどをあまり意識せずにいられた。

「一時間ほど、かね?」バーの主人はキットに言ってウィンクをし、キットのほうは切れた袖をしっかりと押さえたまま、明るく微笑んでウィンクを返した。スザンナはバーの主人がふたりが何をするつもりかと勘ぐっているのを察して頬が熱くなったが、それでも背筋をのばしたまま部屋に案内された。主人は水の入った鉢をおき、またウィンクをして戻っていった。

キットは何も気にせずにさっさとコートとシャツを脱ぎ、首をひねって腕を見た。

スザンナはすっかり服を脱いだ彼を見たことがあったが、それは充分な距離をおいてのことだった。数メートルの距離で見ると、彼の美しさは目を瞠《みは》るほどだった。余計な肉はいっさいついていない。背中や胸や腕に硬い筋肉が浮き上がり、全身の肌はなめらかで淡い金色に輝いている。近くからだと、ほかの傷も見えた。肩甲骨のあたりには、端が少しひきつれている白くて長い傷跡があった。背中の腰に近い位置には、よそよりも皮膚が分厚くて白くなった丸い傷跡。これらは戦争で負った傷にちがいない。胸にある青痣は、馬の下敷きになったときのもの。そして痛々しい赤い傷が、前腕から上腕にかけてできていた。

コートとシャツを通して肌まで傷つけるとは、さぞかし鋭いナイフだったにちがいない。スザンナのことは、どれほど簡単に刺し貫いたことだろう。

キットは動きが敏捷で、苛立たしいほど口が達者で、怖いほどの技を持っているが、痛々しい赤い傷は彼もまたひとりの無力な人間であることを示していた。キットは身を呈してスザンナをかばい、彼女に向けられたナイフを引き受けたが、けっきょく彼の血管には誰のものとも同じ血液が流れていて、たやすく流れた。

そう、たやすくと言っていいだろう。だがスザンナはキットが体を回転させ、蹴り、ナイフを避《よ》けるのを見た。あんなことをするダグラスなど、想像もできなかった。もしほんとうの博物学者と散策していたら、まちがいなく今ごろ彼女は死んでいただろう。

キットは驚いた顔で目を上げ、たった今スザンナがいたことを思い出したかのようにはにかんだ。「血だ」キットは警告するように、そして謝罪するように言った。「すまない。考えてなかった。こんなふうに……」

「あなたの血だわ」スザンナは言った。詰まったような喉から、しぼり出された言葉だった。

キットはじっとスザンナを見つめた。彼女が気を失うのではないかと心配しているように、眉間に小さな皺を寄せて。キットは水の入った鉢に手をのばし、シャツの縁を口にくわえた。

「そういえば」彼は言い、シャツを裂いて包帯のようにした。「裸のぼくは見慣れているんだったね、ミス・メークピース？」

意地悪な男だ。

「一度見たからといって、慣れたりしないわ」ずいぶん控えめな主張だった。

キットは口を開き、いかにも彼らしい何かを言おうとしたようだったが、ふとそれをやめてスザンナを見た。その目は急に用心深くなっている。彼が口をつぐんだことで、スザンナはこの部屋の中にいるのはふたりだけで、しかも彼のほうはシャツを脱いでおり、彼もまた同じことに気づいたという事実を、強烈に意識した。

「こっちによこして」スザンナは軽い口調を心がけて言った。「わたしがやるわ。あなたよりも傷がよく見えるもの」

キットはスザンナが感じているのと同じくらい不安げだった。「血だぞ」彼は小声で警告した。

「この前は、この手を馬の中につっこんだのよ」スザンナは手を上げてみせた。

その比較に、キットは目を輝かせた。「ぼくのほうが相手としてはいいかな」

「いくらかね。すくなくとも、扱うのはあなたの腕だしね」

彼は愉快そうに笑い声を立て、ベッドに腰かけた。スザンナが近寄ると、さまざまなにおいが彼女を包んだ。髭剃り用クリーム、エール、そしてもっと馥郁《ふくいく》たる、彼自身のにおい。それはアヘンにも匹敵するような影響を、彼女の思考におよぼした。

集中しなくてはいけない。スザンナはキットが切り裂いた布切れの一枚を手に取った。布を水に浸す音と水滴が落ちる音以外、室内は静まり返った。鉢の中はキットの血でピンク色に染まった。キットは小さな子どものようにおとなしく、目の前の白い壁を見ており、身じろぎもしなかった。彼の背中にあるほかの傷に比べたら、なんでもない痛みなのかもしれない。

スザンナはキットの傷を拭いていったが、しだいに布を水に浸すリズムがゆっくりになった。彼のやることすべて、まばたきや呼吸まであらゆることが、彼がすると、別の人間よりも特別に見えるのはなぜなのだろう。

一分以上も、スザンナはすっかり手を止めていたかもしれない。傷口を拭きもせずに立ち尽くし、彼の平らなお腹から荒い息とともに上下するあばら骨のあたりまで、シダのように続く明るい産毛を見つめていた。

キットが顔をこちらにまわし、ゆっくり、ゆっくりとスザンナを見上げた。

これは……欲望だった。その日早くに別の男性から受けたお上品なキスとはちがい、こちらは彼女の感覚を圧倒した。こんなに近くにいるのに彼のなめらかな肩の曲線を味わわず、あばら骨のあたりから始まってズボンの中に消えている産毛を指でなぞらないのは、まったく不条理なことだと思わせるものだった。ふたりは熱をはらんだ静寂の中に閉じこめられていた。思考などは無意味で、言葉にできないほどばかげたもののように見えた。

たった今のスザンナにとっては、キットが数えきれないほどの女性と関係を持ってきたとしてもどうでもよかった。快楽を得るための肉体に過ぎないと見られてもかまわなかった。彼がここに来たのはスザンナのためなのか、キャロライン・オールストンのためなのかなど、気にもならなかった。スザンナはキットを、燃え立つほどの激しさで求めていた。ある意味では、それだけが彼女が彼に与えられるものなのだから。

キットの目が、スザンナの目を読んでいた。不安定な深呼吸とともに、彼の胸が上下した。

どうしたらいいのかわからない。

「ありがとう」彼は低い声で言った。そして彼女から顔をそむけた。立ち上がった。「これを包帯の代わりにしてくれ」彼はシャツの切れ端を指し示した。「きっちり巻いてくれよ。でもきつすぎても困る。血がまわらなくなって、腕が落ちてしまうかもしれない。そうしたら、さぞかし不便なことになるだろう」

おなじみの軽口が戻ってきた。一瞬前の出来事は、何もなかったかのようだった。彼はとんでもなく紳士だったというわけだ。狂おしいほどの欲望はしだいに冷めて、スザンナは恥ずかしさと虚しさで胃のあたりが締めつけられた。のちには彼に感謝するかもしれないが、今はただ恥ずかしいだけだった。淫らな思いをいだいたせいではない。みずから図々しく彼に機会を提供し、彼は望んでいながら応じないことを選んだせいだった。

スザンナは指示されたとおりに傷をおおったが、両手は少し震えていた。「これなら腕は落ちないでしょう」スザンナは明るい声で、取りつくろうようにして言った。

「家に帰ったら、オトギリソウの軟膏をつけるよ」キットは言った。「熱を冷ましてくれる」

別の種類の熱を冷ますには、何が効くのだろう?

「今度ナイフを振りかざした暴漢に声をかけられたときのために、覚えておくわ」

「言い過ぎだ」キットは冷たく言った。

スザンナは彼に頰を叩かれたかのように体をこわばらせた。

キットは怒ったような仕草でシャツの残りを身につけ、コートを羽織った。「急いで帰ったほうがいい」


馬車で家に戻ったのは、夕方になってからだった。ふたりは出発したときよりも多くのことを知り、静かになっていた。キットは御者も従僕たちも彼同様に武器をたずさえていると言い、今はこれ以上ないくらい安全だと請け合った。

「今日のことを……フランシスおばさんには話すべきかしら?」

キットは気遣わしげにスザンナを見た。「きみはどうしたい?」

スザンナは考えこんだ。「よけいな心配をかけたり、不安にさせたくないわ。あなたのところでの仕事は続けたいし」

キットはうなずいた。スザンナが何を言っても、それでいいようだった。

それから馬車の薄暗い室内に居心地の悪い沈黙が落ち、スザンナは頭がぼんやりとして、眠気を感じた。

「十七歳のとき、キャロライン・オールストンのために決闘をした」

スザンナの眠気が吹き飛ばされた。キットの気持ちを推し量るかのように、じっと彼を見た。

「相手は親友だった」彼は言い足した。その声は張り詰めて、頭の中で何度か練習したかのような言いまわしだった。ゆがんだ羞恥心が聞き取れた。

「相手を殺したの？」

キットはうっすらと笑った。「いや、今でも生きてる。それに、今でも親友だ」

「それなのにキャロラインはどうなったのかわからないの？」

「ああ。彼女は決闘の翌日に消えた」

「彼女がゴリンジにいたかもしれないと思う理由があるのね？」

「そうだ」

自分のことを語るとなると、キットはひどく言葉が少なくなる。

「彼女のことを愛していたの？」スザンナは恐る恐るたずねた。

「ああ、そうだな、愛していると思っていた。だが、しょせんは十七歳だったんでね」

キットは軽く答えた。まるで十七歳では愛はありえないというかのように。

スザンナは彼をからかう言葉を思いついた。〝へえ、それがあなたが起こした悪い事件というわけ？〟だがなぜか、口をつぐんだ。

キットはいつもの気取った笑みを見せた。そのとき、スザンナはその笑顔の元が少し理解できたような気がした。たしかに彼は秘密を暴くのがうまい。でも彼は同じくらい巧みに、自分自身の秘密を隠している。彼の心はスザンナと同様に壊れやすい。実際、過去に打ち砕かれている。

スザンナは微笑み返し、頭を軽く振って、それ以上訊こうとはしなかった。その先をいつか聞くには、今はこうするしかないと思った。

その後まもなく、スザンナは寝入った。

キットは複雑な思いで、眠っているスザンナを見た。彼の感情にはいくつもの層や面があり、彼がひとつの面に意識を集中すると、別の面が光って気を散らすのだった。キットは自分が意外にもロマンティストなのかもしれないと思い、苛立ち、また愉快にも思った。それは非常に厄介で、諜報員の心の中に潜んでいるとは思いもよらないものだった。

今日……彼女の背中に手をまわし、裸の胸に引き寄せ、彼女の柔らかな唇に触れるのは、どんなにたやすかっただろう。事実、彼はもう少しで、彼女と唇を合わせたいという欲望に負けそうになった。彼女のなめらかな喉元が脈打っているのを見た瞬間、そこに口を押しつけたいという衝動が……もちろん、唇を味わったのちにだが……そして次には……。

自然誌の仕事など、腹立たしい。父親はもっと腹立たしい。苦労して口説き落とした伯爵夫人と一カ月も会えないなんて、血気盛んな男にはつらすぎる。

スザンナは美しくて、優しい魅力的な女性だ。自分の情熱や力に気づき始めたばかりで、その様子を目の当たりにするのはすばらしいことだった。だが今日、彼はスザンナの目に浮かんだ情熱の責任が自分にあることを見て取り、少しばかり後悔した。バーンステーブルのような町ではそんな情熱を満足させる人間も物も見つからないだろうから、かえって彼女のためにならないのではないか？　彼女とつかのまを楽しむのはすばらしいだろう。そうできれば何よりだ。だがそんなわがままを少しでも通したら、彼女を傷つけるだけだ。彼女はまったく無垢なのだから。そしてすでに、痛みを知りすぎている。

ゲームの楽しみ方を知っている伯爵夫人と遊んでいるのがいい。自然誌の仕事のあいだ、上品な紳士たる距離を保っておくのがいい。何者かが彼女を殺そうとしている理由を突き止めるのに全力を尽くし、その後はロンドンでの暮らしを再開しよう。

それでも、キットがしばらく前からぜひ知りたいと思っていることがあり、今はまたとない好機だった。キットは人目をはばかるようにそろそろと身を乗り出して、指先でスザンナの頬に触れた。

そしてすぐに後悔した。スザンナの頬は、夢見たとおりにとても柔らかかった。

13

キットが帰ると、父親からの手紙が待っていた。彼の今の気分で、しかもオトギリソウの軟膏を塗ったのに腕の痛みが引かないとなると、手紙の言葉はすべてが皮肉に読めた。

親愛なるクリストファー
バーンステーブルでの生活を楽しんでいることと思う。ぜひともおまえの成果を見てみたい。すぐさま記録と絵の一部を送ってくれるかね。
心をこめて、
おまえの父親
ウェストフォール伯爵

追伸。おまえのために、次のエジプト行きの船を予約した。来月の初めに出航する。

ちくしょう！　スザンナ・メークピースが何者かに狙われているせいで、絵といったらハタネズミと何種類かのシダ、それに木が数種類あるだけだ。ああ、もちろん、桟橋に立つ裸の彼のすばらしい絵もあった。バーンステーブルの植物相や動物相の、ほんの一部でもとらえているとはいえない。父親が彼のことをよく把握しているのには、笑っていいものかどうかわからなかった。まったく信用されていないのには腹が立ったが、残念ながら、信じてもらえなくて当然ともいえた。なにしろ今日は丸一日、他人のためでもあり自分のためでもある目的で、死んだ諜報員の娘とともにゴリンジに行っていたのだから。しかも偶然にも、それはモーリーに関わることでもあった。

父親が彼を把握していることを示す、あらたな証拠。そして今、何者かがスザンナをナイフで襲ったことではっきりしたとおり、何か悪いことが進行中なのだが、それを父親に話すわけにはいかなかった。

父親に言いつけられた仕事を自分ひとりで完遂することはできない。彼自身の、まあ、まあな出来の絵を提出するのは、自尊心が許さない。それに……ぜひこれを成功させたい理由もあった。スザンナの絵が世に知られるようになれば、彼女はバーンステーブルを出られるかもしれないのだ。

　スザンナのような女性は、おもしろい人生を送ってしかるべきだ。

　そしてキットにできるせめてものことは、彼女をおもしろい人生を送れるくらいに長く生かしておくことだった。

　スザンナは馬車にスケッチブックを忘れていった。キットはページをめくったが、気安く見てはいけないような気がした。なんの苦労もしていないような優美な線で正確に描かれた絵に、いまだに彼は畏怖を覚えた。知人が杖を振って魔法を実現するのを見たせいで、もはや何にも畏怖を覚えなくなってしまったような気分だった。スザンナの絵は、彼女がそれを自覚するずっと前から、勇敢で情熱的だった。見方を知ってさえいれば、彼女を知る手がかりを絵の中に見て取ることができた。

　これまでに見たことのなかった絵を発見して、キットは手を止めた。

　ぼくだと、キットは驚いて考えた。

　彼はとても整った顔立ちではなかったので、その絵もとても整った顔立ちではなく、彼の自尊心が少し疼いた。だがスザンナは彼の顎のしっかりとした曲線や、機知や厳しさとともに弱さを秘めた視線などを、うまくとらえていた。口元には詩趣が感じられた。

　これはいつ描いたものだろう？　もっと大きな疑問があった。彼女はどうやって……

　こんな彼を見たのか？　裸のところを描かれるよりも落ち着かない気分だった。描かれているのは彼だが、同じくらい如実にスザンナのことも表わしている。

彼は、自分にたいする彼女の見方が気に入った。

夕日が空を赤の濃淡に染め、一時間もすれば真っ暗になるだろう。キットはフランシス・ペリマンとふたりだけで家にいるスザンナのことを思い、枝と切れた鞍帯と、人ごみの中でナイフを手にして巧みに襲いかかってきた得体の知れない男のことを考えた。

キットは毛布とブランデーの瓶、手提げランプ、マッチの箱、装塡した拳銃と弾薬を用意した。用心するに越したことはないので、マスケット銃も装塡した。すぐに階下に下りた。

「たった今お帰りになったのに、ご主人さま」ブルトンは困惑していた。「またお出かけですか? パーティーにでも……」ブルトンはキットの荷物と服装を見て、言葉を切った。「何かお食べになりますか?」彼は諦めてたずねた。

「キッチンに寄って食べ物を持っていくよ、ブルトン。今夜は……外で仕事がある」

ブルトンが一歩脇に退き、キットはキッチンに行ってパンとチーズとコールド・チキンを包んだ。自分で瓶に水を入れた。

彼は玄関から出て小道を歩いていった。小さな野営地をどこに張ればいいかは、ちゃんとわかっていた。家の中にいる人間からはけっして見えず、こちらからはよく見通せる場所。腕の痛みで起きていられるだろう。ブランデーを飲んでいれば、ある程度腕を動かせるはずだ。

だが誰も彼女には近づけない。

もし近づこうとしたら、その人間は後悔することになる。


彼はコオロギの鳴き声や鹿が下生えを踏む音、朝一番の鳥のさえずりを聞きながら待った。空が朝焼けに染まるころ、疲れた体で池に行ってひと泳ぎし、瓶の水で口をすすいだ。眼球をくりぬかれ、代わりにマスケット銃の弾丸を入れられたような気分だった。ざらざらする顔を手ではたいた。髭を剃るのはもう少しあとだ。

スザンナがバスケットを腕にぶらさげ、淡い縞柄のモスリンの服を爽やかに着て現われたとき、彼はミセス・ペリマンの門の横で、疲れてはいるが奇妙に満足した気分で立っていた。スザンナの姿を見て元気が出た。急に、彼女がロンドン訛りの作業員を花瓶で脅して服を守ってよかったと思った。

スザンナは彼の姿を見て足を止めた。「ゆうべずいぶん放蕩したみたいな有様ね」スザンナは軽い口調で言った。「目に隈《くま》ができているし……」彼女の声が消え入った。ひどく心配そうな目つきになった。

「放蕩者がどんな有様か、詳しいのかい、ミス・メークピース?」この質問は、キットの思惑どおりにスザンナを困惑させ、心配そうな表情を吹き消した。「腕はまだついている。でも今日どうなるかわからない。なにしろ運命が、この腕を切り離したがっているみたいだからな。今日の仕事を始められるかい？」

「あなたは大丈夫なの？」

「しかたがないさ」彼はいかめしく言った。「務めというものがある。きみのスケッチブックを持ってきたよ」

「ああ」スザンナは気まずそうな顔をした。「忘れるつもりはなかったの」

絵のことでスザンナをからかってもよかったのだが、キットはそうする気になれなかった。それがキャロラインの話をするのと同じくらいに親密な行為に思えて、恥ずかしかった。

それでキットは肩をすくめただけで、スザンナにスケッチブックを渡した。

「今日は馬に乗るの、歩くの？」スザンナはたずねた。

「歩く。今日こそヘリボーを記録したいと思っている」

「拳銃は持ってるの？」スザンナはきまじめな声でたずねた。

「持たずには、どこにも行かないさ」キットのほうも、少しも冗談を言っているつもりはなかった。

「それなら、いいわ。行きましょうか？」スザンナは肩をそびやかした。縞模様の服で身を固めた兵士だ。

キットはおしゃべりをする気分ではなかった。頭がまわらないわけではなかったが、疲れていたし、うまく言葉をつむぎだせるかどうか自信がなかった。スザンナのほうも静かだった。

だが彼女が何かを企んでいるのを、キットは察していた。

「ロンドンに連れていってくれる?」

ああ。そら来た。

「きみは慎重な人間ではないのかな、ミス・メークピース?」

「ちがうわ、でもあなたはそうよね」

「遅くなったが社交の季節を始めたいのかい?」キットは肩ごしに言い、スザンナの顔に陰がよぎるのを見た。キットはひそかに悪態をついた。ハタネズミやクサリヘビが〈オールマックス〉の埋め合わせになるとは思えない。

「ミス・デイジー・ジョーンズに会ってみたいの」スザンナは言った。

それならば、キットだって会いたかった。スザンナをロンドンに連れていきたい。デイジー・ジョーンズと会い、スザンナ・メークピースの人生に隠された謎を暴き……何者かが彼女の命を狙う理由を突き止めたかった。

だがもちろん、もしロンドンに行って父親に見つかったら、彼はロンドンに長くはいられなくなる。エジプトか、伯爵夫人も紳士のクラブもない人里離れた場所に向かう船の甲板から、ロンドンに手を振ることになるだろう。

「考えてみよう」キットはぶっきらぼうに言い、歩き続けた。オークの木を通り過ぎ、池の向こう、降りそそぐ強い日差しを木々が遮蔽してくれる森の奥へと進んだ。キットはろくに物を考えられなくなっていた。木がまばらになった場所に苔がむし、ヘリボーが見つかった。まったく、こんなにいろいろなことがあったのに、いまだにキットはヘリボーを記録しようとしていた。

そのとき小さな悲鳴が聞こえて、キットはあわてて振り向いた。スザンナが両手を振りまわしてよろめいていた。キットが支えてやる前に、どしんと尻餅をついた。

キットは心臓が口から飛び出しそうな気分で、スザンナの横に膝をついた。「おいおい。怪我はないか?」

スザンナはキットを見上げて笑った。「大丈夫よ……石につまずいたの。わたしはガラス細工じゃないのよ。不器用なだけ」

キットは笑わなかった。「すまない、ここ数日の出来事のせいで悲鳴に敏感になってるんだよ、ミス・メークピース」キットは手を差し出した。

スザンナは彼の手を無視して、肘を張って起き上がり、頭上に空があるのに驚いたように、顔をあお向けた。ピンで止めた髪が少し落ちていた。スカートの裾がずれあがり、柔らかな曲線を描いてほっそりとした踵へと続くふくらはぎが見えている。淡い色のストッキングにおおわれて。妖婦、スザンナ。

「あの雲が見える?」スザンナは顎で空のほうを指し示しながら、だしぬけに言った。

「ああ?」キットはスザンナの横にうずくまり、彼女が起きる気になったら手を貸そうと体勢を整えて、スザンナの見ている方向に目を上げた。

「一角獣みたいだわ」

キットはそれを見た。白い、螺旋《らせん》を描く平らな雲が角だろうか。少し離れたところの小さな雲が尾かもしれない。

「そうだね」

スザンナは頭を下げ、皮肉っぽい目でキットを見た。彼が調子を合わせてくれているとわかっていた。

次にキットがしたことは、まったく無邪気なうっかりした行為だった。その場の愉快な雰囲気のせいか、それとも純粋に足の曲線に刺激されたのか。キットは手をのばして、スザンナの踵からふくらはぎへと、そっと指を走らせた。

膝の裏まで達したとき、彼は指を止めた。そこに自分の指があるのを見て驚いた。

無言のまま、必死に言い訳を考えた。ストッキングに虫が張っていたよ、スザンナ。怪我していないかどうか調べたんだ、スザンナ。それとも……。

「やめないで」スザンナの声だった。かすれて、どこか上の空だ。

その言葉はキットの心を激しく揺さぶった。彼は一瞬目を閉じた。目を開けたとき、その場の空気はすっかり変わっていた。濃密にゆっくりと流れる時間がふたりを取り巻いていた。

彼はそろそろと頭を下げた。スザンナが挑戦するように彼を見ていた。キット自身と同じくらいに熱く、何よりも甘い切望。彼女はこれを求めており、あるいは求めていると思っており、ふたたび拒否されるのを恐れている。

だがスザンナがほんとうに自分の求めているものを理解しているのかどうか、キットにはわからなかった。

彼のほうは自分が求めているものが、わかりすぎるくらいわかっていた。

こんな差し迫った瞬間なのに、そよ風がおかまいなしに彼女の髪を乱し、ひと筋の髪を額に落とした。

少しだけだと、頭の中の声がキットを促した。少しだけなら、情熱を見せてもいいだろう。優しく巧みに、その片鱗《へんりん》を味わわせてやろう。これからスザンナがどんなふうになり、どんな男が彼女を我が物とするのかは、誰にもわからない。キットは彼女に歓びを与えられる自信があるし、彼女はそれを受けて当然だ。

理屈と欲望をうまく混ぜ合わせると、スザンナ・メークピースのスカートの中に手を忍びこませるという行為も上品になりうることに、キットは滑稽さと、ほんの少しの警戒を抱いた。

そこで彼は続けた。キットはできるだけゆっくりとスザンナのふくらはぎの曲線を指でなぞり、ストッキングを通して肌の温もりを感じ、スザンナの抑えた息づかいを聞き、彼女の興奮が伝わってくるのを感じた。ガーターに手が届いた。スザンナ・メークピースにしては驚くほど簡素なもので、花飾りなどはなく、ただのリボン結びだった。キットはそのリボンを何度か指でもてあそび、わざと素肌に触れる瞬間を先延ばしにして、たがいをじらした。

スザンナは瞼を震わせて目を閉じた。

「だめだ」キットは小声で命じた。「目を開けていろ」

スザンナは言われたとおりにした。期待に息が乱れ、唇がかすかに開いた。ゆっくり、ゆっくりとキットは手を広げ、手のひらをストッキングの上、ガーターのすぐ下の、彼女の太股に押しつけた。手をその場においたまま、今ならふたりのうちのどちらも引き返せると考え、ゆがんだ微笑みを浮かべてスザンナを見た。この幕間の時間を仕切っているのは自分だ、これを始まりにするか終わりにするかを決めるのは自分だと、無言のうちにスザンナに主張した。

やがてキットは手を上に滑らせて、スザンナの太股をなでた。彼の顔から笑みが消えた。

　無防備な、肌理の細かいスザンナの肌……キットはたやすく敗北した。

　そのとき彼は自分がまちがっていたこと、何日も自分をだましてきたことを悟った。この瞬間を……彼自身を仕切っているのはスザンナのほうだった。

　キットはスザンナの横に身を横たえた。スザンナは空気が蜂蜜ほども濃密になったかのようにゆっくりと手を上げ、まるで永遠の恋人のような仕草で彼の頭を受け止めた。

　永遠。キットは気がつくと、一瞬一瞬を引きのばし、スザンナとの記憶を鮮明にしておきたいと考えていた。いま彼女の肌に触れている……いま彼女の口にキスをしている……キットの唇がスザンナの唇に触れ、一度、二度、彼女の柔らかい唇をおおい、彼女がキスについてどれほどのことを知っているのかを探った。スザンナは本能が促すままに彼に応え、唇を彼の口元に押しつけた。キットの欲望は手足が震えるほど高まった。

「スザンナ」かすれたささやき声。スザンナは彼と唇を寄せ合ったまま熱い息をもらし、もう一方の手で彼の顔に触れた。その手に、キットはスザンナの性急な高まりを感じた。キットはもう少しキスを続け、気遣いながらも深く味わい、そこで終わりにしようと思っていたのだが、そうはいかないことに気づいた。欲望はもはや手に負えなくなっていた。スザンナを味わうことだけが、彼の欲望をおさめられる。彼は舌をさかんに動かして、スザンナの唇を開かせた。彼女の舌を探し、それを見つけ出し、喉の奥を低く鳴らしながら、彼女の口の中の甘さを味わった。スザンナは誘うように舌を動かし、キットの舌とからめた。ああ、これは……。

「好き?」スザンナはささやいた。

「すごくね」キットは小声で答えた。

スザンナは顔を離すことなく微笑んだ。

「笑ってはいけない」キットはつぶやいた。「キスだけだよ」

ふたりは最初、ものうげに唇を動かし、つまんだり、舌を深く入れては引いたりしていた。だがやがて動きが性急になった。キットはスザンナの上に乗りかかってさらに深いキスをし、彼女の唇の輪郭をなぞり、歯をぶつけあったが、それでもまだ足りなかった。体が浮き上がるような興奮。キットは自分の下の地面も、上の空気も感じられず、唇を合わせている女性の甘さしか意識していなかった。驚くべきことだった。これほど我を忘れたことはなかった。自分が痛いほど興奮しているのを感じながら、腰をスザンナに押しつけた。

「きれいだ」キットはささやき、唇をスザンナの口元から首筋へ移し、喉元に舌を這わせた。スザンナの息づかいが荒くなり、胸が上下する。薄い服地の下に、胸の先が影になってうかがえた。「きれいだ」キットはまたつぶやき、スザンナの胸の香りを吸いこんだ。布地の上から、彼女の胸の先に口をつけた。スザンナは息をのみ、胸をそらせた。

キットは指をひろげて、スザンナの内腿の柔らかい肌をなでた。

最初、スザンナは身をこわばらせていた。腿の筋肉が不安げに震えていた。だがやがて、両足が彼のために少し開いた。

「ストッキングをはくのに、下穿きはつけないのか?」キットは息を切らしながらからかうように言った。スザンナの襟元を歯でくわえるようにしてゆるめ、胸を露わにした。手はさらに腿の上へと進み、やがて両足のあいだの濡れた柔らかな巻き毛の上に落ち着いた。

「暑くて……下穿きはいらないでしょう……でも……ガーターは好きなの……」スザンナはあえぎながら言い、キットは小さく笑ってから彼女の胸の先を口に含んだ。皺の寄ったビロードのような感触で、彼女の唇と同じく、非常に淡い繊細なピンク色をしている。キットの手のひらに隠れそうな胸だった。キットは別のほうの胸を、手のひらでおおった。

「キット」スザンナはかすれた声で言った。「ああ」

「いつもと同じぼくだよ」キットはささやいた。スザンナが何かつぶやいた。苦しげな笑い声だったのか、〝ひどい人〟とでも言ったのか。キットがふたたび胸の先を口に含み、舌先で縁を描くと、急にスザンナは体の動きを止めた。「ああ」低いため息とともに言い、胸を彼のほうにそらし、指で彼の髪をつかんだ。彼は耐えられないかと思うほど高揚した。

だが耐えなければならない。今日は彼女のため、そしてこんな機会は、今日だけなのだ。

キットは腰をスザンナに押しつけた。興奮がスザンナにも直接伝わった。キットの指先がスザンナの足のあいだの巻き毛に触れ、その奥を探った。キットはスザンナと唇を合わせた。指を中に入れながら、彼女の顔を見ていたかった。

指を入れると、スザンナは全身をこわばらせた。鋭く息をのんだ。

キットは手を止めた。「いやか?」低い声でたずねた。

「いいえ」スザンナはささやき、彼の顔に触れた。

キットはキスをし、また指を動かした。少しずつ奥へ。やがてスザンナの足は彼を受け入れるようにさらに開いた。欲望が猛禽類のようにキットの心をとらえ、彼はまともに息ができなくなった。指を、最初はそっと、しだいに激しさを増しながら円を描くように動かし、スザンナの息づかいやつぶやきに耳を澄まして彼女のリズムを探り、その欲望をあおる。指を使いながら軽いキスを繰り返し、勝ち誇った気分でスザンナの目の瞳孔が開き、美しい複雑な色合いの目が曇り、息づかいが激しくなるのを見守った。

「キット?」スザンナは差し迫った口調でつぶやいた。「わたし……これは……」

「わかってる」キットは同じくかすれた声で答えた。「ぼくといっしょに動くんだ」

スザンナはキットの経験豊富な指とともに腰を動かし、歓びを見出した。キットはできないと知りながらみずからも解放されたいと望み、自分の腰を動かした。深いキスをして舌をからめ、スザンナを味わう。甘く、なめらかで、プラムのように濃厚な味わい。スザンナの息づかいや動きから、もうまもなくだと察し、キットは舌といっしょに指を動かした。

スザンナは唇を彼から離し、首を横に振った。「お願い……」

「ぼくにしがみつくんだ、スザンナ」スザンナは目の前の行為に全神経を集中させていた。ああ、どんなにキットもいっしょに同じ行為をしたいことか。

スザンナが彼の腕に爪を立て、小さく叫び声を上げてのけぞり、身を震わせた。

なぜか、これがスザンナの鼓動と同じくらい貴重なものに思え、スザンナが解放された歓びは、彼自身の歓びであるかのように鮮烈だった。

キットはスザンナからそっと手を離し、深く息を吸いこみ、息を吐き出し、自分自身の欲望が薄れることを願いながら、乱れた気持ちをなんとか落ち着けようとした。

ずいぶん前から、女性と愛を交わす歓びの一部に誘惑という過程が組みこまれていた。彼はその過程が得意であり、そのことも歓びのひとつだった。

だが……今の歓びはちがった。それは彼の首筋にかかる、解放されたあとのスザンナの温かな息に感じられた。赤く染まった彼女の頬や、淡いクリーム色の喉。髪のにおい。欲望に翳ったかわいい目、彼の髪をつかんだ手。そして……。

「わたしたちは愛を交わしたの？」スザンナはたずねた。

こういった質問も歓びだった。

キットはかすかに微笑んだ。「似たようなものだ」

「あなたにとって……もっと……あるでしょう、知ってるわ」スザンナは恥ずかしそうに言い、手をのばして、鎮まりつつある彼の股間に触れた。キットは息をのみ、スザンナの手首をつかんで止めた。それからあおむけに寝て、スザンナよりも遠く、空を見つめた。

なぜか、空はちがって見えた。たぶん今は世界じゅうがちがって見えるだろう。

「つまり……」キットはしばらく黙っていたのちに、スザンナを傷つけるのを恐れているかのように、そろそろと言った。「それをしたら、きみは後戻りできなくなるんだよ、スザンナ」

キットが気にしているのは、ほんとうにそのことだろうか？　一時的な熱が冷めてみると、おかしな動揺が胸に湧き上がってきた。キットにはそれが何かわからなかった。やみくもに走りだしたいような、激しい衝動に駆られた。

キットの横で、スザンナはしばらく黙りこんでいた。鳥がさえずり、気持ちのいい風に吹かれて葉が音を立てた。

「たぶん……たぶん、わたしは後戻りしたくないの」スザンナは言った。ああ、すでにその声に、彼女が傷ついたことがうかがえた。

キットは腹ばいになり、じっとスザンナを見つめた。「スザンナ」低い声で呼びかけた。キスのせいで腫れている彼女の唇を指先でなぞり、そっとキスをした。問いかけるようなスザンナの視線を避けながら、彼女の顔にかかる髪をどけた。彼女の頬と眉に軽いキスをし、髪についていた葉を取り、下着を直してやった。そのあいだスザンナは黙って彼を見ていた。彼がまっすぐに彼女を見るのを避けていると察知しながら、彼の顔をうかがっていた。

彼は勢いをつけて体を起こした。三十分ほどは何も感じていなかったのに、急に腕が痛み始めた。

「さあ。家まで送るよ。腕が……痛みだした」キットは手を差しのばした。スザンナは一瞬ためらってからその手を取り、助けを借りて立ち上がった。服についた葉を払った。ふたりは触れ合うことなく、家に向かった。

歩くあいだ、無言だった。おばの家の門で、キットはスザンナに深くお辞儀をした。おかしいくらいにかしこまった動作で、キットはスザンナがたじろいだのがわかった。だがなぜか、キットは距離を取りたかった。

「ヘリボーは明日にするのね？」スザンナは明るく言った。偽の明るさをよそおった声が、静けさの中にいかにも嘘っぽく響いた。

キットのしたことだ。スザンナの声に嘘の色を加えたのは彼だ。だがスザンナの不安をやわらげるために、キットにできることは何もなかった。このときは、彼自身が誰にもまして不安だったからだ。

「腕が痛い」彼は謝るように肩をすくめた。「一日休んだほうがよさそうだ……」

臆病者め。

これまでキットは、嘘に逃げる人間ではなかった。だがそれを言うなら、これまで、事実に怯えるような人間ではなかった。

スザンナの明るい表情が揺らいだ。「わかったわ。早くよくなるといいわね」

「ああ」キットは軽い口調で言ったつもりだったのに、ひどく神経に障る言い方になった。自分を蹴飛ばしてやりたい気分だった。

スザンナに触れてはいけなかった。

おかしなものだ。ほんの三十分前には、なんの迷いも感じなかったのに。

キットはもう一度軽くお辞儀をし、おばの門のところで見送っているスザンナから離れた。後じさりしながら、小さな葉が彼女の髪についているのに気づいた。

スザンナはバラにかこまれた門の脇に立ち、小道を歩き去っていくキットを見ていた。彼の短く切った明るい色の髪に、葉がついていた。怖いくらいに儀礼的な別れが、これで少し滑稽に思えるようになった。

バーンステーブルでの最初の日、向こう見ずな気持ちと少しの絶望に駆られ、新しい生活の限界を試したくて、この小道を歩いていったことを思い出した。その先で、裸の彼が腕を上げ、自然の中で満足そうに〝あああ〟と声を上げているのを発見した。彼はまさに、虹の果てに見つかった宝物だった。それとも、宝箱だろうか。誰も見たことのない、名前さえない攻撃的な甲殻類や恐ろしいものに守られ、海の底に眠っているような。

あの日、道を進んでいったことを後悔するべきなのかどうか、スザンナは考えた。まだ決めかねていた。

だが自分が欲しいと思ったものは手に入れたのではないか？

唇には彼の味が残っていた。服に、彼のにおいが嗅ぎ取れた。まだそばに彼が立っているような気がした。手で自分の唇に触れる。こすれた感覚があるのは、初めて本来の目的どおりに、優しくきちんと使われたせいだろう。からだ全体に熱い欲望がよみがえった。息ができなくなる。スザンナは目を閉じた。

今では彼の美しい口がどんなことをできるか知っている。皮肉と真実と機知とでスザンナを刺激する。優しく彼女を圧倒する。冷酷なまでに激しく歓びを喚起する。彼女を我が物とし、打ちのめす。

ああ、まだまだある。スザンナの彼への想いは満たされることがなかった。

だがキットはもう充分なのだろうかと、スザンナは考えた。彼は気を逸らし、物思いに沈んで黙りこみ、スザンナから離れた。非常に礼儀正しかった。これは何かがまずいということだ。もしかしたらスザンナがあまりにも無垢で、あまりにも熱心すぎ、彼のように大人にもならないうちから女性をめぐって決闘をし戦争まで体験した男性にはつまらないのかもしれない。歌劇の踊り子とも友だちだと言っていた。それに引き換えスザンナは……キットの前に、ダグラスと二度キスをし、一度は彼の興奮した体も感じた。だがそれでは、世間を知っているとはとても言えない。

いや、スザンナは見た。彼の唇がスザンナに触れた瞬間、彼のほっそりとした、粗野ではあるが美しい顔が、たしかに輝いた。彼もまた震えていた。あの瞬間、ふたりは同じだった。ふたりとも求め……驚いていた。

その事実に、持っている服を賭けてもいいくらいだった。

スザンナは自分自身を彼に与えたかったが、それはむしろ自分への贈り物であることに気づいた。今は何を彼に与えなければいけないのか、わかっていた。時間だ。

彼が彼女に望むものがあるとしたら、それは何かを見極める時間だった。

なぜかそれは、彼女の体を与えるよりも危険で恐ろしいことのように思えた。

キットは馬の様子を見にいった。馬番たちを首にしたので、別の誰かを見つけるまで、これは彼の仕事になっていた。生まれたばかりの子馬、スザンナが、彼の姿を見て駆け寄ってきた。彼は考えた。スザンナが育ったら、スザンナにプレゼントしよう。

馬たちといっしょにゆっくりと動き、その動物らしいにおいを嗅ぎ、単純な時間を過ごしていると、気持ちがゆるみ、体が落ち着くような気がした。キットは多少楽な気分になって屋敷に帰った。

ブルトンに会釈しながら、階段をのぼった。

「失礼ながら、頭の後ろに葉っぱがついていますよ、ご主人さま」

キットは足を止め、あわてて手で髪をなでた。小さなカエデの葉が床に落ちた。彼はブルトンをにらんだが、ブルトンは酒に酔っていないときは生真面目な執事であって、その顔には非難するような、あるいはからかうような表情はまるでなかった。

キットはすぐに気を取り直して階段をのぼった。ブルトンが腰をかがめて葉を拾った。

「緑色の葉ですね、ご主人さま。とても美しい。緑だ」

キットは足を止めてくるりと振り向いた。ブルトンの表情はまったく読めなかった。

ブルトンは優れた諜報員になるかもしれないと、キットは感心して考えた。

「手紙が来ています、ご主人さま」

「ああ、ありがとう、ブルトン」キットは手紙を受け取り、封を切りながらゆっくりと階段をのぼった。

拝啓

五月二十三日の宿屋での事故に関する質問にお答えします。

問題の馬車はきちんと修理されているはずです。事故の原因は、前輪のひとつの輪止めくさびが、大きさも幅もほかのものとちがっていたため、車輪のバランスが崩れてゆるんだものと思われます。それで宿屋の庭での不幸な事故が起こりました。ほかの馬車を調べてみましたが、ほかにはこの種類のくさびは使われておらず、こうした事故はこの一件だけです。

残念ながらこのくさびがなぜ使われていたのかはわかりませんが、同じような事故が二度と起きないよう、最善を尽くします。さらに、もし必要ならばご指名の雇い人を首にしますし、取り返しのつかないほどつぶれてしまった帽子の代金は弁償いたします。新しい緑色の帽子をお買いください。

敬具

M・ラザフォード

キットは思わず笑い、誰だか知らないがM・ラザフォードという人物に好感を持った。困った官吏がわがままな貴族をなだめようという、皮肉と苛立ちが隠しきれていない文面。キットは相手の口調を責める気もなかったし、困惑もしなかった。彼がウィスキーの力を借りて怒りにまかせて書いた手紙は、意図したとおりの目的を達した。気を悪くした子爵の役を演じなければ、これほど折りよく返事をもらえなかっただろう。

これで答が出たが、じつはすでにわかっていたことだった。短い輪止めくさびは、スザンナ・メークピースがバーンステーブルに乗ってきた馬車が、ひそかに巧妙に細工されていたという証拠だ。

キットはみずからの頼りなさに、怒りを覚えた。スザンナはまちがっていた。腕の立つ人物に命を狙われているのを考えれば、彼女は運が悪いのではなく、とてつもなくいいのだ。昨日のナイフの一件では、襲ってきた人間はもはや人目を避けようともしていなかった。

キットもまた運がよかった。これまで、彼女を生かしてこられた。だがその運がいつまでもつかはわからない。

ああ、キットはめったにまちがうことはないが、それにしても思ったとおりだった。スザンナはキット自身に負けないくらいの情熱を隠し持ち、彼はもう少しで我を忘れるところだった。そう、今では彼は、彼女の肌が花弁のようになめらかだと知っている。彼女の口がワインのように芳醇だと知っている。襞の寄った胸の先が頬に触れると……。キットは苛立って両手で頰を打ち、目をこすった。しまった、髭を剃らなければならない。スザンナの優しい肌が彼の頰髯で傷つかなかったのが、不思議なくらいだった。

けっきょくのところ、彼がとても苦労して伯爵夫人を口説いたのには理由があり、伯爵夫人は彼の求めるものに見合うほどの手管を持っていたわけで……。愛人という存在にはたいてい目的がある。こっそり伯爵夫人をおとずれて彼の存在を思い出してもらい、ミス・メークピースへのばかばかしくも見当ちがいな、底知れぬ欲望を忘れさせてもらおうか。

ロンドンにいるのを父親に発見されたら、まちがいなくエジプトに送られる。だがもしエジプトに行くことになっても、スザンナに彼女の過去に関する真実というプレゼントができる。もしかしたら、彼女の未来を奪おうとする企みから、彼女を守れるかもしれない。彼女に未来があることを、確かにできるかもしれない。

そう、スザンナのためだ。スザンナのために、エジプト行きの危険を冒す。彼女をロンドンに連れていこう。

14

「スザンナ！」おばのフランシスが歌うように言った。「びっくりすることがあるのよ」

ああ、お願いやめてと、スザンナは思った。だがじつのところ、スザンナは驚くのに慣れてきていた。

前夜はあまり眠れなかった。子爵との出来事をいろいろ思い出していてなかなか寝つけず、ほんの数時間眠っただけだった。スザンナは不機嫌なままベッドから出て、階段の端まで行って下をのぞいた。そして驚いて首を引っこめた。

キットが居間に立っていた。帽子を手にし、旅行にでも行きそうな服装をしている。求婚者のようにも見えた。だがもちろん、そうではない。彼はスザンナの雇い主だ。

昨日、スザンナの足のあいだに手を差し入れたばかりの雇い主。

スザンナの体は感触をはっきりと覚えていて、今も膝が震えるほどの熱を感じた。

運がいいのか悪いのか、スザンナがのぞきこんだ瞬間に、キットは階段を見上げた。彼はにやりと笑った。

スザンナはどきどきしながら、あわてて部屋に戻った。今日は、あるいは明日も、彼に会わないと決めてかかっていた。昨日の別れ方から考えれば、二度と会わないこともありえた。フランシスが怒ったような口調で話しているのが聞こえた。これはたぶん、見せかけだけだろう。キットの陽気でのんきな顔を見ていると、怒りを保つのはむずかしい。

「早く下りていらっしゃい、スザンナ」フランシスが呼んでいる。「グランサム子爵がお話があるんですって」

その声にはひそやかな興奮が聞き取れた。〝これはジェーン・オースティンの小説じゃないのよ、フランシスおばさん〟と、スザンナは考えた。彼は昨日の軽率な行為を告白し、わたしに結婚を申しこもうというわけではない。

いや、もしかしたらそうなのかも。彼は人を驚かすのが大好きだから。

スザンナは震える指が許すかぎりの早さで着替えをし、数分後に居間に行った。フランシスがキットにお茶を出していた。彼は立ち上がり、スザンナがこれまで会ったことのある紳士同様にお辞儀をした。

「ロンドンに自然誌を提出しにいかなければならないんだよ、ミス・メークピース、それできみに同行してもらう許可を、おばさんから得にきた。もちろんきみには時間に応じて報酬を払う。そしてもちろん、それなりの数の使用人が同行する」

これでまちがいなく、この遠出が正当なものだとフランシスは納得するだろう。

だがこのときのスザンナの頭の中には、正当なものなど何ひとつなかった。じつのところ、〝報酬を払う〟という言葉をまったく不当な意味に解釈せずにはいられなかった。たぶんフランシスは〝報酬を払う〟を、さらなる牛肉とソーセージと解釈していることだろう。

「まあ、あなたが必要だとおっしゃるなら、閣下」けっきょくフランシスは承諾した。「どうぞ連れていってください。一日か二日、スザンナがいなくても、わたしはなんとかなります」

かわいそうなフランシスおばさん。スザンナが来て以来、次々とやっかいなことが起こる。

キットはまじめくさって礼を言った。「必要な服を荷造りするまで待とう、ミス・メークピース。馬車は下の道の角まで来るはずだ」

ロンドンまでの数時間の道のりのあいだ、キットは当たり障りのない最低限の会話をしただけだった。スザンナは緊張しながらも軽い口調を心がけていくつか質問をし、伏し目がちにこっそりと、驚くほど礼儀正しい彼の心の壁の向こうをのぞこうとしたが、キットに勝てるわけがなかった。とうとうスザンナは黙りこんだ。キットは旅の残りを本を見ながら過ごした。ほんとうに、彼の父親に報告をするつもりのようだった。

ふたりが乗っている馬車は古いものだった。ホワイトロー家は〈ローゼズ〉に新しい設備をそろえてはいなかったし、四頭の去勢馬たちはふたたび馬車を引くことになったのを驚いているようだった。ペンキを塗った板で紋章は隠してあった。キットがスザンナのおばを安心させるために持ち出したそれなりの数の使用人というのは、御者がひとりと従僕がふたりだった。

車内でキットはスザンナとふたりきりだった。いずれロンドンへ行くほんとうの目的がわかれば、スザンナは驚くだろう。そのスザンナは、それなりの数の使用人がいなかったことをおばに告げ口することはないはずだった。

ふたりがロンドンのイースト・エンドについたのは、夕方近くなってからだった。〈ホワイト・リリー劇場〉は遠慮のない看板を出していた。現実にはありえない、けばけばしいほど派手な花の描かれた看板が入り口にかかり、その両脇にギリシャ風の円柱があった。つるつる光る、真新しいギリシャ風の円柱だ。

「あれほどうまくは描けまい、スザンナ？」キットは看板を顎で示しながら言った。

スザンナはいっぱしの芸術家として、悔しそうな顔をしてみせた。

だがスザンナはすぐに〈ホワイト・リリー劇場〉に来た理由を理解し、感謝の表情を浮かべた。

キットが劇場のドアを開けたとたん、陽気なピアノの音楽が、外に逃げ出そうとするようにあふれ出してきた。音の重い、けたたましい演奏だった。劇場の北側にステージがあり、何列もの座席がバルコニーまで、さらにはその上の天井にまで続いている。客席はまったく空《から》だった。見たところ、数百人は楽に収容できそうだ。どちらかというと古典的、派手な古典調といった雰囲気で、角々を柱が支え、壁龕《へきがん》に壺があり、金色の紐飾りのついた重そうなビロードのカーテンがステージにかかっている。トーガを着て胸を露出した女性と好色な笑みを浮かべた天使が天井に舞っている。

客席の中央に、長身で金髪の男性が舞台に向かって立っており、舞台にはシフトドレスのようなものを着た化粧の濃い女性たちが列になり、よろよろ動きまわっている。男性は杖で拍子を取っていた。

「いいか！　一、二、キックして横へ、四、まわって……だめだ、だめだ！」

最後のほうは、言葉とともに杖が激しく床に打ち下ろされた。「ジョゼフィーン！」男性は噛みつくように言い、ピアノ音楽がとつぜん止まった。男性はつらそうにため息をついた。「明日が開幕なんだぞ、おまえたち」

女性たちはしょげた様子で、裸足で恥ずかしそうに舞台を蹴っている。

「将軍」男性は杖の上に両手を重ねておき、低い声で言った。「もう一度、彼女たちにお手本を見せてやってくれないか?」

椅子に座っている人物がいたが、その人物は立ち上がっても、キットの腰ぐらいしか身長がなかった。なかなかのハンサムで、まっすぐな眉、がっしりとした顎、黒い目をしており、呼びかけた男性と同じくかなりのしゃれ者だった。チョッキは鮮やかな紫と金色のブロケードで、凝った結び目のネクタイに真っ赤な飾りピンが輝いている。彼はゆっくりと座席から離れ、舞台に上がった。

「ジョゼフィーン、頼むよ」とても上品な声が劇場内に響いた。

ふたたび音楽が始まり、将軍はまったく皮肉な様子もなしに手を腰に当て、澄まして小首を傾げて踊り始めた。

「一、二、キックして横へ、四、まわって、キック、キック、下がってお辞儀……」

将軍はまったく正確な動きで数回繰り返して踊り、とつぜん動きを止め、ジョゼフィーンに手を振って演奏をやめさせ、踊り子たちの列を見た。

「これでお嬢さんたちにもわかったかな?」金髪の男性と同じくらいに厳しい口調だった。

「はい、将軍。申し訳ありません、将軍」女性たちが恥ずかしそうに謝った。将軍は舞台から飛び下り、おおげさな呆れ顔をして金髪の男を見ながら座席のほうへ戻ろうとして、初めて入り口に立っているキットと、その横で唖然としているスザンナに気づいた。

「トム」将軍は長身の友人をつついた。「客だぞ」

杖を持った男性が振り向いた。スザンナははっと息をのんだ。キットは彼女の反応を責められなかった。男性は呪わしいほどにハンサムだった。いや、呪わしいとはいわず……まるで牧神《パーン》のようなのだ。頬から顎にかけて細くなる顔の輪郭、鼻や唇は繊細であるとともに間違いなく男性的だ。しゃれた感じに乱れた赤みの強い金髪が片目にかかり、その目は淡く、劇場の暗い照明を受けて銀色に近く輝いている。将軍と同じくらい派手な服装で、チョッキは銀の縞模様だった。茶目っけのある幸福感が全身から発散されている。

「ようこそ!」彼は深々と頭を下げた。「ミスター・トム・ショーネシーです。このすてきな劇場の経営者ですよ。こちらの将軍は……」将軍も頭を下げた。「わたしのパートナーであり、振付師でもある。そちらは……ミスター? 閣下?」

「ホワイト。ミスター・ホワイトだ」キットもお辞儀を返した。ミスター・ショーネシーは顎をかきながら一歩下がった。「どこかでお会いしましたね、ミスター・ホワイト」

「そんなことはないでしょう」キットは含みのある口調で言った。

ミスター・ショーネシーは眉を上げた。「ああ、そうですね」嬉しそうににやりとする。「思いちがいです。今日はどんなご用事で、ミスター……ホワイト?」彼はスザン

ナの全身を、感心したように、専門家の目で査定するようにながめた。「ご安心くださ
い、うちの女の子たちはちゃんとした暮らしをし、病気もありません……哀れなローズは例外ですが、おまえもすぐによくなるよな、ローズ？」彼は舞台上の女性のひとりに呼びかけ、同情し、励ますように微笑んだ。「次は正しい相手を選ぶだろう、な？」

舞台上の女性のひとりが顔を真っ赤にしたのをまったく無視して、彼はキットとスザンナのほうを向いた。ほかの女性たちは興味津々でその女性を見ている。

「ちょっと、何をしたのよ、ロージー？」ひとりが小声で言った。

「それは……心強いことだな、ミスター・ショーネシー」キットは答えた。「おたくの劇場については……すばらしい噂を聞いていますよ。でも今日は……」咳払いをして、「妻をお見せしにきたわけではない。ちょっと個人的なことでね。ミス・デイジー・ジョーンズと話をしたいんだが」

「ああ、ミス・デイジー・ジョーンズですか。デイズ！」ミスター・ショーネシーは後ろを向き、劇場の奥に向かって叫んだ。「客だよ！」

それからふたりにまた顔を向けた。「やれやれ、申し訳ないことをした、ミセス・ホワイト、ミスター・ホワイト。悪気はなかったんです。しかしおきれいな奥さんだ」彼はキットに向かって帽子を上げてみせ、眉を上げて感心したと示した。「ここでも充分通用しますよ」

「怒っていませんわ」スザンナは伏し目がちに言い、その言葉を聞いてミスター・ショーネシーはにっこりと微笑んだ。キットは顔をしかめたいのをけんめいにこらえた。この男性はとことん無邪気で、本気で腹を立てる気にはならなかった。

耳障りな女性の声が、劇場の奥から聞こえた。「今じゃなきゃだめなのかしら、トム、今ちょうど……」

女性はスザンナを見て立ち止まり、芝居がかった様子で片手を胸に当てた。

キットには、彼女が本気で驚いているように見えた。その整った丸い顔は蒼白になり、頬紅をビーコンのように浮き立たせた。女性は紫色のサテン地と羽でできたトーガのようなものを着て、髪を含めてからだ全体にきらめく宝石をつけている。燃えるような、豊満な星座といったところだった。出番の準備をしているか、あるいは出番を終えたばかりのようだった。

「まったく瓜ふたつじゃないの、あなた」女性はつぶやいた。

彼女はさらにスザンナを見ていたが、急に我に返った。「わたしの部屋で話しましょう」視線をキットに移し、興奮したように目を大きくした。「あなたとは一度……」

「いいや。一度も会ったことはないよ、ミス・ジョーンズ」キットはすばやく言い、これを聞いてミス・ジョーンズは、眉を上げて作り笑いをした。「自己紹介させてもらおう。ぼくはミスター・ホワイト、こちらは……こちらはぼくの……友人だ」

「初めまして、ミスター……ホワイト」デイジー・ジョーンズはわざとらしく片手をのばし、キットはその手を取って頭を下げた。ミス・ジョーンズはこの業界の先駆者で、キットは彼女の魅力に個人的に夢中になったことはなくても、一度ならず彼女の舞台を見にきており、花を贈ったこともあった。芸術界の先駆者を応援する気持ちからだった。

ふたりは、盛りは過ぎても今なおすばらしいお尻を誇るミス・ジョーンズのあとについて歩いていった。彼女のお尻は嵐の中の船のように左右に揺れ、キットはうしろを歩きながら催眠術にかかりそうだった。劇場内の迷路の果てにドアがあり、ミス・ジョーンズはそれを開いてふたりに入るよう促した。

まるで大きな口の中に入ったようだった。壁紙は鮮やかなピンクで、ロンドンの町屋敷にはない柄であることはたしかだった。同じピンクのビロード張りの長椅子がふたつ、巨大な舌のように部屋におかれている。ほかにも、ビロード張りでミス・ジョーンズの巨大なお尻を乗せても大丈夫な詰め物をした椅子がいくつもあって、夜ごと多くの来客があるのを思わせた。壁のひとつは全面が鏡になっていて、そこここにおかれた手提《さ》げランプが部屋を照らしていた。

「今じゃ自分専用の更衣室があるのよ」彼女は自慢げに腕を振ってみせた。それからスザンナをじっと見つめ、スザンナの頬に両手を当てた。「信じられないわ。ああ……許してね、とても我慢できない……」

彼女はスザンナをつかみ、麝香《じゃこう》のにおいのする巨大な胸元に抱き寄せた。羽がスザンナの鼻孔をくすぐった。ようやく彼女の抱擁から解放されたとき、スザンナは控えめなくしゃみをした。

「あなたはアンナにそっくりよ。すごくきれいな子だった。もちろんここ、〈ホワイト・リリー〉には長くいなかったわ。すぐに辞めた。わたしも誘われて、あの小さな町に引っこんだのよ。ほら、公爵だかの名前の……」

「ゴリンジ」キットとスザンナが同時に言った。

「そう、ゴリンジよ。わたしもまともな人生を送ろうかって考えたのよ。でも退屈で死ぬかと思った。しょっちゅうパブに入り浸ってたわ。あんまり退屈だったんで、あそこで舞台をやろうって気になったの。だから無駄なことじゃなかったのよ。大衆的な舞台よ、ね」

彼女は意味深にキットを見て、キットが彼女に微笑み返した。スザンナはそれを気にするまいと努力した。デイジーはスザンナのほうに身を寄せた。「知ってるかしら」彼女は打ち明けた。「わたしが誰よりも最初に舞台で立ち上がって、客に……」

「アンナ・スミスというのは本名だったのかな?」キットはあわてて口をはさんだ。スザンナは中途半端に取り残された。

て思うの?」

「スミス?」デイジーはおもしろがっているような顔をした。「どうしてスミスだなんて思うの?」

「ゴリンジの教会の記録にあったんです」スザンナが答えた。「アンナ・スミスという名前で記録されていました」

「目立ちたくなくて、スミスという名前を使ったんじゃないかしら。わたしが知ってたのはアンナ・ホルトよ。それで、あなたは何番目なの?」

デイジーの言葉を聞いて、キットが凍りついた。スザンナは眉をひそめた。「どういう意味かしら、ミス・ジョーンズ?」

「あなたはシルヴィなの、サブリナなの、それとも末っ子のスザンナ?」

「わからないわ……」スザンナは口ごもった。だが急に理解し、興奮に胸が躍った。

「アンナには娘が三人いたのよ」デイジー・ジョーンズはまた身を乗り出し、計算問題を教えるかのように、ゆっくりと説明をした。「あなたは何番目なの?」

スザンナはぽかんと口を開け、両手で顔を押さえた。キットを見た。「お姉さん! わたしにはお姉さんがいたんだわ! 三人姉妹だったのね?」デイジーのほうに顔を戻し、確認をした。

デイジーはうなずいた。スザンナは思わず、笑っているデイジーを抱きしめた。

一日か二日前にはまったく謎の存在だったのが、今は彼女はほんとうにスザンナで、母親の名字はホルト、そしてどうやらふたりの姉がいるらしいということまでわかった。

「まあ、かわいそうに、知らなかったの？　アンナがいなくなって、三人がばらばらになったとき、うんと小さかったから無理もないわね」

「でも……母はどんなだったの？　姉たちはどうしてしまったのかしら？　父は？　わたしはスザンナ、スザンナです」

デイジーは大喜びのスザンナを見て笑った。「そう、じゃあ、あの赤ちゃんだったのね。お母さんはお父さんと出会うまで、〈ホワイト・リリー〉のコーラスにいた。お父さんに見初められてすべてが変わったわ。田舎の小さな家、それは彼女の望みどおりで、赤ちゃんとお父さんがいて。そしてアンナは……優しくておもしろい娘で、短気だった……なかなか激しいところがあったわ。とことん正直だった。見たとおりの真実を口にした」

スザンナは黙りこみ、長い年月を経て、とうとう母親の話を聞き、その姿を思い描くということに圧倒されていた。母は生きているにちがいない。生きていると……感じる。

「そう、だいじな友だちだったわ」デイジーはため息をついた。「ぜったいにやってないのよ。確信してるわ」

「やってないって？」スザンナは質問したことをすぐに後悔した。その答は何か猥雑なものにちがいなく、それは魅力的であると同時に、気まずいことでもあるはずだった。

「あら、お父さんを殺したことよ」

15

デイジー・ジョーンズはスザンナの顔を見て愕然とした。すがるようにキットを見た。

「知らなかったのね？」

キットはそっけなく、一度だけ首を横に振った。キットは奇妙なほど緊張していた。スザンナには、彼が今にも部屋から飛び出していきそうなくらいに全身に力を入れているのがわかった。

デイジーは深いため息をつき、低い声で始めた。「お父さんの名前はリチャード・ロックウッドといったのよ、スザンナ。すてきな人でね、お母さんやあなたやお姉さんたちを、とても愛していたわ。とても偉い、お金持ちの政治家だった。さっきも言ったとおり、ある晩ここ〈ホワイト・リリー〉でアンナに目を止めて……ほかの誰とも結婚しなかったけれど、アンナとも結婚しなかったの。でもロンドンに、アンナのための住まいをちゃんと用意したわ。娘がふたり生まれたあと、家族をゴリンジに移した。アンナが田舎の暮らしを望んでいたし、ゴリンジというのはおかしな場所だと思ったみたい。韻が同じ言葉の好きな伯爵の名前にちなんだなんてね。お父さんはユーモア・センスのある人だったのよ。ところがそのお父さんが……」

デイジーは声をさらに低め、記憶をたぐった。

「殺されたのよ、スザンナ。そのうえ、アンナが殺したという記事が新聞に出た。色恋のこじれだといってね。目撃者がいると書いてあったわ。わたしはまったく信じなかったし、今も気持ちは変わらないわ。彼はロンドンにいて、アンナはそのときあなたたちといっしょにゴリンジにいた、それはわたしがよく知ってる。それにアンナはけっして……」

デイジーはまた言葉を切り、悲しげで夢見るような顔つきになった。

「あのふたりがどんなに愛し合っていたか、スザンナ……ほんとうの愛よ、スザンナ。ただの……色恋じゃない」

デイジーはそこまで話して、心配そうにスザンナを見た。「つらそうね。ちょっと横になる?」デイジーは同情するように、大きな長椅子をたたいた。

「どうしてみんな、わたしが失神するんじゃないかと思うのかしら?」スザンナは言ったが、たしかにその声は弱々しかった。母親は歌劇の踊り子で、愛人で、殺人の容疑者だった。一家には悲劇的な恋愛がつきものらしい。失神してもいいとしたら、今がそのときだろう。

スザンナは、キットがあまりにも静かなのが気になった。もしかしたら、スザンナと関わったのを後悔しているのかもしれない。自然誌の仕事を呪っているのかも。ハタネズミのせいで、殺人犯の娘と関わってしまった。殺人という醜聞に汚れたスザンナに触れたことを後悔し、彼女を家に送り届けたら早く忘れてしまおうと考えているのかもしれない。

スザンナはそんなことを考えて、別の恐怖に息を詰まらせた。

そのときキットが動いた。それまであまりに静かだっただけに、スザンナは飛び上がった。キットはデイジー・ジョーンズの化粧台から瓶を取り、中身のにおいを嗅いで、グラスに少量注いだ。それをスザンナに持たせた。

「飲めよ」優しく促した。

それはブランデーだった。それは熱くなめらかに喉を下り、スザンナのささくれだった心をゆるめてくれた。

スザンナはキットがいつでもこんなふうに彼女に必要なものを察知してくれたことに気づいた。それこそバーンステーブルに来た直後、パーティーでワルツに誘ってくれたことから、命を賭けてスザンナを救ってくれたことまで。彼はふたたびスザンナに触れることはないかもしれないが、何者にも彼女を傷つけさせないだろう。

キットはまた静かになり、歩哨《ほしょう》のようにじっと立っていた。その存在は、意識をこの場に集中していると同時に、まったくよそよそしくもあり、非常に警戒していて、質問はスザンナにまかせていた。

「母はどうなったのかしら、ミス・ジョーンズ？　何かご存知？」ブランデーがきき始めてから、スザンナはたずねた。

「それなのよ。誰も知らないの。お父さんが亡くなってすぐに姿を消したきりよ」

「でも……父は……つまり、ジェームズ・メークピースのことですが……どうしてわたしがいっしょに住むことになったのかはご存知ですか？」

「殺人の騒ぎが起こったとき、わたしはロンドンにいたの。あなたのほんとうのお父さん、リチャードは、みんなに、とくに若い女性に人気があった。ハンサムだったと言ってかまわないわ。彼が殺された数日後、わたしが〈ホワイト・リリー〉にいるとき、ジェームズが取り乱した様子でやってきたの。彼は劇場ファンで、リチャードの友だちだった。彼は三人の娘たちを預かっていると言ったわ。絶対に秘密にしてくれって。アンナのために秘密を守るのは、なんの苦でもなかった。それで、ジェームズはあなたを引き取って、わたしはシルヴィの引き取り手を……」

「子犬みたいにね？」スザンナは苦々しい口調にならないよう努力した。キットの手がスザンナの肩に下り、かすかに触れた。

「わたしが赤ちゃんの何を知っていたと思う？」デイジーは穏やかに答えた。「アンナのためなら引き受けてあげたかったけれど、あのころのわたしはものすごく貧しかった。それに、三人をばらばらにするほうが、アンナにもあなたたちにも安全だと思った。新聞にはアンナが娘を連れて消えたと書いてあったわ。だからもしわたしが三人の娘を連れているところを見つかったら……もしジェームズが三人の娘を連れているところを見つかったら……」

スザンナにも、当時の恐怖が想像できた。母親の秘密を守ったのは、友情と愛情だった。

「ごめんなさい、デイジー」スザンナは小声で言った。「あなたも彼女を失ったんですものね」

デイジーの目は少しうるんでいた。涙で化粧が崩れないよう、指で目尻を押さえた。

「まあ……そういうわけで、用心するに越したことはなかったのよ。ひとり、クロードという名前のフランス人の踊り子がシルヴィを気に入って、引き取りたいって言ったから……連れていってもらったわ。きっとフランスで育ったわね。残念ながら」デイジーは悲しそうに言った。

「サブリナはどうしたの？」

「知らないわ。ごめんなさい、ほんとうに知らないの。ジェームズは司祭に引き取ってもらえるかもしれないと言ってたけど、確かなところは何もわからない」

「話を聞くと、わたしはすごく幸運だったのね」スザンナはこの話を信じていいのか、どう感じればいいのかもわからず、とりあえず礼儀として言った。崖から落ちてロープを投げてもらって……そのロープがヘビだとわかったような気分にちょっと似ていた。

「その後アンナ・ホルトから何か連絡は?」キットがようやくしゃべった。その声は張り詰め、遠く感じられた。頭の中で別のことを考えているかのようだった。

「嘘でなく、何もないの。彼女がどこへ行ったのか、誰も知らなかったし、見つかりもしなかった。やがて騒ぎはおさまった。でもアンナは平気で娘たちと別れたはずはないわ……ぜったいにね。この自慢の……立派なお尻」デイジーは自分の財産を見せびらかすように指さした。「それにこのお尻のおかげで手に入れた新しい家を賭けたっていい。アンナはお父さんを殺したりしてないわ」

「ぼくもしていないと思う」これはキットの発言だった。低いがきっぱりとしており、静かだが驚くほど冷たい怒りに満ちていて、スザンナの首筋に鳥肌が立った。スザンナはキットを見つめた。だが彼女は頭も心も混乱しきっており、何も言えなかった。いま聞いたことのすべてを、落ち着いて整理する必要があった。

「ジェームズは劇場のファンだった。それで彼と知り合いだったと言ったね」キットはデイジー・ジョーンズに言った。

「そう。ジェームズは……」デイジーは言いよどんだ。「衣装が好きだった。それに豪華な舞台もね。でもとにかく……衣装だったの」

デイジーはわかるでしょうというようにキットを見た。スザンナは困惑した。

「ジェームズが子どもを預かることになった経緯はわからないのか?」

「ええ、でももしよければ……」デイジーは不意に言葉を切った。

「何かな、ミス・ジョーンズ?」

「あの、ジェームズはいい人だったと、わかっているわよね、ミスター・ホワイト……」デイジーはためらいがちに言った。

「彼のことは知ってる」キットは小声で言った。「そのとおりだった」デイジーに先を話す許可を与えるかのようだった。

「だったらエドウィンから話を聞くべきだわ」デイジーは言った。「エドウィン・エーヴリー＝フィンチよ。エドウィンは優しい人で、ジェームズの……」デイジーは言いよどみ、スザンナを意識して言葉を選んでいるようだった。そんな繊細な気遣いはデイジー・ジョーンズに似合わず、かえってスザンナは好奇心を刺激された。「……親友だったの」デイジーはようやく言った。「骨董商をしているわ。店はボンド・ストリートの西よ。ジェームズが殺されて以来、劇場に来てないわ」

「ありがとう、ミス・ジョーンズ」キットは言った。

「どういたしまして、ミスター・ホワイト」話が終わると、デイジーはふたたび愛嬌のある色気を振りまいた。「いつでも喜んで」キットにウィンクをし、香りのいい胸にスザンナを抱きしめた。

「アンナが見つかるといいわね」スザンナの耳元でささやいた。

「ほんとうにそう思います、ミス・ジョーンズ」スザンナはデイジーの胸に顔を押しつけたまま、くぐもった声で言った。「母の汚名を晴らしたいわ」ようやくデイジーに解放され、スザンナは思い切り息を吸いこんだ。

「もし必要になったら、ミス・ジョーンズ、また話をさせてもらえるかな?」キットはたずねた。「今は行かなければならないところがある」

「もちろんいいわ、ミスター・ホワイト」

キットはスザンナの肘をつかみ、引きずり出すような速さで〈ホワイト・リリー〉から出た。ハンサムなミスター・ショーネシーと将軍とリハーサル中の踊り子たちを通り過ぎ、待っていた紋章のない馬車へ乗った。屋根をつついて馬車を出させ、出て来たばかりの劇場から十分もかからない場所にある宿屋の部屋にスザンナを連れていった。そのあいだスザンナが何を言っても、説明を求めても、すべてを無視し、やがてスザンナは諦めた。キットはドアを閉めて鍵を下ろし、スザンナを椅子に座らせ、室内を見まわす時間も与えずにしゃべり始めた。

「話さなければいけないことがある、スザンナ。ぜひ聞いてくれ」

「なんの話か、見当もつかないわね」

キットはスザンナの当てこすりには応えなかった。じつは、彼は心ここにあらずという様子だった。まるで頭の中に書いてある何かを読んでいるかのように、遠くてぼんやりした目をしている。

「ジェームズ・メークピースは殺されたんだ。その犯人は、たぶんきみのほんとうのお父さんであるリチャード・ロックウッドを殺し、今きみを殺そうとしているのと同じ人物だと思う」

思い返すと、去年の今ごろは新しいドレスの柄を選んだり、ダグラスに夢中になったりしていた。

今後、スザンナが何かに夢中になるようなことはないような気がした。

「どうしてそう思うの？」スザンナはたずねた。彼女自身の生死にかかわる話をしているというのに、彼女の声は滑稽なほど落ち着いていた。

キットが考えを整理しようとして深呼吸するあいだ、スザンナは室内の様子を見た。大きなベッドがひとつあり、中央に人の身長ほどのへこみがあるところからして、ちょっと古そうだった。机もあって、キットはこれに寄りかかっている。ランプがふたつ。そこそこ清潔だ。〈ホワイト・リリー劇場〉に気に障るほど近く、キットは迷わずここに来た。スザンナはベッドのへこみに彼が踊り子を押し倒すところを考えたくなかった。〝友だち〟だと彼は言った。歌劇の踊り子。愛想がいい。

「今わかっていることを話そう」キットは始めた。「リチャード・ロックウッドは十七年前に殺された。当局はその罪で、彼の愛人を逮捕しようとした。だが彼女は姿を消し、その後どうなったかは誰も知らず、三人の幼い娘たちについては誰も気にしなかった。きっと母親が連れていると思ったんだろうな。だが今日ミス・デイジー・ジョーンズから、きみのお母さんはアンナ・スミスではないと教わった。リチャード・ロックウッドの愛人、アンナ・ホルトだった。ロックウッドがきみのお父さんだった。そしてきみにはお姉さんがふたりいる。何か理由があって、きみはジェームズ・メークピースに引き取られた。そして今、そのジェームズも死んだ」

「だけど……その犯人たちは、どうしてわたしを狙っているの？」

「それは……リチャード・ロックウッドはサディアス・モーリーという政治家のことを調査していて……」

「ああ！　ミスター・モーリーのことは前にも言っていたことがあったわね。みんなに尊敬されている人なんでしょう？」

彼の表情が少し翳った。何か言おうとして口を開いたが、乱暴に首を振り、それから話を続けた。「リチャード・ロックウッドはモーリーが情報をフランスに売って大金を手に入れたことを証明する証拠を集めていた。でも誰にもその証拠を見せないうちに殺されてしまった。ぼくはモーリーが何かに感づいて、それでリチャードが殺されたんだと思ってる」

スザンナはこの話を考えた……政治家である父親が、裏切り者の罪を暴こうとしていた。

そして……待って。

「どうして……どうしてあなたはそんな話を知っているの？」

キットはスザンナを見た。彼女の心がどこまで耐えられるか、推し量っているようだった。それから諦めたように息を吐いた。「ぼくは諜報員なんだ」

青い目をまばたきもせず、無表情のまま、キットはスザンナの反応を待った。スザンナはキットを見つめていた。

「思ったとおりだわ！」スザンナは勝ち誇ったかのように言った。

これを聞いて、ようやくキットが笑顔になった。「思ってもいなかっただろう」

「何か起こってもかならず準備ができていて、うまく切り抜けて、しっかり武装してるし、怖いくらいに注意深い。これは諜報員か犯罪者のどちらかだわ。ただの軍人じゃないと思ってたの。軍人とは、一度か二度踊ったことがある。あなたのような……」

スザンナは〝自信はなかった〟と言いたかった。それとも〝存在感〟か。〝危険な香り〟とか。だが口に出したらキットはおもしろがり、スザンナは気まずい思いをする。それで口をつぐんだ。

それにしても、キットは感嘆を隠すのに苦労していた。「そんなに諜報員のことをよく知っているのか？ 芸術家ならではの洞察力はあると思っていたよ。とにかく、ぼくはうまく隠しているつもりだった」

「わたしが芸術家？」スザンナの注意が逸れた。スザンナは自分に才能があると考えるのには慣れてきたが、それでも〝芸術家〟というのはまったく新しい定義づけだった。スザンナ・メークピース／ロックウッド／ホルト、芸術家。奔放で勇敢で、短気な芸術家。少しずつ、スザンナという人間の形ができてきた。

「才能豊かなね」キットは言った。スザンナはそれがお世辞でないとわかった。キットはどんなときでも、わざとお世辞を言うことはない。「ぼくが諜報員だと聞いても、あまりショックじゃなかったみたいだね」キットは不本意な口調だった。

「いまさら何にショックを受けるというの？」スザンナはわざとのんきな様子で言い、これを聞いてキットが鼻を鳴らした。たしかに今の時点では、衝撃度の小さい新発見だった。「それにしても、どうしてわたしはジェームズ・メークピースのもとに来たのかしら？　それにどうしてジェームズは、リチャード・ロックウッドとモーリーとフランスのこと、証拠のことなどを知ったのかしら？」

「きみがジェームズに引き取られた経緯はわからないな、スザンナ。でも、ジェームズはきみのお母さんに逃げろと言いにいったにちがいない。彼もまた諜報員だった」

スザンナは息をのんだ。「そんなはずないわ」

キットは皮肉に口元をゆがめた。「かならずしも諜報員は乙女を救うとは限らない。じつのところ、そんなことはめったにしない。ジェームズは……兵士ではなく密使だったんだ。ぼくも何度かいっしょに働いた。彼は要職にある人間とつながりがあり、外国課の仕事をしていて、中央警察裁判所にも通じていた。それでリチャードの殺人と、きみのお母さんを逮捕するという動きを、彼女を逃がすのに間に合ううちに知ったんだ。でも彼からモーリーに関する疑惑の話を聞いたときは、きみのことは何も言っていなかったよ、スザンナ。習慣のせいだったのかもしれないな。きみに真実を知らせて、未来を危うくしたくなかったんだ。きみはどこかの御曹司と婚約していただろう？　ジェームズ・メークピースは、生きているあいだずっと、きみを真実から守ったんだよ」ジェームズ・メークピースがいなかったら、スザンナの人生はどんなにちがっていただろう。

「わたしのために、たいへんな危険を冒してくれたのね」スザンナは小声で言った。

「それに、わたしの両親のために。殺人容疑者の娘を匿っているとわかったら……」

キットはその言葉をさえぎるように、一度だけうなずいた。「前にも言ったとおり、ぼくはジェームズのことをあまり知らなかったが、友だちだと思っていた。ジェームズは親切で優しい男だったよ、スザンナ、それに勇敢だった。ジェームズとリチャード・ロックウッドがふたりともミスター・モーリーのことを調査していて殺されたのは、偶然ではないと思う」

「だけど、どうして彼らは……」〝彼ら〟などという曖昧な言葉を使うのは奇妙な感じだった。そもそも、〝彼ら〟とは誰なのだろう？「それとも彼は、どうしてわたしのことも殺したいのかしら？」

キットは机にもたれていた腰をのばし、部屋の中央に立った。「考えてくれ、スザンナ。何か心当たりはないか？」

キットはいらいらと頭の後ろをかいた。スザンナは一瞬、まったく別のことを考えた。キットの髪はとても短くて明るい色で、光が当たると金属のように見えるので、硬いと思うかもしれないが、そうではなかった。とても柔らかいのだ。スザンナは、さまざまな発見をしながら、手の下の感触にも驚いたのを覚えていた。裸の肌にそよ風を感じ、彼の息を、彼の唇を、髭を感じ、それから……ああ、なめらかで熱い舌先が胸の先を包みこんだ。そのときスザンナは彼の髪の中に手を差し入れ、意外なほど柔らかいのを知った。

キット・ホワイトローに関する何もかもが意外だった。

あっというまにスザンナの頬が火照って、胸の中には欲望としか呼びようのない激しい思いが渦巻いた。

彼が頭の後ろをかいただけなのに。

キットはスザンナの表情に何かを読み取ったにちがいない。一瞬、身をこわばらせ、目を輝かせた。スザンナの目の中に、鮮明な記憶を読み取ったかのように。

だがすぐに彼はさりげなく横を向き、スザンナのことはまるで気にしていない様子で話し続けた。

「スザンナ、なんでもいい、モーリーの罪を暴くような何かを見聞きしなかったか？モーリーに危険だと思われるような何かを持ってはいないか？」

「ミスター・モーリーとは会ったこともないわ。父とも……つまりジェームズ・メークピースとも、めったに会わなかった。前の家から持ってきたものは、服と母の細密画だけよ。母に関しては、それだけだった。家のどこにも、ほかに絵はなかったわ」

「もう一度細密画を見せてもらえるか？」

これまで何度も見つめてきたので、スザンナの切望と疑念とで、絵が擦り切れてしまわなかったのが不思議なくらいだった。キットに手渡す前に、スザンナはもう一度それを見た。淡い色の目に笑いをたたえた、優しい顔。ちがう。これは殺人者の顔じゃない。

キットは細密画を手に取った。

「スザンナ・フェースへ。母、アンナより」キットは裏の文字を声に出して読んだ。

「暗号かもしれないな、それとも……これは開くのかな?」キットは細密画をじっと見て、親指で端をこすった。

スザンナが悲鳴を上げ、キットは問いかけるように彼女を見上げた。

「壊さないでよ」

キットはそれ以上いじるのはやめて、細密画をスザンナに返した。スザンナは小さな赤ちゃんを抱くように両手でそれを受け取り、見下ろした。

「キット……もし……この細密画に手がかりがあるとして、どうしてミスター・モーリーはこれをわたしが持っていると知っているのかしら?」

「それはわからないな、スザンナ」彼は黙りこんだ。「きみのお父さん……ジェームズのことだが……彼はきみがこれを持っているのを知っていたのか?」

「ええ。じつをいうと、彼が死ぬ直前に、これを見ているところを見たわ……」スザンナの声が消えかけ、そこで何かを思い出したようだった。「〝なるほど〟と言ったのよ、キット」

キットは眉をひそめた。「なんだって?」

「何週間か前に、父がわたしの部屋にいたの……細密画を見ていたわ」スザンナはちょっとばかげた気分になって、頬を赤らめた。「母の顔でなく、裏を見ていて、おかしいと思ったの。そうしたら父が、〝なるほど〟と言った。まるで……うれしそうだった。興奮しているみたいだったわ」

「きっと何かに気づいたんだな」キットは黙りこみ、考えにふけった。椅子に座り、長い足をのばした。「どうして家から服と細密画だけを持ってきたんだい、スザンナ？」

「ほかのものは作業員に家から持ち出されてしまったわ。たぶん、ほかにお金になるものがなかったのね」

「作業員はどんなだった？」

「いやなくらい陽気な人たちだったわ。みんな似た感じだった。花瓶で脅した人はがっしりしていて眉毛が片方しかなくて、青い目で……ああ！　思い出したわ。わたしったら……母の短気をもらったのね！　ミス・ジョーンズが、母は短気だったって言っていた」スザンナはおかしいくらいに嬉しかった。誰かに似ているとわかるのはすてきなことだった。

だがキットは暗い顔をして考えこんでいた。「その男たちは、モーリーに命じられて家の中を探っていたんじゃないかな。でも、やはり……立証はできない」

「だけど父は死んだとき無一文だった……弁護士にそう言われたわ。それにどうしてミスター・モーリーは、父が……何かを知っているとわかっていたの？」

「わからない」キットは肩を落とし、疲れたように両手で顔をこすり、それからその手を動かすまいというように太股の上においた。

スザンナはキットを見た。こんな彼は見たことがなかった。苛立ち、疲れ、色褪せて見える。

キットは少し考えていて、それから顔を明るくした。「でも……何かを探していたのであれば、目的のものが見つかったらきみを殺そうとはしないはずだ。まだ可能性はある」

「あら、それじゃあ、まだわたしが狙われているのはいいことなの？」

「そうだ。きみのために命を危険にさらすのは楽しいからね、ミス・メークピース」

「そうにちがいないと思ったわ」

キットの口の端が上がった。「そうでなければ、やらないさ」

「わたしの死体を処理するほうが、死体になるのを避けるよりも厄介だと思ってるんでしょう？」スザンナは辛辣な冗談を口にした。

「言い過ぎだぞ」キットの口調はとても冷たく厳しくて、スザンナは頬を火照らせた。謝るべきなのかもしれなかったが、何をそこまで怒られたのかわからなかった。

キットは立ち上がって歩きまわり始めた。彼らしくなかった。無駄な動きをするタイプではない。スザンナが見ている前で、彼は行ったり来たりして……立ち止まり、そっとランプに火をつけ、別のランプにも火をつけた。部屋は明るくなった。

「キット……」スザンナはおずおずと言った。「どうしてミスター・モーリーの仕業だと決めつけているの？」

「決めつけてはいない」

「はっきり言って。確信しているみたいじゃない」

キットはためらった。「直感だ」彼は軽く、ぶっきらぼうに言った。

だがキットがためらう様子を見て、スザンナの直感が正しいとわかった。もっと何かあるのだ。もっと深くて古いもの。聞きたくはないが、知る必要のあるもの。「キャロライン・オールストンと関係があるんじゃないの？」

できるだけ軽い口調を心がけた。キットが追い詰められたように感じて頑固になったり、逆にしゃべりすぎたりしないように。

男性を操るのは、なんてむずかしいことだろう。

とくに、この男性は。

キットは急に足を止めて振り返り、また机に寄りかかって腕を組み、慎重に無表情な顔を作ってスザンナを見つめた。スザンナは勇敢にも、彼の目を見返した。スザンナは、世の中にはいろいろな種類の勇敢さがあると学びつつあった。忍耐……キット・ホワイトローが相手の場合、忍耐もまた、勇敢さのひとつだった。

やがて感心するような微笑みが彼の口元に浮かんだ。

キットにはおかしなところがあった。挑戦されるのが大好きなのだ。嘘を見破られるのも好きだった。じつはほんとうに挑戦されることはめったにないのではないかと、スザンナは思った。

「彼女のことは助けられなかった」彼の声は低かったが、何十年ものかなたから届いた言葉のように聞こえた。「キャロラインはね」

「どうして助けが必要だったの？」スザンナの声は落ち着いていた。彼が話しやすいように。

彼がまた話し始めるまでに、数秒を要した。彼はスザンナではなく……ランプに向かって話しているようだった。「キャロラインはバーンステーブルの地主の娘だった。その男は……まあ、酒をたくさん飲んで、ギャンブルで金を使い果たし……キャロラインは父親を酒びたりにしておこうとしていた。酩酊していればぶたれずにすむからだ」キットは乾いた笑い声を立てた。「その男の手は小槌みたいで、彼女に怪我をさせた。ぼくは父から酒を盗んで、父親に飲ませるよう彼女に渡したものだった。やがて父に捕まって鞭で打たれた。父はぼくが自分で飲むために盗んだと思ったんだ。自分のために盗んだことがないわけじゃあなかったけどね……」キットは言って、ちらりとスザンナを見た。まちがいなく、正確さを尊ぶ精神だ。

「それでこそ、あなただわ」スザンナは軽くからかった。だがキットが気の毒で、胃のあたりが締めつけられていた。

キットは体から少し力を抜いた。腕をほどいた。さらに先の話をせざるをえなくなり、かえってほっとしているようだ。

「キャロラインは……とにかくきれいだった。ほかに表現のしようがない」

「それはもう聞いたわ」スザンナは思わず言った。

キットはいつものようにスザンナの憎まれ口を軽く受け止め、眉を上げた。「それに……人を巧みに操った。それは今だからわかることだ。当時は……ジョンとぼく……親友のジョン・カーだが……ぼくたちは彼女に夢中で、彼女のほうもそれを知っていた。彼女はぼくたちを競わせて楽しんでいた。それでもキャロラインには何か……何がどうでも、守ってやりたくなるようなところがあった」キットは挑戦するかのように、スザンナをまっすぐに見た。「彼女と結婚したかった」

告発か、あるいは弁護にも聞こえた。

その声を聞いて、スザンナは思った。彼はキャロラインと結婚しなかったことで、スザンナに責められると思っているのだろうか？　それともキャロラインと同じように、スザンナ・メークピースもまたみずからの社会的地位以上のものを望むかもしれないと考えているのか？

「勇気があれば彼女と結婚しただろう。でも父に殺されただろうな。それで……」

「あなたはまだ十七歳だった」スザンナはそっと言った。

「十七歳でも子どもは作れるんだよ、スザンナ」彼は無遠慮に言った。「そういうものだ。十七歳で結婚する人間はいくらでもいる。ぼくの両親だって十七歳で結婚した」

スザンナはかすかに頬を赤らめた。「でもあなたは伯爵の息子でもあった」

「今だってそうだ」彼は自嘲するような、苦々しい口調で言った。「そういうわけで、簡単に言えば、ぼくは彼女のことを助けられたかもしれなかったのに助けなかった。ぼくは十七歳で伯爵の息子で、父が怖かったからだ」

「ジョン・カーはどうしたの？」

キットは即答しなかった。「ああ、彼だって結婚したかもしれない。彼はものすごくしたがっていた。彼の父親はぼくの父と同じくらい反対だった。彼女はぼくのほうが好きだった。それはおたがいにわかってた」

キットはまたスザンナを見た。今の話にたいする彼女の反応をうかがった。

「ぼくは伯爵の息子だ」キットは説明のつもりで繰り返した。「ジョンは男爵の息子だからな」

「ちがうわ」スザンナは思わず言った。キットは困惑して彼女を見た。スザンナは頬が火照るのを感じながら、無理にでも最後まで言い切ろうとした。「それはあなたが……」口ごもって、「あなただからよ」

キットは驚いた顔をした。短い一文で思った以上のことが伝わってしまったようで、スザンナはあわてて言った。「それでどうしたの？」

「ああ、母が生きていたころ、父は毎年〈ローゼズ〉でパーティーを開いて、地元の住人全員を招待していた。ある年、そこにミスター・モーリーも出席した。彼は選挙に出ようとしていて、父の支援が欲しかったんだろう。モーリーがキャロラインを初めて見たときのことを覚えてるよ……」キットは言葉を切り、まるでおもしろみのない笑い声をはさんだ。「彼は羨ましいほど……平然としていた」

これは聞いているほうもつらいと、スザンナは思った。

「キャロラインはその晩ずっと彼に話しかけていた。それは見苦しいほどで、キャロラインはぼくがどんな気分でいるかちゃんとわかってた。そしてジョンのこともね。モーリーはぼくを見上げて……彼は微笑んだ。スザンナ、あのときの微笑みには、彼のすべてが表われていた。まるで彼は……」キットは一拍おいた。「彼はぼくを憎んでいた。ぼくのことを知りもしないのに、憎んでいた。ぼくは背中を向けた。ふたりは行ってしまった。キャロラインとモーリーだ。ジョンがぼくのところに来て言った……」

キットはスザンナから顔をそむけた。話している自分の顔を見せまいとするように。

「彼は言った。〝彼女は売春婦みたいな女だよ、グランサム〟ってね」

その醜い言葉が室内に響いた。スザンナはキットが聞いたのと同じようにその言葉を聞いた。恋をした誇り高い若者が、競争もしえないような男に望むものすべてを奪われる。モーリーに。

「当然ぼくはジョンに決闘を申しこんだ」キットは茶化すように言ったが、まだ恥じ入るような響きがあった。「彼は親友だったけどね。それでジョンとぼくは決闘して、ぼくは彼を撃ち、ふたりとも父親たちに軍隊に入れられた。でもパーティーの晩が、キャロラインと会った最後になった。モーリーも翌朝発った。これで話は終わりだ。彼は彼女を連れ去った」

「だから……あなたはミスター・モーリーを嫌いなのね」スザンナは納得したというように、ゆっくりと言った。

キットは眉をひそめた。「どういう意味だ？」

「自分ができなかったのに、彼はキャロラインを連れ去った。自分ができなかったのに……彼は彼女を助けた」

キットはスザンナを見つめた。怖いような表情だったが、スザンナはもう慣れていた。それから彼の表情は変化して……。

奇妙なことに、退屈そうな顔になった。

とつぜん彼はてきぱきと言い始めた。「廊下に出ているからナイトガウンに着替えてベッドに入ってくれ、ミス・メークピース。明日はミスター・エーヴリー＝フィンチをたずねる。ぼくは椅子で寝る」

キットはそれなりの時間を廊下で待ち、そのあいだにスザンナは服を脱いでナイトガウンに着替えた。それからキットは部屋に戻り、ランプを消し、何も言わずに椅子に身を落ち着けた。

どれほどの時間がたったのか、スザンナはわからなかった。今日一日の、そしてこの数週間の出来事、危険と甘い経験と発見とが頭の中にあふれ、ぶつかりあい、さらなる疑問を生み出した。あえてその中のひとつを口にしてみることにした。

自分が言おうとしていることの大胆さを思うと、鼓動が速まった。「椅子では寝づらいでしょう、キット。わたしの横に寝ない？　身動きしないと約束するわ」

なるべく軽い口調になるよう心がけた。あくまでも実際的な提案で、隠されている誘いはうかがわせないようにした。

手でつかめるのではないかと思うほど濃密な沈黙があった。

「いや、スザンナ。きみの横だと、もっと寝づらいよ」

キットの声はこの夜そのものだった。皮肉で意味深で、少し危険だった。スザンナは実際にナイトガウンの下に手を入れられたような気分になった。

「じゃあ、おやすみなさい」スザンナは言った。声が震えていた。一度は貞節や礼儀を超えたのに、どうして彼は今になって彼女に触れるのを拒むのか。それがいちばんなのだろうか。スザンナの体は、理性とはまったく無関係の主張をしているというのに。

スザンナに触れようとしないキットが正しいとわかっていても、気持ちは楽にならなかった。それでも彼が与えてくれるものに感謝しようとした。安全と、過去に関する真実。

それ以上は求めてはいけない。

「お休み、スザンナ。明日の朝ミスター・エーヴリー＝フィンチに会いにいく。今夜は誰にもきみを殺させないよ」

「ありがたいわ」スザンナはつぶやいた。

キットの目はようやく暗闇に慣れた。スザンナの胸が呼吸に合わせてゆっくりと上下するのが見えた。スザンナは毛布を払いのけていた。それが見えた。青年に戻ったような気分だった。ばかばかしいほどに夢中になっている。

彼女に近づき、ベッドに横たわって抱き寄せ、彼女が目覚めるのを待つところを想像してみる。ナイトガウンの薄い布地の感触を想像する。それは温かく、彼女の香りがするだろう。ナイトガウンを彼女の体から剥ぎ取ると、衣ずれ（きぬ）の音がするだろう。スザンナの肩や腰の曲線に沿って手を滑らせるところを思い描く。白い胸、柔らかな先端。スザンナをふたたび抱き、彼女のしなやかな体がキットの手の下で熱を帯び、今回は容赦なく彼女の全身を、平らなお腹や股間の麝香を味わい、彼女の小さな叫び声を聞く。最後に彼女を我が物とし、中に入り、彼女は彼にしがみついて……。

困った。

欲しい。欲しい。欲しい。

呼吸をするんだと、自分に言い聞かせた。どこかが痛いつもりになって。

長い年月を経て、彼は歩く武器となった。手足を使い、剣や拳銃を使って、自分の命や他人の命を救うためにどうすればいいかを心得ていた。優秀だった。自分でそれを自覚し、傲慢にも誇りに思っていた。だがどんなに認めたくなくても、完全無欠とはいいがたかった。ああ、皮肉に満ちた滑稽な運命が、またもや危険に瀕した女性を欠点だらけの彼のもとに送りこんできた。そして今回は……。

キットは暗闇の中でうっすらと微笑んだ。〝あなたはできなかったのに、ミスター・モーリーは彼女を助けた〟

スザンナの口調はさりげなかった。彼の長年にわたる過去の謎を解き明かしたというのに。

今回の女性は……彼を見透かす。これまでになかったように、完全にはっきりと。キットは気づいたら彼女に秘密を打ち明けていた。いずれにしても、すでに知っていたようだった。情熱の深さ、力強さと生命力に、彼と同じくらいに彼女自身が驚いていた。あの機知。そして美しさが、キットの胸を焼いた。

そうだ、自分は優秀だ。そして欠点もある。そしていま暗闇の中に座り、キットは自分でも理解のできない、味わったことのないほどの恐怖を感じていた。


ボブは足を引きずって現われた。

「娘がいつもいっしょにいる男に殺されかけました。ものすごい勢いでやりかえしてきた。あいつはわかってる。本物の戦士だ」

ボブは苛立っているようだった。やりかえしてくるような男を相手にするほどの報酬はもらっていない。ましてや、あれほど闘える男では。

「じゃあ、娘は生きているのか」モーリーは冷たく言った。ボブと会ってから、一週間以上がたっていた。いい知らせを望むのは分不相応だったのだろうか。

「はい」ボブは言った。少しも悪いとは思っていないようだ。「男の名前もわかりました」彼は言い足した。「バーンステーブルのパブで聞きました。バーンステーブルにはうんざりですよ、ミスター・モーリー。パブにいつもいる男がいるんです。ミスター・

エヴァーズという、まったくつまらない男で。わかったことがあったら来いと言いましたよね」

「それで？」モーリーは苛立っていた。「名前は？」

「グランサムです。子爵なんです」

モーリーは胸を締めつけられ、咳きこんだ。

「ニャーオ？」足元でフラフが問いかけた。

「子爵です」ボブは驚いたように繰り返した。あれほど激しく闘う男が子爵だとは、誰も思わない。

まったく、あと一日か二日、いやな知らせを聞かなくてもよかったと、モーリーは考えた。

心臓がどうにかなってしまったのかと思った。鼓動が再開するまでに、一秒以上もかかったような気がした。だが今はちゃんと動いている。そして彼の頭も。

「パブで聞いたんです」モーリーが何も言わないでいると、ボブはまた言った。「地元の貴族です」

やれやれ、グランサムがメークピースの娘と、いったい何をしているのだろう？

「閣下？」

モーリーは長いこと黙っていたらしい。「おもしろいな」どうでもいいような言い方だった。ただ、静寂を破りたいだけのようだった。ボブにまずいことを悟られないように。

もしかしたら、害のない恋愛事なのかもしれない。グランサムもバーンステーブルの出なわけだから、ふたりが偶然に出会うこともありうる。スザンナ・メークピースがアンナ・ホルトそっくりであれば、美人のはずだ。グランサムが女好きなのは有名な話だ。もしかしたら彼は、若い放蕩者ならではの暇つぶしをしているだけかもしれない。

だが一連の忌まわしい偶然に連なる、あらたな忌まわしい偶然だ。それに……まあ、モーリーは偶然を信じてはおらず、だったらそれを考える必要もあるまい？

事態はますます悪くなっていると認めざるをえない。

何年も前のあの晩、ウェストフォール伯爵のパーティーで、ちょっと微笑んだだけで、モーリーは自分のしようとしていることをグランサムに知らせた。あれはまちがいだったのかもしれない。勝利感を見せつけ、貴族が象徴するものにたいする憎悪、モーリーには否定されているものすべてにたいする憎悪を露にしてしまった。若者はやがて大人になり、記憶は長く留まることを忘れていた。

モーリーは目の前のチェス盤の駒、参加している人物たちを考えた。すばらしい計画を思いつき、興奮を覚えた。

グランサムを殺すわけにはいかない。そうすれば大がかりな捜査が繰り広げられるだろうし、そもそも彼を殺すのは困難だろう。だが彼についてわかっていることを踏まえて、細工をすることはできる。英雄的行為や名誉を重んじ……女性を好む。とくにお気に入りの女性がいる。うまく罠にはめられるかもしれない。彼の信用を落とせるかもしれない。すくなくとも、ボブが仕事を済ませ、必要な情報を引き出せる程度に、彼の注意をスザンナ・メークピースから逸らしておけるはずだ。

「キャロラインを探せ」モーリーはボブに言った。「ここに連れて来い」

「彼女をここに連れてくる？　彼女は逃げ足が速い。なかなか近づけない。それも非難しませんけどね」

「彼女に……すべてはまちがいだった。すべて許すと伝えろ」

「お言葉ですが、彼女は賢くはなくても、ばかじゃありません。ご自分で言ったらどうですか。けっきょく、彼女はあなたが……」ボブは指で喉を切る格好をしてみせた。

ボブの言うとおりだ。キャロラインを捕まえるには、モーリー自身が出ていく必要がある。

彼が彼女に会わなければならない。

そこでまたモーリーの心臓がびくんと動いた。今度は危険ではなかったが、予想外のものだった。

「最後に彼女を見たのはいつだ、ボブ？」

「ヘッドリー・ミード郊外の宿屋です。数日前でした」

ヘッドリー・ミード。ロンドンからたったの一時間で行ける場所だ。

「また彼女を見つけられるか？」

「もちろんです。わたしは専門家……」

モーリーは重いため息をついた。「だったら早く会う手配をしろ」

16

ミスター・エーヴリー＝フィンチの店には時間という埃がつもり、鈍い光を放つ、悲しいくらいに壊れやすい物であふれかえっていた。花瓶やティーセット、皿、柱、彫像や絵、トランクやシャンデリアや丸い椅子などが、これ以上ないほど不安定に配置されていた。客が店に来たことを知るために、ドアにベルを吊るしておく店主がいる。だがこのミスター・エーヴリー＝フィンチは、何かが粉微塵《こなみじん》に壊れて初めて来客を知るのかもしれない。

すべてがすばらしい物というわけではなかった。すばらしい物が、たいしてすばらしくない物と交じっていて、目の肥えた人間だけが見分けられた。この並べ方は無造作なわけではなく、客がどれほど骨董品について知っているか、その客からどれほど金を引き出せるかを見抜く手段なのかもしれない。

スザンナはスカートをはいていることも手伝って、動くのが怖いようだった。キットはミロのヴィーナスの複製と金色の箱のあいだを進みながら、ドアまで引き返すのに磁石が必要かもしれないと考えた。

「こんにちは！　何かご用ですか?」ミスター・エドウィン・エーヴリー＝フィンチにちがいない男性がキットの前に立ち、お辞儀をした。

その男性が顔を上げたとき、キットは言葉を失った。

それは彼の目だった。ミスター・エーヴリー＝フィンチは、一見よくいる中年のイギリス人という感じだった。手のひらほどの面積の髪の毛が頭に残っている。顎の肉はゆるんでいて、いい身なりをしているが派手ではない。

だが驚くような目をしていた。暗く、冷酷で、悲しみのせいで深く落ち窪んでいる。

「ミスター・エーヴリー＝フィンチですね?　ミスター・ホワイトです」

挨拶が交わされた。周囲に積まれた物を乱さないよう、注意深くまっすぐに頭を下げる。「いらっしゃいませ、ミスター・ホワイト。ご婦人に何かお探しで?　奥にルイ十六世時代のすてきな長椅子がございます。田舎の家にぴったりでしょう」

キットは笑いそうになった。ミスター・エーヴリー＝フィンチはすばやく正確にキットたちのことを見積もった。裕福で、金遣いが荒い。彼の陽気な声は悲しげな顔と対照的で、気味が悪いくらいだった。

「ミスター・エーヴリー＝フィンチ」キットは低い声で言った。「ミス・デイジー・ジョーンズから聞いてきたんです。ミスター・ジェームズ・メークピースと親しかったそうですね」

ミスター・エーヴリー＝フィンチは凍りついた。キットたちの目の前で、その顔から偽りの陽気さが消え、灰色でうつろな表情になった。

「ええ」感情のこもった声だった。「そうです」

そのときキットは、ミスター・エーヴリー＝フィンチにとってのジェームズ・メークピースは、単なる〝友だち〟という言葉だけでは表わせない存在だったと理解した。とつぜん、この骨董店の小柄な主人の出現で、ジェームズ・メークピースは謎めいた人間から、ひとりの愛されていた人間へと姿を変えた。

「ぼくたちは彼の死を調査しているんです」そしてどうやら、彼の人生をも。

ミスター・エーヴリー＝フィンチは何も言わなかった。ジェームズという名前を聞いただけで体が麻痺してしまったように、じっと立っていた。

「気の毒に、寂しいでしょう」キットは静かに言った。「彼とは友だちでした」

「あなたは……もしかして、ジェームズと同じ仕事をしているのかな、ミスター・ホワイト？」ミスター・エーヴリー＝フィンチは慎重に言った。

「というと……骨董品の輸入ですか？」キットも同じように慎重に、問いかけるように言った。

ミスター・エーヴリー＝フィンチはかすかに微笑んだ。「そうでしょうね」彼はこれが〝諜報員〟を示す暗号のようなものだと、正確に理解した。

「あなたは……？」ミスター・エーヴリー＝フィンチはスザンナに向かってたずねた。

「彼の娘でした、ミスター・エーヴリー＝フィンチ。スザンナといいます」

ミスター・エーヴリー＝フィンチは目を見開き、スザンナを見つめたが、驚いているふうではなかった。それよりも……観察していた。スザンナの顔を仔細に記録するように見た。何か言おうとして口を開いた。だがやめた。

「奥の居間で座って話しましょうか。ドアに看板を下げて……」

ミスター・エーヴリー＝フィンチは微妙なバランスで積まれた物を巧みに避けて、ドアへ向かった。「お茶でも淹れますよ」肩ごしに言った。「ティーポットには困らないですからね」彼は注意しながら、混み合った部屋の中に手を振ってみせた。

スザンナが笑い、ミスター・エーヴリー＝フィンチはかすかに微笑んだ。ちょっとした冗談で雰囲気を明るくできたのが嬉しいようだった。

「ミス・メークピースはジェームズが彼女の父親ではなかったことを知っています」三人が長椅子に落ち着き、湯気の立つティーカップを手にすると、キットは言った。こうして始めるのがいいだろうと思ってのことだった。

ミスター・エーヴリー＝フィンチは考えこみ、用心深くキットを見返した。

「大丈夫ですよ、ミスター・エーヴリー＝フィンチ。秘密は守ります。ぼくはジェームズの死が偶然の出来事ではなかったと思ってる。だからこそ、ここへ来たのです」

「あんなことになる前に、わたしのところへ来てほしかった……」ミスター・エーヴリー＝フィンチの声が涙まじりになった。「ジェームズには借金があったんです。彼はすてきな物に弱くて、誰よりもいい審美眼を持っていた。それで知り合いました。二十年近く前に、彼が店に来たんです」彼はかすかに笑った。「彼はいろんな分野で有能な人間だった。ジェームズは数字にも強かったのに……分不相応の物でも手に入れずにはいられないようだった。子どもを養子にするように、引き取ってしまう。どうしても必要だったようだ。それで……ああ、どれほど金に困っていたか、わたしは知らなかった」

「どれほど困っていたんですか？」キットはたずねた。彼はお茶のにおいを嗅いだ。砂糖を入れたいような気がしたが、ミスター・エーヴリー＝フィンチは砂糖を出す素振りを見せない。とにかくそっとひと口飲んでみた。

「クラレットを飲みながら話を聞いた。ジェームズはクラレットが大好きで……」ミスター・エーヴリー＝フィンチはちょっと微笑み、キットとスザンナの顔を見た。ふたりにもこの思い出を分かち合ってもらいたいようだった。スザンナには、微笑んで先を促すことしかできなかった。「彼はサディアス・モーリーに手紙を書いたと言った」

「恐喝の手紙ですか？」キットは遠慮なくたずねた。

「ああ、ほかにどんな手紙を書くと、殺されるんだろうね？」ミスター・エーヴリー＝フィンチは、驚くほど辛辣に答えた。「そう、まったくばかなことをしたものだ。わたしに相談してくれればよかったのに。わたしは裕福ではないが、何かできたはず……いっしょに何か方法を……見つけられたはずだ……」

キットはミスター・エーヴリー＝フィンチの悲しい怒りがおさまるまで待っていてから、次の質問をした。「なぜ、とりわけミスター・モーリーに恐喝の手紙を送ったのでしょうか？」

この質問を聞くと、ミスター・エーヴリー＝フィンチは急にティーポットに興味を示し始めた。表面に散らされた花の絵を数えるかのように見つめた。

スザンナがそっと声をかけた。「何か聞かせてもらえることがあったら……とてもありがたいです。今ではわたしには家族はいなくなってしまって……何かご存知のことがあったら……」

ミスター・エーヴリー＝フィンチの顔が同情するように痙攣した。やがて彼は、自分自身に許可を出すかのようにうなずいた。

「ジェームズがそうしたのは、リチャードのためだった。あなたたちを引き受けたのはね」

「リチャード・ロックウッドですか?」キットがすばやく訊き返した。

ミスター・エーヴリー＝フィンチは顔をしかめ、キットを見上げた。「ミスター・ホワイト、リチャードとジェームズについて、すでに知っていることを話してくれたらどうですか。そうしたら新しい情報をつけたせるかもしれない」

これはもっともな提案だとキットは思った。「リチャード・ロックウッドとアンナ・ホルトのあいだに三人の娘がいて、その末っ子がスザンナだったということはわかっています。ロックウッドは殺され、アンナ・ホルトは殺人の罪に問われたが、逮捕される前に消えた。娘たちがどうなったかは、誰も気にしなかったようだ。たぶん母親といっしょだと思われていたんでしょう。数週間前、ジェームズは死ぬ直前に、サディアス・モーリーがリチャード・ロックウッドの殺害に関わっていたのではないかとぼくに話した。昨日、ミス・デイジーから、アンナの三人の娘を預かったのはジェームズだったと聞いた」

「かなりのことを知っているんですね、ミスター・ホワイト」ミスター・エーヴリー＝フィンチは口元をゆがめ、一瞬考えこんだ。「この話をしましょう。ジェームズとリチャードは親しい友だちどうしだった。ふたりは劇場で会った。見世物を愛し、共通のユーモア・センスを持っていた。骨董品が好きな点でも、リチャードとジェームズは気が合った。そう、いい友だちになった」ミスター・エーヴリー＝フィンチの声には、うらやむような響きがあった。「リチャードはジェームズを信用した……ジェームズは……」彼は挑むようにキットをまっすぐに見た。「秘密を守る男だと」

そうだったにちがいないと、キットは思った。「でも、ジェームズは秘密をあなたに話した」キットは推察した。

「もちろんです。わたしたちは……」そこで彼は口をつぐみ、スザンナをちらりと見てから、視線をキットに戻した。「とても親しかったから」かすかに口元に笑みが浮かんだ。

「ミスター・モーリーはどうなんですか？　彼もリチャードと面識があったんですか？」

「ああ、リチャードはミスター・モーリーの政治的ライバルだった。リチャードはあの男を好きではなかったし、信用もしていなかった。わたしは最初は、リチャードのほうが気取っていると思っていました。リチャードはいい家柄の出で、モーリーはちがった。わたしの家もとてもいいとは言えませんから、どちらかというとモーリーに同情したんです。でもミスター・モーリーに直接会う機会があって……まあ、わたしも彼は好きませんでしたね。どうしてかは、言葉にするのがむずかしいんですが」彼はわかったかどうか確認しようとしてキットを見た。

「直感みたいなものでしょうか」

「ええ」ミスター・エーヴリー＝フィンチは答えた。ほっとしたようだった。「ジェームズはリチャードがモーリーのことを独自に調べていて、どうやら悪事を決定づける何かを突き止めたらしいと話してくれた。リチャードが殺されたとき、わたしは彼を信じる気になっていた。そのときです、スザンナ、ジェームズはあわててきみたち娘を……当局に連れ去られる前に引き取りにいった」

「ジェームズはあなた以外の誰かに話をしたでしょうか、ミスター・エーヴリー＝フィンチ？」

「ジェームズには親しい人間がふたりいました、ミスター・ホワイト。そのうちのひとりは、今あなたの目の前にいる。リチャードがもうひとりだった。彼は軽々しく秘密をもらしたりはしなかった」

「ジェームズは、命の危険を冒してアンナに警告し、三人の幼い娘たちを預かるほど、リチャードと親しかったんですか？」

ミスター・エーヴリー＝フィンチは驚いて顔を上げた。「親しかった？　ジェームズはリチャードに恋していたんだよ」

静寂が落ち、陶磁器の茶器やトレーに埃が落ちる音さえ聞こえそうだった。

「お茶をもう少しどうですか？」ミスター・エーヴリー＝フィンチはかすかに皮肉っぽ

さの感じられる仕草で、自分のカップのお茶をすすった。

「申し訳ない」ミスター・エーヴリー＝フィンチは、すまながっているというよりはいたずら好きといったほうがいい表情で、スザンナを見た。「驚かせたかな？」

「いいえ」スザンナはすぐに答えた。それでも目は大きく見開いたまま、元に戻らなくなってしまったかのようだった。

嘘つきめと、キットは思った。

「あなたのお父さんのリチャードはとてもハンサムでしたよ、スザンナ」ミスター・エーヴリー＝フィンチは説明をした。「わたしも彼が好きだった。でもわたしはジェームズのように、彼との友情を育むようなことはしなかった。そう、告白すると、ふたりの友情には嫉妬のようなものを感じていました。でも……まあ、ジェームズはたいていわたしといっしょにいたし、わたしもうるさいことは言わなかった。それにリチャードはあなたのお母さんと熱烈に愛し合っていた。それはわかるね。彼のジェームズにたいする気持ちは……友情だけだった。ほんとうだ。でもジェームズは彼をとても好きだった」

ミスター・エーヴリー＝フィンチの声は消え入った。いま口にした事実の重みに、彼自身がくたびれてしまったようだった。気まずい沈黙の中で、彼は過去を見通す鏡のように、スザンナの顔をのぞきこんだ。「あなたはお母さんにそっくりですよ」やがて彼は言った。「ここ以外はね」スザンナが驚いたことに、彼は手をのばして、スザンナの顎をそっとつまんだ。「この四角い小さな顎。これはリチャード似だ」

スザンナの目が驚きで輝き、それから嬉しそうにやわらいだ。ミスター・エーヴリー＝フィンチが手を離すと、スザンナは自分の手で不思議そうに顎をなでた。キットは、また胸を蹴られたような奇妙な感覚を覚えた。まるで彼の心臓が、スザンナの心臓と同調しているようだった。

ミスター・エーヴリー＝フィンチは咳払いをした。「すまないね、よけいな話をした。そう、ジェームズはリチャードのために、あなたを引き受けたんだ。リチャードのために、姉妹の引き取り手を探した。リチャードのために、ずっと沈黙を守った。リチャードのために……アンナに逃げろと警告をした。彼が秘密を守ったのは……あなたたち娘のためでもある。たぶんあとでアンナを見つけるか、彼女が戻ってくるかするだろうと思っていたんだろう。だが戻ってこなかった」

「アンナがどこに行ったか、心当たりはありませんか？」キットはたずねた。「ほかの娘たちは？」

「まったくわからない。すまないね。彼女がどんな気持ちかわかる……愛するものすべてを……一瞬で失うなんて」

彼の声はしっかりしていた。戦場で闘っていようとティーポットを売っていようと、概してイギリス人の男性は厳格なものだと、キットは考えた。ミスター・エーヴリー＝フィンチはため息をつき、またお茶をすすった。「ルイ十六世の時代のものです」彼はティーポットを指して言った。「お望みなら、いいお値段でお分けしますよ」

「ありがとう、ミスター・エーヴリー＝フィンチ。考えてみます」キットはまじめくさって答えた。

「わかっていた……」お茶を飲んで落ち着くと、ミスター・エーヴリー＝フィンチは話を続けた。「リチャードの正義を晴らす機会さえあれば、ジェームズは行動に出るだろうと思っていました。でも借金が計画の妨げとなり、彼を混乱させたんでしょう。職業柄、特殊な……慎重さを身につけていたとはいえ、そもそも不正な行為をできる男ではなかった。それでひとつの石で二羽の鳥を落とそうとして……つまり、リチャードの正義を晴らし、借金を返すということですが……逆に鳥に殺されてしまったんですね」自分の陰気な冗談に、彼は口元をひきつらせた。「順番が逆だったのかもしれないな。まず恐喝をして、それから証拠を探しだしたとか」

「オックスフォードで正しい恐喝の仕方を教えてくれないのは残念なことです」

「まったくです」ミスター・エーヴリー＝フィンチは小声で同意し、お茶をまたすすった。

「ミスター・エーヴリー＝フィンチ、リチャード・ロックウッドが集めた証拠について、ジェームズから何か聞きませんでしたか…… 〝キリスト教の徳〟というのに聞き覚えは？」

「〝キリスト教の徳〟ですか、ミスター・ホワイト？」ミスター・エーヴリー＝フィンチの眉が皮肉っぽく上がった。「いいえ、わたしたちは〝キリスト教の徳〟についてゆっくり考えることはなかったですね。重要なことなのかな？」

「リチャードはうまい方法でミスター・モーリーの罪の証拠を隠したと、ジェームズから聞きました。どうやらその隠し場所が、〝キリスト教の徳〟と関係があるらしいんです」

「リチャードらしいな。彼は賢かった。何かお役に立てればいいと思いますが、無理のようだ。たぶん、わたしを守ろうとして話さなかったんでしょう。いま知っている事柄だけでも、充分に命の危険を感じていいはずだ。でも最近では、自分がどうなるかあまり気にならなくなって、だからどちらでもよかったんです」

キットはなんと言ったらいいのかわからなかった。男性の手を叩いてやるわけにもいかず、悲しみを慰めるのに、言葉はあまりにも無力だった。

「ジェームズのために正義を貫きましょう、ミスター・エーヴリー＝フィンチ、そしてリチャードとアンナのためにも。あなたの身の安全を守るためには、なんでもしますよ」

ミスター・エーヴリー＝フィンチは軽く肩をすくめただけだった。

どんな人間にとっても、一度に聞くにはあまりにも多すぎる量の情報だった。「大丈夫かい？」キットはスザンナにたずねた。

スザンナは即答しなかった。「寂しい話ね」ようやく彼女は言った。「たぶん、ジェームズ・メークピースはわたしを愛していなかったとしても、わたしの父を愛していたということで喜ぶべきなんでしょうね。ふたりは恋人どうしだったんでしょう？ジェームズ・メークピースとミスター・エーヴリー＝フィンチは？」

キットは正直に答えるしかなかった。「ああ。そうだと思う」

また沈黙。「わたし……誰かが彼を愛していたというのは嬉しいと思うわ。父のことよ。つまり、ジェームズ・メークピースだけど。彼のことをほんとうに知っている人がいる。心の底から彼の死を悼んでくれる人がいる」

心の底から。毎日、キットは何かしらスザンナに感心させられていた。

「ぼくもだよ」キットはそっと言った。

キットは腕を差し出し、スザンナはその手を取った。彼は必要とあれば身をかわして避けようと、冷酷なまでに有能な目で通りを見渡した。キットたちの紋章のない馬車はわずか数メートル先に止まっていたが、スザンナの命を狙う者がいて、しかもキットのほうはロンドンにいるのがばれたらエジプト行きだという状況下では、充分に危険な距離だった。

「きみのお母さんとお父さんはきみを愛していたんだよ、スザンナ」キットの声は少し感傷的になっていた。彼はこんなことはめったに言わない。だが、かつてスザンナのことを心の底から愛した人間がいたことを、彼女にわかってもらいたかった。

スザンナはちょっと笑い、手を上げて顎をさわった。

そのときキットは、ハンサムで長身の、とても見慣れた人影が近づいてくるのに気づいた。

「ミスター・ホワイト」ジョン・カーが帽子を上げ、ミスター・エーヴリー＝フィンチの店へ向かっていった。

「ミスター・カースン」キットは礼儀正しく言った。

「エジプトはいい季節だと聞いたよ」ジョンが肩ごしに言った。

「何を言ってるんだ」

ジョン・カーは笑い、そのまますれちがっていこうとした。

「ミスター・カースン？」キットは急に鋭い声を出した。

ジョン・カーは立ち止まり、期待するような顔をキットのほうに向けた。ちらりとスザンナを見て、称賛するように目を見開き、それから明るく問いかけるように目を輝かせてキットを見た。

キットはそれを無視して、ミスター・エーヴリー＝フィンチの店のほうに顎をしゃくってみせた。「彼に気をつけてやってくれ。走り使いを雇うか？」

ジョン・カーは真顔になり、小さくうなずいた。軍人のような几帳面な身ごなしで体の向きを変え、店に向かった。

スザンナはそれをぽかんと見送った。「あの人はいったい……」

「遠い昔にぼくが撃った人物だ」

「遠い昔に、彼が撃ち損ねた人物だよ」ジョンが肩ごしに言い残し、一連の質問をするべくミスター・エーヴリー＝フィンチの店の中に消えていった。

キットは否応なしに胸に湧き上がる不当な競争意識を感じながら、その様子を見ていた。「ミス・デイジー・ジョーンズに会って細密画のことを訊いてから、バーンステーブルに帰ろう」キットは言った。

スザンナはまだ店の入り口を見ていた。「あれがジョン・カーなの？　あなたの親友？」

「そうだ。ハンサムだろう。立派な風采の男だ」

「そうかしら？　気がつかなかったわ」

「嘘がへただね、ミス・メークピース」

スザンナは笑った。その笑い声で、キットはわけもなく明るい気持ちになった。

キットとスザンナが〈ホワイト・リリー劇場〉に入っていったとき、デイジー・ジョーンズとトム・ショーネシーと将軍は舞台で猛烈な言い合いをしていた。三組の手が、さかんに振りまわされている。デイジーは人魚の衣装を着てぶらんこに乗っており、何かを主張するたびに尾を激しく振る。紫色のキラキラする鱗《うろこ》に見立てた網でおおわれた、立派な尾だった。大きくうねる赤毛のかつらが、頭から……大きなお尻へと流れ落ち……キットはすばらしい仕掛けを見て取った。ぶらんこが前後に動くと、かつらはふわりと浮いて……。

すばらしい。キットはロンドンに居残ってそれを見たいくらいだった。

とうとう将軍がうんざりして両手を振り上げ、舞台から飛び下り、ブツブツひとり言を言いながら座席のほうへ歩いてきた。「まったく、シェイクスピアなんてやめてくれ。ネル・グウィンほどの大女優だとでも思ってるのかね」

将軍はキットとスザンナの姿に気づいて足を止めた。彼は深々とお辞儀をし、くるりと舞台のほうに向き直った。「マダム・ジョーンズ」おおげさなほど丁寧に声をかけた。「来客だ」

それだけ言うと、ふたたびブツブツ言いながら座席のうしろへ歩いていった。「いまいましいデブのわがまま人魚め」これが姿を消す前に聞こえた言葉だった。

デイジーをなだめていたトム・ショーネシーが、顔を上げた。「ああ、ミスター・ホワイトと美人のミセス・ホワイトではありませんか」大声で言って、舞台から下りた。今日は黄褐色のズボンと深緑色のチョッキを着ており、赤みの強い金髪は計算しつくされて乱れている。

「ミスター・ホワイト、人魚のために手を貸していただけませんか?」

デイジーはぶらんこから飛び下り、尾のままでよろよろと舞台の端までやってきた。トム・ショーネシーとキットがそれぞれ片腕ずつを取って、舞台から下ろした。接着剤のおかげだろうか、長い赤毛の鬘は少しもずれたりしなかった。

「もしよければ、ちょっと質問があるんです、ミス・ジョーンズ。お邪魔して申し訳ない」キットは言った。

「ちょうど休憩したいところでした、ミスター・ホワイト」トム・ショーネシーは愛想よく言った。「喜んで失礼しますよ。邪魔者なしでお話ししたいでしょう?」ミスター・ショーネシーは低く頭を下げ、そんな単純な仕草でも妙に意味深に見せて去っていった。スザンナがいるせいにちがいないと、キットは考えた。スザンナはえくぼを作って彼を見送った。

キットは咳払いをした。スザンナはちょっとうしろめたそうに、ミスター・ショーネシーから視線を戻した。

キットは目の前のきらきら輝く人魚に顔を向けた。「ひとつだけ質問させてもらえるかな、ミス・ジョーンズ、そうしたらリハーサルに戻ってもらうから。アンナ・ホルトの娘たちは……つまり、ジェームズがスザンナの姉たちを連れてきたとき、その娘たちは細密画を身につけていただろうか？」

「細密画？」ミス・ジョーンズは赤い眉を寄せて考えこんだ。「ええ、そう言われれば、アンナを描いた細密画を持っていたわ。あの子たちはそれぞれが、アンナの細密画と服の包みを持っていた。お母さんの細密画を持っているなんてすてきなことだと思ったのを覚えてる……でも誰かに見られたらすごく危険だとも思ったわ」

「その細密画の裏に、何か書いてなかったかな？」

「シルヴィの細密画しか見なかったのよ、ミスター・ホワイト、でも覚えてる……裏には……〝シルヴィ・ホープ、母のアンナ〟と書いてあったわ」

「シルヴィ・ホープ？」キットにはこれが何かを意味するものなのか、手がかりなのかどうかわからなかったが、記憶に留めてあとで考えることにした。

「ありがとう、ミス・ジョーンズ」

「いつでも歓迎だと言ったでしょう」デイジーはスザンナを人魚の胸に抱きしめ、キットに手を差し出して挨拶をした。それから毅然とした態度で舞台へ向かった。

「トム！　将軍！」大声で言った。「まだ終わりじゃないわよ。ぶらんこに戻らせてちょうだい」

「海軍に連絡を！」劇場の後方のどこかから、将軍の声がした。「捕鯨用の網を持ってこいと言え！」

何年もこうした場所をおとずれたことはなかったが、まったく居心地が悪いばかりではないのは驚きだった。

だがそう意識すると、ちょっと居心地が悪くなった。

この暗さ。ランプの光を単純に打ち消すような暗さのせいだと、モーリーは考えた。その暗さは、何年にもわたって酒や料理や血で汚されてきた床から来る。煙の染みついた低い天井から来る。空気は重く、料理や煙や客たちのにおいに満ちている。客は誰ひとりとして最近入浴したとは思えず、歯もそろっていない。もしかしたらセント・ジャイルズの町をいっしょに走りまわったやつがいるのかもしれない。

ボブが落ち合う場所を選んだ。どうにかしてキャロラインに書きつけを渡した。

女性にとっては危険な場所だが、キャロラインは普通の女性ではない。猫のように、面倒ごとを招くのと避けるのと、両方をうまくやってのける直感を持っている。防衛本能も猫並だ。彼は心配はしていなかった。胸の中には、けっして不愉快ではない小さな期待があった。

彼女はどこからともなく現われた。「こんにちは、サディアス。わたしを殺そうとしてたわね」彼女は手を差し出した。

「やあ、キャロライン」彼は手にキスをした。「わたしを恐喝していたな。立ち上がるべきところだが、足がな」

彼女は同情して舌打ちをした。

「腰かけたらどうだ？」彼は椅子を引き出した。彼女はそれを見下ろしていたが、やがて諦めたように腰を下ろした。

「お金が必要だったのよ、サディアス」

謝罪ではない。彼は笑いそうになった。「だったら金をくれと言えばよかった」

「そうかしら、サディアス？　なぜか、あなたがそんなに気前がいいとは思えなかったの」彼女は皮肉っぽく言った。「ほんとうにお金が必要だった」

もちろん彼女の言うとおりだった。とつぜん去っていった愛人に金をやろうというのは、ばかみたいに感傷的か、自棄《やけ》になっているかのどちらかだ。彼はどちらでもなかった。

「アメリカ人の商人はどうした？」彼はたずねた。

「何かの罠なの？」彼女は答える代わりに軽い口調でたずねた。「いい人みたいなふりをしておとりになってるの？　手下が忍び寄ってきて、背中を刺されるのかしら？」

彼はこれには答えなかった。「何か飲むか、キャロライン？」

「ここで？　いらないわ。なんの病気を移されるかわからない。普段のあなたが来るような場所じゃないでしょう、サディアス」

「今日は私用だ」

キャロラインは全身黒ずくめの格好でほとんど見えなかったが、肌だけが輝いていた。目にも、同じ輝きがあった。真夜中の湖のように底知れず謎めいていた。彼女と愛を交わすのは、いつでも猛烈な経験だった。激しく興奮しながら、つかみどころがない。月と愛を交わすようだ。

月が大胆な性的趣味を持っていればの話だが。

彼は我慢しきれずにたずねた。「なぜわたしのもとを去った？」

彼女は肩をすくめた。

それ以上の答えは期待できそうになかった。彼には理解できるような気がした。彼女の人生は始まりからして混乱し波乱に満ちていた。それが本来の状態であり、彼女はそういう状態でないと落ち着かないのだ。

いっぽうのサディアスは、年を取るにつれ、安定と平和を好むようになっていた。ここ数週間の出来事はいやだった。人を殺さなければならないというのは疲れる。

「わたしを脅したのを許すわけにはいかないな、キャロライン」

「ああ、わかってるわよ」彼女はどうでもいいように言った。「ナイフを持った手下に思い知らされたわ。どうして今夜会いたかったの、サディアス？　ただ、〃脅したのを許すわけにはいかない〃って言うため？」彼女は彼の偉そうな口調を真似した。

彼は思わずちょっと微笑んだ。「力を貸してほしいんだ、キャロライン」

彼女は笑った。「そっちのほうがあなたらしいわ。戻ってくれとすがってきたりしないって、わかってたはずなのに」皮肉な口調だった。

そうしたら戻ってきたか？　いいや、彼はすがったりしない。彼女に戻ってもらいたいのかどうかさえわからない。これまで関わりのあった人間の中で……彼女がいちばん彼を理解したのだが。それには大きな安全と、大きな危険が潜んでいた。

「簡単なことだ」彼は言った。「グランサムを誘惑して、あいつがスザンナ・メークピースと何をしているのか聞き出してくれ。わたしに関係していることかどうかを探ってほしい。ここに戻ってきて報告しろ。それから、次にどうするか決める」

「グランサム？　キット・ホワイトローのことを言ってるの？」彼女は驚いた。

彼はうなずいた。

キャロラインは心底驚いていて、しばらくぽかんとしていた。「キット」小声で言った。謎めいた表情のまま、遠い目をした。

「どうしてわたしにやらせようと思ったの、サディアス？」

「こんなに年月がたったというのに、あいつはわたしを憎んでる、キャロライン。それはおまえのせいだ」

キャロラインにとって嬉しい言葉だった。彼女は微笑み、小さな白い歯が暗いパブの店内で光った。「ほんとうにそうだと思う？　でも今じゃ、彼だって大人でしょう」

「そうだ。女という弱みのある大人の男。まちがいなく、おまえを放ってはおけないはずだ」

彼女はうなずいた。大人の男の大半はそうだ。「結婚はしてないの？　キットだけど？」

「していない」

「スザンナ・メークピースというのは誰なの？」

「リチャード・ロックウッドとアンナ・ホルトの娘のひとりらしい」

これを聞いて、キャロラインはびくりとした。「キットと？」小声で言った。「その娘がキットといるの？　どうして？」

「それがわからないんだよ、キャロライン」モーリーは歯がゆそうに説明をした。「だから探り出してもらいたい。だが今やあいつは諜報員だ。あいつは……」彼は適当な言葉を探した。「……楽な男ではない。簡単な男でもない。じつをいうと、賢くて危険な男だ」

この仕事が思ったほど単純で楽しいものではなさそうだと、キャロラインが理解したのがわかった。彼女は考えていた。黙って手袋をいじっていた。店内を見まわし、客層を見て顔をしかめ、目を彼に戻した。

「どうすればいいの？　必要な情報を聞き出すって？」

「わたしに脅されたと言え。助けが欲しいとな。その手の願いは断われないはずだ」

「手を貸すと約束したら、殺そうとするのをやめてくれる？」

「殺そうとする理由を作るのをやめるか？」彼はからかうようにたずねた。

キャロラインはうっすらと笑ったが、答えなかった。彼はそれを同意と受け取った。

「最近……足の具合はどうなの？」しばらくしてから彼女はたずねた。

「痛む。下院の議会中、しゃべりかけてくる。もっと正確に言うと、悪態をついてくる。退屈な議員の話をかきけしてくれる」

キャロラインは笑った。「会議場の湿気のせいよ。湯治場にでも……」

「下院が休みになったら行くかな」

キャロラインはうなずいた。「行くべきよ。前は効いたでしょう？」

彼女は彼をよく知っていた。とつぜんしゃべるのがむずかしくなって、彼はただうなずいた。

「いいわ、サディアス。やるわ」

彼は咳払いをした。「今夜はどこに泊まるんだ、キャロライン？」

「あなたといっしょに？」彼女は軽く誘いをかけた。

彼はパブの暗闇の中で彼女の手を握った。彼女の指が手にからみついてきた。お馴染みの、胸が痛いほど甘い仕草。「わたしは年を取ったよ、キャロライン」

「どうかしら」彼女はささやいた。

17

「スザンナ？」

スザンナは窓からおばの家のバラを見ていた。花はとうとう暑さに負け、しおれはじめている。彼女の心も同じようだった。

ロンドンからの長い長い帰路、彼は当たり障りのない退屈な会話に終始した。家に着くと、彼は礼儀正しい紳士らしく、彼女の手を取って馬車から下ろした。礼儀正しい紳士らしく、彼女のトランクを下ろした。お辞儀をし、帽子に手を触れ、にっこり微笑んで去っていった。何もかも、礼儀正しい紳士らしく。

礼儀作法に攻撃されているようだった。彼はどうしてしまったのだろう？

「スザンナ？」

すばらしい礼儀作法だった。輝かしく、非の打ちどころないよろい一式のように心をそそられる。ロンドンに着いた瞬間、彼はスザンナを必要以上に近づけないために、それを身につけた。彼自身についての話は、暗闇の中でだけだった。まるで暗闇の中で話したことは物の数に入らないかのように。両手で顔を隠しているから人に見られていないと思っている子どものようだ。

彼はスザンナに触れようとしなかった。椅子で眠った。

スザンナは知りたかった。なぜ彼女に触れようとしないのか？ 出生の秘密や、普通とはいえない過去に関係しているのだろうか？ 彼は子爵で、彼女のような地位の女性との結婚……いや、彼女のように地位のない女性との結婚など夢にも考えられないとか？ いったん関係を持ったら、もう魅力を感じなくなったのか？

魅力がなくなった？ そんなことはないだろう。

彼はスザンナを気遣ってくれる。それはわかる。彼はスザンナを求めている。それもわかる。メスのクサリヘビが用心深いとか、オナガ・ハタネズミはこの地域では珍しいとか、馬の体内は温かくて濡れているといったことと同じくらいはっきりした事実だった。

だが彼は態度に表わそうとはせず、それはおよそ彼らしくないことだった。ということは……彼はスザンナのことをどうしたらいいのかわからないのか、それとも彼のほんとうの気持ちをスザンナに告げたら彼女を呆然とさせてしまうと考え、心配してくれているのか。

奇妙なことに、スザンナは彼の心遣いを喜べなかった。それよりも傷ついて落ち着かず、心が乱れ、苛々して……。

もしかしたら、彼はただ怖いのかもしれない。

キット・ホワイトローが？　怖い？　何が怖いというのか？

「スザンナ？」

スザンナはおばのフランシスのほうへゆっくりと顔を向けた。「え？」

「三回も名前を呼んだのよ」フランシスは優しい声で言った。

「そうだった？　ごめんなさい」

「何か困っているの？　ぼんやりしてるわね。ロンドンは楽しくなかった？　お友だちが恋しくなったのかしら？」

ロンドンにいるあいだ、〝友だち〟のことをまったく考えなかったのに気づき、驚いた。

〝ああ、フランシスおばさん、困ってるの。子爵に恋してるんだけど、彼はなかなか手を出してこないの。この前はようやく手と口であちこちさわってくれて、すっごく楽しかったわ〟スザンナがこう言ったら、フランシスおばさんはなんと答えるだろう？

「いいえ」スザンナは低い声で答えた。「なんでもないの」

フランシスは眉をひそめ、スザンナのそばにきて、窓辺にならんで腰かけた。

「子爵は……まさか……」フランシスは言葉をにごして、スザンナの好きなように言葉を続けるように誘いかけた。その顔は心配そうにこわばっていた。

「ちがうわ」スザンナ自身でさえ、その声には落胆の響きが聞き取れた。

フランシスは明るい笑い声を上げた。「まあいいわ。なんでもないというならね」皮肉っぽい言葉だった。「スカートに何かついてるわよ?」フランシスは何かをつまんだ。

「きらきらしてる」

スザンナはそれを見た。「人魚の鱗にちがいないわ」スザンナはつぶやいた。それからかすかに眉をひそめ、視線を窓の外に移した。どうしても想いはそこへ行ってしまう。頭の中はほかのことでいっぱいで、スザンナはまたおばの存在を忘れた。

「むずかしい性のことなら……わたしも多少は知っているのよ、スザンナ」フランシスは彼女をなだめるように言った。「もし訊きたいことがあるならばね。つまり、男の人についてよ」

おばの言葉が混乱した頭の中に響き、とつぜん、スザンナはあることを決意した。

彼は何者かがスザンナを殺そうとしていると恐れている。たったひとりで家から出たら、猛烈に怒るだろう。別れ際に言った言葉は、〝家から出るな〟だった。

だが出ざるをえないと心に決めた。立ち上がり、スケッチブックをつかんだ。

「スザンナ」

フランシスの口調は鋭く、スザンナははっとして振り向いた。フランシスはからかうような顔つきでじっとスザンナを見てから言った。

「わたしはあなたと血が繋《つな》がっているわけじゃない……でもほんとうに……あなたが傷つくようなことになってほしくないの」

スザンナは当惑して、立っていた。

「ああ、フランシスおばさん……」彼女は勢いこんで言った。「ありがとう。ごめんなさい。約束するわ……おばさんをがっかりさせたり、恥ずかしい思いをさせたりしないよう最善を尽くすと、堅く誓います」

「そんなことを心配しているんじゃないのよ」フランシスは優しく言った。「あなたはそんな娘じゃないもの。でも堅い誓いを立ててくれてありがたいわ」

まったく、このおばはつむじまがりだ。

スザンナはうっすらと笑った。「あら、わたしは心配だわ」彼女はさらりと言った。

「本気でよ」

フランシスはじっとスザンナを見た。茶色い目は物思わしげだった。何か言葉を探しているようだった。

「傷つくようなことになってほしくないと言ったけれどね、スザンナ」フランシスは言った。「だからといって、冒険するなというのではないの。傷つく可能性がまったくなければ、冒険とは言えないわ。人生において価値ある物で、手に入れるのが簡単な物は何もないわ、スザンナ。それに……ああ、気にしなくていいわ。あなたは若いし、分別もある。わたしがつまらない警告をする必要はないわね。それに、あなたは堅く誓ってくれた。行ってらっしゃい……楽しんでくるのよ。でも夕食までに戻りなさいね」

「わたしに分別があると思うの？」なぜか、スザンナは驚いていた。

「ええ」スザンナが驚いていることに、フランシスは驚いていた。「わたしはそう思うわよ」

これはどうだろう？　さまざまなことがわかったうえに……彼女には分別もあるという。

スザンナはフランシスに明るく笑いかけ、ドアを押し開き、暑さなどものともせずに小道を駆けだした。

彼の居場所なら、すぐに見つけられる自信があった。

彼は桟橋にいて、裸の胸をタオルで拭っていた。すでにズボンははいているが、裸足で、低くなった午後も遅い太陽が体の半分を金色に染め、残りを陰にしていた。

そこへ来るまでに、スザンナは頭の中でなんと言おうか、どうたずねようか、彼の言葉に心を打ち砕かれたらどうしようかと、さんざん考えていた。だがそのときキットが急に振り向き、スザンナを見た。彼の無防備な顔が、スザンナの知りたいことすべてを物語り、もはや質問は必要でなくなった。

「ああ、キット、いいのよ」スザンナは低い声で言った。「わたしも愛してるわ」

キットはじっとスザンナを見つめた。それから小さく笑い声を上げた。信じられないふりだとか、無頓着なふりをしたかったのかもしれないが、残念ながら失敗していた。

スザンナは相手が鹿かリスででもあるかのように、そろそろと彼に近づいた。彼の目は彼女の顔からそれることなく、その動きを追った。彼の体のぬくもりが感じられるところ、あと少しで彼に触れるところで足を止めた。

そこでスザンナは彼に触れた。そっと、軽く、片手を彼の胸においた。

「ほんとうよ」スザンナは穏やかに言った。「どこにも行かないわ。約束する」

スザンナの手のひらの下で、彼の心臓が彼女の心臓といっしょに跳ねるのが感じられた。彼の呼吸が速まり、あばら骨が上下する。恐れと激しい欲望とで、彼の顔がこわばった。彼はゆっくりと片手を上げ、その甲でスザンナの頬を、そして唇をなでた。スザンナは彼の指にキスをした。彼の目が黒に近い色に輝くのを見た。

「またもや不公平だな、ミス・メークピース」彼はつぶやいた。「ぼくは半分しか服を着ていない」

「だったら……」スザンナは彼の顔を見つめたまま、自分でも知らなかったほどの勇敢さで、服の襟元の紐をほどこうとした。

「だめだ」彼は鋭く言った。

この言葉に、スザンナの心臓は止まりそうになった。

「つまり」彼はあわてて言った。「それはぼくにやらせてほしい、スザンナ。そうすれば、あとあと、きみ自身ではなくぼくを責められる」

スザンナの心臓は、ふたたび希望を持って打ちはじめた。彼女は目を上げた。

キットは微笑みながらスザンナを見下ろしていたが、その微笑みはこわばって悲しげで、これまで見たことがないほど緊迫した表情だった。

思いも寄らないほどの素早さで、キットは彼女の首のうしろに手をまわし、紐をほどいた。スザンナは笑いそうになった。そよ風を背中に直接感じた。

キットは手を服の下に差しいれ、そっと彼女の肌に触れ、安堵にも似た震えるため息をついた。肩甲骨に沿ってなで上げ、背骨の両側をなでおろす。ざらついた指先が軽く触れる感触に、スザンナの肌は熱くなり、足から力が抜けた。その感触だけを感じていたい、彼の手に触れられる歓びだけを純粋に味わおうとして、スザンナは目を閉じた。

彼の口が熱く耳に触れた。「スザンナ」彼はささやいた。その響きは、彼の指と同じくらい官能的だった。全身が敏感になり、胸に熱い思いが湧き上がった。息が苦しかった。手のひらを彼の胸に押し当てる。ようやく、その温かくて力強い美しさを味わえた。堅い筋肉をおおうなめらかな肌。柔らかさと力強さが共存している……これがキットだ。「気持ちがいい」彼は彼女の首元でささやいた。その口が耳に移動する。柔らかい肌に唇を押しつけ、熱いキスをする。「好きなところをさわってくれ」

「ぜひにと言うなら」スザンナは言った。のんきなふりをしようとしたが、その声はかすれていた。

キットは笑った。憎たらしい男。

スザンナは何週間も焦がれてきた気持ちのまま、一本の指でたくましい胸の輪郭をたどり、大きな八の字を描き、それからその指を、ズボンの中のふくらみへと続く明るい産毛をなぞるように下ろしていった。そこで動きを止めると、キットが息をのむのが聞こえた。スザンナは両方の手のひらを開き、彼のほっそりとした腰に当て、ズボンの上から引き締まったお尻を包みこんだ。キットは嬉しそうな声を低く漏らした。

「これは公平なことかしら」スザンナはあえぎながら首をそらし、喉元にまた彼のキスを受けた。「わたしはあなたの全身を見たことがあるのに、あなたはまだ……」

「ああ、ぜひとも公平にしてもらいたいものだな、ミス・メークピース」彼の手が背中から移動し、スザンナの袖をつかんで下ろし始めた。

「だめよ」スザンナが急に言った。

キットは手を止めた。その目に浮かんだ表情を見て、スザンナは今の言葉を後悔した。

「自分でやらせて。そうしたら、あとで責めるのは自分自身だわ」

キットは一瞬考えこんだが、スザンナの表情を見て心を決め、両手を彼女の腰に下ろした。彼女を尊重して、まかせることにした。

彼の目の前で、スザンナは震える両手で服の身ごろをつかみ、ゆっくり、ゆっくりと下げていった。布地でなく風が肌に触れるようになり、やがて胸が露わになった。キットの目がスザンナの顔を離れることはなかった。彼女を見つめ、勇気を与えた。スザンナは震えながら息を吸いこみ、身ごろを腰まで下ろした。

キットの目が彼女の目から口元へ落ち……それから……。

「すごい」キットの声は敬虔な歓びに満ちていた。

スザンナは思わず笑いそうになったが、すぐにその口にキットの唇が重なり、温かな手が、腰や胸に直接触れ、少しずつ焦らすように上がっていき、やがて彼女の胸を包みこんだ。彼の手や唇の動きは、このうえなく優しかった。スザンナは膝から崩れ落ちそうだった。キットの親指がスザンナの胸の先端をなぞり、とうとう彼女はキスをやめ、どうしようもない歓びに震えながら頭を彼の胸に預けなければならなかった。

キットは手をスザンナの頭の後ろに当て、もう一度深いキスをした。もういっぽうの手を腰にまわし、熱い胸に抱き寄せた。堅くなった胸の先端が彼の肌にこすれる感触は、何にも優るものだった。スザンナは両手を下ろしていき、キットのズボンの下の固くなった部分に触れ、そこをなでた。キットはうめき声のようなものをもらし、スザンナはそれをもう一度やってほしいものと解釈した。そこでもう一度、さらにもう一度なでると、キットが両手でスザンナのお尻をつかみ、乱暴に引き寄せた。スザンナは両腕を彼の首にまわしてしがみついた。

彼の中に入ってしまいたいほどだった。

「きみと愛を交わすのは、スザンナ」キットはスザンナと唇を合わせたまま、腰を彼女に押しつけてつぶやいた。「すばらしい名誉と歓びだろうな」

「あなたと愛を交わしたい」スザンナの声が震えていた。

「何を言っているのか、わかってるのか？」彼の手は彼女の服のさらに下まで入りこみ、指先がお尻の割れ目に届いて、そこをそっとなぞった。彼はじっと彼女の目をのぞきこんだ。

「ええ」

「ほんとうに？　ぼくがきみの中に入って……」キットはスザンナにキスをした。ゆったりとした、申し分のない、燃えるようなキス。「きみの中で動き……」キットはまた、同じようにキスをした。スザンナの理性はきらきらと輝く破片となって飛び散った。

「……ふたりで気が変になるような歓びを得る」

「中に入ってほしい」真実を前にして、スザンナは泣きそうだった。

とつぜんキットはスザンナを抱き上げ、桟橋から小さな木造の小屋へ運んだ。ドアを押し開け、彼女を下ろした。いつもの気取らない素早さで、キットは一歩離れてズボンを脱いだ。彼の興奮にみなぎる股間、堅い太股の輪郭、断固とした男らしい裸の体が、ほんの数十センチほどのところにあり、スザンナは急に衝撃を受けた。これは現実だ。現実に起こっていることだ。

スザンナはキットの大胆さが自分にも移ることを願い、同じく素早い動作で服を脱いだ。それでも急に裸であることに不安を覚え、震えながら恥ずかしそうに立っていた。キットはふたりの服をかき集めて地面に敷き、柔らかい場所を作った。これもまた、恐ろしいほど現実的だった。

「おいで」キットがささやくように言った。スザンナが一歩踏み出すと、キットは彼女を両腕で熱い体に抱き寄せた。力強い両手が背中をなで、温もりで包みこみ、これでスザンナは不安を忘れた。

肌をこする彼の唇は、優しく穏やかだった。その唇は彼女の秘密を知っていた。力強くありたい、こんな状況でも自分に選択肢があると思いたいのに、無力さを思い知らされた。そう、スザンナに選択肢などはなかった。彼の口は移動し、唇と舌とで彼女の喉やこめかみ、首筋を味わった。それが唇に戻ってくると、スザンナは感謝して必死に彼を味わい、熱い舌先をからめあった。

キットの両手は、今度はスザンナを安心させるのではなく興奮させるよう、驚くほど巧みに彼女の体をまさぐった。彼の指は、どこをなでて焦らすか、どうすれば彼女がうめき声をもらすか、嘆願するかを心得ていた。胸の丸みやその先を愛撫され、足のあいだの温もりを探られて、スザンナは全身を彼にまかせた。淫らなほどに、彼にしなだれかかった。

時間の感覚は失われた。ふたりは唇を合わせたまま膝をついた。彼は指を彼女の髪の中に入れ、ピンを抜いて髪をほどいた。仰向かせてより深いキスをし、髪をもてあそぶ。スザンナは注意深く、そっと彼の胸の傷を、そしてナイフで切られた腕の傷に触れた。スザンナの手が触れた瞬間、キットは信じられないというように目を閉じた。彼は両腕でスザンナを抱き寄せ、そのまま仰向けに横になった。

「今だ」彼は唇を寄せたまま、かすれた声で言った。「きみが欲しい、スザンナ。今、頼む」

「いいわ」ささやくような声。

キットは両腕でスザンナを抱いたまま、寝返りを打って彼女の上に乗った。スザンナは腰に彼を乗せ、抱き寄せた。彼は上半身を持ち上げ、スザンナと体を合わせて、彼女の熱い中へと入った。一瞬の痛みが走り、スザンナは下唇を噛んであえぐのをこらえた。

すると彼に満たされると同時に全身に触れられているというすばらしい感覚が生まれた。彼女の中に深く入ったまま、キットは目を閉じていた。強烈な歓びは痛みに似通っているようだった。

彼はそのままじっとしていて、とうとうひとつに結ばれたという奇跡をスザンナとともに味わっていた。彼は目を開いた。真っ青な目。静かで悲しげな驚きとともに、ゆがんだ微笑みを浮かべて彼女を見下ろしている。腰を引き、また押して、キスをした。彼は震えていた。スザンナは彼のしなやかな体が震えているのを感じ、汗が噴き出し、彼の腕や胸に光っているのを見た。

「きみのためにゆっくりしたい」キットはかすれた声でつぶやいた。「ああ、そうしたい。でもできるかどうか……」

「しっ。いいのよ」スザンナは指を一本立てて彼の口をふさいだ。「いいの」

キットはため息をつき、スザンナの中で動き始めた。一定の、しっかりとしたリズムで。スザンナは彼が動くたびに体を弓なりにし、できるだけ深くまで彼を導いた。彼の目の中に暗い欲望を見て取り、自分が歓びを与えていることに夢中になった。やがてキットが自制心を失い、スザンナも我を忘れた。キットはスザンナから顔をそむけて欲望に身をまかせ、高まり、彼女の中に入ったまま腰を激しく動かした。キットがふたたびスザンナに顔を戻したとき、その目にはたったひとつの目的、無意識で完全なる歓びがあり、その荒い息づかいから、スザンナはまもなくだと察知した。彼の肩をつかみ、しっかりと抱きしめた。

「ああ、スザンナ。ああ」

彼の体が動きを止めた。彼が解放されて震えるのが感じられた。すぐに平和な感覚が満ちるのがわかった。耐えがたいまでの感謝と優しさがスザンナの胸に湧き上がった。

彼女は彼の唇に触れた。彼はその指先にそっと口をつけた。

「ありがとう」彼はささやいた。彼はまだ息が乱れ、胸が上下していた。スザンナは、彼のあばら骨のあいだにビーズのように浮いた汗に触れた。その指先を舐め、彼の塩気を味わった。

「どういたしまして」彼女はつぶやいた。

キットは小さい笑い声を立てた。彼女から下りた。ならんで横たわり、片腕で彼女を抱き、別のほうの腕は自分の胸の上においた。満足そうに、ゆっくりとため息をついた。

ふたりはしばらく黙ったまま、汗がひんやりと乾いていくのを感じていた。

「万一わかっていない場合にそなえて言っておく」彼は物憂げに言った。「ぼくたちは、いま愛を交わしたんだよ」

「今のをそう言うの？」スザンナは目の玉を上に動かして周囲を見まわし、目を閉じてうっすらと微笑んでいる彼を見た。「脇の下が、すごくきれいだわ」

彼は笑った。「脇の下がきれいだなんて考えるのは、芸術家だけだよ」

「でもほんとうよ……線がきれい。筋肉と影と毛が……」スザンナは筋肉と影と毛を指でなぞりながら言い、その声が小さくなった。

スザンナは急に起き上がり、スケッチブックを取って、すばやく彼にポーズを取らせた。片腕を頭上に上げ、裸の胸を露にし、長い足をのばし、股間は今は穏やかで、すてきな顔に満足感と親密な表情を浮かべている。

「とてもいいモデルだわ」スザンナは称賛した。「描きやすいように、じっとしていてね」

「きみに拳銃を向けられていては、動けないよ」キットはつぶやいた。

スザンナは彼ののばした腕にあるカモメの形の痣にキスをし、それから身を乗り出して彼の胸にキスをした。彼がスザンナの胸にしたのと同じように、舌先でその先端をなぞった。彼の手が、スザンナの背中をなでた。キットの体に、見間違えようのない変化があった。

「動いたじゃない」スザンナはからかった。

キットはかすれた笑い声を立てた。「妖婦め」彼は上の空で言った。明らかにスザンナの舌の動きを楽しんでいる。

「こらしめてやらなくちゃ」スザンナはささやいた。彼の胸の下の産毛に沿って唇を動かし、股間に唇をつけた。彼の体がすぐに反応した。

「ぼくのほうこそだ」彼はささやいた。急に起き上がり、スザンナを引き寄せ、膝をまたぐように座らせた。スザンナの耳に息を吹きかけ、舌でなめた。熱い官能の波が、スザンナの全身を駆け抜けた。

「好きかい?」彼はつぶやいた。

「わからないわ」スザンナはあえぎながら言った。「なんだか……何も考えられなくなるの」

キットは一本の指でスザンナの喉をなで下ろし、鎖骨を通り過ぎ、堅くなった胸の先に触れた。「すごく好きだということを証明してやろう」彼は興奮ぎみの小声で言った。スザンナはちょっと笑ったが、すぐに黙りこんだ。胸を刺激する彼の手の動きを、全身全霊で楽しむためだった。

ふたりは無言になった。暗黙の了解のうちに、すべてがささやきのように柔らかく、繊細になった。唇で、空気ほど軽い指先で、そして呼吸そのもので、スザンナはキットを愛撫し、彼は彼女を愛撫した。スザンナはキットの耳に息を吹きかけ、彼の首筋を味わい、キットのほうは彼女の背骨や腰、腹、股間の茂み、喉や胸をもてあそんで、ハープのように奏でた。スザンナの全身が、欲望で震えた。彼の息が熱く、冷たく、耳に感じられた。とうとうスザンナは愛撫するのをやめ、降伏し、腕を彼の首にかけて、彼が与えてくれる歓びに身をまかせるばかりになった。

キットのほうが何倍も上手《うわて》だった。だがスザンナだって学ぶ。これから学ぶのだ。

「キット」スザンナはとうとう耐えられなくなって、彼の首にしがみついてあえいだ。欲求を解放してほしい。必要ならば、嘆願してもよかった。

その必要はなかった。

「大丈夫だ」キットはスザンナにささやいた。「大丈夫だよ」彼は彼女のお尻に両手を当てて持ち上げ、長いため息とともに自分の腰の上に導いた。彼が彼女の中に深く入ると、ふたりは見つめあった。

スザンナの胸がキットの胸をこすり、ふたりの体は汗で光っていた。スザンナは本能的に何をすべきかを悟り、体を持ち上げた。キットはうっすらと微笑み、ふたたび腰を下ろさせた。そのとき、スザンナはキットの目が欲望に黒く輝くのを見て、歓びを覚えた。与えると同時に奪う、自尊心を捨てて力強さと無力さを交換しあうのが好きだった。

「きみの中に、場所があるはずだ、スザンナ……」キットはかすれ声で言った。「教えてくれ。感じればわかる。そこに留まるようにする」

スザンナはもう一度腰を上げ……そして下ろして……ああ、キットの言うとおりだった。場所があった。

スザンナは淫らな笑みを浮かべてまた腰を上げ、新しい発見を歓び、不思議な欲求が高まるのを感じて……それをできるだけ長くもちこたえようとした。だがけっきょく、あまり長くはもたなかった。体が求めるリズムを発見し、スザンナは本能のままに彼の上で動き始め、彼は彼女を支えながら、リズムに合わせて腰を動かした。

ふたりの苦しげな息づかいと乱れた歓びの声、急きたてる低いうめき声だけしか聞こえなくなった。スザンナは興奮ではちきれそうになり、血が音を立てて流れ、とうとう歓喜の叫びを上げた。信じられないほどの歓びに衝き動かされ、全身が激しく揺さぶられた。スザンナは小刻みに身を震わせた。

キットはスザンナを抱きしめ、彼女に続いてかすれた悲鳴を上げた。スザンナは彼の精液が満ちるのを感じ、疲れ果てて彼の首に息を吐いた。合わさった胸が上下するのを感じながら、ふたりは抱きしめあっていた。

それからキットはスザンナを抱いたまま仰向けに横たわった。彼の胸は激しく上下し、スザンナの胸も同様だった。キットは彼女をもっと楽な体勢に抱き変えた。ふたりは呼吸が整うまで、無言のままだった。

「ぼくの妻になるんだ」やがてキットは静かに言った。問題に答を出すような口調だった。

「いいわ」スザンナは満足げな諦めとともに言った。

沈黙。わたしたちは小屋の中で、服を敷いた上にいる。スザンナは眠気を覚えながら、驚いていた。

「父はきみを気に入るだろう」キットは考えこみながら言った。

「わたしもお父さまを好きになるようにするわ」

「きみが無一文なのは気に入らないだろうが……」

「誰も気に入る人はいないのよ」スザンナは嬉しそうに言った。

「でも、きみのことは気に入るだろう」

「もちろんよ」

キットは笑った。「〝簡単なのよ〟」バーンステーブルでのパーティーの晩にスザンナが言った言葉を、キットは持ち出した。スザンナの声を真似て、高くて澄んだ声で言った。スザンナはキットを軽くぶった。

「いつもは簡単なの。あなたも簡単にわたしを好きになったみたいじゃない」

キットは困ったように笑った。

「ロンドンに住むの？」スザンナはたずねた。

「たぶんね。きみがここでハタネズミやクサリヘビにかこまれて暮らしたいというなら別だけど」

スザンナは身をこわばらせた。

キットはスザンナの下で体を震わせて笑っていた。「今、ここにはクサリヘビはいないよ」スザンナは体の力を抜き、また彼をぶった。彼がうめくと、頭の位置を、傷のないほうの肩へ移した。

「フランシスおばさんは？」

「彼女がそうしたいというなら、いっしょに住んでもいい」

「友だちもできるかしら？」スザンナはさらに言った。「ロンドンで？」

「ぼくは子爵だぞ。好きなだけ友だちを買ってやる。何人欲しい？」

スザンナはまた笑った。キットはスザンナを抱き寄せ、片方の腕で胸にきつく抱きしめた。眠そうに、瞼が半分下りている。だが満足そうな顔とは逆に、体は緊張していた。

スザンナは顔を上げてキットを見た。彼女の髪が、彼の上に流れ落ちている。指先で彼の唇や頬、顎をなぞった。これからは好きなだけ触れられる。

「わたしには何も起きないわ」スザンナは低い声で言った。

キットがこれを心配していると、スザンナにはわかっていた。それで死について冗談を言ったとき、急にさえぎった。繊細な心の持ち主なのだ。

キットは彼女の洞察力に驚いて目を見開いた。鮮烈な青い目の中に彼女を飲みこむように。だが何も言わなかった。

「何も起きない」スザンナは言った。「あなたは優秀な諜報員、クリストファー・ホワイトローなんですもの」

完璧な愛の行為をしたばかりでは、世界を信じるのも簡単だった。

キットはちょっと笑ったが、やはり何も言わなかった。手でスザンナの体をゆっくりとなでた。お尻の丸み、肩、髪。愛撫というよりは、所有権を確認しているかのようだった。彼女を確かめている。記憶している。

彼を愛してるわ。

キットはまだスザンナを愛していると言っていないが、たしかに愛しているにちがいない。彼のすることや感じることのすべてが、ひとつの言葉で表わしきれないほどの愛を物語っている。

スザンナはキットを愛していた。それは美しいと同時に恐ろしく、大きな慰めであり恐怖でもあり、闘いと平和の両方だった。ダグラスへの想いなどは、比較をすれば愛情の燃えかすにすぎなかった。

キットは手の動きを止め、急に質問を思い出したかのように頭を上げてスザンナを見た。スザンナは身構えた。

「ぼくをハンサムだと思うかい?」キットは心配そうな声でたずねた。

スザンナは思わず笑いそうになった。じつは彼女は、キットをハンサムだとは思っていなかった。

「素敵だと思うわ」スザンナはきっぱりと、正直な気持ちを口にした。

キットはその答えに満足したような顔をし、頭を戻した。

静かに横たわっているうち、スザンナには森の音が聞こえてきた。それはキットの呼吸と同じくらい自然なものだった。踏みつぶされた葉の刺激的なにおい、枝を揺らす風の音、森の中に住処を持つ見えない生き物の物音……これらは、スザンナにとって、キットのにおいや感触と切り離せないものになるだろう。

「バーンステーブルにいるのもいいわよね？」急にスザンナは言った。「しょっちゅう来られるわよね？」

「そうしたいのかい？」

スザンナは自分の本心に驚いていた。「そうしたいわ」

「ぼくもだよ」キットもまた驚いているようだった。

キットはなんとか夕食に間に合うようにスザンナを家に送っていった。キットは正式にスザンナのおばに結婚の許しを乞い、おばのフランシスは見事に驚いた演技をし、スザンナはキットの後ろであきれた顔をした。だがフランシスの喜びは演技ではなかった。安堵の念も。キットが帰っていくと、フランシスは思い切り感情を表わした。

「子爵夫人ですって！」キットがいなくなったとたんに、フランシスは言った。「あなたは子爵夫人になるのよ。いずれはね」

「奥さんになるの！」スザンナは我を忘れた。「キットのよ！」スザンナにとっては、この点が最高だった。

「キットね」フランシスはからかうように言った。「彼はいい子よ。いつか、彼があなたに結婚を申しこむんじゃないかと思っていたのよ、スザンナ」

スザンナはキットが〝いい子〟だというのがおもしろいと思ったが、おばの言葉の後半を聞いて、自分が淫らなことをしてきたのを見透かされているのだろうかと思った。

フランシスはスザンナの恥ずかしそうな顔を見て言った。「髪の毛に葉っぱがついているわよ」

スザンナは頰が熱くなった。「フランシスおばさん！　おばさんが思っているような……」

「ずいぶん久しくないけれど、安心なさい、わたしだって髪の毛に葉っぱがついたこともあったわ。あなたが髪に葉っぱをつけて、プロポーズしようという子爵はなしで帰ってきたほうが、ずっと心配したわ」

「近所の人たちは、また来るようになるかもしれないわね、フランシスおばさん」

「あら、待ってるつもりはないのよ、スザンナ。こちらから出かけていって、知らせをばらまいてやるわ。いっしょに行きたい？」

「そうね」

自分から好かれようとがんばらないでいると、どのように応対されるのだろうか。スザンナは、やりなおせる機会が楽しみでもあった。

キットは口笛を吹きながら家に戻った。手提げランプとブランデー、水、お茶、毛布、それに食料を取りにきたのだ。それから彼女の見張りに戻った。

キットは今夜からでもスザンナといっしょのベッドで寝たかったが、少しは常識をわきまえているふりをするのも必要だった。見苦しくない程度に急いで、特別結婚許可証が得られたらすぐに結婚するつもりだった。それまでは、ずっと近くにいる。

キットは幸せだった。ふたりのこれまでの暮らしの名残に取りかこまれて、けっして心配ごとがないわけではなかった。キットが妻のために捨てると言いだせば、伯爵夫人はむくれるだろうし(キットは〝妻〟という言葉が気に入った)、不機嫌な父親もいる。ふたりがともに過ごした時間のすべてに、暴力と謎がついてまわる。だがそれゆえに、幸せが貴重ですばらしく感じられるともいえた。こうしたことがなければ、キットはスザンナを近づかせなかったかもしれない。こうしたことがなければ、スザンナは今の彼女ではなかっただろう。彼女はみずからの情熱や力に気づかず、哀れで滑稽なダグラスと結婚をし、キットは既婚の伯爵夫人と関係を続け、酒を飲みすぎ、誰とも深い関係にはならなかったかもしれない。

別の種類の恐怖があることもわかっていた。戦闘は、その前後が恐ろしいのであって、その最中は怖くない。最中は仕事をすればいい。その後に痛みを感じることになる。その前には、予想が精神状態にさまざまな影響をおよぼす。

愛もそうだった。

周囲を見まわして、キットはあることに気づいた。今の彼を築き上げたものはすべて、この森で、クサリヘビやハタネズミのようなものを追いかけていて始まった。関係を見抜き、結果を導く能力。忍耐強さと機敏さと正確さ。一見単純に見える物事の中に複雑な要素を見抜く眼力。

初めての情熱。愛する能力。

キットは頭上の木々を見上げ、午後の遅い光が降り注ぐのを見て、ゴリンジのステンドグラスを思い出した。〝信仰、希望、慈愛〟中でももっとも偉大なのは愛だと詠んだ詩がある。〝愛〟と〝慈愛〟は取り替えのきく言葉だと考える者がいる。

だがそれらはすべて……。

ちくしょう。それらはすべて、〝キリスト教の徳〟ではないか。

キットはその場で立ち止まった。彼は小さく笑い声を上げた。これまで、ひとつの文章の中で〝ちくしょう〟と〝キリスト教の徳〟を同時に使った人間がいただろうか。

ゴリンジの教会の窓と霊廟は、ある寛大な後援者によって寄贈されたものだった。その寛大な後援者がリチャード・ロックウッドであったことに、キットは左腕を賭けてもよかった。まあ、どうせ傷ついたほうの腕だし。

ついに、パズルの破片が組み合わさった。

「なるほど」ジェームズは細密画の裏を見て言った。

細密画の裏にはなんと書いてある？　〝スザンナ・フェースへ〟信仰《フェース》はキリスト教の徳のひとつだ。シルヴィはホープ、〝希望《ホープ》〟だった。

サブリナの細密画に書かれているのは〝慈愛《チャリティ》〟だと賭けてもいい。

細密画のそれぞれが、手がかりになっていた。気まぐれなリチャード・ロックウッドは娘たちを書類の在り処の手がかりにした。

明日。明日行こう。明日行かなければならない。スザンナのために。

そう……それに……。

正直言うと、ジョン・カーの先を越したいという気持ちもあった。

18

スザンナはフランシスおばさんの家で、静かな夜を過ごした。新しい本を読み始めたが、今度は恐怖小説だった。スザンナは幽霊のせいで、そしてキットへの熱い想いのせいで、多少寝つきが悪かった。だがいつもの時間に目覚め、いつもの時間にスケッチブックを持って外に出ると、門のところで子爵が待っていた。

わたしの婚約者だわと、スザンナは心の内で言い直した。

スザンナは足を止め、ただじっと彼を見た。彼が存在していることが、純粋に嬉しかった。胸に広がる熱く明るい炎をもう一度味わっていると、天も地も区別がなくなってしまうような気がした。

スザンナはキットに歩み寄った。そばまで行くと、キットが腕をのばして彼女を抱き寄せた。スザンナは顔を上げた。キットは甘く、ありふれたキスをした。今後いつでも、甘いものから扇動的なものまでどんなキスでも、ふたりはいつでも好きなだけできる。キットはかなりの時間を屋外で過ごしていたらしく、顔が冷たかった。唇にはお茶の味が残っていたが、やはり冷たかった。目の下は少し黒ずんでいる。髭を剃る必要がある。

スザンナはキットをまじまじと見た。

そして気づいた。

「わたしのために見張っていてくれたの」スザンナは驚いて言った。「夜通し、家を監視していたのね。だからそんなに……」スザンナの声が消え入った。

「すごくハンサムかい？」キットは明るい声で言った。

スザンナは、胸がはちきれそうなほどの畏怖を覚えた。だからといって変に騒いで、この優しい勇敢な男性に気まずい思いをさせてはいけない。

「今夜は」スザンナはきっぱりと言った。「フランシスおばさんが寝てから、中に入れてあげる。ほんとうにわたしのために監視が必要なら、長椅子で寝てちょうだい。フランシスおばさんが起き出す前に帰ればいいわ。まったく寝ないでいてはだめよ」

キットは考えこんでから、わかったとうなずいた。命令されることを半分楽しんでいるようだった。キットは手を差し出し、スザンナはその手をつかんだ。

キットはスザンナを並木のある小道へ導いた。今回は森に向かってではなく、〈ローゼズ〉の地所のほうへ。スザンナは噴水や低い木立ちをながめた。「ここのバラほど普通のものが、あなたのところにあるとは思わなかったわ」スザンナはふざけて言った。

キットは笑わなかった。彼はスザンナを見た。スザンナは彼の様子が変化し、表情が真剣になるのを見て取った。顔を上げて、キットが顔を寄せてくるのを待った。唇が合わさると、キットは喉の奥で低いうめくような音を立て、彼女をしっかりと抱きしめた。まるで自分の体の中に入れて、何者からも守ろうとするかのようだった。スザンナは柔らかく彼にしなだれかかり、両手を彼の首にまわした。深くむさぼるようなキスだった。キットは今朝すぐにこうしたかったのだが、フランシスおばさんの家のすぐ前でするのは気が引けた。

彼は顔を上げて息をした。「話さなければならないことがある、スザンナ。今日は……」

キットは言葉を切って顔を上げた。何かが遠くからあわてて近づいてくる気配がした。それはブルトンで、暑さで顔を火照らせてやってきた。けっきょく、執事というのはたいてい屋内にいるものなのだ。

「何かあったのか、ブルトン?」

「ご主人さま。あの……ええと……来客なんです」

なぜブルトンはこれほど取り乱しているのだろう?

ちくしょう、父が来たにちがいない。

キットは伯爵に自然誌を送るのをすっかり忘れていた。彼は気持ちを奮い立たせ、心の中で悲惨なほど量の少ない自然誌に関する言い訳や、すぐにゴリンジに行かなければならない説明などを考えた。それから顔を上げた。

ほっそりとした小柄な女性が、全身喪服姿で、庭に所在なげに立っていた。髪はひとつにまとめて大きな黒い帽子の中に入れ、ヴェールが下がっている。手袋をした手をゆっくりと上げ、ヴェールを持ち上げて、顔を彼のほうに向けた。

キットはぼんやりと凍りついた。幽霊を見た人間は、かならずそうするだろう。

キットはスザンナの腕を放した。幽霊が一歩ずつ近づいてくるにつれ、年月が消えていった。

女性は黒い手袋をした手を差し出し、キットは反射的にその指先を取った。その瞬間、女性はキットの手をつかみ、ひっくり返した。じっと見下ろしてから、微笑んだ。

「ああ、キット」女性はささやいた。「ほんとうにあなただわ」

キャロライン・オールストンは手首のカモメ型の痣にキスをした。

キットは手を乱暴に引っこめることはしなかったが、それでもすばやく離した。キャロラインはいつでも芝居がかった仕草をし、周囲を簡単に巻きこんだ。

キットは気を取り直してスザンナを見た。たった今キスをしたばかりの女性。そのスザンナはキャロラインを、クサリヘビにたいするのと同じような愛情と称賛をもって見つめていた。

キャロラインは年を経てもあいかわらず美しかった。黒い目、柔らかくて濃い、赤ん坊のような眉。十七歳の少年を夢中にさせた、生まれつき真っ赤な唇。いまだに繊細で情熱的で、淫らな顔だった。そして何よりも……はかなげな顔だった。見る者はすぐに彼女を守ってやりたいと思う。ほんとうは彼女から身を守る必要があるというのに。

「キャロライン……」

「オールストンよ」キャロラインは言った。「オールストンなの」喪服については何も説明がない。

「やあ、キャロライン。婚約者のミス・スザンナ・メークピースを紹介するよ」

キットは所有権を主張するようにスザンナの手を取り、自分の腕にはさんだ。だがスザンナは全身が硬直して、腕も堅くなっていた。キットは安心させようとしてスザンナのほうを見たが、スザンナはキットの目を避け、じっとキャロラインを見ていた。そうやって見つめていれば、いずれ奇跡のように彼女が消えてしまうかのように。

キャロラインもスザンナを見ていた。

「婚約おめでとう」キャロラインは皮肉な口調で言った。

「ありがとう。何年ぶりかな?」キットは明るい口調を心がけて言った。元恋人で、現在は裏切り者だと疑われている女性にたいして、どういう話し方をすればいいのかわからなかった。

「二十年かしら」キャロラインが言った。「でも……つい昨日のような気がするわ」

〝昨日〟という言葉は強烈な当てこすりだった。ほんとうについ昨日のような気がした。そしてそのころ、ふたりはどんな関係であったか!

まったく彼女らしかった。何年も前にもやはり同じように、さんざんジョン・カーとキットに当てこすりの言葉を投げかけ、ふたりの少年が大騒ぎをし、闘鶏のように突き合うのを見ていたものだ。キャロラインが二十年間もまったく変わらなかったということがありうるだろうか? それともキットの何かが、キャロラインにそうさせるのか?

「今日はどんな用事で来たのかな、キャロライン?」キットは冷静な態度を取り戻し、わざと冷たい声を出すようにした。

キャロラインは顔をしかめた。キットはその顔に、何年も前に勇敢であろうともがき、けっきょくは術のわかっている方法で姿を消すしかなかった女性の姿を見て取った。彼はすぐさま、彼女に手を差しのべ、以前はできなかった方法で彼女を救ってやりたいという衝動に駆られた。

「わたし……困ってるの。すごく困ってるのよ。ほかに頼る人がいなくて。あなたはいつも……助けてくれようとした」

その言いまわしが、キットの心を刺激した。〝助けてくれようとした〟彼は助けようとした。だができなかった。

キャロラインはキットの表情がゆるむのに気づいたにちがいない、声が落ち着いてきた。「ちょっといいかしら、キット。ごめんなさいね、ミス・メークピース」キャロラインは低い声でつけたした。「とても幸せなときにお邪魔して。謝る言葉もないくらいよ」

キットがスザンナを見下ろすと、スザンナは歯をむき出しにして作り笑いをしていた。彼女はキットから手を離そうとした。キットはしっかりと腕の下に彼女の手をはさんだ。〝どこにも行かせないよ、スザンナ〟ある意味、スザンナはキットのお守りのようなものだった。

キャロラインのことを信じていいのかどうか、キットにはわからなかった。つらそうな表情は充分に本物らしく見える。それに何年も前と同じく、彼女の要求は、彼女をなんとかしてやりたいという彼の心に訴えた。

だがその裏で、現実的な好奇心もあった。キットはキャロラインが何を言うのか、聞いてみたかった。キャロラインはこの謎において重要な要素であり、キットはぜひともこの謎を解明したかった。なぜか、彼女が現われるのは避けがたいことだったような気がした。

キットは口調をやわらげた。だがそれでも、礼儀正しさは変わらなかった。「どんな話でも、婚約者の前で話してもらってかまわない」

「キット……」キャロラインは必死な口調になった。「たぶん……これからする話は、ミス・メークピースには聞かせたくないんじゃないかしら。彼女のためを思ってのことなのよ」

ますますまずい事態になってきた。だが、たしかにキャロラインの言うとおりだ。裏切りの容疑をかけられている人物と関わって、スザンナが巻き添えになったりしては困る。彼はジョン・カーがまだ近くにいて、見張っているだろうかと考えた。キャロラインは彼に気づかれずにここに来たのだろうか。喪服……ヴェール、黒ずくめの服……これは変装のためのものなのかもしれない。

ほんの一瞬、キットはジョン・カーがキャロラインを見つけ出し、彼の元に送りこんできたのではないかといぶかしんだ。今にも当局がバーンステーブルに踏みこんできて、裏切り者と交わった罪でキットを逮捕するのではないか。

それがジョン・カーにとっては、ついにキットに勝つ唯一の方法なのかもしれない。

そう考えると、キットは無性にキャロラインに腹が立った。そんなことはないと信じたかったが、キャロラインの遺したものは根深い。何年も前、キャロラインは単純ですばらしいものを見た。キットとジョンの友情だ。彼女はそれを壊そうとした。彼女には壊す力があったからだ。彼女の美しさが与えた力だった。おそらく、彼女が主張できる唯一のものだろう。

「キット……彼に殺されそうなの」彼女は低い声で言った。「モーリーよ」

ああ。魔法の言葉。〝モーリー〟

キットは待った。

「わたし……ばかなことをしたわ」キャロラインは不安げに、自嘲するような笑みを見せた。「でも、誰のことも、とくにあなたのことは、傷つけるつもりはなかったの。疲れた、逃げるのに疲れたわ、キット。すごく怖いの」

キットは何も言わなかった。彼の心の一部は、いまだにキャロライン・オールストンが彼の屋敷の庭に立っているのが信じられなかった。また別の部分、自慢できない非常に子どもっぽい部分では、彼女が頼ってきてくれたのが嬉しかった。

「手紙は届いた？」まだキットが何も言わずにいると、キャロラインがたずねた。

キットは、横のスザンナが身をこわばらせるのを感じた。

キャロラインはどの手紙のことを言っているのだろう？　ジョン・カーが横取りした手紙だろうか、それとも何年も前の、〝ごめんなさい〟という手紙だろうか？

キットはとりあえず、ゆっくりとうなずいた。

「キット……昔のよしみよ……助けてくれない？」

スザンナは不安と驚きと、強烈な痛みとで身をこわばらせていた。キットは彼女をどこか、キットや彼女の過去の影響の及ばないところに閉じこめてしまいたかった。だがそれでは何も解決しない。どういうわけか彼の過去がスザンナの過去とからまりあい、ともに未来へ前進する前に、きちんと結び目をほどいておく必要があるようだった。

「スザンナ……」キットは言った。後悔と決意が、声にこめられていた。

「わたしは家に帰るわ」スザンナは明るすぎる声で言った。「フランシスおばさんの家よ。ふたりで旧交を温めてちょうだい」

「それはだめだ」

「フランシスおばさんのところへ帰って……」

「だめだ」キットは断固として言った。「だめだ。きみはここにいるんだ。今ではここも、きみの家なんだからね。中に入ろう。ぼくがミス・オールストンと話しているあいだ、待っていてくれ」

「フランシスおばさんのところへ帰りたいわ」冷たい口調だった。赤く染まった頬は、冷たくはなかった。

キットはスザンナを見下ろした。スザンナは頑固に彼の目を避け、彼の肩ごしにバラを見ていた。キットはスザンナのこわばった手を口元に持ち上げた。キャロラインは、謎めいた顔つきでそれを見ていた。

「大丈夫だよ、スザンナ」キットはそっと言った。

スザンナの顔つきから、彼女がキットの言葉を信じていないのがわかった。スザンナは手を無理やり引っこめようとはしなかったものの、今は彼に触れてもらいたくないのは明らかだった。今のキットは、スザンナの手がいくら柔らかくても、革装の哲学書を持っているようなものだった。

「それはそうよ」スザンナは言った。「そうでしょう。あなたはいつでも正しいですものね」

スザンナの皮肉は強烈だったが、キットには彼女の機嫌を取る時間も心の余裕もなかった。キャロラインという、災厄を秘めた人物が、目の前にいる。答を秘めた人物。真実を秘めた人物。

「わかってくれてありがとう」キットはスザンナに言った。スザンナも今は納得せざるをえなかった。「中に入ろうか」

こうして過去と未来にはさまれて、キットはふたりの美しい女性を家に導いた。

キットはその女性をひと目見て……スケッチブックの未使用のページのように顔を白くした。馬の下敷きになった日のように。そしてスザンナに触れながらキャロライン・

オールストンを見るわけにはいかないというように、彼女の手を放した。

ああ、その女性は美しかった。怖くなるような、完璧な、魅力に満ちた美しさ。複雑な美しさ。〝複雑な〟というところが、キットには何よりも魅力にちがいない。〝一度見たら忘れられない〟ですって？　スザンナは居間で待ちながら、苦々しく笑った。〝一度見たら忘れられない〟なんていうのは、キャロライン・オールストンの半分も表現していない。

キット……スザンナの大切な男性は今、キャロライン・オールストンとふたりだけで書斎にいる。スザンナは心臓をえぐり取られ、冷たい風が心臓のあった場所に吹き荒れているような気分だった。

スザンナは堅苦しい立派な家具のある居間で、ホワイトロー一家の大きな絵とともにいた。キットの美しい母親、ハンサムな父親、ふたりの小さな女の子たちは幸運にも父親よりも母親に似ており、ちょっと澄まし、ちょっといたずらそうな顔をしている。キットは皺のできたスーツを着て、不機嫌そうだ。これを見てスザンナはうっすらと微笑んだ。

当時の彼を知っていたかったと思い、スザンナは絵の中の彼に触れた。親友を撃つ原因となった女性、木に名前を彫られた女性になりたかった。愛することを覚え始めたころのキットを知っていれば、彼に愛されていると確信が持てただろう。

彼に愛されていると、昨日は自信があったのに。そうにちがいない。ほんの一時間前、バラの庭で恥じらいもなくキスをしたときにも思ったのに。彼はわたしを愛しているにちがいない。

だがスザンナは、ほんとうに愛の機微を知っているだろうか？　別の部屋にいるすばらしい外見の女性は、彼の初恋の人だ。その女性が、今、彼を必要としている。おそらくキットは、名誉を回復する好機だと思うのではないか？

わたしは彼を愛している。今はそれがだいじなことだと、スザンナは考えた。彼にたいする愛が不安を補ってくれるはずだ。彼が愛していると言ってくれるまで。もし言ってくれるとしたら。

スザンナは大きな絵を見上げ、自分の心に強くあれと命じた。

キットはキャロラインを書斎の椅子に座らせ、スパニエルの茶色の目をしたミセス・デイヴィーズがふたりのあいだにお茶のトレーを音を立てておくのを待った。ミセス・デイヴィーズはブルトンほど無表情を装う才能がない。部屋を出ていきながら、あからさまな視線をキットに投げた。感心していないのは明らかだった。

キットが見ていると、キャロラインは指を一本ずつ手袋から抜き、両方の手袋をひとつに丸めた。それから羽飾りとヴェールのついた重そうな帽子を取り、自分の座っている長椅子の上においた。帽子は当然のようにその場におさまった。彼女の髪はあいかわらず黒くて艶があり、ゆるくねじって白い首筋にまとめてあった。その柔らかい手触りを、キットは覚えていた。十七歳のとき、煙か絹のようだと思ったものだった。

「ごめんなさいね」キャロラインは静かに言った。

ほんの一瞬、ふたりは十七歳と十八歳になり、キットは心を打ち砕かれんばかりになった。

彼女の心は少しは傷ついたのだろうか？　彼女がいなくなったのは、キットを苦しめるためだったのか、それとも自分が救われるためか？　当時はほんとうに惨めで、怒りに駆られていたが、今こうして彼女を目の前にしてみると、キットは不思議なくらい冷静だった。彼の心は少しも動かなかった。

「あの晩……モーリーと一緒だったのか？」これほどの年月がたったあとで確かめるのは、奇妙なことだった。

キャロラインはためらった。そしてゆっくりとうなずいた。

「彼に体を許したのか、無理やり誘われたのか、それとも……」古い怒りがよみがえろうとしていた。

「わたしから言いだしたのよ、キット」

キットはこれを受け入れた。モーリーの謎めいた顔、そのすぐ下に隠された憎しみを思い出した。彼がキットに向けてきた微笑み。モーリーがキャロラインの誘いを受けない理由があるだろうか？　まともな男ならば、拒むのはむずかしい。十八歳のキャロラインはすばらしかった。

「そうするしかなかったんだろう」キットはぶっきらぼうに言った。自尊心ゆえのことば。罪悪感だ。

「わたしが選んだのよ」キャロラインはまっすぐにキットを見つめ返した。

語られない言葉。キットは彼女と結婚できない、あるいはするつもりがなかったから、彼女はそれを選んだ。キットだって、まちがいなく彼女を抱きたかった……。

「そう……そうよ、彼は……わたしを抱いたわ、キット。あの晩。その後も何度も何度も。いろんなふうにね」

キャロラインは一語一語をゆっくりと口にし、キットは一部始終をまざまざと想像することができた。キャロラインは話しながらうっすらと微笑み、キットの当惑した様子を楽しんでいた。いかにも彼女らしい。つねに男たちの嫉妬心をあおろうとする。水面が静かで空が青い状態には、けっして満足できない。暗い感情をかきみだすことに、キャロラインは長《た》けていた。

キットは何も言わなかった。

「わたしは若かったわ、キット。それで……二年前にサディアスと別れたの」

「サディアスか」キットは力なく繰り返した。キャロラインの口から聞くと、ひどく妻きどりに聞こえた。

「そう、それが彼の洗礼名なのよ、キット」キャロラインは皮肉っぽく言った。「でも……別れてから……」

「どうして別れたんだ？」

キャロラインは軽く肩をすくめた。

なぜか、その仕草は言いようもなく残酷に見えた。キットは、モーリーもまた彼女を愛していたのではないかと思った。そのせいで彼女を殺そうとしているのではないか。キットは同情に近い気持ちを抱いた。

「気まぐれに別れたのか、キャロライン？」

キャロラインは当惑したようにキットを見あげた。その顔は、〝あなた、わたしのことを知ってるでしょう〟と言っているようだった。キャロラインは気まぐれそのものだ。そして自分を守ることしか考えていない。

「彼と別れたあと、暮らしが苦しくなったのよ、キット。それで……助けてくれるかもしれないと思って、サディアスにお金を無心する手紙を書いた。でも今は、彼に殺されそうなの」

「ほう」今度はキットが皮肉な口調で返した。「そういうことなのか、キャロライン？

ただ金を無心しただけで、有名な政治家が人を殺そうとするかな？　不思議なことだが、ぼくにはモーリーは理不尽なことをする男だとは思えない。じつは、まったく逆なんじゃないかと思う。何年も政治家を続けてきて、そのあいだにはうまく数人ほど殺しているかもしれないがね。ぼくが知っているのは数人だけだ。きみはもっと知ってるかい？」

キャロラインはこれを聞いてたじろいだ。感情を抑えるように、彼女の顔がこわばった。キットの冷たい答えがショックだったのだろうか。キャロラインは叱られた子どものように、膝に手をおいてうなだれた。

「彼を恐喝したんじゃないか、キャロライン？」キットは穏やかな皮肉をこめて言った。

「教えてくれよ」

キャロラインは顔を上げ、茶目っけたっぷりに笑った。「そう、そのときは名案だと思ったのよ。わたしの判断はよかったためしがないのよね」

キットはため息をついた。「正確には、何を口実にして恐喝したんだ？　何か、彼の罪を裏づけることを知っているのか？」

キャロラインは即答しなかった。「彼に無理やり協力させられたのよ、キット」

なぜかキットには、キャロラインに望まないことを無理やりさせるというのは想像できなかった。たとえモーリーであってもだ。彼女は何か、とてつもなく大きな冒険でもするつもりで足を踏み入れたにちがいない。「何を協力したんだ?」

キャロラインは乱暴にかぶりを振った。

「何を協力したんだ、キャロライン?」キットは容赦なく繰り返した。「正確に言え、どうやって無理強いされた?」

キャロラインが鏡のような暗い色の目の奥で、必死に頭を働かせているのが見えるようだった。

「そんな話はやめて」ようやくキャロラインは低い声で言った。「キット……わたしはただ……逃げるのに疲れたの。怖いのよ。お願い……」キャロラインは身を乗り出し、キットの膝に手をおいた。「お願いだから助けて」

キットはその手を見下ろし、それから彼女の顔を見た。彼が十七歳ならば、その顔に約束を見て取り、膝から力が抜けていただろう。十七歳ならば、今ごろズボンを脱いでいただろう。今だって、何も感じないわけではなかった。けっきょく彼は男だし、彼女は何十年もかけて女に磨きをかけてきた。だが男性としての興奮を超越し、彼が何よりも感じているのは好奇心だった。彼は子供向けのパズルを見るように彼女を見つめた。見た目は問題でなくなり、彼女の複雑な魅力は色褪せてしまった。

キットはキャロラインの手をそっと膝から持ち上げた。これまでの過去、彼が彼女に感じてきたすべてとともに、その手を彼女に返した。

キャロラインは心底ショックを受けた顔をした。誰かに拒否されるという衝撃。混乱と動揺。彼女には外見と誘惑以外、何も残されていなかった。

「きみのことは助けられない」キットは優しく言った。「なぜ彼がきみを殺そうとしているのか話してくれないのならね、キャロライン。それに、キャロライン……いくら無理に協力させられたとしても、それがなんにせよ、きみにだって責任はある。話してくれないのならね。話してくれれば……何かしてあげられることがあるかもしれないが」

キャロラインはもう一度試みた。唇を開き、かつて司祭にズボンを脱ぎ捨てさせ、飛びかかってこさせた視線を、キットに投げかけた。男などはたいていが愚か者で、彼女の威力は絶対のはずだった。

キットは待った。作戦上必要とあれば、待つのは得意だった。

キャロラインは眉をひそめた。カーテンが引かれるように視線が弱まり、キャロラインは落ち着きを失った。ようやく、だ。彼女は自分がどれほど困った状況にいるかに気づいたらしい。キットはもはや股間にぶら下がっているものに支配される性急な十七歳ではないと理解したらしい。キットはため息をついた。ちょっとつついてみることにした。

「キャロライン、モーリーが情報をフランスに売ったという噂がある。それについて何か知ってるか？」

「彼は捜査されてるの?」キャロラインはこの話題に飛びついてきた。「証拠があるの?」

この熱心さは興味深い。興味深い質問だ。

心の中で音がして、キットはパズルの破片がもうひとつはまるのを感じた。面白いことに気づいた。

だが苦労して心配そうな顔つきを作り、気づいたことを隠した。

「ゴリンジで何をしていたんだい、キャロライン?」軽い口調でたずねた。

「ゴリンジ?」キャロラインは驚いた顔をした。

「手紙だよ。〝ごめんなさい〟という手紙。ゴリンジから送ってよこしただろう。ずっと前だ。モーリーといっしょに消えた一年後ぐらいだ」

「ああ」キャロラインは弱々しく言った。「忘れてたわ」

彼にとっては、先刻の肩をすくめた仕草を言葉に変えたものだった。忘れていたのか。

だがキットは、何年も前にキャロラインがゴリンジでしていたことを正確につかんだ自信があった。〝無理やり協力させられたの〟と、彼女は言った。さほど無理強いは必要なかったのではないだろうか。キャロラインは悪さが大好きだった。まちがいなく、何もかもが刺激的だと思っただろう。

キットよりもずっと前からキャロラインが諜報員だったと思うと、まったく皮肉なことだった。

キットはキャロラインを見つめた。彼の顔からは何も読み取れないはずだ。彼はそういう訓練を受けている。彼はキャロラインが必死に彼の気分を推し量り、彼の考えていることを知ろうとするのを見守った。

彼の考えていること、感じていることはこうだった。キャロラインは幸せな人々の暮らしを破壊するのに手を貸し、スザンナから家族を奪い、裏切り者を援助した。今日キャロラインが現われて以来、彼が彼女にたいしていちばん強く感じていたのは同情だったが、それが今や、彼女がなんらかの形で殺人に関与していたにちがいないという確信に変わり始めた。二十年近くも前の、一件の殺人事件。

キャロラインの人生は出発点から厳しいものだったが、彼女自身の判断で、それがずっと続くことになった。そしてとうとうキットは、どんなに望もうとも、キャロラインを助けるために何もしてやれなかったという確信を得た。

キャロラインは咳払いをした。「もう失礼するわ、キット」彼女は唐突に言った。「お騒がせしてごめんなさい」

「いや」キットは低い声でいった。そっと、しかし断固たる仕草で、キャロラインの腕をつかんだ。「ここにいてくれ。きみを助けるよう、最善を尽くすよ、キャロライン」

これは嘘だった。だがキットは、いま彼女を逃がすつもりはなかった。

一時間近くたってキットが部屋に入ってきたとき、スザンナは振り向かなかったが、音が聞こえているのは明らかだった。彼女の背筋がのびたので、キットにもそれがわかった。

キットは長椅子にスザンナとならんで座り、しばらく黙っていた。絵を見ている彼女の視線を追った。

「ぼくの肖像画をどう思う？」彼はさりげなく訊いた。

スザンナは考えた。「楽しそうじゃないわね」

「絵を描くのは父の発案だった。モデルをしたときのことをよく憶えてるよ……」キットの声が消え入った。皮肉っぽく笑った。「父はいつでも、ぼくにしたくないことをさせる。したくなくて……あとあと、やってよかったと思うことをさせる」忌々しい自然誌も然りだ。

キットは、父親が自分よりも賢いのかもしれないと気づき、苛立つと同時に愉快な気分にもなった。

「あなたにもお姉さんがふたりいるのね」スザンナは低い声で言った。「お元気なの？」

「ああ」ありがたいようなありがたくないような姉たちのことを詳しく話してスザンナを楽しませるつもりはなかった。願わくば、スザンナの姉たちのことを見つけ出し、スザンナにも同じ複雑な思いを味わわせたい。

「手紙を書いて姉たちを探してもいいかもしれないわね。デイジー・ジョーンズはシルヴィがフランスに行ったと言っていた。サブリナは今もイギリスにいるのかもしれない。それに母は……」スザンナの声が消え入った。

「すぐにしよう」彼は請け合った。

スザンナは少し微笑んだ。

キットはスザンナの手を握った。それは冷たくて柔らかく、今回は抵抗しなかった。キットは彼女の手を口元に持っていき、しばらくそのままにしてから、手のひらを返してキスをし、手を握らせた。

「行かなければならないところがあるんだ、スザンナ、さっき言おうとしたんだが」

「彼女とふたりで？」

「ちがう」

スザンナの顔に安堵の色が浮かんだ。ほんとうに彼女は、キットが彼女のもとを去るとでも思っていたのだろうか？

「あなたが出かけているあいだ、彼女はどこにいるの？」スザンナはたずねた。

「ふたりともいっしょに来るんだ」キットは、こうするしかないと決めていた。

「すてきね。三人で。楽しそうだわ」

キットはゆがんだ笑みをみせた。だがスザンナをひとりにしておきたくはなかった。そしてキャロラインがここにいる今、彼女を〈ローゼズ〉から逃がすつもりもない。まさかブルトンにライフル銃を持たせてキャロラインを見張らせるわけにもいかないし、スザンナを守る任務を負わせるのも不当なことだ。

キットに残された方法はただひとつ、あまりぞっとしないが、ふたりの女性をゴリンジに連れていくことだった。それも今すぐに。

ほんとうに必要なときに、忌々しいジョン・カーはどこにいるのだろう?

「スザンナ、聞いてくれ。この一件に決着をつけたいかい? 安全になりたいかい?」

「いいえ、命がけで逃げまわるのは楽しいわ。今度はいつあなたがわたしのために刺されたり怪我したりするか、楽しみなの」

キットはまた笑った。スザンナの悪い冗談を聞くのはいつでも楽しかった。

「どうして笑ったりできるの?」スザンナは苛立ってたずねた。

「忘れているようだけどね、危険はぼくの生き方そのものなんだよ」

スザンナは考えこんだ。「ただの博物学者になれないの?」小声で言った。

キットは答えなかった。長いことスザンナを見ていた。やがて身を乗り出し、唇を合わせた。

スザンナの唇は最初は堅かったが、やがてしなやかになり、スザンナの手がキットの頰を包みこんだ。その感触が、キットは大好きだった。スザンナは唇を開いた。短いあいだ、ふたりはめまいを覚えながら、そっとたがいを味わった。何よりも甘かった。

キスが終わると、スザンナはうつむき、舌で唇をなめて味わってから、深くため息をついた。キットはスザンナも彼同様にくらくらしているにちがいないと考えた。

「どこに行くの？」スザンナは少し落ち着きを取り戻してたずねた。

「モーリーの罪を確証する書類があると話したのを覚えているかい？　その在り処がわかったようなんだ」

「どこなの？」

「ゴリンジの教会のステンドグラスを覚えてるかい？　司祭はあれはもともとあったものではなくて……寛大な援助者が寄贈したものだといっていた。裏の霊廟といっしょにね」

「〝信仰《フェース》、希望《ホープ》、慈愛《チャリティ》〟」スザンナは言い、目を大きく見開いた。「ああ！　わかったわ！　あの窓は〝キリスト教の徳〟なのね！　あの窓に関係しているんだわ！」

「そうだ。ぼくの考えでは、寛大な援助者というのはきみのお父さんだと思う。リチャード・ロックウッドだよ」

「すごいわ」スザンナは感じ入った。「すごく賢かったのね」

「賢すぎたかな。ちょっと奇抜すぎるよ。もう少しわかりやすくてもよかった。それでもみんなが感心したはずだ……でもおもしろみはなかったかな」キットは意地悪く言った。「もし証拠のようなものがあるとしたら、それはゴリンジの霊廟に隠されているんだと思う」

「でももう少しわかりやすかったら」スザンナは知らなかった父親をかばうように言った。「ミスター・モーリーに見つかって、今ごろ書類はなくなっていたわ」

「きみも賢いんだね」キットは口元をゆがませた。

「きっと父譲りなのよ」

「そうかもしれない」彼はスザンナの好きなように思わせておくことにした。「でも、もちろん、モーリーについてはきみの言うとおりだ。彼がきみを殺そうとしているということからして……彼はまだ書類を見つけていない。ジェームズはまず彼を恐喝し、それから書類を探し始めた。ミスター・エーヴリー＝フィンチの言ったとおり、恐喝するには順序が逆だ」

「それでミスター・モーリーはうちを探したけれど、見つからなかった」

「キットはうなずいた。「たぶん、きみが書類を持っていて利用しようとする場合に備えて、きみを始末してしまったほうが簡単だと思ったんだろうな。きみにはほかに収入を得る方法がないと考えてね」ぼくのことはまったく考えていなかったんだ。

「たいていの人にとって、あなたの登場は意外だったはずよ」

キットはさりげなく肩をすくめた。「今だって、そんな書類は存在しないかもしれないんだ、スザンナ……でもモーリーに制裁を加えるためには、いちばんの頼みの綱でもある」

「もし思いちがいだったら？　霊廟のことよ。その後はどうするの？」

「ぼくは思いちがいはめったにしない」キットは自信に満ちた笑みをみせた。

スザンナはあきれた顔をした。

「早く書類を見つけ出す必要がある。今日だ。もし思ったとおりのものであれば……モーリーを逮捕できるかもしれない。そうすれば、きみの命が頻繁に狙われるという不都合もなくなる」

「母の汚名も晴れるのね？」

「お母さんの汚名も晴れる。そう願うよ」

「そしてどうにかして、キャロラインも救う」スザンナは無表情な声で言った。「なんとしてでも、キャロラインのことは救わなくてはいけない」

キットはためらった。彼が疑っていることを、どのようにスザンナに話せばいいのかわからなかった。まだ話さないでおこうか。今は、スザンナに比較的落ち着いて、協力的でいてほしかった。「そうかもしれないな」彼は言った。

スザンナはしばらく黙っていた。「きれいな人ね」

「ああ」キットは同意した。

スザンナは彼から顔をそむけ、また肖像画を見た。何かと闘っているようだった。彼女の顔に、何かの思いがよぎるのが見えた。

「わたしのことはなんて表現するの、キット?」ようやくスザンナはたずねた。

「え?」キットはまさか今そんなことを訊かれるとは思っていなかった。

「わたしのことはなんて言うの? だって……聞いたことないわ。あなたはキャロラインのことを〝一度見たら忘れられない〟と言った。黒髪で、暗い色の目で。でも……わたしのことは、何を見ているの? わたしのことはなんて言うのかしら?」

スザンナは、キットが言葉で表現するまでは存在していないも同じだというように、勢いこんでたずねた。

キットはこの要求に驚いた。ハタネズミやクサリヘビ、シダ、馬といったものは表現できた。それらに関する事実や色、習性、相互関係を知っていた。

だがスザンナのことはどう表現するだろう? 考えてみたが、姿と感情がからまりあって、ひとつの言葉にするのは不可能だった。機知、複雑な色の目、緑色の帽子とすばらしい胸と……。

なぜかいつまでも消えないのは、スザンナが片腕を肩まで馬の中に入れている姿だった。あれは重要に思えた。

キットは自分の内臓を表現できないのと同じように、スザンナのことを言葉にはできないと思った。彼女は今や、彼の内側に住んでいる。

「できないよ」キットは独り言を言うように小声でつぶやいた。「きみのことは表現できない」

スザンナはひどく落胆した顔をした。そして、それをなんとか隠そうとした。

キットは奇妙なほど動揺し、立ち上がった。「何もかも表現できるわけないだろう、スザンナ?」手を振りまわしながら言った。「きみはきみだ。きみは……すべてだ」

スザンナは驚いてキットを見つめた。

「これで満足かい?」キットは静かにたずねた。

満足ではないとわかっていた。言葉の不充分さに、キットは困惑していた。だが、彼女にそれを言うことはできなかった。

「馬車をまわしてこさせる」

キットは足早に去っていった。彼女の顔に見て取れる愛の大きさと、自分自身の感情の激しさに追い立てられるように。

19

ゴリンジの教会へ着いて、キットが司祭に声をかけたが、返答はなかった。司祭は昼にワインでも飲んで、眠っているのだろう。

それでもかまわなかった。キットは勝手に教会の敷地内を歩きまわった。スザンナとキャロラインをつれて、裏手にまわった。

霊廟はすぐに見つかった。厳粛なたたずまいの花崗岩の塊が陽光を受けて白く輝き、トランペットを高く掲げたやはり厳粛な天使の彫像に守られている。キットはおもしろいと思った。特別に大きなものではないが、まるでからかってでもいるかのように人目を引く。たぶん、ロックウッド家に伝わる気まぐれなユーモア・センスの表われだろう。

それとももしかしたら、彼はほんとうにここに埋葬されるつもりで、品格のあるものにしたいと考え、のちのちほかの家族も加わるものと考えていたのかもしれない。

ロバート・バーンズがいみじくも言ったように、どんなに周到に計画しても、そのとおりに事が運ぶことはない。

霊廟には鍵がかかっていた。キットはこうした場合に備えがあった。荷物をかきまわし、長い針金を取り出して、それを中に入れて揺さぶった。自分たちが閉じこめられたりしないようにその鍵をポケットに入れ、ドアを少し押してみた。ドアは開き、長年たまっていた埃が煙のように舞い上がった。

キットは咳きこみ、手であおいだ。

キットの背後には明るい日が差しているのに、中は薄暗かった。キットはもちろん手提げランプを用意してきており、それを灯して炎を明るくし、内部をうかがった。ドアに似合わず、中はがらんとしていた。キットは女性たちについてくるよう合図し、ふたりはおずおずとその通りにした。全員が中に入ると、キットはコートから拳銃を出して手に持った。

ドアを閉めようかどうか迷ったが、余計な注意を引きたくはなかった。火口《ほくち》箱を挟んでおくことにした。彼はランプを掲げて奥に進み、周囲に光を投げかけた。

光が何かを捕らえた。箱だ。キットはそれをぐいと引いた。

スザンナとキャロラインがびくりとあとじさった。

「遺体じゃない」彼は声をかけた。「この霊廟では、まだ誰も永遠の眠りについてはいないんだよ」

その箱には堅牢な鍵がついていた。キットが数秒ほどいじりまわし、鍵に向かって悪態をついたあげく、ようやく箱は開いた。

瓶から逃げ出す精霊のように埃が舞い上がり、それがおさまるとひと束の書類が見えた。キットは頭上の空いている棚に手提げランプをおき、慎重に書類をめくりはじめた。その多くは年月を経て傷んでいた。

最初のものは手紙だった。何年も前に捕まった、キットも知っているフランスの諜報員に宛てたもので、やはりキットの知っている暗号で書かれていた。どうやってリチャード・ロックウッドはこの一件を知ったのだろう？　もしひとりで調査していたとしたら、非常に危険な活動をしていたことになる。次の書類はフランス語の手紙で、〝ムッシュー・モーリー〟とロンドンの波止場近くの宿屋で会うことを承諾するものだった。これ自体は罪を確証するものではないが、話を組み立てるのに有益ではあるだろう。その下にある紙には船の名前の一覧が記されていた。キットには見覚えのある名前だった。銃の図面があった。そして会合について記した手紙。

「とんでもないことだ」彼はつぶやいた。真実だった。すべて真実だった。モーリーは裏切り者で、彼を絞首刑にするに足るものがキットの手の中にある。

そのとき、霊廟の埃っぽい静けさの中、キットのすぐそばで非常に馴染み深い音が聞こえた。拳銃のカチリという音だ。

彼が振り向くと、キャロライン・オールストンがスザンナのこめかみに銃口を押しつけていた。

「その書類をよこしなさい、キット」

彼はひと目で状況を見て取った。キャロラインの細い手首から玩具を奪い取るのはたやすいことだろう。ただし……。

「これは決闘用の拳銃だから、すぐに弾が飛び出すわよ」キャロラインはぱちりと指を鳴らした。「ちょっとでもわたしをつついたりしたらね」

そういう事情があった。

「だったら、そんなことさえしないほうがよかったんじゃない?」スザンナは言って、指を鳴らしてみせた。その声は震えていたが、恐怖よりも怒りのほうが大きいようだった。

「スザンナ」キットは低い声で言った。「彼女の言うとおりだ。動くんじゃない」

スザンナは言われたとおり口をつぐんだ。キットは手をのばして二本の指でキャロラインの喉をつぶしてやりたかった。それほど激しい怒りを感じていた。彼自身にたいする怒りもあった。キャロラインが気まぐれで頑固で向こう見ずだと、知っていたはずなのに。

だが彼女が暴力的だと考えたことはなかった。偏見と道徳心のせいで判断を誤り、今キャロラインはスザンナのこめかみに拳銃を向けている。

キットの声は穏やかだった。そよ風のようだった。「拳銃を下ろせ、キャロライン。そんなことはしたくないはずだ」

「そうかしら?」キャロラインはおもしろがっているような口調だった。「どうせわたしを助けるつもりなんかないでしょう、キット。わたしのことも縛り首にさせるつもりなんだわ。だからわたしはこんなことをしたいのよ」

「なぜきみが縛り首になるところを見たいなどと思うんだ?」やはり、優しい口調。必要以上にキャロラインの神経を逆なでしないように。

キャロラインはあきれた顔をしてみせた。「そんなに優しくしゃべってくれなくていいのよ、キット」またおもしろがっているような口調になった。「頭がおかしくなったわけじゃないわ。完璧に正気よ」

「キャロライン、もしその拳銃をぼくにくれれば……」

キャロラインは鼻を鳴らした。じっと動かなくなった。キットも同様だった。空気が凍りついたようだった。

「彼女は優しかったわ、スザンナ」キャロラインはゆっくりと話した。「あなたのお母さんよ」

スザンナは横目でキャロラインを見た。キットはキャロラインの顔に、理解の色が浮かぶのを見た。彼がさっき書斎で気づいたことを、彼女もまた気づこうとしている。

キャロラインはうっすらと微笑んだ。「そんな人、めったにいないわ」彼女は続けた。「たいていは、そうしなくてはいけないと考えて優しいふりをしているだけよ。でもあなたのお母さんはほんとうに優しかった。わたしはひどい女中だった」

「どうしてわたしの母を知っていたの？」スザンナはかすれた声で言った。

キャロラインの美しい顔には何も読み取れなかったが、その目に一瞬、底なしの驚くほどの寂しさがよぎった。「ごめんなさい」彼女は言った。

スザンナは喉を詰まらせながら言った。「あなたはあの晩の……あなたの髪……覚えてるわ。あなただったのね。あなただったにちがいないわ」

「わたしはゴリンジで、あなたの家の女中をしていたの。モーリーはミスター・ロックウッドを疑っていて、アンナ・ホルトがゴリンジの家の使用人を探していると知り、わたしをそこへやったの。女中に注意を払う者などいないから、話を聞くのは簡単だった。ノミみたいな存在だったのよ。あなたのお父さんはお母さんに何もかもしゃべった。それで……わたしはそれを聞いて、サディアスの疑いが正しいとわかった。それでサディアスは……まあ、そういうわけよ」

つまり、リチャード・ロックウッドの殺害を手配し、アンナ・ホルトに罪を着せた。キャロラインはキットに向かって言った。「だから、あなたはわたしのことを縛り首にさせようとすると思うのよ、キット。今日、わたしを帰らせなかったとき、あなたは全部知ってるんだと気づいたの。あなたは愛する人にたいして忠実だし、なんとしてでも悪を正そうとする。でもわたしのことは愛していない。ぜんぶ、あなたのとんでもない道徳心にからんだことよ。わたしと結婚したいとか、わたしを助けたいとか。善と悪の感覚の問題なの。でもあなたはスザンナをほんとうに愛してる。だから、今日、わたしを逃がすのは悪なのよ」

キットは黙っていた。キャロラインは愛情に関しては玄人《くろうと》だと、意地悪く考えた。

とにかく彼女の言うことは正しかった。

キットは静かに言った。「きみは一家の生活をめちゃくちゃにした、キャロライン。三人の娘たち。ひとりの女性、娘たちの父親。きみはモーリーとともに諜報員を演じた……きみは若かったかもしれないが、何をしているかはわかっていたはずだ」

「当時は冒険か何かだと思っていたんじゃないかしら……それ以上深くは考えなかった。それに言ったとおり、申し訳ないと思ったし、今も思っているわ。だからといって、自分から縛り首になるなんてとんでもない。その書類をこちらによこして。燃やしてしまうわ」

「キャロライン、もしぼくが書類をきみに渡し、きみが燃やしてしまっても、この一件から逃れることはできないぞ。ぼくがそれを許さない」

キットにスザンナの息づかいが聞こえた。呼吸が早くなっていた。温かい手提げランプの明かりを受けていても、その顔は大理石の壁のように青ざめていた。手をのばして触れ、慰めたかったが、できなかった。その代わり目に愛をこめて見つめると、スザンナの口元にかすかな微笑みが浮かんだ。まったく、彼女のほうがキットを励まそうとしている。勇敢さについて、彼女を見習うべき男が何人もいるだろう。

あるいはスザンナがキットを信用しすぎているのかもしれない。彼はこれまで何日ものあいだ、ひたすら彼女を助け続けてきた。

「どうやって逃げるつもりだ?」キットはさりげない口調を心がけてたずねた。「もし装塡《そうてん》されているとしても、拳銃には一発しか銃弾が入っていない。ぼくたち両方を殺すわけにはいかないだろう」

「ああ、誰かがつけてきてるのよ。モーリーの手先で、ほんとうに怖い男よ。すぐにそいつが来るはずだから、そうしたら逃げるわ。いま書類をよこしてくれたほうが、話は早いわ」

足を引きずるような小さい音がして、キャロラインとキットがそちらに顔を振り向けた。スザンナの靴先がかすかに動いていた。

「ごめんなさい……気を失いそうなの」スザンナは小声で言った。

キットは心配になり、そして……。

ちがう。今まで、クサリヘビにも荒れた馬にも、ナイフを持った男に襲われたときも気を失わなかったスザンナが……今そうなるはずがない。

キットは意識を集中させて待った。

キャロラインは困ったように身じろぎし、拳銃の銃口をスザンナのこめかみにさらに押しつけた。キットには、自分の肌に押しつけられているように感じられた。

「ほんとうよ」スザンナは必死な様子で言った。「すごく気持ちが悪くて……」

キャロラインは心配そうにほんの少し身を引き、その瞬間、キットは飛び出してキャロラインの手首をつかみ、上に向けた。霊廟の天井に向かって銃弾が飛び出した。大理石の破片が降ってきた。キットはスザンナの腰に腕をまわして押し、キャロラインから離した。キャロラインの手首をつかみ、背中にまわした。

「スザンナ……背嚢《はいのう》から紐を出してくれ。ナイフもあるから……いい加減に切ってくれ」

ついさっきまでこめかみに銃口を当てられていた人間にしては、スザンナはすばらしい機敏さで言われたとおりにしてのけた。キットはキャロラインの手首を縛った。

「スザンナに銃を向けた罪で、キャロライン……きみを絞首刑にする」

ドアが大きく開いて、その音に三人が振り向いた。手提げランプが入ってきた。キットはドアのほうに拳銃を向けた。「少しでも動いたら……」

「ああ、大声を出さないでくれよ、キット。ぼくだ」

ジョン・カーが、手提げランプと拳銃と、便利なものがたくさん入った背嚢を持って立っていた。

キットは拳銃を下ろした。「ようやく来たか、ジョン」

ジョン・カーはドア口に立って周囲を見まわした。破壊された天井、床に散っている大理石の破片、蓋の開いた箱。「ちくしょう。また先を越されたな、グランサム。いったいどうして……」

「ぼくのほうが優秀なだけだ、ジョン」

ジョンは小声で悪態をつきながら頭を振った。キットは笑った。

「書類は見つかったのか?」ジョンがたずねた。「ほんとうにあったのか? ようやく手がかりをここまで追ってきたんだが」

「全部あった」キットは箱のほうへ顎をしゃくってみせた。「それに、ここに誰がいると思う?」

「こんにちは、ジョン」キャロラインが明るく言った。「お久しぶりね」

ジョンは声のするほうに顔を向けた。そしてまったく動かなくなった。理解できない表情で、ただキャロラインを見つめていた。

キットが不審に思うぎりぎりのところで、ジョンはようやく口を開いた。

「思ったとおりの書類だったのか？」ジョンはキャロラインから目を逸らし、落ち着いた口調で言った。

「自分で見てみろ」キットは箱のほうを指さし、ジョンは縛られているキャロラインと黙りこんでいるスザンナのどちらとも目を合わせず、箱だけを見て歩み寄った。書類をめくり、中身に目を通した。その顔がどんどん険しくなった。

「たまたまボブといういやな男がこそこそ嗅ぎまわっているのを見つけたから、ぶちのめして縛っておいた」ジョンは書類を読みながら言った。「たぶんあいつは……モーリーの罪を立証するのに役に立つかもしれないな。誰かを差し向けてあいつを押さえたほうがいい」ジョンは読み続けた。

「そこにある書類だけで充分だろう」キットは言った。「モーリーに関してはね。ミスター・エーヴリー＝フィンチが証言してくれれば、なおさらだ」

「ああ、そのようだな」ジョンはゆっくりといい、残りの書類を見た。「じゃあ、キャロラインを放してやったらどうだ？」

キットは自分の耳を疑った。「なんだって？」

「ここにあるもので、充分にモーリーの罪を立証できる」ジョンは静かに言った。「だからキャロラインを放してやれ」

キットはジョンの整った顔を見つめた。その言葉は、別人がジョンの口を借りてしゃべっているように、奇妙に響いた。「ジョン……おかしくなったのか？　冗談だろう。なぜ彼女の手首を縛ったか、不思議に思っているのなら説明するが、彼女も協力してた……彼女はスザンナの家族を壊すのに手を貸し、ひとりの男の殺害に手を貸し、スザンナのこめかみに銃口を当てた」キットは信じられないというように笑った。「彼女はおまえがいま手にしている情報を得るのに協力した。彼女はモーリー同様、イギリスにとっての裏切り者なんだぞ、ジョン」

〝イギリスの裏切り者〟はこれを聞いて細い眉を上げたが、そのほかはまったく静かだった。

ジョンは無言だった。ただ、じっとキットを見返していた。

そのときキットは理解し、世界がぐらりと揺らいだ。

「おまえはモーリーを調査していたのではないのか？」彼は小声で言った。「ずっと……キャロラインを探していたのか……自分のために？」

ジョンは何も言わず、ひたすらキットを見ていた。

だがとうとう、目をきつく閉じた。ふたたび目を開いたとき、その顔は自尊心と理解を求める思いでこわばっていた。

「ちゃんと説明をしたいが、キット、理解してもらえるかどうかわからない。ただ……彼女を忘れられなかった。しょっちゅう考えていた……自分で認める以上にね。恥ずかしかった。ばかな執着だと思うが……とうとう、我慢できなくなって探し始めた。まずはモーリーから始めた。彼の手紙を調べた」

「誰かから命じられたわけではなかったのか」まるで感心しているような声だった。

「ああ」

「もしぼく以外の人間に知られたら、ジョン……」尋常でない危険をはらんでいる。ジョンにとって、とんでもなく大きな影響がおよぶ。

「わかってる」ジョンの口元がゆがんだ。「わかったか？　そんな危険もかまわなかった。彼女のためならな」

キットは何かを言おうとして口を開いた。ジョンが待ちかまえた。だが言葉は出てこなかった。

「そして……いったんモーリーを調べ始めたら……おまえのことも調べ始めたんだ、キット。許してもらえるとは思っていないが、正直言って説明はできなかった。理解してもらえるとは思わなかった。自分でもちゃんと理解してはいなかった。だがなぜか、彼女はおまえのところに戻ってくると思った。いつだって、けっきょくはおまえだったからな」ジョンはちょっと笑った。苦々しい称賛がこめられていた。容認する声だった。

「もしぼくが彼女を助けたら……代わりにぼくに寝返ってくれるかもしれないと思った。おまえと再会させたくなかった。ああ、彼女とのチャンスが欲しかった」ジョンは落ち着かない様子だった。「おまえの手紙は、大半がつまらないものだったよ」彼は冗談を言おうとした。

「退屈させて悪かったな」キットはぶっきらぼうに言った。

「彼女からおまえに何か言ってこないはずがない。ぼくが正しかった」ジョンはユーモアのかけらもない笑い声を立てた。

「おまえの諜報員としての直感にちがいない」キットはそっけなく言った。

「ぼくは考えた。おまえがメークピースから聞いたという話にもとづいて、おまえよりも早く書類を見つけられれば……その中にキャロラインの罪を示す何かがあったらそれを始末して、モーリーだけが捕まるようにしようとね。そして……もし彼女が見つかったら……」

ジョンは愕然として彼を見ているキャロラインに顔を向けた。「誰も二度と彼女を傷つけられないところへ連れていく」ジョンは静かに、恐ろしいほどの確信をこめて言った。

ジョンはまたキットを見た。「やっぱり……彼女はおまえのところに戻ってきたんだな、キット」彼はおもしろがっているようだった。「ここにいるんだからな」

「だがジョン……」キットは言いよどんだ。「彼女には……」

キットは、〝彼女にはそんな価値はない〟と言うつもりだった。二十年前の朝、ふたりが拳銃を持って向き合ったとき、ジョンが言ったのと同じ言葉だ。その言葉の苦々しさを、キットは今わかった。自己防衛のための言葉。喪失感はジョンのほうが大きかった。いつだってジョンのほうが大きかったのだ。

キットはどんな女性についてもそんな言葉は言えなかった。

「ぼくには許せない、ジョン。おまえに彼女を連れていかせるわけにはいかない。彼女はひとりの人間の殺害に手を貸した。メークピースの身に起こったことを考えれば、ふたりだ。彼女の行為でイギリス人兵士が死んだかもしれない。これはおまえにだって重大なことだろう」

「かまわないんだよ、キット」ジョンは疲れ果てて困惑し、自分の告白に畏れを抱いているような声で言った。「言葉にできないほど申し訳ないし、彼女のほんとうの姿もわかっているが、キャロラインのことになると……情けないが、かまわないんだ」

「ジョン……」

ジョンの声が張り詰め、熱を帯びた。「キット、ほんとうに欲しいものはたったひとつだ、だから助けてくれ。それで幸せになれるのかどうかわからない。そんなことはどうでもいいのかもしれない」彼は低く笑った。「とにかくキャロラインが欲しい。それはわかっている。おまえのことは兄弟のように思ってる。もしぼくを愛してくれているなら……自分のしたことは許されないことだとわかっているが……今回だけは許してくれ。頼む」

大理石の破片が音を立てて床に落ちた。誰も動かなかった。

「何もかも放棄するようなことはやめろ、ジョン」キットは静かに懇願した。

ジョン・カーは何も言わなかった。

「彼女はおまえを愛していないんだぞ、ジョン」キットは自分の声に諦めがにじむのを聞き取った。ジョンも聞き取ったはずだった。

ジョンの顔に、うっすらと笑みが浮かんだ。「ああ、いつか、愛するようになるさ。だって……この顔を見てくれよ」

キットもうっすらと笑った。しかたなかった。だが胸は張り裂けそうだった。世界じゅうのあらゆる種類の愛というものを考えた。つまるところ愛は、つねに変容し入れ代わり、驚きに満ちている。

スザンナが口を開いた。緊迫した静けさの中に、彼女の声が柔らかく響いた。「キット……彼女を放してあげたら」

キットははっとしてスザンナを見た。「この女は、スザンナ……きみの家族に何をしたか……」

「彼女のしたことはわかってる、でも……でも、今となっては何も元通りにはならない。彼女が捕まったからといって、父やジェームズ・メークピースが帰ってくるわけじゃないわ。ミスター・モーリー……けっきょくは彼がほんとうに悪い人なんでしょう？　彼に制裁が加えられればそれで充分なんじゃない？」

キットの正義、愛国心、物事を正したいという欲求、善と悪の感覚……すべてが、法とはかけ離れたものとせめぎあっていた。パスカルの言葉を思い出した。心には理屈ではわからない理由がある。

「それが正しいことなのかどうか、わからないよ、スザンナ」キットは絶望したかのように、静かに言った。

「たぶん、何もかもが善か悪に分けられるわけではないのよ。でも選ぶしかないの」

そこで一瞬のち、彼は選んだ。愛国心からではなく、愛からだった。何を選んでも、彼はジョン・カーを失うことになる。

キットはキャロラインを見た。「彼といっしょに行くか？」しわがれ声でたずねた。

「そうねえ……」キャロラインは天井を見上げた。「どうしよう……絞首台か、ハンサムなジョン・カーか。どうしよう……迷うわ……」

キットはため息をつき、ジョンのほうに顎をしゃくった。キャロラインはジョンに歩み寄った。ジョンがすばやくキャロラインの手首の紐をほどいた。

「見事な結び目だ」彼は低い声でキットを褒めた。

キットは何も言わなかった。

解放されたキャロラインはジョンと向き合い、彼を見つめた。ジョンは長いこと、じっと彼女を見返していた。両方とも何も言わなかった。

やがてキャロラインが視線をはずし、スザンナに顔を向けた。

「あなたのお母さん……つまり、ご両親はよくイタリアの話をしてた。あの晩どこに行ったのか、ほんとうにわからないんだけど……もしかしたらイタリアに行くつもりだったかもしれないわ」

スザンナは感謝をこめて小さくうなずいた。

キットは世界一の親友を見つめた。少年時代から自分を知っている男、心の兄弟でありライバル。いやになるくらいハンサムなジョン・カー。

「もう行け、ジョン。ぼくの気が変わらないうちに」

ジョン・カーは片手を上げ、ゆがんだ笑みを浮かべた。それからキットに背を向け、霊廟のドアを開けた。キットの前から、永遠に歩き去った。

キャロラインがそのあとを追ったが、ドア口で足を止めた。迷うようにキットを見た。何か言おうかどうか決めかねているようだ。

「サディアスは……猫を飼ってるの」彼女は口ごもりながら言った。「誰か……猫の引き取り手を探してやってくれる？」

キャロラインは顎をくいと上げた。キットにからかわれるものと身構えた。それでもキットを見据え、彼の返事を待った。

キットは驚いて彼女を見返した。〝これはなんだ？　彼女はモーリーを愛しているのか〟

だがキャロラインは道徳心などという重荷は持ち合わせておらず、自己防衛本能だけで一瞬一瞬を生き、身軽に動きまわってきた。それはキットが理解するような愛ではなかった。

彼は気がつくと、そっけなく一度うなずいていた。

「じゃあ、さよなら。ふたりとも、幸運をね」キャロラインは皮肉っぽく膝を曲げてお辞儀をし、ドアへ向かった。

「キャロライン」キットが声をかけた。

彼女は立ち止まって振り向き、問いかけるように柔らかな眉を上げた。

「彼の気持ちに応えてやってくれ」

彼女はキットが最高に気の利いたことを言ったかのように笑い、意地悪そうに首を振った。

そして出ていった。

家への帰り道、キットはおしゃべりをする気分ではなかった。彼は黙ったままスザンナを家に入れ、使用人たちを通り過ぎ、階段をのぼり、スザンナがまだ入ったことのなかった寝室へ行き、ベッドの端に腰を下ろした。その様子から、スザンナにはキットが心身ともに疲れ果てているのが見て取れた。

「ジョンのことはたいへんだったわね」スザンナは低い声で言った。

「おいで」キットも低い声で答えた。

スザンナは彼のそばへ行き、足のあいだに立った。彼は両腕を彼女にまわした。彼女を見上げた。スザンナが見下ろすと、彼の堂々たる弧を描く鼻の穴や、先端が金色に輝く睫に縁取られた美しい青い目を見ることができた。

「愛してるよ、スザンナ」

「わかってる」もはや、彼に口に出して言ってもらうことは重要ではないような気がした。キットはいつ何時でも、ただスザンナを愛して生きている。

「でももっと早く言うべきだった。キャロラインがきみに拳銃を向けたとき、ぼくは……」

キットはとつぜん言葉を切って顔をそむけた。

「いいのよ……」スザンナはささやき、彼の顔を両手ではさみ、頭の上に唇を押しつけた。「いいの」

「よくないよ」キットは苛立ったような口調だった。またスザンナを見上げた。「とにかくぼくは……」

「もしかしたら、あなたはわたしを愛しているかどうか確信がなくて、それで……」

「スザンナ」キットはおもしろがっているようでもあり、苛立っているようでもあった。

「ぼくのために弁解してくれなくていい。そんなんじゃなくて……あれは……」キットは間をおいて、形のない恐怖を表現する言葉を探した。「口に出して言ってしまうと……きみが消えてしまうみたいな気がした。それは耐えられない。こんなにきみを愛しているという想いに耐えられなかった……それほど愛しているきみを……失うだなんて……」

彼は恥ずかしそうだった。自分には恐怖を感じる権利などないかのように。

スザンナはなんと言っていいかわからなかった。たぶん、何も言わないのがいいのだろう。

「要するに」キットは皮肉っぽい口調で結論づけた。「ぼくはどうしようもない臆病者で、きみを愛してる」

「まあ、驚くべき懺悔ね」スザンナの声はかすれていた。「わたしを守るために馬の下敷きになったりナイフで刺されたり、フランス軍に撃たれたり、ほかにもどんな経験をしてきたか知れない男性だというのに。でももう懺悔はやめて。わたしも愛してるわ」

「わかってる」キットはため息混じりに言った。ぼんやりとして、嬉しそうだった。彼の手が下へ移動し、彼女の腰の後ろに行った。彼女を抱き寄せた。

キットの顔はちょうど彼女の胸の高さで、彼は彼女をもっと近くに抱き寄せ、柔らかいモスリンの上からいっぽうの胸に唇をつけた。彼の手が服の中に忍びこみ、布地を持ち上げ、なめらかな内股に触れた。彼女を抱きかかえるようにして、仰向けにベッドにたおれた。

「静かにして」キットは小声で命じた。「じっとしているんだ」

キットはスザンナをベッドに下ろしてその上にのりかかり、彼女の背中に手をまわして器用に紐を解き、服を脱がせて脇においた。次に彼女のガーターに手をのばして取り、それを服の上におき、ストッキングをやはり器用に丸めて下ろした。スザンナは黙ってされるがままになっていた。

スザンナがすっかり裸になると、キットはため息をつき、彼女とならんで横になった。彼女にそっとキスをした。唇を彼女の眉、こめかみ、喉元につけた。両手で髪のピンを取り、髪をといて枕の上に広げた。

こうしてキットはスザンナと愛を交わした。圧倒され、胸が痛むほどの優しさと、欲望と尊敬とが、彼の行為に言葉よりも雄弁に表われていた。スザンナは目を閉じ、燃えるような至福に身をまかせ、一度だけ彼の名を呼んだ。彼の両手と口が迷いなく動き、彼女の肩や胸、お腹の丸いふくらみ、あらゆる場所に容赦なく触れ、彼女の全身をゆっくりと燃え上がらせ、スザンナは背を反らし、震え、触れられるために生まれた生き物となった。

キットの口は彼女の股間に移動し、両膝を分け、もっともなめらかで感じやすい場所を味わった。キットが舌を差し入れてまわし、彼女を味わうと、スザンナは上掛けをぎゅっとつかんだ。耳の奥で血流が聞こえた。やがてスザンナはあまりの歓びにすすり泣きをもらしながら、光と興奮に砕け散った。

ここで、ようやくキットは服を脱いだ。いつものように手際よく脱ぎ、美しい裸体で彼女におおいかぶさった。スザンナは彼に足を巻きつけ、両腕で抱き寄せ、みずからの中に導いた。彼と繋がっている時間は、スザンナにとっていつも短すぎた。完全に彼の一部になることはできない。でも限られているがゆえに、より甘く感じられた。今回はとてもゆっくりだった。キットはスザンナの目から視線をはずさなかった。愛を焼きつけるように見つめた。彼はみずからの解放に向かって激しく動き、ため息をつくようにスザンナの名前を呼びながらそのときを迎えた。

キットはスザンナにキスをして、彼女を抱いたまま横たわった。ふたりは向き合って抱き合っていた。

「これほど愛してるんだ、スザンナ」彼はささやいた。

ふたりはしばらくそのままでいたが、やがてキットが、フランシスが心配するにちがいないと思い出した。それでふたりとも、どこかいい加減にあわてて服を着て、階段を下りていった。

ブルトンがまたあわてて駆け寄ってきた。いやなことに、その姿はお馴染みになってしまった。

「ご主人さま……」彼は困ったように言った。

ブルトンにそれ以上言ってもらう必要はなかった。肖像画のある居間から、聞き覚えのある咳払いが聞こえてきたのだ。

「ご主人さま、じつは……その……」ブルトンは必死にささやいた。そして説明を放り出した。「まあ、ご自分で会われるのがいちばんでしょう」あきらめたように言った。「そうすればわかります」

キットにとって最悪の成り行きだった。伯爵が部屋の中央に立ち、スザンナがおいていったスケッチブックを持っていた。

伯爵の注意はあるページに向けられていた。その場にじっと立ち、そのページを見つめていた。

ようやく顔を上げたとき、その表情は……じつに、名状しがたいものだった。

〝非常に貴重な顔〟というのが、当たらずとも遠からずだった。

キットは目をきつく閉じそうになった。愛を交わしたあとの顔を、父親にまじまじと見られたくはない。だが問題の絵は、まさしくそのものだった。

キットは自分の背後に隠れているスザンナをちらりと見た。片側の髪が、ピンからほつれて落ちている。彼女はとても美しく、まずいことに、このうえなく淫らだった。

なんとも気まずい一瞬が過ぎ、キットは父親に向かってなんと言うべきか必死に考えた。心の中でエジプトへ行くための荷物をまとめ、スザンナがロンドンのグローヴナー広場ではなく砂漠に住むことになってもがっかりしないといいがと願った。

「そちらが画家かね？」父親はたずね、スザンナを見て眉を上げた。

「はい」キットは答えた。

エジプトの砂漠のような広大で不毛な静寂の中、父親はふたりを見た。

「ぼくたちは結婚するつもりなんです」キットはおずおずと言った。

「それはそれは、そうであろうな」伯爵は熱っぽく言った。「どなたなのかな？」

キットは黙りこんだ。

「え？」伯爵はまた眉を動かした。

ようやくキットは、礼儀の片鱗を思い出した。「父上、婚約者のミス・スザンナ・メ

できる？

ークピースを紹介させてください。これはぼくの父、ウェストフォール伯爵だ」

スザンナは少しためらったあとで、膝を折って挨拶をした。この状況で、ほかに何が

キットは危うく笑いそうになった。

「メークピースと言ったか？　ジェームズの娘さんかね？」

スザンナは迷ったが、ほんとうのことを話すのはあとにしたほうがいいと考えた。

「はい、閣下」そこそこ落ち着いた声で答えた。

「あなたがこの絵を描いたのかね？」

スザンナの顔は光り輝くほど、夏の夕日のように赤く火照っていたが、彼女は立派に

冷静な態度を保った。「はい、閣下」

伯爵はしばらくふたりを見ていた。どうやら胸の中にはさまざまな感情が入り乱れて

いるらしい。顔が引きつっているところを見ると、その中には歓びも恐怖もあるらしか

った。

伯爵は咳払いをした。「たいへんよく描けている」

キットは恐れ入った。伯爵は無数にあるはずの言いたいこと、あるいは言いうること

の中から、もっとも慈悲深い言葉を選んだ。なんて如才ない人だろうと、キットは考え

た。見習わなければいけない。

「とても才能があるんです」キットはすぐに言った。

そして今の言葉が、父親が見ていたにちがいない絵と合わさるとどう受け取られるか、遅まきながらに気がついた。自分で額を打ちたい気分だった。

伯爵はため息をついただけだった。

「ミス・メークピース、お会いできて嬉しい。少し息子とふたりだけで話をさせてもらいたい」

スザンナは同情するようにキットを見た。彼女自身は部屋を出ていけるのにほっとしているようだった。キットは彼女の肘をつかんで引き止めたい気分だった。

「自然誌の仕事については反省しています、父上」キットはすぐに話し始めた。「ちゃんと仕上げます、約束します。ちょっと、いろいろなことが……起こったもので。父上もきっと興味がありますよ」

「ロンドンで目撃されているぞ、キット」

「誰にですか？」キットは即座に訊き返した。ジョンのやつ！

「ミス・デイジー・ジョーンズが、ミスター・ホワイトが質問をしにきたと言っていた。わたしにはおまえだとわかった」

「父上も質問しにいったんですか？」キットはたずねた。父親はキットがメークピースのことに言及したとき、彼の頭がおかしいとは思っていなかったのだ。これは救いだった。

待て。それとも……。「ミス・デイジー・ジョーンズとは、どういう知り合いなんですか？」

父親は謎めいた微笑みを浮かべた。「探していたものは見つかったのかね、キット？あるいは、探しているはずではなかったものと言ったほうがいいかな？」

「はい。ほんとうなんです、閣下。メークピースの言っていたことはほんとうでした。見たいとおっしゃるようなら、書類をお見せします。手紙、船の一覧……モーリーの名前がしっかり記されている。ロックウッドは確かな証拠を集めていました。モーリーには不利なようですよ、閣下。証言してくれそうな骨董商とも話をしました」

伯爵は静かに立っていた。その顔に深い悲しみが浮かんだ。「恥ずべきことだ。すべてがね。モーリーは悪い政治家ではなかった。知的な男だ。無駄だ。残念だ。殺人者だとは」

「そして裏切り者です、閣下。彼は裏切り者なんです」

「おまえのしたことは危険だぞ、キット。こんなことをひとりで調査するなんて。殺されかねなかった」

「これまでだって、いくらでも殺されかけてきました」キットは皮肉に言った。「でもまだ生きています」

「だがわたしははっきりと、ロンドンには近寄るなと言ったはずだぞ」父親の声にはピラミッドの響きがあった。

「誓います、閣下、自然誌の仕事は仕上げます。ぼくは……」キットはこれが自分の本心だと気づいて、ちょっと言葉を切った。「この仕事を最後までしたいんです」

伯爵はまたため息をついた。「仕事などではないんだ、キット」

沈黙。

「なんですって?」キットが低い声で言った。

「仕事などではなかったんだ。ただ……」伯爵はキットから顔をそむけ、広い部屋を見まわして、家族の肖像画のほうを向いた。モデルになったときのことを思い出したのか、うっすらと微笑んだ。「おまえのことが心配だったんだ、息子よ。おまえは……」父親は一度言葉を切った。「迷っているようだった。さまざまなお楽しみをしていながら、ほんとうの歓びが見つからないようだった。ひどく無謀に見えた。自分が不幸なことに気づいていなかった。そんな時期がずいぶん続いていただろう。父親にはそう見えた」

キットは感動するべきだとわかっていた。それでも……。

「だからといって、エジプトへ行けと脅しますか?」

伯爵は落ち着き払ってキットを見た。「社交界から少し離れれば、頭がはっきりするだろうと考えた。以前の、さほど危険でない情熱を再発見するのではないかとね。おまえのことだ、あんなふうに言わなければ言うことを聞かないだろうと思って……それで仕事をでっちあげた。そして……」伯爵はおもしろがっているような口調だった。「今回もまた、おまえはわたしの予想をはるかに上まわってくれた。まったく、おまえは何事も中途半端にはしないな」

父親はキットに、明るいが邪悪な微笑みをみせた。〝父親である以上、つねにおまえより賢いぞ〟と言っているようだった。

キットは言葉を失っていた。とんでもない、父親は彼をはめたのだ。

この男の喉を絞め上げてやりたいのか、膝をついてお礼をいいたいのか、わからなかった。

だがとにかく、キットの負けだった。

「よくできているぞ、クリストファー。おまえの文章のほうも、絵と同じくらいいい出来なのかね？」

「どう思いますか？」傲慢な答え。

父親は微笑んだ。「ふむ、では、自然誌を完成させるんだな。これほどの絵の出来ばえならば、出版してもいい。ただ……何枚かは省いてだが」

「ハタネズミですか？」キットは無邪気にたずねた。

とうとう父親が笑った。それから彼はスケッチブックを見下ろし、もう一度息子を見て、頭を前後に振った。キットは必死に顔を赤らめまいとした。生まれてこのかた、顔を赤らめた記憶などなかった。

「彼女はどうだね？　スザンナといったか？」

ちくしょう。キットはこの手の質問が大嫌いだった。スザンナのことを考えると、言葉は何も出てこなくなってしまう。彼女のことを思うと、ただ……。

父親は彼の顔に答を読んだにちがいない、低く笑った。「いいさ、息子よ。絵を見ればわかる。言いようがないくらい、嬉しいよ」

エピローグ

バラの茂みからしおれた花を刈り取りながら、彼女はとつぜんの北風に驚いた。目を閉じ、湿った風が絹のスカーフのように首元をくすぐっていくのにまかせた。イタリアでは秋の初めに、シロッコという湿気のある風が吹く。この風が吹くたびに、ここが地元ではなく、十七年もたった今でも地元と感じることはないと思い知らされる。彼女の中の天候はイギリスのものだった。

イタリアは美しい。彼女はここで人目につかず安全に暮らしていたが、それでも地元ではない場所は、つねに牢獄のようだった。

長年のあいだに、痛みは消えることのない低い雑音のようになった。ふたたび笑えるようになった。多少の魅力を振りまきもした。中年に近づいても、彼女はまだまだ魅力的だった。わずかな知り合いのあいだでは、静かに喪に服している未亡人ということになっていた。

ここへ来て最初のころに、二通の手紙を出した。身勝手な手紙。名前は書かなかった。それでも、手紙を送るのはジェームズに……そして自分に拳銃を向けることに等しいとわかっていた。だが切望と痛みはあまりにも大きく、ときおり、娘たちに関する情報を少しでも手に入れられるなら、自分から喜んで死ぬし、ジェームズや他人を犠牲にしてもかまわないと思うことがあった。ジェームズは一度だけ返事をくれた。〝娘たちは安全だ〟と。もちろん、手紙を書くなと彼が言ったのは正しい。彼女の痛みをやわらげずにいることは、彼にとっても苦痛にちがいない。だがそれでも彼は娘たちを守ってくれている。

だが年を経るにつれて、希望が咲き、死に、また咲いた。いま彼女があらたな芽生えのために刈っているバラのように。いつか娘たちと再会できる。そして真実が明るみに出る。この希望だけで、アンナ・ホルトは必死に生きていた。

訳者あとがき

いつも美しいドレスで着飾り、舞踏会では男女を問わずみんなの人気者で、婚約者は侯爵家の跡取り息子……スザンナ・メークピースはロンドンの上流社会で、何ひとつ不自由のない華やかな生活を送っていました。ところが二十歳のとき、骨董商をしていた父親がとつぜん亡くなり、そんな生活は一変します。じつは父親には多額の負債があり、その返済のため屋敷も家財道具も没収されてしまったのです。いたしかたなく彼女は、小さな田舎町に住んでいるおばの元に身を寄せることになりました。

慣れない田舎暮らしに戸惑うスザンナの前に現われたのは、この地方の自然誌を編纂しにきたという子爵、キット・ホワイトロー。ずっと年上でどこか危険なにおいのする彼に、スザンナは心を惹かれていきます。

ところがスザンナの身辺にはおかしな事故が相次いで起こり、スザンナは何度も危険な目に遭います。いったい誰が、なぜ、スザンナの命を狙っているのでしょう？　そして気になるキットとの恋の行方は？

人生の出来事をその時に自分が着ていた服で覚えているような、世間知らずのお嬢さまだったスザンナ。父親の死とともに何もかもを失い、惨めに泣き暮らしてもおかしくないところでしたが、スザンナの心の中には意外なほどの力が秘められていました。

心優しいおばや魅力的な男性との出会いを経て、スザンナは自分の中に隠されていた才能や強さ、そして情熱に気づいていきます。火のおこし方を知り、人の愛し方や愛され方を学び、たくましい大人の女性へと大きく成長していくのです。

著者ジュリー・アン・ロングはサンフランシスコ在住のロマンス小説作家。執筆に興味を持ちながらも、ある時まではロック・スターに憧れてサンフランシスコでバンド活動をしていました。ところが劇的で情熱的な音楽の魅力はすべて小説にも見出せることに気づき、ギターをパソコンのキーボードに持ち替えて作家に転身したといいます。

この作品の前に *The Runaway Duke* と *To Love a Thief* という二作品を発表しており、三作目の本作品は、美人姉妹を主人公とした三部作の一冊目にあたります。続く二冊も次々に刊行される予定ですので、十九世紀前半のヨーロッパを舞台に繰り広げられるロマンティックでスリル溢れる三部作を、どうぞお楽しみください。

二〇〇八年四月

美女《びじょ》とスパイ

2008年6月30日　初版発行

著者　ジュリー・アン・ロング

訳者　髙山《たかやま》 祥子《しょうこ》

発行者　新田光敏

発行所　ソフトバンク クリエイティブ株式会社
〒107-0052　東京都港区赤坂4-13-13
電話03-5549-1201（営業部）

印刷・製本　中央精版印刷株式会社

デザイン　モリサキデザイン

フォーマット・デザイン　モリサキデザイン

写真　©THE COPYRIGHT GROUP INC./amanaimages

本文組版　谷敦

　ISBN 978-4-7973-4700-5